山河作证

刘书良 著

中国文联出版社

仅以此文献给60年来为祖国煤炭勘探事业做出巨大贡献的地质队员，谨向他们表示最崇高的致意！

让煤炭地质人的精神薪火相传

文/徐水师

　　我一直有这样一个心愿，那就是邀请作家深入生活，写出一本真实反映煤炭地质事业60年沧桑巨变的纪实作品来，把这段历史告诉给所有关心与支持煤炭地质事业的社会各界人士。我还想，这本书既要忠实地记录煤炭地质人60年的拼搏史，也要写出煤炭地质人那种与天斗、与地斗的大无畏精神。一甲子，对历史来说只是很短暂的一瞬间，对于煤炭地质人来说，却是难以忘怀的艰苦奋斗的日日夜夜。

　　把煤炭地质人在这60年中的光荣与梦想、眩惑与升腾，运用纪实的手段加以表现出来，既是为煤炭地质人树碑立传，也是让我们的作家用文学的表现形式梳理这段非同寻常的峥嵘岁月，顺着煤炭地质业的发展脉搏，用他们的笔还原那个辉煌如火的时代，给煤炭地质人、给所有关心和支持煤炭地质事业的社会各界人士留下美好记忆。

　　知名作家刘书良用近一年时间辗转全国各地采访与写作，终于完成了这部30多万字篇幅的长篇报告文学《山河作证》。阅后的印象很深刻，作者以独特的视角，丰富的史料，跨越60年时空，热情洋溢地书写了煤炭地质人为祖国找煤走遍山山水水的感人事迹，真实地反映出煤炭地质事业60年的变迁和奋斗史，是一部不可多得的好作品。

　　作家虽然首次接触煤炭地质行业，但是这丝毫没有影响作家的创作激情。作家奔走各方，采访了上百位当事人，与他们促膝交谈，写下采访笔记数百万字，录音资料达400小时，他还多次深入煤炭地质人工作过的现场挖掘素材，力求更加真实直观地再现煤炭地质工作的场景。煤炭地质人经历的每一次惊天动地的变革，都牵动着作家的末梢神经。

　　我认为本书的亮点在于：抓住煤炭地质行业的发展脉搏，以生动形象的故事串连在一起，规避了一般作品冗长的叙述、枯燥无味的事例以及数字的堆砌而让读者不忍卒读。作家经过对历史文字认真的梳理、分析、加工，把煤炭地质人这个群体置于整个国家抑或社会的大背景下，让煤炭地质这个行业也好，这个群体也罢，与国家同呼吸共命运。在煤炭地质人遇到的每一次重大行业变革或重大事件中，把轮番登场的人物，放在这些变革或戏剧性冲突事件中，去负载着一个人、一个行业、一个群体和国家、民族的命运血脉相连、唇齿相依的关系上，从而达到从"小我"走向"大我"的完美情感链。能够把人物形象鲜明地刻画出来，是作家的又一功力，透视出作家的匠心独运。那些人物被他塑造得栩栩如生，从而也让我们记住了这些闪光的名字及其鲜为人知的事迹，如开国部长陈郁、人称"山西勘探王" 的王竹泉、上世纪80年代的特级劳动模范潘广、一个把生命交给党的煤田地质事业的总工程师潘永德……当然作家还写了不少无名的煤炭地质工作者。这些人物既有自己的个性，也有共性。每每读来，可亲、可爱、可信。

　　煤炭地质人经历了机构的一次次变动，不变的是煤炭地质人找煤的决心。应该说，经过几代人艰苦卓绝的奋斗，基本搞清了埋藏在地下的煤炭资源的分布、走向、品种，根据国家需要，煤矿生产部门随时可以建井控井，让埋藏数亿年的煤炭为社会主义经济建设服务。

　　上世纪80年代，随着我国经济体制改革，煤炭地质业一度走向低谷，但是我们的煤炭地质人没有怨天尤人，在经历痛苦彷徨、茫然失措之后，寻找突围之路。尽管在这条路上有坎坷与荆棘，有血风和腥雨，他们没有选择逃避，也没有失去继续奋斗的果敢与勇气，依然豪情万丈，以革命乐观主义精神信心百倍地接受挑战，与所有的困难与险阻做一场血战到底的博弈。

　　煤炭地质人采取两条腿走路的方针，取得了成功，特别近10年，形成了一套完整的管理经营体系，上交国家利税以亿元计算。尤其值得一提的是江苏局、水文局、第一勘探局、总公司、矿山总局、青海局的煤地产业已经有了大而强的规模，风生水起，显示出勃勃生机；航测局走科学发展的道路，形成以服务煤炭地质业为主的高科技专业航空遥感测绘队伍。第三产业异军突起，形成了良性发展的产业链。如江苏稀土金属冶炼技术、生物科技加工业带动了第三产业快速发展，呈现出良好的发展势头；浙江华辰旅业，开创了没有自然资源的专业局发展的成功模式，他们在系统内虚拟了华辰集团，用以引导全局旅游业做大做强。

更重要的是，我们为国家保存下来一支能干、能拼的专业化的煤炭勘探队伍。这支队伍不仅在过去的岁月里，经历过许多困难与险阻的严峻考验，也在事业正处于平稳、升高的状态中，以胜不骄、败不馁的精神状态正视自己，开拓进取，改革创新。这是煤炭地质人的精神内核。

阅读完《山河作证》一书还让我们看到，作家用一些看似很久远但又鲜活的故事与细节，去表现煤炭地质人的那种一不怕死、二不怕苦的大无畏精神和舍小家保大家的无私奉献的精神，面对行业处于最低谷时所表现出来的破釜沉舟的果敢、坚毅与信念。

国家兴旺了，煤炭地质业就兴旺了。进入新世纪，国家经济出现了良好发展态势，煤炭地质事业也有了前所未有的发展。我们应该利用这一契机，进一步把煤地业做出规模，做出成就。一代伟人邓小平讲过："发展才是硬道理"，发展是煤炭地质业的唯一选择。

此书还不能全貌反映全国煤炭地质人发展历程。属地化以后，除9个省局、专业局及在京（涿）单位归总局领导以外，均交由地方管辖，阻碍了作家深入这些地区采访，虽然中间也有涉及，好在窥一斑已知全豹，在归属总局领导的省局的事迹中间所折射出来的煤炭地质人60年艰苦奋斗精神，在所有煤炭地质人身上都能得到完美的体现。为此，我要向作家致意，并希望有更多的作家深入煤炭地质行业，写出更多反映煤炭地质人的好作品。在条件许可的情况下，我们还要把煤炭地质人的故事，以电视剧或者电影等形式搬上荧幕，让人们更直观地感受到煤炭地质人那种感天地、泣鬼神的奋斗精神，也希望这种精神能够薪火相传，丰富中华民族极为璀璨的精神宝库。

山河作证

（作者系中国煤炭地质总局局长、党委书记）

目　录

6

楔子　记得他们的辉煌

　　我的笔是笨拙的，不能全面地记录一个时代留给我们的思考。岁月是留痕的，我们虔诚地去寻找沧海桑田里那些林林总总的故事。虽是历史尘事，回忆过去，也会与后人一起感动。

雨天里的思考

北京的秋雨有些缠绵，整个城市笼罩在茫茫的雨雾之中。依稀辨别在雨雾中南来北往的车辆和人流，跫跫足音和车轮击打路面积水的声音，恍如昔日的旧唱片机似的发出别样的声响。秋天本是怀旧的季节，那些斑驳的往事，就在这漫长的雨雾中穿越时空的隧道逶迤而来。

我因为要采访并创作一部反映煤炭地质勘探60年不平凡发展历程的长篇报告文学，在这个秋天雨季里，就特别关注有关方面的信息。家里，办公室的桌上、地上，只要有空隙的地方都是七零八碎的字条、纸片。我像一只搜救犬似的四处嗅闻着有关煤炭地质勘探的文字，试图从这些文字中寻觅到有关煤炭地质勘探的发展脉搏。在此之前，我对这个行业一无所知，所能了解的只是《勘探队员之歌》的内容。这首歌曲折射出那个年代地质队员所有的光荣与梦想，还有从旧轨迹脱胎过来的地质科研工作者对新中国信仰的力量。而我必须面对中国煤炭地质勘探风雨兼程、披荆斩棘的60年，这是中国煤炭地质勘探工作者亲历、亲为的人生历程，一个让我们必须静下心来认真总结成功与失败的60年。在一年时间里完成全书肯定是个难题。60年里，中国经历了多次历史变革，中国煤炭地质勘探领导机构也经历了一次又一次的调整，同一机构、相同职责经过不同名称的改变，折射出不同主管部委对煤炭地质理解上的差异。到今天，我们所能看到的全称是"中国煤炭地质总局"，这块牌子挂在北京西郊的一栋楼门口。它醒目地告诉行人，这里是国家煤炭地质行业最高领导机构，所有关于这个行业的所有指令就从这里发出。

这些概念性的文字，并没有在脑海里形成完整的概念，自然也不会有追波逐澜的写作冲动。尽管在此之前，总局宣传部于文罡主任多次与我交流关于这个行业中的一些鲜为人知的故事，那些久远的记忆给了我无限的联想，让我聆听了前辈吟咏理想之歌时的愉悦心情。三五个人履历又怎能连接两个世纪间发生的林林总总呢？

我茫然地站在12层的高楼窗前，低观斜线似的秋雨抽打着绿化地上的花草。我听见了花草摇动的声音。两只极少在京郊出现的雨燕在空中忽高忽低追逐，把我的心绪搅动得一会儿在广东大山里窜行，一会儿又飞到内蒙古大草原，跟随地质队员行走在荒芜人烟的沙漠里。

无序。

打开电视机，试图冲淡内心的烦躁。中央台正在播放北疆煤城七台河矿井漏水事故的新闻。这个事故发生在三天前。23名矿工兄弟的生命牵扯着国人的心。三天了，煤城是否在下雨？抢险打钻的高塔是否牢固安全？从沟壑里涌来的洪水会否灌进坑道？不觉为23名矿工兄弟的生命安全揪心起来。

倏然想起总局局长徐水师年度报告中提到的"大地公司"救灾抢险队事迹。"大地"是中国煤炭地质总局系统具有较强综合勘探实力的特种技术勘探施工企业，自2003年以来，北京大地特勘分公司发挥专业技术优势，在积极开展资源勘探和钻探施工的同时，认真履行中央企业的社会责任，先后参与了邢台东庞煤矿重大透水事故、宁夏白芨沟煤矿瓦斯爆炸事故、郑煤集团超化煤矿透水事故、陕西铜川陈家山矿难、包头壕赖沟铁矿、湖北利川马鹿箐隧道塌方和神华集团骆驼山煤矿透水事故等15次抢险救灾工作，精湛的技术、严明的纪律得到了国家安全生产监督管理总局肯定。这样的肯定是中煤地质人引以为自豪的殊荣，表明他们在履行社会责任过程中做出了无可比拟的贡献。

这些矿难的救援队伍是我们的煤炭地质队员吗？

眼睛离开视屏的瞬间，我看到了高塔下忙碌的人们脊背上的字迹：204。红色。显眼。这是龙江局领导的一支煤炭地质勘探队，拥有数千职工。镜头里忙碌的身影，就是我们的煤炭地质队员。

疑问通过电话得到204队党委书记刘少军的证实："是我们的地质队员。"

我从刘书记那里了解的情况是这样的：

第204勘探队奉省煤田地质局局长蒋维平的命令，中断正在钻井施工作业，调动在矿难现场最近的钻井队星夜兼程、马不停蹄地搬运设备投入紧急救援。接到命令的204勘探队队长肖建平，不顾旅途的奔波劳累，也从外省匆匆地赶往现场指挥。中央电视台播映这段救援现场时，肖建平已经两天两夜没有离开救援现场了。我在电视里看到穿着"204"字样工作服的抢险人员中就有肖建平指挥若定的神态和身影。这天，蒋维平局长带着勘探专家也在现场，调度人员，制订了营救方案。现场指挥救援最关键的一步，是确定受困矿工所在位置，倾听生命的迹象，并通过打通管道从井上向井下输送氧气，注入流食，为后续救人赢得了宝贵的时间。

当矿难发生时，当地几支抢险队都来了，包括一支在全国赫赫有名的找水勘探队也在现场救援。他们倾力钻探的救命井用了一天一夜时间，井口不幸打偏了。打偏的井就是废井。此时204勘探队一个钻机组正在离七台河数十公里的山坡上探矿，被命令不计成本，放弃作业，全机组人员星夜撤到现场。这是个功勋钻井队，钻井技能精湛，思想过硬。随着机长大吼一声："撤！"全机组车辆拉着笨重的钻机设备一寸寸地从泥泞的土路迁移到公路上来。

我们的队员真了不起，竟然连续奋战8个小时最后的"生命极限"关口打通了生命通道，惊喜地听到了地下巷道里被困矿工的声音。这声音让所有在现场的人激动不已。

抢险现场自然是一片欢腾。

蒋维平走了。

肖建平走了。

第204勘探队队员一身泥水、一脸疲倦、悄然无声地离开了，回到野外还未完工的工地。

在后来媒体报道里出现的却是另外一种声音，他们心里极度不平衡，却没有争辩，打井救人是他们终极目的。

感谢你们打通了抢救矿工兄弟的生命通道，还要感谢你们不求名利、无私奉献的可贵精神。

这就是中国煤炭地质勘探队伍传承下来的精神。60年来，他们有过太多的成功，他们奠基了许多个城市的中心圆点，当某个乡村升级为都市时，他们在鲜花与掌声中悄悄离去，他们的成绩一次次被埋没在辉煌的背影里，一次次不公平地被人忽略了。煤炭地质人带给我们这个社会光明灿烂的生活同时，也把他们宽阔的胸怀向我们一并敞开。可我们不能忘记，他们的发现，带来可开采的煤矿，乡村才会变成了都市，才会拉动一方经济繁荣。他们的功绩记录在历史里，这是留给后人的一笔不可或缺的宝贵财富。

读高建明主编的《中国煤炭勘探史》，这是一部忠实记录中国煤炭勘探历史的堂皇典籍，是中国煤炭地质勘探的百科全书，风雨历程的大阅兵记录。试图阅读后完成整个采访计划，无果。

雨是倾斜的，远处已形成一片斜栽的雨林。

煤炭地质队员矿难救援的画面在脑海里不断闪现。脑海里突然出现了涿州小城，那里曾经是中国煤炭地质总局所在地，至今仍安居着数百位煤炭地质的前辈们，他们或是见证了中国煤炭地质发展的脉络，或是参与书写煤炭地质人的辉煌历史。

于是我决定奔赴涿州小城，采访也就从这个下雨的日子开始。

记得涿州小城

涿州是中国煤炭地质队伍的大本营。上世纪70年代，煤炭部批复重组中国煤炭地质总局机构时，从天南地北抽调上来的专家、管理者齐聚北京。总局建局在北京，但是北京却拒绝接受煤炭地质总局办公机关人员户口入京，愁苦了领导者。他们必须寻找落角的地方。涿州是明清朝的地方政府所在地，那时全称叫"涿县"。乡村是涿县的主要基层单位，居住着靠天吃饭而休养生息的人们。涿县城也远不及今天的规模：经济昌盛，市场繁荣。但是，他们却拍手欢迎中国煤炭地质总局安家落户涿县。与中国煤炭地质总局同时进驻的还有燃化部地质矿山局和一个叫地球物理勘探局的单位。随后又有数家经历相近、归属中央的机构也在县城一隅，盖起高楼，修缮庭院，开始了长达数十年的居住、办公。涿县城热闹起来，大街上出现南腔北调口音的市民。现在，虽然机关早已搬离涿州城，而落脚在北京莲花池岸的一栋小楼里，指挥全国地质勘探事业，这里仍然留有数百户离退休老干部、老职工，安享幸福晚年生活。

涿州城有一条长长的范阳路，30年前，归属县城管辖的郊外。现在已是车水马龙，商铺林立，成为城市繁华的一角。原来鹤立鸡群的煤炭地质总局大院，已被新兴的发展迅猛的小城所淹没，只有大门旁的木牌告诉我们一个行业兴衰与荣辱的历程。

97岁高龄的高建明就住在这个小院落里享受着他的晚年幸福时光。高建明参与了煤炭地质总局的初建，在近百年的人生旅途中，搞过党的地下工作、钻过煤窑、做过矿长、当过处长，离休前十多年，他坐在了煤炭部煤炭地质局局长的位置上。他参与了总局"改革"前后几乎所有重大决策，低谷来临前某年他退离了岗位。之后他目睹了煤炭地质业的低谷，那十多年的风雨变化万千，让他记忆犹在眼前。低谷是大环境造成的，责任不在某一人。

高建明望着窗外如蝴蝶般玩耍的孩童说，他记得建国初期的那段火热的生活，是至今记忆最深刻、最感人、最让他难以忘却的生命旅途，烙印在记忆里，融化在血液中，是一个青春与梦想交织在一起的革命理想时代。他忘情地说："那个时代煤炭地质人的革命乐观主义精神是行业思想精髓，那个时代煤炭地质人为国家做出的不可磨灭的贡献是不能忘记的。不要曲解老辈人在那个特定环境些许幼稚的、些许错误的决定或行为，他们对祖国建设的忘我劳动与牺牲精神则是今天年轻人所要传承的。"

就在我这次采访不到4个月，高建明老人因心力衰竭病故，让我好长一段时间为之悲痛。我蓦地想起非洲国家的一个说法："一个老人的去世，如同焚烧一座图书馆。"好在高建明老人那种煤炭地质人特有的精神还在，那闪耀夺目的煤炭地质人灵魂还在，为此铸就了一种不朽，方才薪火相传。

大山里的精神高地

在涿州小城，我了解到南方煤炭地质人工作、生活状况，相隔千里之遥，驻守在南方山沟里的煤炭地质人依然是他们叨念的话题。涿州小城与相距数十公里的北京城是完全不同的两种生活方式。那么留守在广东大山里的煤炭地质人呢？他们是如何在那里忘我劳动，响应祖国的召唤来到陌生的南方？那是一种近似神圣的使命，值得挥洒自己的青春与激情。

人们享受着大都市带来的丰厚的物质文明时候，是否想起这个被

荒原、红柳，江苏局一支地质填图队向大漠深处走去

物质文明忽略的韶关大山里的小镇？它隶属广东，一个在中国开放最早而丰庶起来的省份。

还是那天，高建明望着窗外。天高云淡，有北京城里罕见的白云飘过来。他缓缓地说道："你会想到我们行驶在没有雨季的阳光明媚的山路上，呼吸飞扬尘土时的感受吗？"

这是个巨大的落差，不仅仅是物质文明的落差。

我倾身聆听前辈的教诲。

归属韶关的这个山沟里留守的是一支上世纪五六十年代支援南方寻找矿藏的煤炭地质人队伍，有人戏称是流动的"印地安人部落"。准确地说，是大跃进开始的那年。勘探队员们还是风华正貌的热血青年，他们接受了革命理想主义教育，被这个激情燃烧的时代所感染，听完了去南方找煤的动员报告，听从党的教导，毫不犹豫地打起背包就出发，走进南方雨林，走进为祖国找煤的队伍。

带着行李辎重，行进月余，在一个月夜星辰的晚上，来到这个人迹罕至的大山沟里。冬天，不是北方灰濛濛的天空。看到南方的十万大山里到处绿树葱茏、莺歌燕舞，以为看到离社会主义最近的共产主义天堂。

只有寥如晨星的十余户山民，说着难懂的客家话。

"你们从哪里来？"

"你们要到哪里去？"

祖居村民对这些陌生的不速之客到来很困惑。许多年，这里极少有队伍从大山外走来，即便来了也匆匆地离去，政府官员因政务忙碌而忽略了这个归属大山沟里的人家。怨不得他们，坑坑凹凹的土路太难走，坐车进山屁股都颠疼了，更何况有段路程需要步行。

说着难懂客家话的邻居，看着北方来的年轻人搭起帐篷，挖坑做饭，欢快地唱着歌，不知他们要在山里做什么。

很快客家人听到了山里传来尖嘴地质锤敲击石头"叮叮当当"有节奏的声音，远方也有高高的钻井铁塔竖立起来了，塔尖伸向了蔚蓝的天空。有风的天气，塔尖上的红旗哗啦啦地摇曳着真好看。

地质队员操着东北话，很友好地对客家人说："我们不走了，要住下来。"

不管听没听懂，地质队员还是留了下来。留下的年轻人一拨拨地钻进大山里，走出好远好远，还能听到他们的歌声。听，歌声从远处传来：

9

山河作证

　　是那山谷的风，

　　吹动了我们的红旗，

　　是那狂暴的雨，

　　洗刷着我们的帐篷。

　　我们有火焰般的热情，

　　战胜了一切疲劳和寒冷……

寂静的大山里又热闹起来了。当地的老人回忆说："也就是红军时期闹革命那会儿这里热闹过，以后再没见过这么大场面了。"

一个钻塔卸下来，又竖立起另一个钻塔，却没有打出理想的含有煤层的钻井，可他们不气馁，不放弃。他们就是要在专家断定没有煤田生成条件的南方寻找大煤田，气死看新中国热闹的西方佬们，支援南方社会主义经济建设。

我们把这看做是那个时代民族的、爱国的最为嘹亮的声音。

火热的北方煤田，刺激着高层领导的末梢神经。他们要解决制约南方发展的瓶颈——燃料——煤。尽管专家们说，从地形地貌上分析研究，南方属于贫煤区。我们的领袖操着湖南口音驳斥道："我的家乡就有煤，怎么说南方没有煤呢？"

这个声音是坚定的，肯定了一个存在的事实。

同是一块土地，长着同一种蒿草和庄稼，怎么可能没有煤呢？"无煤论"是右派倾向，必然遭到批判。

最能理解领袖焦虑心情的许多高层领导者中，我们特别要记住一个人的名字：陈郁。

　　1957年8月，年近花甲的煤炭工业部部长陈郁带着中央领导的重托回到了广东任省长。广东是我国的南大门，政治、经济、地理位置都非常重要，工作好坏，对国内外的局势影响很大。刚刚上任的陈郁面临最大的困难是燃料紧缺，这已严重地影响了国民经济的发展、人民的日常生活。作为曾经担任多年燃料工业部部长、煤炭工业部部长的陈郁深知燃料的重要性，他下决心要解决广东地区燃料紧缺问题。

　　陈郁寄希望在广东发现煤田，尽管地质学家告诉他，这里的地质实在找不出来大煤田，有也是小煤田，不值得开采。

　　"广东无煤论"，在煤田地质业几乎所有人都知道是定论。这也难怪，从清朝到民国，广东只有一个南岭煤矿。广东人所需煤炭大都从外地运来。陈郁痴心不改，他固执地认为，广东怎么可能没有煤呢？那是因为你没有发现煤而已。他要解决燃料紧缺，先要破除"广东无煤论"。为了找到煤，他不顾自己的年岁大，依旧跑遍了粤北山山水水，掌握第一手材料，而且调集煤田地质勘探部门的技术力量在广东进行勘探，他想用事实证明广东有煤。在湖广交界处划归湖南行政区域一个地方可能有煤消息传来，他就直接与湖南省领导协商，恳请湖南把这块勘探开采权让给广东。

　　陈郁要在广东找煤，先要解决煤田勘探困难，他请求煤炭工业部从人力、物力、技术、设备诸方面给予广东支持，使广东在短时期内煤炭生产能有所突破。

　　老部长的请求，煤炭部怎能不开绿灯？

　　于是煤炭工业部从北方调派数支煤田地质勘探队奔赴广东。

　　南方9省找煤运动波澜壮阔，又一次掀起了前所未有的高潮。

　　南方一定能找到大煤田的呼声此起彼伏。

　　北方南下找煤队伍，被火车拉到了南方许多小镇乡村，找煤地质队员带着为祖国做贡献的理想，快乐地在大山，在平原，在河谷，在断崖秃壁上寻找着，一刻也没有停止过。

　　煤炭地质人果然在一些地方发现煤的踪迹，但是更多的钻机耗费大量人力财力，钻上来的是岩石、泥土或即便有煤也是鸡窝一样，不足以建矿井开采。

这个结果让陈郁很是失望。

广东地质构造再一次证明了广东有煤却缺少开采价值。

很快"大跃进"的号角不吹了，南方找煤计划也因此而停顿下来了。

"文革"的到来，影响了勘探队伍的北归，滞留在韶关、梅县一带。上级给他们的命令是停留在此地，等待国家的另行安排。这个命令发布不久，煤炭地质勘探局归属问题发生了变化，这支由全国各地抽调上来的、以东北技术工人为主的勘探队年复一年地被阻留在了这里。

等待是漫长的。南方雨多，帐篷失去了颜色，他们便学习当地人盖起木板夹起的草房，那草房就成了地质队员赖以生存的遮风避雨的家。

岁月留痕。年轻的队员不再年轻，理想不再是他们唯一的抉择，娶妻生子或接来妻儿。他们是党的人，必须听党的话，于是就在这南国异乡里住下来。

漫长的等待也是一种奉献。

山还是那样绿，天还是那样蓝，水还是那样清，心境却有了不同的改变。很快，语言不是障碍，地域也不是隔阂，地质队员成了大山里暂住的永久居民。

孩子们长大了，大山外的歌舞升平肯定是诱人的，或是上学，或是打工。年轻人走了，不想再回来。父母在山沟里，那是割舍不掉的殷殷牵挂。逢年过节时，走出大山的年轻人，拎扛着大大小小包裹回来了。年节一过，又如候鸟般地飞走了。父母们只在梦乡里品味着儿女相伴的短暂时光。梦醒时分，留下来的是无边的失落与惆怅，就像大山里的夜晚一样绵长无际。

事实已经验证了，这里少有可开采价值的的煤炭，他们还是要在这里守望着，在守望中一天天地老去。老去的是悠悠岁月，没有老去的是忠于职守的不变情怀。土坯房早已不能再用了，被南方雨水侵蚀而剥落墙皮的斑驳墙体透着天光，从室内能望到远方绿树环抱的大山。

上级下拨住房专项资金，用于改善队员的居住条件，盖起了砖瓦房。他们不再想着走了。

他们的生命只属于大山。

在山沟里，他们是孤独的。

向往着曾经火热沸腾的生活，火热沸腾的年代，但他们却不能走出大山。大山外面的世界是遥远的，遥远得犹如一个传说。在与他们的交谈中，你会知道，大山才是他们的精神高地，须仰视才能见到。

他们询问来访者下次到来的时间，眼神里流溢出望穿秋水般的渴望。来访者感到了自己有股热流从眼角向外潮涌。

"我会来的。"来访者这样违心地说。其实这个被繁华都市抛弃的山沟，也许他们这辈子不会有机会再来，但他们记住了这个山沟，记住了他们的名字：

煤炭地质人。

沉重的翅膀

上世纪80年代，中国煤炭地质业进入了改革开放，倡导一业为

去钻机施工现场采访的路上

主，多种经营的发展道路，经济效益的确被提到一个高度，也曾有过相对的经济增长。问题是国有企事业并没有摆脱计划经济体制的束缚，煤炭开采已经走入下坡路。经济不景气，煤炭地质人已经感觉到了，他们试图改变，但是孕育了几十年的问题、矛盾仿佛一夜间"吱吱呀呀"地拥挤在一起。90年初企事业进入经济体制改革，这是刮骨疗毒式的大动作，一直由国家财政事业费开支的煤炭地质单位，必须融进社会大市场寻找出路。这个态度是坚决的，不容更改。到了1997年，中国煤炭地质业经历了35年第一次海哮般的地震，只知道它势如破竹般地到来了，却不能准确地预告持续时间，而且不可抵挡地漫过每一个有煤炭地质人的院落。徐水师所在的航测遥感局，原来人声鼎沸，车水马龙，现在却要殷勤上门求得他人支持。国家划定的项目没有了，自己找上门去的项目还在绞着劲，想走出去也不知路在何方。这是怎样的心里落差？总局的情况也没好到哪里去。张世奎局长办公室电话和手机交叉鸣叫着，几乎轰碎了他的精神堤岸。压力太大了，考验着这个具有钢铁般坚强意志的男人，他不能朝任何人发火。他是局长，他有责任对此做出解释，却不能对此做出期盼的抉择。

改革，最先受到冲击的是计划经济体制下的国有企业。当年吃皇粮的人们随着私有经济、集体经济雨后春笋般地苗壮成长，原有的国有企业的优势在人们还没有做好心理上的准备时很快变为劣势，原因是弊端渐渐浮出水面。被津津乐道谈论几十年的国企及其相当国企的单位优势不在，一艘前行的大船被来临的经济大潮拍打得遍体鳞伤。

大船想掉头，太难了，它背负着沉重的负担。中国的改革其实是在"一个老人"在南海划了一个圈时就开始了。煤炭地质人没意识或者还没有准备好，汹涌的大潮铺天盖地般滚来。他们是归属国家调配的煤炭地质勘探队，煤炭资源的普查、精查、详查以及开矿前期准备，指令性地发给他们完成。当年他们是时代的宠儿，只要燃料的巨大消费依赖着供应，负责煤炭地质勘探的人们，就有兴隆的市场。建国后的许多年，煤炭支撑着国民经济的命脉。钢铁、重工、生产、生活，煤是紧缺物资，时代的娇子。开放后，这种需求被放大了。夜行的火车上，你能看到山西黄土低坡上星罗棋布的小煤窑点亮的通宵灯火。

小煤窑兴旺发达时，煤炭地质人发现经济市场把他们带入另一个陌生环境时，整个煤炭工业的勘探已萎缩到了几乎被忽略的边缘。煤炭地质人只能拿到国家不足三分之一的财政拨款，还被要求最先保障离退休老人。"煤老大"也支棱不起腾飞的翅膀了。煤都大同矿务局提出"人人230（工资），共同渡难关"；鸡西矿务局连续46个月开不出工资。为煤炭服务的地质勘探队面临的困扰一点不比"煤老大"们差。国家任务没有了，煤炭勘探业自保艰难，一支支野战队伍如同卧在平原上的老虎，无论多有能耐也难以发挥自身优势。

生存是煤炭地质人优先考虑的法则。他们不能放弃主业，却可以多种经营。张世奎局长提出了"两个轮子"运行经营方针，这个方针很快在数十个勘探队12万煤炭地质人中得到贯彻和执行。一只车轮是煤炭地质勘探转不动了，另一只车轮多种经营却遍地开花，兴起的旅店、饭店、商贸公司就是贯彻这一方针的具体体现。握钻杆的人做生意就不那么精明，很快他们的劣势就出现了，亏损成为劣势的主要标志。漏船偏遇暴风雨，这是他们没有想到的。也有异军突起的，比如浙江煤炭地质人不去找煤了。找了20年，劳民伤财，也没有探出一块有开采价值的煤田。东方不亮西方亮，他们放弃"找煤的那只轮子"，把全部心思放在所谓第三产业上。他们看到改革开放后外地涌到天堂杭州看风景的人日渐多起来，住宿吃饭成了问题，意识到食宿紧张还会持续下去，动起旅游产业的脑筋，江浙人的精明耳濡目染地起了作用。地质局位于近城区，皇天厚土的地界。他们腾出了招待所、办公楼开起了宾馆。搞钻探的成了管理者，握钻杆的拿起了算盘，精明的杭州人就是他们学习的榜样，亦步亦趋地也学会了经营，实现了天翻地覆的变化。浙江煤炭地质局早以今非昔比，几座星级宾馆分布在城市的要地。内部消息透露，他们上交的利润占总局的比重虽不大却厚重，却开拓出了煤炭地质人另一条生存通道。浙江煤田地质人的转行成功是被改革形势逼出来的，是一个时代的产物。而江苏煤炭地质局则因地制宜地走上了"工业救企"的道路。十年前，他们选择一处闲置的加工车间，利用大屯煤电公司低廉的内部电价，建起冶炼炉，从内蒙古运来稀土原料在江苏加工，再把稀土精粉外销，获得利润。煤炭地质人吃苦耐劳、永不言败的革命精神，让他们很快掌握了冶炼技术，并且很快成为行业中的优胜者。至今，稀土冶炼成为江苏煤炭地质局的支柱产业。还有一个叫林化成的年轻人，勘探队指令他去接管一个几近濒危的饲料厂。他没有退缩，而是把饲料厂做为展示自己能力的平台，雄起男人本色，愣让这个饲料小厂茁壮成长，产值占据江苏局半壁江山。

主业的缺失，是煤炭地质业走入困境的主要原因。国家分配项目几乎没有，饭碗里的米要向市场伸手。煤炭开采业的不景气，哪里还会要来煤炭地侦勘探项目呢？其它行业诸如冶金、化工、石油的地质队也把脚伸过来，以求分得一块蛋糕。狼多肉少，强者胜。过去那种等米下锅的日子一去不复返了。煤炭地质人要做强者，才能在勘探业立足。强者不是一句口号，是在竞争中取得的。一些人看不到光明离开了，一些人坚信自身的优势留了下来。留下的是智者。新世纪初市场复苏，他们成了行业骨干，成为行业续接烟火的功勋奖章获得者。

历史的责任

煤炭地质人背负着历史遗留下来诸如社保、离退休人员工资这样沉重包袱，走进了由经济杠杆主导的地勘大市场。他们放开了眼界，他们敞开了胸怀，他们接纳曾被拒绝的异邦，并以虔诚的心与之合作。合作就是学习。封闭得太久了，有责任与万花筒般变化的世界接轨。

那一年，他们在淮南一个叫刘庄的小地方与日本人合作，抛弃曾有过的历史隔阂。因为是改革后第一个国际间合作项目，尤其让煤炭地质人高度关注。王文寿时年任总局主管处长，他对此印象颇深："我们交过了学费，在学习中成长，认识了不足，为煤炭地质业腾飞梳理了翅膀。"

煤炭地质人不再拘泥自己的那半亩荷塘，他们走出去，才看到外面多精彩。凭着煤炭地质人爱岗敬业的精神，没人能战胜他们。一位哲人说，打垮自己的敌人就是自己。

某一年，驻在陕西区域的中国煤田第一支航测遥感劲旅，飞赴巴西热带雨林的大山里，接受联合国招标项目。时任测绘遥感局长的徐水师这样评价此次远征："煤炭地质人的表现，受到当事国的尊重，得到他国技术人员另眼相看，这不是钱能买到的。锻炼和检验了煤航是一支在任何环境下都能获得成功的队伍。"

煤炭开采业的寒冬过去，煤炭勘探业也再次雄起。但是，他们不再拘泥一城一池的得失，放眼大煤炭地质战略，既抓紧了主业，也把第三产业放在了经济大市场中淘金，他们在一些省区拥有矿权，还把先进的勘探技术运行出国外，在蒙古、印尼、巴西都有他们的足迹，任何风吹草动的经济环境都不可能打垮他们，煤炭地质人经历过风雨，有了抵御风险的能力，增强了自身造血功能，我们看到了一艘满载金银的大船逆流快速驶来。

60年，历史长河极其短暂的旅途，却使煤炭地质人付出两代人的青春岁月。经历过发展、壮大，经历过困顿、停滞，前后10年的大起大落、反思与觉悟，煤炭地质人找到了适合行业腾飞的八千里路云和月。

中国煤炭勘探60年，是一部厚重的历史书。纪念的意义是为了弘扬，60年来，煤炭地质人的信仰、坚守和理想迸放出璀璨的光芒。

生命埋在大山里的，大山就成为永恒的墓碑，大山也因此变得巍峨。

第一章　不是一个人的梦想

毛泽东对陈郁说："海员当部长，这叫开天辟地头一遭。"王竹泉说："我们是白手起家，一缺设备，二缺专业技术人员。中央有命令下来，我们别无选择。"新中国成立了，燃料不足制约了经济发展。东北组建煤田地质勘探队，这支队伍很快扩展为拥有12万人的煤炭地质勘探的野战劲旅。

煤，改变了人类进程

大约一亿四千五百万白垩纪地质年代，我们生活的地方到处是茂盛的森林，河水清盈，草原丰饶。那时，我们的祖先还没有诞生。没有恐龙，也没有丽鸟飞虫，年复一年，日月星辰更替。洪水是大地的常客，排山倒海般地袭来，却又缓慢地褪去，在低凹处停滞了，形成沼泽。洪水埋葬的树木和枯草败叶遗体在沼泽中堆积腐朽，再后来发生了生物化学作用，腐朽变成泥炭。泥炭只是黑黑一层或薄或厚的腐植质，还不是可燃烧的物体。腐植质一旦释放出了有毒气体，整个世界都被毒气充斥着、笼罩着。

地壳还在没早没晚地剧烈运动，不断地改变着地表的结构，盆地基底下降到了深处，在地表上堆积而形成的那层厚厚的黑色的腐植质很快被空气隔绝了，并在高温作用下，出现一系列复杂的物理化学变化，形成了黑色可燃烧的化石。地壳下降速度快，树木枯草败叶遗骸堆积起来，可燃烧的化石增厚；地壳下降速度缓慢，植物遗骸堆积起来的少，可燃化石变薄；又由于地壳构造运动使原来水平的煤层发生褶皱和断裂，一些可燃烧的化石层被埋到地下更深的地方，一些又被排挤到了地表。

后来，这个频发灾难的地球，经历了很长一段冰川过程，大地静寂下来。埋在地下深层植物遗体堆物有规则地保存了下来。又过了许多万年，地球开始有了生命迹象，有了丽虫、飞鸟、恐龙、洪水，地壳运动仍是主角。生命的出现使静寂、清冷荒芜的土地热闹起来。再后来，有了我们的祖先。我们的老祖宗不喜欢蹲在树上过夜，跳到了地下，学会了直立行走，并发现了火种的种种优势：用火把点燃树木、枯草可以取暖，也可以烧烤食物。再后来他们发现沟壑的褶皱或断裂处黑色或土或石的东西能燃烧，而且不易熄灭。这种可燃的黑色泥炭即坚且具韧性，到了先秦，有了文字记载，被称之为"煤"。煤改变了人类历史的进程，出现了西汉《盐铁论》记载的情景："盐治之处，大傲（抵）皆依山川，近铁炭。"日本僧人园仁《入唐求法巡礼行记》中有载：太原府"出城西门，向西行三四里，到石山，名为晋山，遍山有石炭，近远诸州人尽来取烧"。山西采煤炭，抚顺、烟台、淄博、焦作、枣庄和西北地方也采煤炭，自汉代起到宋代千余年间，裸露之煤层悉被采掘，到了宋代因手工业、兵器工业、瓷业以及民众生活生产需求量增大，形成历史上第一个采掘高峰。寻找新的煤炭产地的地质勘察业开始萌芽。

大文学家苏轼在徐州太守任上时，徐州已经有了管理冶炼铁矿机构。要炼铁，需要煤炭。冬要取暖，也需要煤炭。采煤并非易事，采量也有限。缺少取暖的燃料，冻死人的事不时发生在徐州。"当官不为民做主，老苏回家卖白薯"。这样字条贴在苏轼能看得到地方。老苏脸上挂不住，咱不仅会写诗，也能为老百姓做些正事。"赶快给我出去找煤"。太守急了，手下官员派人四处找煤，果然在今萧县白土镇找到可开采的煤炭。老苏喜不自胜，遂提刀笔发挥写作特长，即赋《石炭》诗一首。序中写道：

"彭城旧无石炭，元丰元年12月，始遣人访获于州之西南，白土镇之北，以冶铁作兵，犀利胜常云。"

老苏在他的《石炭》诗中描绘出这样情景：彭城，也就是今天的徐州，当时不产煤，以致冶铁和民用燃料全依赖木炭。南山的粟林砍光了。居民因无柴烧饭、取暖，只得用自己衾裯去换取柴火，遇到雨雪之大，几乎把肋巴骨和小腿骨都冻裂了。苏太守写不成诗句了。派出几路人马四处找煤，找煤的人马就是我们今天的煤炭地质勘探队。大约在白土镇北边看到了煤层露头线，于是顺着煤层露头线深挖，竟挖出一个大煤矿。不仅挖出了万年炭，还绘制出了赫然裸露的天然煤层刻面图。消息传开，千家万户居民为之欢欣鼓舞。有了煤，居民生活问题解决了，北山的铁矿也能冶炼了，南山的粟林也保住了。老苏的丰功伟绩也被他自己心不愧脸不红地载入煤炭勘探开采史册。

明末清初，煤炭勘探开采业已成规模，乾隆帝下令各地查勘煤炭之地，"派工部官员到京西去悉心察勘，煤旺可采之处，妥议规条，准令附近村民开采。"威仪天下的皇帝甚至知道，要想大力发展煤矿，勘探工作非常重要，开采煤炭及其勘探会出现大量伤亡，指导采煤者对含煤地层中煤层的层数、煤质分布、地层现状必须熟知。煤层多随页岩而行，煤层的厚度变化以及页岩与断层认识，应遵循规律而行，"凡脉炭者，视其山石，数石则行，青石、沙石则否"。中国大工业发展较晚，对地质科学未形成社会需求，虽有煤炭地质实践，未能总结出较系统的煤炭地质理论，以至于中国煤炭地质发展缓慢而难行，到了日本人在中国战败，灰头灰脸滚回属于他们的岛国上时，中国的煤炭地质调查和勘探工作实际上陷入了停顿状态。

开国部长陈郁

北方战火平息了，战争向南推进。发展经济，安居落业，共产党人要在百废待兴的国土上创建新型的人民当家做主的国家。但是，制约新中国建设和发展的是燃料。缺乏燃料，人民焕发出的革命热情如同无源之水、无本之木。偌大的北京城里运营业还是以马拉大车为主体，偶尔驶过一辆汽车，背上却驮着烧煤气的大包。没有汽油，也稀缺煤炭，建设新中国只能停留在热情和原始的理想上。为此，刚刚成立的中央人民政府政务院总理周恩来签署命令，调还在北满鸡西、鹤岗地区指挥煤井恢复生产的陈郁回京述职，组建中央人民政府燃料工业部并出任部长。

中央调任陈郁是有过慎重考虑的。

"八一五"光复，日本人被赶出了中国的土地。东北地区特殊

中国共产党煤炭部地质局首届党员代表大会召开

的战略地位突显出来。正因为如此，国共两党都非常重视这个地区。一时间，东北成为两党争夺的焦点。中共不仅调遣了10万大军出关，从日本侵略者手里收复失地，还派了强有力的干部队伍进驻东北开辟根据地。陈郁是从南方抽调到东北的高层干部，任中共辽西省委副书记兼东北职工总会筹备委员会主任，领导东北地区和沈阳市的工人运动。东北处于国共胶战状态，战斗每天都可能发生。共产党人脚跟还没有完全站稳，必须利用一切可能的条件开展革命的武装斗争。斗争形势十分严峻，日军的残余势力、国民党的特务组织、土匪恶霸都在这个地区与中共政权明争暗战。陈郁书记审时度势，坚持把工作重心放在沈阳这个东北最大的工业城市。保卫城市、建立政权，需要人员。陈郁和他的战友用一个多月时间，就把五千多名身强力壮的工人组织起来，亲任政治委员。形势突显变化，共产党人撤出沈阳，这支工人武装也跟随着撤出了沈阳，成为国内战争中的一支重要武装力量，在平定法库土匪叛乱等战斗中起到了不可替代的作用。此后，陈郁在茫茫林海雪原，率领工人武装围剿惯匪，在国民党军队无暇顾及的北满建立革命根据地。这期间，辽沈战役打得如火如荼。按照党的指示，陈郁和他的战友们深入到了北满矿山煤田发动工人多出煤、出好煤支援人民的解放战争。

东北的解放，让苦难深重的中国人民看到了胜利的曙光。陈郁的老部队已在长江北岸摆开决战阵势。那时部队干部、战士一见面，就问对方不打仗了，准备干什么呢？

"干什么？"陈郁还没有从战争硝烟中反应过来。他站在北满鸡西矿区的一个高岗上，望着绿树葱茏的大山想着如何让这个刚刚从日本人手中接过来的矿区尽快恢复煤炭生产，使之成为人民当家作主的、快速发展起来的矿区。他想着和平了，解放了，中国共产党人怎样在这片废墟上建立新生的人民民主政权。

那时，陈郁和他的战友面临重重困难，用千疮百孔这个成语来形容北方最大的煤田，一点也不过分。低效的劳动无法让矿井迅速恢复生产，日本人的破坏性开采，已使鸡西的大部分矿井处于关闭状态。

新的国家必须发展工业，发展工业的基础是什么？

是能源，而中国能源几乎全部来自煤炭。

陈郁头脑里闪现出他在来东北途中看到的情景：一列满载北上干部的火车，以比马车快不了多少的速度前行。每到一个小站，火车都会停下来加添燃料。在被大雪封闭的林海里，火车喘着粗气又停了下来。在敌我形势不明，随时都会有土匪武装突袭的严峻形势下，警卫部队子弹上膛，严阵以待。陈郁心里发闷，走到车下，见到与高建明一样的情景：车站工人抱着劈柴往火车头上猛装。他大惑不解地问："这是干什么呀？"

车站工人告诉他："给火车添燃料。"

车站工人的回答，让他倏然明白了火车走走停停的直接原因。

这让他一下子明白了党派他深入北满煤矿区组织工人恢复生产的真正目的了。

工人出身的陈郁，在民主革命时期，就同燃料能源有着不解之缘。在延安党中央所在地，他同工人一起为革命在黄土高坡的沟沟壑壑找煤，解决煮饭、冬天取暖燃料问题。《为人民服务》一文是毛泽东为革命烧炭而牺牲的战士张思德写就的著名文章。他在延安带人找煤，煤成为共产党人能不能在陕北大山中生存下来的重要因素。中共领导人关心找煤的结果，使更多的人也知道了陈郁。

党又给了在东北的陈郁一个新职务：中共中央东北局生产委员会副主任。

上任后，第一件事是恢复煤炭生产。

陈郁来到鸡西。

鸡西煤田是东北最大的煤炭生产基地，日本侵略者在这里狂挖疯采了十多年。留给陈郁和战友的是满目疮痍的残局：连年战争的严重破坏，煤井长满了枯草；破旧机器生了锈，静静地躺在那里。矿工没工作，饥寒交迫，挣扎在死亡线上，三三两两的矿工在避风遮雨地方期盼着煤矿开工。

日本侵略者战败前在这里疯狂开采达到了极限，矿井的破坏也达到了极限。映入眼帘的是破破烂烂的矿山，穿着破破烂烂棉裤棉袄的矿工，土坯草棚垒起来的破破烂烂的工棚。想起上世纪70年代一则流传开来的消息：历数日本侵略者在中国犯下的种种滔天罪行。如用中国人做活体细菌实验的731部队、屠杀南京30万同胞的是关东军等等，更为惊愕的是日本人对东北自然资源的疯狂掠夺。而且不仅有森林、矿石，还勘查了东北每一条重要河流，分析水源所含成份，以备开发利用。据说还把深藏在地下的煤炭挖出来运回了日本本土，进行战略储备。时间久远，消息的来源我无从考证，有一点是如何赖不掉的，日本侵略者在占领东北期间犯下了滔天罪行，一座座"万人坑"就是佐证。只要多出煤，侵略者根本不顾矿工的死活，抓来大批劳工投到井下，劳工成为没日没夜挖煤的劳动工具。产煤是侵略者终极目的，劳工一旦没有力气挖煤了，就会被扔进土坑里活埋。陈郁站在被当地人称为"万人坑"的地方伫立了许久，内心的愤懑撞击着他的胸膛。

发动工人恢复矿井，这一切必须在最大可能保障工人生命安全的前题下进行。

海员出身的陈郁，并不懂工业，对煤炭生产一窍不通。但他懂得，多出煤又要保障工人生命安全，地质勘探技术人员起着决定性作用。他问煤矿的管理者："技术人员在哪里？"

管理者的回答令他担忧起来。这里的勘探技术人员处境很不好。北满被中共接管后，那些曾给日本人做事的工头跑掉了，而在矿上做勘探地质技术工作的人员则被工人关押起来了。矿工们私下里酝酿要把这几个给日本人做事的工程师处死，平息他们对日本侵略者的深仇大恨。

鸡西煤矿的正副工程师，一个叫王之明，一个叫刘仲。王之明曾经留学德国，刘仲曾经留学日本，都获得过博士学位。他们在日本占据鸡西煤矿时，正值年少气盛，想干一番事业，工作格外地卖力。日本人也给了他们很好的待遇。他们看不起矿工，间接地成了日本人的帮凶，矿工们恨日本人连他们一块恨了。鸡西煤矿实行民主改革后，矿工把两人当汉奸抓起来斗争，正在酝酿用什么方式处死他们。

陈郁非常着急。这些人虽然为日本人做事，成为日本残害矿工的间接帮凶，却与日本侵略者有着明显的本质区别，不能用对待侵略者的态度来对待他们。

陈郁走进矿工中间，用党的政策教育他们："要多生产煤炭，煤炭地质勘探人员作用很重要，煤炭生产还需要在他们指导下进行。"

毛主席说过，没有知识分子的参加，革命是不能胜利的。陈郁告诉矿工，王之明、刘仲是知识分子群体的一员，要团结他们，尽管他们过去做过一些对不起工人的事，但是他们愿意同我们合作，他们也是日本人剥削对象，要把他们改造过来为人民服务。

陈郁耐心细致的思想工作，得到了矿工的理解与支持。陈郁保护了两个人，让他们继续担任正副总工程师，使他们的能力得到了体现，技术得到发挥，为鸡西煤矿生产发挥了重要作用。

北满形势非常复杂。国民党溃逃时，潜伏了大量的反动党团骨干、特务分子，以游击战争的方式危害新生的人民政权。陈郁和他的战友深入群众访贫问苦，发动煤矿工人为恢复煤炭生产出力献言。同时，又狠抓煤矿的民主改革，调动了矿工极大的生产热情，使煤炭产量有了大幅度上升。

中央命令下来时，陈郁还在白山黑水间穿行。回到北京他才知道，中央给他的任务是参加筹建中央人民政务院的部委工作。根据政务院总理周恩来提议，陈郁负责中央人民政府燃料工业部筹建具体事宜。

这份责任，压得陈郁心情格外沉重。

陈郁脑海里又浮现出那列缓缓爬行的火车。

开国大典那天，陈郁登上了天安门城楼。城楼上集中了中国革命的精英们，他们是新中国的奠基者也是建设者。陈郁见到了毛泽东和周恩来。周恩来把陈郁拉到毛泽东面前介绍说："陈郁在广州苏维埃政府里可是当过部长的。"

毛泽东对陈郁有过一些了解，他接过周恩来的话头说："海员当部长，这叫开天辟地头一遭。"

陈郁赶忙说："那次部长只当过三天，就被敌人赶下台了！"

毛泽东风趣地笑了起来："陈郁呀，这次咱们可不止干三天！"

陈郁明白毛泽东这句话的深刻含义，不仅不能滋长骄傲自满情绪，还要做出成绩来，人民才能拥护我们。

北京城已是万家灯火。陈郁的车行驶在长安街上，他格外留意偶尔驶过的汽车背上的大包袱。在他看来，背着大包袱缓缓行进的汽车就是中国人的耻辱，也是他这个燃料工业部部长的耻辱。那包袱压在汽车的背上也压在他这个部长的背上，沉重得让他喘不过气来。对于一个发展中国家，燃料工业是一切工业的基础，没有燃料，没有能源，要发展工业是不可能的，要变农业国为工业国更是不可能的。

毛泽东、周恩来殷切的目光让他寝食难安。

陈郁深知燃料工业重要性。建国初期，旧中国留下的遗产少得可怜，石油工业几乎是一片空白，到处是洋油的天下。偌大一个中国，只有一个玉门油矿，年产原油也不过10万吨；电力工业非常落后，全国发电装机总容量只有184万千瓦，年总发电量83亿度，农村几乎没有电力供应；煤炭的年产量只有1400万吨，还不如今天一个中型矿井的开采量。一个重要事实是，中国的燃料工业基本依赖煤炭，燃料工业部现在要做的是尽快恢复煤炭的生产。

要想迅速挽救岌岌可危的煤炭工业，组织煤炭地质勘探工作，为煤矿建立、改建、扩建提供基本地质资料，已成为燃料工业部的燃眉之急。

煤矿地质勘探难，陈郁是能体会到的。建国前，日、英等帝国主义在中国华北、东北开动过几十台钻机，战争结束后，这些钻井力量早已离散。随着各矿区相继解放，大多矿区把分散的老钻工又召集回来，修复战乱遗留下的日本利根式300米破旧钻机。人手不够时，或从矿工中补录，或从农村招收，用短期培训、师带徒的方法，边学边干，加大对煤炭地质的勘探。

初始的勘探力量显然跟不上煤炭生产的需要。

王竹泉临危受命

开采煤炭，最为重要的是发现煤田。没有勘探队伍的发现，开发煤田只会是一纸空文。连年战争，新中国几乎没有留下完整的地质资料，陈部长为此很是着急。中央政府燃料工业部必须尽快建立煤田地质机构，把分散各地的采煤、勘探专家请到燃料工业部来委以重任。他求贤若渴，亲历亲为。听说某专家在某处，他会亲自问询，发出邀请。有人告诉陈郁部长，建立煤炭地质勘探队伍，有一专家你非用不可。陈郁眼睛一亮，急忙问："谁？"

介绍者如实回答："王竹泉，他可是了不起的人物，煤炭地质勘探的大专家。他在煤田地质勘探领域名气很大，对中国煤炭勘探曾有过重要论述。"

"王竹泉？人称山西勘探王的那个王竹泉吗？"陈郁听说过王竹

泉这个名字，他嘴里念叨着，终于想起这个人来了。

介绍者回答是肯定的。

陈郁吩咐立马调来王竹泉的个人资料。王竹泉的简介有这样的文字表述：

> 王竹泉，1891年出生，河北省胶合县人。1913年考入中华地质调查所，受教于章鸿钊、丁文江等。1916年毕业前后，曾到河北、安徽和贵州进行了大量地质调查工作。之后两年多次调查山西省，写了《山西平盂、路泽煤铁矿地质》、《绥远丰镇县马林滩庆坝煤田》、《山西大同、左云、怀仁、右玉煤田地质》、《百万分之一太原—榆林幅中国地质图说明书》等调查报告。被地质界誉为"山西王"，是对地质调查和勘探贡献较大的学者……现为北京大学地质系教授。

陈郁如获至宝，很快以中央燃料工业部部长的名义邀请王竹泉为中央人民政府燃料工业部顾问。王竹泉和一大批地质专家到来前，他亲自主持会议，要求党的领导干部尊重党外专家的意见，维护党外专家在技术上的权威，要在技术上拜党外专家为师，为他们开展工作提供舒适便利条件。燃料工业部在陈郁的严格约定下，对知识分子尊重蔚然成风。燃料工业部对知识分子的礼遇让所有专家心存感激。从旧中国走过来的地质专家王竹泉，看到共产党人的部长如此礼贤下士，深受感动，他愉快地接受了陈郁的邀请。

与王竹泉同时进入燃料工业部的王子泉曾经在国民党资源委员会任职。作为专业人员，他调任燃料工业部任总工程师。30年后王子泉深情地回忆他对陈郁部长认识上的变化：

"解放初期，我们这些在旧社会工作较长的人员，起初见陈部长语言通俗，毫无官气，经常问这问那，好像不懂行。有人藐视地认为，陈部长不过是个无文化的共党干部而已。后来，熟悉了，始知陈部长人格高尚，学问精深，虚心好学，不耻下问。他对机械设备造诣颇深，特别是在与苏联专家打交道时对答如流，不亢不卑，俄语之精，知识之广，亦在我等之上。他对我格外关怀，常常针对我的毛病，告诉我要看哪本书哪一页至哪一页，这不禁使我惊讶异常。他的虚心好学乃出于天性，绝非浅薄无知。从此，我们对他既感亲切又感敬重。……"

陈郁对王子泉是这样，对王竹泉是这样，对所有调请来的专家学者也是这样。王竹泉把陈部长当成知己。王竹泉不善多言，内心却是被感动着，他不能不为之贡献出自己的所有才智。

慧眼识英才，陈郁选王竹泉是选对了人。

1950年6月，王竹泉担任燃料工业部煤炭管理总局地质勘探室主任。地质勘探室负责全国煤炭地质调查、煤田钻探、煤矿改建中的地质工程和测量、化验，资料编入，包含所有煤田地质勘探事项。地质勘探室被公认是现在的"中国煤炭地质总局"的前身。

王竹泉领导下的煤炭地质队伍很快形成了规模，投入轰轰烈烈的探矿找煤运动。

王竹泉上任这个月，燃料工业部召开了全国煤矿工业会议，确定了以全面恢复为主，建设重点放在东北，这也是1950年煤炭工业建设方针。

王竹泉周围的同事都是从不同岗位调来的煤炭地质技术工作者，人员素质参差不齐，但有人总是好的。他没有怨天，也没有尤人。他经常说的一句话就是："好的，一定会好的。"

王竹泉乐观向上的精神和必胜的信心感染着每一位下属。他一面组建完善煤炭地质管理机构，一面针对矿区生产需要完善钻探，增加测量力度，为国民经济三年恢复时期提出煤炭地质勘探规划，这个规划关系中国未来数年的发展。

我在中国煤炭地质总局档案馆负责人陈大姐的帮助下，查找到了1950年全国煤矿会议的主要内容。会上陈郁部长提出了煤炭地质勘探的方针：

　　"以改建恢复为主,扩大井田范围,提高矿井生产能力,延长矿井寿命是煤矿基本建设的当前任务。要大规模进行地质勘探工作,动员全国煤矿职工集中力量充实地质勘探、设计、施工组织机构。大力培训技工,扩大基本建设队伍。"

　　燃料工业部把找矿列为煤炭生产的首要任务。王竹泉协助部领导筹划全国煤炭地质勘探具体事由,拟定规划草案,组织制定了中国煤炭地质勘探类型及煤田储量计算、水文地质工作方法。

　　王竹泉的工作有了实质性进展。他说:"难题要一个个解决,难关要一个个闯过,别指望我们会用几天时间或几个月时间就能解决面前的难题,可我们能够加快脚步,缩短解决难题的距离。"

　　王竹泉这种科学的、求真务实的工作态度给人们留下深刻印象。

　　王竹泉用事实说话。

　　1952年,中国煤炭地质勘探史上——这是个应该记住的年份。这年底,全国已有28个矿区成立了钻探队伍,最高开动钻机263台,平均开动51.5台,煤炭地质勘探职工已有6437人。这是一个了不起的贡献,这里凝聚着王竹泉的作为和心血。

　　在大好形势下,燃料工业部于1953年初向中央人民政府提交了《关于目前燃料工业情况及今后工作布置的报告》。中央政府在批准这一报告时,对煤矿建设任务做出了明确指示:

　　"煤炭是国家工业化的现行工业,其发展的快慢直接关系到国家所有重要工业及交通事业的发展速度。因此中央认为在燃料工业建设问题上必须从全国的长远的角度出发,按照国家建设的需要和资金分布状况来周密地研究制定建设计划。在建设方针和步骤上必须抓住重点,首先要集中力量解决国家建设基地,如包头、大冶等处需要的燃料煤,特别是炼钢用的焦煤。燃料工业部必须协助地质部(1952年8月7日中央政府第十七会议通过成立地质部)在包头、大冶周围,如石拐子、大同、淮南、平顶山等处积极勘探,迅速查明并提供必要的合乎经济原则的照顾地区平衡的资源材料,以配合并保证这些新的工业基础建设计划的进行。目前决定煤矿建设进度的关键是资源勘查。因为资源不清，一切建设便无从做起。因此必须把地质勘探工作提到首位，必须采取有效办法加强地质勘探力量，做好基本建设工作。"

中央指示是明确的，也是坚定的。强调解决燃料短缺，首先解决煤炭地质勘探工作。

军马未动，粮草先行。现在军马都已动员起来，等待着粮草的供应。

陈郁部长把王竹泉请到办公室问道："中央让我们煤炭地质勘探系统5年内探明141亿吨煤炭储量。竹泉同志，这个任务可是太大了。我能理解中央领导的焦虑心情，以煤炭为燃料或原料的企业，特别是钢铁企业，急待煤炭能足量供应。"

王竹泉用他那一贯缓慢的语气说："虽然煤炭地质勘探白手起家，一缺设备，二缺专业技术人员，但是中央有命令下来，我们别无选择。"

陈郁为王竹泉的这几句话而感动，紧紧地握着王竹泉的手说："竹泉同志，一切都拜托你了。"

王竹泉扛起探明煤储量141亿吨的重担，这个爱国的老知识分子把国家交给他的任务当成责任，这责任重于泰山。为了发展、壮大煤炭地质勘探技术队伍，他更多的时间在煤田、矿井，在去天南地北的路上，像一台永远不知疲倦的机器，战斗在中国煤炭地质勘探最前沿，为中国燃料工业贡献出智慧和力量，实现他的人生价值。

上世纪50年代初，郭万荣被陈郁部长点名要到部里工作。那时，煤田地质勘探室已改为地质处，王朴任处长，王竹泉担任总工程师，郭万荣就在这个处任技术员。他对王竹泉印象是话不多，煤田地质专业非常精通。刚刚解放那几年，煤田地质还是煤炭大发展的软肋。全国能整合的只有12个钻井队，煤田地质技术人员也不过400人，而且是由三部分人组成：日伪时期打钻、地质勘查的技术工人；国民党撤离大陆时没有被带走的十几个专家；关内如大同、开滦、焦作等钻井队留下的技术工人。而这400人中只有89个是技术人员，其他都是技术工人。这样的技术人员比例状况，让王竹泉感到责任很沉亦很重。

郭万荣在王竹泉身边工作多年。他记得，王竹泉在解放初时年58岁，国民党时期的著名地质学家翁文浩非常赏识他的才华，一直重用王竹泉。听人说，王竹泉在国民党时期名气就很大，是个不可多得煤田的地质专家，不仅对煤矿地质，而且对所有矿业都很熟悉。

郭万荣对王竹泉的评价是，做事认真、严谨，所有经手的事一定要弄清楚、问透亮。平时不喜欢多言，属于一句废话都不肯多说的那种人，只有说到专业技术时眼睛才会放出光芒，而且滔滔不绝。

当年地质处与王竹泉共事的，大都故去，只有郭万荣和李忠黎还健在，他们也是80多岁的老人了。

火车跑不快的原因

"建国前燃料缺亏到什么程度？"我问老局长高建明。老人打开记忆的闸门，他回忆道："1946年，我作为北上干部团成员，在去东北路上看到的情景，对我触动很大。那时我就发誓，一定要到有煤的地方去创业。"

高建明的思绪飞回到了白山黑水间。

"那时我就思考着这些问题。在东北采煤区，还要烧木头给火车加动力。在非采煤区又会如何？没有燃料怎么发展工业，没有工业国家如何富强？我后来走进新中国的燃料部煤田地质系统一直工作到了离休，这跟我看到的火车烧劈柴的情景有关。"

高建明说的是东北解放初期的实际情况，在很多影视中我们也能看到。那时，西方发达国家已认定中国为贫油国家。

高建明是日本投降后被党派去东北接受改编的干部工作团成员，也是最早成为煤田地质的老领导。高建明在运河边上长大。1938年台儿庄血战后，他的老家徐州成为日本沦陷区。这一地域地下党活动十分活跃，建立武装，开辟红色根据地。20岁时，进入抗日战争最艰辛岁月，他加入了共产党，并被分配到一个叫图山镇的红色根据地完小当副校长，做党的地下工作。又根据党的指示，到邓子恢兼任校长的华中建设大学学习预科，这个学校在为新中国储备人才。

日本投降后，中央从根据地调出大批干部组成赴东北干部团。这时，东北形势复杂，战争一触即发。国民党部队已经占领了沈阳、长春主要城市。烟台集中了山东建大、华中建大200多人。从烟台上小火轮船，在海上飘流一天到达安东也就是今天的中朝边城丹东市。省委安顿好了北上干部，通过渠道让他们进入平壤，从朝鲜境内偷渡图门江，再进入黑龙江省境内。

从图门江向黑省腹地出发，弄到了几个车厢的小火车。这火车特别慢，按高建明的说法，火车像一头不堪负重的牛车，喘着粗气在林间窄窄的铁轨上爬行，因为停靠在一个林区小站，高建明见车站工人一捆捆往车头抱劈柴，他大惑不解地问道："装劈柴干吗？"

车站工人告诉他："这个火车烧木头。"

高建明还是不解地问："怎么不烧煤炭？"

车站工人用奇怪的眼神看着他："这位领导说话好奇怪，有煤谁会用木材呢？听说有的地方连木材都没有，要填加黄豆、豆饼呢。"

高建明不能再问了。没有煤做燃料，火车跑不动，铜铁不能生产，城市也没有电力供应。

高建明被分配到了北安中心县委。这里土匪、兵痞横行天下。工作团干部到县城，被这些人跟踪了。兵痞抢劫干部团成员又开枪打死他们，一时成了严峻的现实。他们更多时间是为部队招兵，坐在爬犁上，跑几个屯子上百公里做动员工作，新兵训练一个月就上了战场。老百姓看见共产党军队穿着破烂，怀疑他们不能与武装精良的国军抗衡。

1949年底，高建明和他的战友从农村转到了城市，投身国家建设中去。他被分配到了东北煤矿管理局，这个局管辖着鸡西、抚顺、北票、蛟河、鹤岗等8大煤矿。局长杨建平分配他到蛟河矿务局做党务工作。他却坚决要求去基层煤矿工作。杨建平见他如此坚决，就让他去了20里路外一个煤矿任党委书记兼副矿长。

在煤矿见到的情景让高建明触目惊心。工人住的房子里空荡荡的，两条大炕露着土，连个苇席都没有，枕着砖头、木块。煤矿工人下井也没有安全保障，他们大都没有成家，死了的挖坑埋了，像一根小草一样再也不被人记起。挖煤挣了钱就去赌、去逛窑子。他们的思想还停留在旧中国时信奉的"今朝有酒今朝醉，管他明天是死活"的颓废的人生信条。他随矿工下井，日本人打得是简陋的斜井，铺设钢轨，人坐"轳辘马子"下井，然后一车车往上推煤。几乎没有地质勘探资料，造成事故频发。面对日伪留下来的烂摊子，他坚持先把和外界连接的路修起来，建立食堂，改善住宿条件，建了一个很大的合作社，使这个煤矿有了规模。

高建明的理想是让火车开起来，钢铁厂有充足的焦炭，楼上楼下安装电灯、电话。1954年初，高建明调任东北煤田地质局任副局长。东北煤田地质局分为两个地质勘探局，一局在沈阳，二局在鸡西，高建明留在沈阳一局。从地方调上来的干部充实到地质局，他们大都不愿意野外作业。高建明严肃地说，没有地质勘探，煤矿怎么建？没有煤矿煤从哪来？有煤才会发展工业，才会有社会主义的美好未来，地质局干部必须成为专业干部。在煤田地质局工作40年，他已成为地质勘探专家，直到1992年从中国煤炭地质局局长位上离休，他那代人的理想已成为现实。

党的号召是阳光

像王竹泉一样的煤炭地质人，构成了中国煤田地质勘探的主体。他们不知疲倦地工作，换来中国煤炭地质业的迅猛发展。旧中国没有为煤炭地质人留下可以遵循的经验，他们几乎是在一无所有的条件下，揣着一张10万分之1或是20万分之1的地图，带上必备的尖嘴地质锤、罗盘向大山、平原出发了。老地质队员刘崇礼告诉我找煤的流程：地质队员到某地在地质图上填上采集到是什么岩石，分析岩石找出隐藏煤的信息，还会通过各种手段如到村民中调查、根据地质结构分折搜集到信息，必要时还可开挖探槽，分析裸露岩石，用的大多是手钻。许多年后科技进驻煤炭地质业，用人工地震、电法、磁法、重力、深部物理探测，捕捉地波而得出参考数据。但是，原始的找煤方法仍然主导着地勘业。

煤炭地质业繁荣，煤炭业亦繁荣，近而带来中国工业的崛起。王竹泉那代人为实现这样理想努力工作着。

潘广，上世纪80年代的特级劳动模范，一个把生命交给党的煤田地质事业的工程师。他的美好人生就起步在那个充满理想的时代，在后来一段日子里，他的理想被人为敲碎了，他被勒令放弃研究，但他没有气馁，敞开胸怀，让人看到那颗赤诚的心在不肯停止地跳动着。

潘广的整个学生时代，都是在祖国遭受侵略、民族遭受压迫的水深火热中度过的。1945年潘广从西北工学院毕业。北平解放以后，党把又把他保送到华北人民革命大学速成学习。

建国初期，潘广在华北煤管总局、煤炭科学研究院地质研究所工作过，以后又在淮南煤专和合肥矿业学院教书，满腔热忱地进行工作，参加了新中国煤炭工业第一批地质、矿业人才的培养。肃反运动后期，他学生时代加入国民党的一段历史，经组织审查，结论为"一般历史问题"。学校领导鼓励他放下包袱，轻装前进，为新中国多做贡献，党的温暖使热潘广泪盈眶，激发了他报效祖国的决心。

"1954年，全国开展地质矿产大普查，我担任领队，带领淮南煤专部分师生，承担河南密县东部地区的地质矿产普查工作，在该区找到了一个几十亿吨的煤田和相当规模的铝土矿远景资源，受到全国地质普查委员会的奖励，我又对淮南煤田和豫西煤田进行了研究，认为整个淮河流域即河南南部至安徽北部之间长约五百公里的地带属于一个大地构造单元，提出了整个淮河流域是我国一个大的重要的含煤区的理论根据，并对淮阴地区即苏北一带含煤远景作了评价。"

1958年春，潘厂调到辽宁102勘探队，负责新煤田的调查工作。当时，国家对山区找煤有一定研究，在平原找煤还缺乏实战经验。日伪时期，在沈阳周围曾做了一些地质工作，由于技术水平所限，没有认识到沈阳近郊会埋藏煤田。不久，勘探队在沈阳北郊的一个钻孔遇到了煤层，技术人员对地质时代和含煤远景看法分歧。他受命对岩芯进行系统鉴定。通过科学分析，认为沈北煤田的范围是不小的。主持辽宁煤管局工作的李建平副部长命令他做了《沈北煤田概查设计》。随后几十台钻机相继调入，开始了大规模地质勘探，欣喜地查明煤炭储量10亿吨。

在沈北煤田勘探的同时，潘广和他的同事进行了沈南平原的找煤。在这之前日本知名地质学家小林贞一、远滕隆次等人对沈阳至烟台间平原区做出了无古生代地层（当然也不可能有古生代煤层）的论断。这个论断就在这年春天被否定了。在一次潘广由沈阳回本溪途中，在沈阳南郊莫子山看到一小片震旦地层露头，向西偏北倾斜。以此为线索沿露头向南追踪，结合区域地质研究，认为沈阳至烟台间平原掩盖区可能有石炭二迭纪煤系。接着提出了找煤勘探设计。经过数年勘探，证实这里是一个储量达十亿吨的大煤田，推翻了"南满无煤"的论断，现在沈北、沈南等几处煤田早已开采，有的矿区年产几百万吨，有的上千万吨。回忆起50年代的工作时，潘广说，他在报效祖国上没有说空话。

那个火红的年代已经远去，潘广依旧说那是生命中最难忘却的金色记忆，他的心还在祖国的广袤土地上飞翔。在人生最艰难的日子，他还想着报效国家和人民，他又走进另一个相近却不相同的领域：破解化石储藏信息，复原地质年代岁月。太阳每天从东方升起时，他的研究早已开始，关于煤，关于化石，把研究成果写进他的著作里。生活已成规律，没人能改变他。

因为在潘广心里，有梦想，就有阳光，有未来。

迅猛发展的煤地队伍

因为有了燃料部长陈郁、地质专家王竹泉、煤地业高管高建明、专业技工潘广，中国煤炭地质业才会有突破性的发展，才会形成拥有10多万人的庞大专业队伍。解放之初，煤田地质专业人员只有400名，成立12个钻井队，三年后，煤田地质技术人员有了十几倍的增长，达到6400人，地质勘查队达到了84个，第一个5年计划（1953～1957）煤炭的生产有了跳跃性的发展，为新中国工业经济起到了引领作用，这得益于煤田地质勘探队伍的快速发展。勘探队伍发展到"文革"前达54000多人。这支勘探队伍以东北老工业基地为起点，向南方伸延，开始了建国后大规模的普查，出现了令人惊叹的成果，为国家经济建设立下不朽的功勋。

"文革"期间，各省煤炭地质勘探队伍乱套了，但是他们仍然顶着压力忘我地工作。1973年，煤炭地质恢复了正常生产。1990年，煤炭地质队伍发展达到历史峰巅，12万人组成123个野外地质勘探队，而且有了250万平方公里的地质测量、9千件各类地质报告、探明煤炭储量1万亿吨的成果。

这些辉煌背后的故事留在了历史的长卷里，让人们去细细地回味。

第二章　理想年代

　　这是被激情燃烧着的岁月，国家从战乱回到了和平，劳动者得到尊重，人民万岁成了那个时代的最嘹亮的歌声，改变贫穷落后成为每个人的责任。一个作家欢欣地写道："我们听到最多的声音是笑声。"这是发自内心的声音。农民有了耕地，工人可以做工，人们安居乐业，怎能不让他们欢笑呢。"解放区的天是明朗的天，解放区人民好欢喜，民主政府爱人民，共产党的恩情说不完。"共产党人给这个时代注入了勃勃生机，开始了人们理想时代的幸福生活。

两个老地质队员的故事

潘永德是204勘探队总工程师，十年前他从这个岗位退休。队长说："潘工，按年龄您是该退休了，可您是建队元老，没谁比您熟悉队上情况，没谁比您更清楚咱七台河的山山水水。您就退而不休吧。外出找矿的事让年轻人干，您就坐在办公室里给年轻人把把关，惹急了，您就骂他们一顿。有您把着关，我们心里就踏实。"

潘永德没有推辞的理由，那就发挥余热吧！

潘永德设想的所有退休后的计划落了空。他是煤炭地质勘探专家，是煤地业争抢的"大熊猫"。还没办退休手续时，几处煤矿老总三番五次地以高薪诱惑，请他到矿上做指导，他一家都没有答应。辛苦几十年了，他要好好享受一下生活，干点自己喜欢的事情。队领导殷切话语，让他别无选择，留下来一段时间带带新人。10年了，领导还没有放他走的意图，顾问办公室还在出进方便的一层。

潘永德笑了："把新人带到了退休，自己还没退休呢。"

潘永德是吉林人，最早在吉林的一个煤炭地质队工作，属于新中国第一代煤炭地质队员。1958年大跃进时，他供职的那个地质队被合并了，人员分流，领导安置他在省内的矿上，所有工种任他挑选。潘永德却说："我还愿意做本行。"

许多人大惑不解，他不做任何解释。他对煤炭地质一往情深，别人无法理解的情缘。领导说不通，有些生气地说："搞地质只能是舍家撇业去黑龙江了。"

"也好"。他选择从吉林平原来到北满山区鸡西108地质勘探队报到。北满是蛮荒的，又是丰庶的。鸡西从伪满州国时期就是日本侵略者重要的产煤基地。日本人在这里进行了疯狂的破坏性的开采。战败逃离时，这里已是一片狼藉。新中国成立后，地质队员让老矿井焕发出了青春。很快又在一个叫七台河的屯子附近发现了裸露煤头，确定那片山谷隐藏着丰富的大煤田。

东北煤田地质勘探二局决定在七台河成立新的煤田地质勘探队。按照排列规则，第一个5年计划内成立的勘探队以"1"字开头，第二个5年计划内成立的勘探队以"2"字开头。新组建的204队技术力量相对薄弱，组织上决定调 "老地质队员"潘永德到204队担当找矿技术员。

"不管调到哪，我的任务就是找煤。我愿意跑山，站在空旷的高处向远处眺望，层林尽染，云起云飞，一天的辛苦劳累就忘了，心情也就舒展开了。我用了30年时间走遍了这里的山山水水。"潘永德的思绪回到那个让他难以忘却的火热年代。

上世纪50年代的鸡西、鹤岗、七台河一带都是峰峦叠嶂的原始森林，七台河市现在的城区那时还生长着4人搂不过来的松树，是附近人口稠密的村屯。

回忆是悠长的。当年的黑龙江北部大山区还是没有开采的处女地。森林密集，杂草丛生，野兽时常出没在村落。找矿人自然是辛苦的，那种辛苦我辈无法体会出，所能揣摩的都是书本上革命理想主义思想的光芒。潘永德说，只要人钻进山林，很快难见天空了。偶尔从树梢缝隙间透过的阳光让人有了久违的亲切。

找矿，漫山遍野地走，危险会随时发生。夜里能听到虎的长啸，白日随时可能与野猪、熊瞎子相遇。野兽不可怕，人不去招惹它，感受不到你的存在是对它生命的威胁，一定会相安无事。进山找矿人最怕偶遇同类。荒山野岭上，突然有陌生人站在眼前。可能是采山人，也可能是敌特。传说蒋介石撤离东北时留在这里几万人，这些人才是最危险的敌人。美国发动侵朝战争，潜伏在北满的敌特也曾蠢蠢欲动，伺机危害新生的人民政权。不少地方出现了村干部被杀害的恶性

他们行走在没有人烟的荒野，寻找没有被发现的煤田，孤独也是一种奉献

事件。敌人在暗处，地质队员在明处。所谓明枪易躲，暗箭难防。进山前，领导不厌其烦地提醒队员保持高度警惕，组织上还给地质队配发了手枪。枪揣在怀里，阶级斗争的那根弦就绷得很紧。夜里看到山间有定时信号发射，手按在枪柄的次数就会多起来。

"枪只能给人壮胆，有了枪，胆肥多了，可我从来没开过枪。"潘永德诙谐地笑道："随身带的尖嘴锤子、罗盘、地质图三件宝天天都在用。"

走遍大山的每个角落，确定煤田的可能存在，写出地质情况报告，交由钻井大部队实施作业，确定煤层的具体位置、深度，分析开采价值。

地质队员野外作业有着严格的规定，按事先设计好的路线与工作量去完成。将在外，一切要靠自我约束。这是纪律，也是一种责任。

潘永德藏有一个猪腰子形状的饭盒，至今舍不得丢掉，五六十年代地质队员大都在前不着村后不见店的大山里寻煤，这个饭盒就派上用场了。日头卡山，吃饭就成了必须完成的重要程序，用饭盒来盛水、煮饭、做汤。

大山里找矿最让他们记忆深刻的，是许多天不见人影。一个计划走下来，往往需要几个月时间。穿山越岭，能见到一个冒烟的屯子那是多么激动人心的发现。没有过多需求，有一顿热饭吃，睡一个晚上热炕是最惬意的享受。如果看见镇子，还可以去澡堂子泡泡，这就有点奢华。但这种奢华大都是在理想与梦想之间。潘永德的几十年野外生涯还没遇上一个有澡堂子泡泡的小镇。

完成任务下山时，已经是初秋。衣服被刮扯的七零八碎，像个野人。当地人这样形容他们：

"远看是要饭的，近看是打钻的；再仔细看，才知道是搞地质勘探的。"

"你们遇到过危险吗？"我联想到夏天密不见天日的森林、白雪皑皑的长夜冬寒，这样问潘永德。

"怎么可能没有遇到危险呢！"潘永德肯定地回答。

我与潘永德交谈时，听到楼道里有脚步声。从外面进来一个人，看样子有六十七八岁，脊梁挺直，走路快捷。潘永德指着进来这人说："你问问梁子华，他是我的老搭挡。俺俩都是福命之人，没有大风大浪，遇到过的危险都躲过去了。"

"谁说他在野外没遇到过危险，那肯定是吹牛了。"梁子华说话掷地有声，语速很快，他接上潘永德的话茬这样说。

梁子华是潘永德的徒弟，其实两人岁数相当。只不过梁子华来204队报到时，潘永德已经是有过数年勘探经验的老队员了。梁子华被分配到潘永德地质组，潘永德就成了梁子华的师傅。朝夕相处几十年，这份友谊可不是谁都有过的。

梁子华被我邀请留下来，参与关于野外找煤的讨论。

梁子华早年的人生履历是这样的：1960年夏天，梁子华在北京矿业学院临近毕业，学的就是煤田地质专业，要人单位都是来学校招聘。那个年代的大学生可是香饽饽，用人单位相互之间的竞争很激烈，都拿出看家的本事，说自己那个地质局如何如何好，以诱惑娇子们"自投落网"。东北煤田地质二局的高招，是向学生们介绍东北土地肥沃，民风朴实。解释土地肥沃的程度用一句话概括了："不用上肥料，插根筷子就能发芽。"北疆是个天然大粮仓，最不愁吃和穿。大米饭，猪肉炖粉条子，小笨鸡炖野蘑菇可劲造（吃的意思）。饥饿让梁子华尝到了苦头，能吃饱饭是一种诱惑。梁子华毫不犹豫地报了名，随后来到了北部边疆的鸡西。

难见大米饭却能吃饱饭，梁子华就不再后悔了。不过，北疆让他领教了"寒冷"的滋味。寒冷让这个浙江籍的年轻人，在南方压根儿也想像不出零下40度的概念。梁子华想起来觉得好笑："只听说黑龙江很冷，一口唾沫没落地就成了冰疙瘩，尿没撒完就冻成了冰棍，以为只是个传说。到了黑龙江，虽没讲故事人说的那么邪乎，也体会'猫咬似痛疼'的滋味。国家对地质队员待遇优厚，吃得饱穿得暖，过几年也就适应这里的环境了。"

梁子华用南方口音夹着东北话的老地质队员讲述了他们经历的一次危险。

梁子华参加工作就跟着潘永德实习，每天形影不离。一般年份，到了深秋，大雪封山。地质队员都在家里猫冬，整理一年采集的地质数据，编制地质报告，直到了清明谷雨，雪融化了，森林里又能听到布谷鸟呼唤时，他们才开始整理行囊向大山进发。

早来的大雪，铺天盖地蒙住了广袤的原野。潘永德组还有几组数据没完成好，商量趁大雪没有封死山门前抓紧时间跑一趟山回来再猫冬。猫冬的意义在于能进澡堂子洗去一年的倦乏，喝上几两烧酒，陪着老婆孩子过几天惬意的幸福时光。

雪后的山岭别有一番景致。成长在浙江的梁子华哪里见过北国初雪时壮美的风光？就动员潘永德赶快进山完成任务。潘永德架不住他三天两头的催促，两人换上大皮袄就进了山。

初冬的山里很静寂，偶尔有飞龙从树隙间飞过，连野鸡都找到向阳窝风的山凹里觅食。山里太安静了，静得听得见自己大头棉乌拉鞋踩踏积雪时嘎吱嘎吱的声响，偶尔有一两只山雀被惊叽喳叫几声飞走了。

"大家伙？"潘永德头发炸起，脑袋大了一圈。再看旁边的大脚印心想："还能是别的吗？"

梁子华见潘永德脸变了颜色，问道："师傅，怎么了？"

潘永德指着不远处那滩血迹说："大家伙就在附近。"

"不会吧！"对虎威没有概念的梁子华不相信，觉得可能是野猪或狼什么的。四处看去，山林里死一般静寂。

潘永德谨慎小心地走在前面，脸上阴沉得能下起冰雹来。毕竟有血淋淋的现场在面前，梁子华也不免紧张起来："师傅！会在附近吗？"

潘永德紧张地点点头。

潘永德是师傅，不能慌。他让梁子华用木棒敲打路边树干，仔细倾听周边树棵丛里的反应。这是老地质队员告诉他的，野兽听到声音会提前走开的。动物也怕人。不管能不能用，临时抱佛脚吧。

一只山鸡被惊起，扑楞楞地飞走了。两人停在原地不敢动。半天，两人大笑，相互指责对方被大家伙吓破了胆。

很快梁子华就笑不起来，前面雪地上有一串大脚印："师傅，这是猪蹄印吧？"

"前不着村后不着店，哪里有猪？猪是小蹄印。" 潘永德想了想说。

雪地上又有一滩血迹，还有几撮牛毛，许是大家伙把这里当了战场。战斗结束后，它把前面看到的草甸子当了餐桌。吃了肉，骨头留在那里。

这样的惊险，他们遇到的并不多。所以梁子华说他们是福大命大造福大的地质队员。

地质队员的家庭生活，则是我们交流的另一个话题。

长时间在野外工作，地质队员婚姻成了问题。谁家的闺女愿意嫁给一年大部分时间不着家的地质人呢？有胆大的嫁给勘探郎，那是地质人的福气。

"其实也是那个女人的福气，地质人都是很疼自己的妻子，很顾家的。"潘永德自豪地说。

普查队长讲述的故事

每个被发现的大煤田背后，都会有一段地质队员的感人故事；每一个在野外工作过的人，都是一本打开来久读不倦的书籍。

同处北部边疆的刘崇礼，和潘永德、梁子华是同时代人，有着相似的工作经历。因为工作变动，潘永德留在兴安岭成为地质专家，刘崇礼进了北京担任煤炭地质局局长。职位可以改变，不变的是对那段如歌岁月的美好记忆。

刘崇礼读淮南煤矿专科学校，是受了他的老师仇壁怀的鼓动。那年秋天，解放战争已进入尾声，刘崇礼还在刘仲瀚任校长的蚌埠高等预科上学。刘仲瀚留美回来，看到安徽工业落后，立志工业救国，为安徽培养人才。学校的学习之风浓烈，可是面对毕业，他却无所适从。这时，淮南煤矿专科学校来招生了。

安徽的高等学校少，为走捷径，各大院校全都在集中蚌埠高等学校，宣传自己学校的种种优势，以便吸引学生报考。淮南煤矿专科学校仇壁怀老师的招生内容就颇具鼓动性："好男儿志在四方。地质有什么不好？绿水青山，你可以一边工作一边游遍祖国的大山大川。设想一下：站在高高的山顶上，白云在你脚下缓缓地流动，绿色森林像海洋一样的波涛由远而近地向你涌来，那是怎样的一种感受，会是怎样的一种愉悦的心境呢？你想唱歌，想大声地呼喊：大山我来了。你

你不去那里读书，恐怕一辈子都体会不出地质队
员的惬意

不去那里读书，恐怕一辈子都体会不出地质队员的惬意。一个人在一个地方工作一辈子，那有什么意义？同学们，你们能体会出翱翔的雄鹰感受吗？煤田地质队员就能，他们就是展翅在大山里的雄鹰，不去那里，你恐怕一辈子都没有这样的感受。"

不同学校的不同专科都努力宣传自己的优势，只有仇老师的话让刘崇礼怦然心动。仇老师的话在他的脑海里形成一幅不断涂改的祖国大好山河的图画。招生条件还有一条很诱惑：供给制。这也是个刘崇礼决定报考淮南煤矿专科学校地质专业原因。解放后，曾经富裕的家庭一下子坠到了谷底。他和几个同学商议就报考这个学校，并且考取了。

祖国发展日新月异，太需要人了。学校决定三年制大专改为两年制大专，引起了学生的不满，干脆用罢课抗议。陈郁部长的爱人、教育司司长阮大姐来到学生中做工作。阮大姐是带着使命来的，她知道怎样与学生交流。阮大姐亲自给学生作报告，讲国家形势发展，讲国家经济建设需要："你们是国家的宝贝，先出去工作两年，还可以回来上本科嘛。我负责地告诉大家，工作两年后，你们谁愿意回校，部里一路绿灯。哪个单位领导不同意，你直接来找我。爱学习是进步的表现，我第一个举手支持。"

这话说得有情有义，句句入耳。国家急需煤田地质人才，新中国青年应该服从国家的需要，学生不满情绪化解了。

1953年10月初，淮南的天气还是秋高气爽，空气怡人。

教育处通知刘崇礼，他被分配到了东北煤田地质第二勘探局，学校放三天假，安排同学们收拾行囊。

同去东北的10个同学在火车厢里见面了。一路上，火车哐哐当当走了几天，天气越走越冷，驶过三江平原后就在山里穿行，小兴安岭座座峰顶上都落下了皑皑白雪。终于，火车喘着粗气停靠在站台上。领队的大喊一声："双鸭山到了。"

几个人迫不急待地挤下了火车。眼前的树叶已经凋零，哪里有"青山绿水"呢？到了矿务局，看得他眼珠瞪得快掉下来。双鸭山是北疆最小的矿务局，成立时间不长，煤矿工人只有一万多人。落脚的地方是一片"贫民窟"，哪里是想象中的煤矿新区？60年后，刘崇礼只有一个词形容他当年的感受："破烂。"

"飞机楼"是伪满时期留下的三层实际是二层半的小楼，因为怪异形状都这样称谓它。它是双鸭山矿区最高建筑，矿务局办公所在地。有一栋砖瓦房给了机关单身干部和家属做了宿舍，他刚刚报到也就没了份。矿务局只有一条街，街两旁都是茅草房，房上夏天长的草已经枯黄，没有了生机，不时有麻雀飞来飞去给这男人占主流的街巷一抹生气。

刘崇礼被安排住进了茅草屋。进屋时，眼前一团黑暗，过了好半天才能适应。

去双鸭山的毕业生有三个人留在了局机关，两个分到了采矿处，他去了地质处。同事对他很热情，问寒问暖，这使他冷落的心有了暖意。

漫天飞雪很快降至。北疆的雪花出奇的大，像是一只只白色的蝴蝶在空中飞舞。很快，山上山下白雪茫茫连在了一起。大雪封住了大山。

早晨起床推门，一米多深的雪堵了屋门。很快起风了，风吹扯树梢像一只只哨子在吹奏。局领导来到他的宿舍，问他有什么困难和需要，这么一问，反倒不好意思起来："还没上战场，先是准备当逃兵。"

技术人员不多，分配来的大学生在双鸭山矿务局受到了格外的礼遇和重视，并且委以重要岗位。刘崇礼先是在地质科做见习技术员，很快提升为助理技术员了。每天工作很忙碌，安全生产检查、地质数据分析，他更愿意找机会到局属钻探公司看工友们打钻。他钻研，他好学，成为大家赞赏的"小专家"。第二年，根据煤田地质勘探需要，采矿处和钻探公司合并组成勘探队，编入国家煤田地质勘探第一个五年计划系列110，归属第二煤田地勘局领导，他也成为了110勘探队地质科的技术员。

刘崇礼的工作能力在地质科得到充分展现。1957年，双鸭山市委组织部任命年轻的技术员刘崇礼为地质科主管，也就是今天总工程师一职，兼任地质科副科长。

26岁这年，刘崇礼担任了110普查队队长，领导着手下近30多人的地质队员队伍。

地质队员讲述大小兴安岭上发生的故事，让他浮想连翩，他也跃跃欲试地要跟随地质队员上山了。

解放初，东北的社会形势很复杂，那些在解放战争中被打散的游兵散勇，还在威胁着新生的社会主义政权。在北疆的一个测绘队就遭遇了国民党留下的特务袭击，特务是盯着测绘队员手中军事地形图尾追而来。测绘队员大都是刚转业的军人，有对敌作战经验，双方交上了火，特务们才没有得逞。这个事件出来后，地质队员被列入高危职业，普查队员加强了自身安保的防范，三个地质队员为一组，一段时间还配备了负责警卫的转业军人，并且给每个人配发了手枪。

进山前，地质队员必备三件宝：放大镜、地质罗盘、地质尖锤，加上一把压入子弹的手枪。

地质队员进山，是勘探队年初兴师动众的大事，勘探队领导、机关干部几乎倾巢出动，像是送子弟兵上战场一样隆重。队员的行李、帐篷、工具都装上了胶轮马车。

进入5月，雪白的杏花开得灿烂，在空气中飘洒出好闻的清香。一声"走嘞"，地质队员穿戴整齐两两三三一组进了山。

马车夫把车停在一个平坦有小河的地方，安营扎寨。带着蒸好的馒头或者在猪腰形地质饭盒里放上生米，队员们就上山了。一般在山上逗留两三天时间，喝山泉水、吃馒头或自己生火做的米饭，蔬菜是没有的，一块咸菜疙瘩就是菜了。马车夫兼着大本营的炊事员，在地质队员上山时候，他就要到农户家买青菜，约定新营地驻扎的地方，所有地质队员某天在某地集合。

对于马车夫来说，马和人同等重要。

马是60年代煤田地质队的主要"工具"，而且同职工一样上了队里花名册。与职工不一样的是不领工资，只领草料。马车夫是很受人尊敬的"职业"。马出了问题和人一样都是大事。煤矿也是用马做为运输的主力。与地勘队不同的是，马进到巷道里后，它的一生就将在这里结束。井下的马由于常年在黑暗中劳作，出地面见到阳光眼睛就会瞎了。手上有一份鸡西108队1963年2月19日上报给地质局关于马匹死亡的报告，确切地讲，这是一份检讨书。内容如下：

地质局：

由于草的质量不好和料不足，工作任务重，经久治无效，我队最近连续死掉三匹马。由于我们业务不熟，手续不明，死后没有及时上

报，今后加以改进。三匹马原值为1125.43元，已折旧338.08元，特此
上报，请求核销。

　　此时，大小兴安岭、完达山上遍地开满知名或不知名的簇簇野
花，芳香四溢，扑面而来。树枝伸出清新的嫩叶，很快树叶就封住树
林间的空隙，地质队员们只能在无人走过的树丛中穿行。大兴安岭是
清淌林，高耸树林下面长的是蒿草，人能透过树干看到远处的景致，
辨别野兽出没时的动静；而小兴安岭、完达山则不同，密树下面长着
茂密的榛棵、荆条，到了夏天，整个大山被封得严严实实，每走一步
都要付出艰辛努力。走过一片树林，要用半天多时间。他们还会穿过
长满苔藓的乱石丛，需要付出的是体力，跌伤腿骨也是常有的事。更
多时候，他们去寻找溪流。山溪沟犁着坡地，在弯弯曲曲的沟壑里流
淌，并在长满绿苔的石群地方停下来形成水泡，地质队员就从水泡向
上游走去。因为每次大暴雨都会冲出新的痕迹来，他们会在山溪护坡
裂缝中有所发现。北疆大山里几乎无人居住，人们大都在山角下或是
平原与大山之间的平坦地方垒屋造房，而地质队员就是要在人迹罕至
的地方寻觅、发现煤田的存在。地质队员上山后，大部分时间住在
自己搭建的帐篷里，这一天走离帐篷太远，几个人就会找一个相对平
坦、窝风、视野好的地方过夜。夏季绿树成荫，可以拢一堆篝火，烧
一壶开水，还能吃上热乎的食物。到了初秋，树叶飘零，拢火是被严
令禁止的，他们只能就着山泉水、啃着硬邦邦的干粮。如是秋风乍
起，只有在沟旁找个窝风处当上一夜"相公"。清晨，太阳升起来，
活动一下冻僵了的手脚，继续出发完成既定的旅途。当然，坐在山头
某一块只长野草不长树的地方小憩，望一眼远处的天空，还会发现天
空是流动着的，蔚蓝的，蓝得让你浮想连翩。在山底为什么见不到这
样情景呢？
　　太阳卡在树梢时候，地质队员抓紧下山，返回驻扎地。刘崇礼
说，能在某一天发现山下冒出了袅袅炊烟，那是让所有人都欣喜若狂

的事，因为这一夜他们可睡在农户热炕上，可以惬意地睡一个安稳觉，还可以吃上一顿热乎乎的饭菜。

山里的昆虫能传染病。森林脑炎是对地质队员最大的威胁。上山前，必须打上预防针。山里有一种昆虫叫"草爬子"，是一种毒性很强的类似甲壳虫一样的昆虫，喜欢血腥，接触到皮肤很快就会脑袋钻进去。人发现了拍打它，身子落地，脑袋却留在肉里，即便剜出来，伤处也是又疼又痒。

不仅仅是"草爬子"，刘崇礼对北疆的蚊虫记忆更是深刻。他至今也没弄清楚，一种叫"小咬"的蚊子怎么会如此厉害？个头小小的，叮着肉就不松口，被叮过的地方很快红肿，留下叮过的印痕，好长时间不会愈合。在山下宿营时，地质队员准备的行囊中必备防蚊的纱罩，身体的任何部位都不能暴露在"小咬"针一样尖嘴触及到的范围内。

当地有一个流传了很久的真实故事：

一户佃农遇到欠收年，实在还不起地主的租子，找地主恳求免租。地主想了一会儿说："你不交租子也可以，总要有交换条件。"佃户大喜，只要不交租，什么条件都行。急忙问："什么条件？"地主不紧不慢地说："把你绑在树上，脱光身子让'小咬'吃三天。"佃户大惊失色，他在当地长大，怎么会不知道"小咬"厉害呢？地主脸色一变："你自己选择吧！"佃户明白地主老财心比"小咬"还狠毒，这"小咬"叮一口还留下一个小眼，让"小咬"吃三天可是在劫难逃，又没有别的办法。狠了狠心，答应下来。

正是盛夏，"小咬"的孳生期。"小咬"嗅觉灵敏，据说在几百米距离外都能闻到人畜发出的气味。佃户的小儿子看见父亲身上叮满"小咬"，赶忙来驱赶，哪知道血腥味让"小咬"们更加兴奋不已，前赴后继地涌来。三天后，佃户奄奄一息，他对儿子说："儿呀，你不该赶它们，喝饱了血它们就不动了，你赶走了喝饱的，饥饿的就又会扑过来。"佃户最终没有活下来。

地质队员面对的还有野兽的威胁。跑山的地质队员们从当地跑山人那里学会了防范野兽袭击的经验。刘崇礼他们的做法是，给对方一个声音。动物也怕人，听到声音它们就躲避了。北疆野兽多，常听到野兽伤人的事件。一个乡镇武装部长和同事下乡，路遇"熊瞎子"挡路，他自恃当兵出身，手里有枪，与熊瞎子对恃后，举枪就打。哪知经过一秋觅食的"熊瞎子"肉多皮厚，一枪哪里打得死？被打急了的"熊瞎子"猛扑了上来，武装部长被压在"熊瞎子"的屁股下面蹂躏，手和脸都被"熊瞎子"舔去了皮，另外一个躺在地上装死才躲过一劫。在北疆有三个煤田地质勘探队，却没发生一起这样的野兽伤人的事故。地质队员们上山进到林子里，手里拿着木棍敲打树干弄出动静，或者大声吆喝。"熊瞎子"、野猪还是狼，听到动静的动物都会躲开。这个方法极其有效，人和动物一样都怕突然相遇。

九月初秋来临，他们快马加鞭地完成最后的勘探工作，因为进入十月，山里就会下雪，雪很快封住了大山。

一声"收队"，地质队员下山了。半年多穿山越岭，身上厚实的工作服被撕扯得破烂不堪，裤子下半截成了星条旗，鞋子露出了脚指头，头发乱蓬蓬的，都跟野人似的。地质队员什么也顾不上，先把长了半年的头发理了，找个澡堂泡上一天，再找个饭馆喝上一顿。到饭馆，他们从来是不问价格的。至此，这一年的野外勘探才算正式结束。

在东北老林里，普查地质队员还要练就不迷路的基本功夫。10万分1或20万之1军事地图、罗盘，是地质队员的两件法宝而且是必须掌握的。三人或两人普查组进山前，对着军事地图先要确定自己所在位置，然后用罗盘导行到达目地的。稍有不注意也会发生迷路事故。

在遮天蔽日的大森林里迷路非常危险，很有可能遇到野兽攻击。所以，每个普查小组上山前，领导都会三番五次要求遵守进山的防险规则。防止迷路的要求是，在锁定下一个目标时，必须确定自己所处位置。要求归要求，马还有失蹄的时候。有一年，刘崇礼领导下的一个填图小组在小兴岭找矿，那天天气变阴，有雾，本来这样天不能进山，大家约定好了，又自恃老地质队员，不会有问题。进了山不久，就被不漏天日的树林弄转了向。原以为一直向南走，折回来向北走，然而，三人确定的方向还是南方。天色慢慢地暗下来，光线从这片不见边际的树林一点点抽离而去。他们被黑暗包围了。组长说不能走了，拾了树枝拢起篝火过夜。

他们在约定好的时间没能回到驻地。刘崇礼感到责任重大，向勘探队领导如实进行了汇报了，这事也不能隐瞒家属。人走失的消息不胫而走。

第二天走失的队员还没有消息，队上领导向公安局报了案。茫茫林海，公安人员也是束手无策。刘崇礼说他当时思想压力太大了，彻夜坐立不安。5天后，迷路的地质队员乘坐着火车回来了。好在都是经验丰富的老队员，在人烟罕至的山林里走了整整两天时间，站在一块树林稀少的高处，终于看见山谷底农户屋顶上的升起的袅袅炊烟。他们奔农户而去，一打听才知道走到了几百里外的桦川县界内。家里肯定会着急，他们没有停留。走到桦川县城坐车到佳木斯市，再从佳木斯坐火车取道回到双鸭山已经是4天后的事了。

芦苇荡里一场激战，拖拉机给钻机开道，人为拖拉机开道

刘崇礼后来调任地质局副总工程师，结束了地质队员的生活，但他说，那段日子让他记忆深刻、不能忘怀，许多年过去了，他还经常与地质队老战友通电话呢。

刘崇礼说，现在科技进入了地质队，队员兜里揣着手机，没有信号的地方还会配上对讲机，随时保持组员之间的沟通与交流，条件好的勘探队还会配备卫星定位系统，随时与队上有个交流，拉近之间的距离，时空也变得富盈起来。

科技改变了地质队员的生活，他们拥有了现代化的联络方式，就不会走迷了路。马车也成为历史，现代化进程因为汽车的使用，减轻了行进中的辎重负担，生活物质也因此有了明显改善。没有改变的是地质队员的野外工作性质，还要用双腿丈量着那些陌生的土地。

微山湖上的钻机声

史为祥，江苏局勘探二队第一代地质队员。1956年还在上初中的史为祥，像所有生活在社会主义春风里做着大学梦想的青年，青春与理想在心中荡起了双桨。一夜间，昨天还在搭起的高台上宣讲社会主义的美好未来的父亲，被撤了嘉祥县委书记的职务，关在一个黑屋里接受他部下的审查，罪名是"反党"。党的县委书记反党？这可能吗？还在大多数人不理解时。父亲戴上了让父亲也不能理解的"右派"帽子，行政级别从14级降为了17级，成为县属机关一般干部。曾经由国家聘请保姆来照料4个还在上小学的弟弟、妹妹的费用则由自己承担，家里日子变得捉襟见肘，父母的工资解决吃饭问题都很困难，哪有闲钱供他继续上学？

破灭的不仅仅是大学梦，还有他不愁吃穿的美好生活。他必须在16岁这一年找份能养活自己也能补贴家用的工作。

史为祥沿着嘉祥县城的大街走着，搜寻各单位招工的信息。这个少年内心是愤懑的，不平静的。父亲是1938年参加革命的老干部，在嘉祥曾是威振四方的共产党领导下的武工队队长，只因为其哥哥是溃败到台湾的国民党师长，就受到如此不公的待遇。这与父亲有关系吗？又怎能扯上反党的罪名？

他的脚步停在了一块砖墙前，那里张贴着123煤炭地质勘探队招聘广告。这是嘉祥县城连续多日里唯一一份招工信息。别无选择，他走了进去。报名人不多，来的大多是进城找工作的农村青年。50年代初中生已被列入知识分子，工区队长以热情的微笑欢迎史为祥加入他领导的地质勘探队工区。

经过岗前培训半个月后，他被分配到了陶庄勘探队钻机组。报到那天的景象让他一下出现了巨大的落差心理。钻井在荒野里，钻工们穿着的工服失去了本色。因为是深秋季节，天气有些凉意，钻工们无一例外地在腰间扎着草绳。这个初中毕业生无法接受眼前的现实，他不愿成为腰间扎草绳、穿着破烂工服，连农民都不如的勘探工人，他放弃了报到往回走，他要另外寻一份能说服自己接受的工作。

半路上，遇到了招聘他的工区队长。队长是个很会做思想工作的高手，他根本没问史为祥为什么没有去工区报到，而是亲热地拉着他的手进了办公室。办公室也是临时草屋，虽然简陋却很干净。队长也没有教育他干一行爱一行，干什么都是为社会主义做贡献之类语言。他了解了史为祥家里情况后，真心实意地建议他先别忙着说不来，回家和父母商量后再做决定。他诱导说："其实，年轻人只要有才华，在任何地方都能有所作为。勘探队也是一所大学校，需要更多的知识青年来这里创业。干上两年还可以送你去上大学深造，学成回来给咱勘探队当先生，当专家！"

史为祥回到家时，父亲也被"解放"回了家，他不再是万人之上的党的县委书记，被贬为县机关普通不能再普通的职员。父亲脸上很平和，一点没有受过挫折的表情。问起儿子找工作情况，史为祥没有隐瞒自己的想法。父亲很不高兴，他批评史为祥说："战争年代不是一个苦字能概括的，小日本来偷袭，一个晚上要睡几个地方。也有的回家不干了，回家的我们叫他'逃兵'，当逃兵是'耻辱'的。"

父亲说这话时是严厉、认真的。

做县妇联主任的母亲也劝慰儿子道："我看勘探队挺好的，苦地方更能锻炼人，干啥都一样有出息。"

父亲的话让史为祥心有触动。再说，家庭经济状况也不允许他用更多时间寻找工作。他听从父母亲的劝慰，其实也是在和自己赌气。他去勘探队上班了，他相信自己无论干什么都会很出色。

123勘探队也就是今天的江苏局第二勘探队，当年在鲁西南名字很响亮。因为这一带煤田勘探成果大都是123队的政绩。煤炭是衡量工业产值的尺度，社会主义大跃进需要更多的煤炭，这是对煤田地质勘探队提出的挑战。因为设备落后，勘探大都采用手摇钻。钻井三班倒，工区雇请来大量转业军人当临时工，人推磨似地在勘探点钻出槽探。钻机上了8台，工地夜里都是灯火通明。鲁西南平原找煤不同于北满的森林大川那样复杂，煤层相对较浅薄，挖出探槽，查地层结构、煤层走向以及煤层厚度。

史为祥有性格，心细，不怕吃苦，很快就由一级工升到了三级工，1961年21岁那年当上了班长。史为祥能干，不怕苦，大家同口异声地选他当劳模；史为祥有文化肯钻研，遇到各种故障他也能迎刃而解，大家以他为榜样，向他学习。1963年他只有23岁，被定为五级钻工，工资差一点到了80元，几乎和父亲的工资一样多。这年，他代表302钻井组参加了济南群英会，群英会就是劳模大会。劳模怎么可能不是团员呢？上级领导对这么好的年轻人还不是团员有微词。

"想入团吗？"

"想。可我父亲问题。"

"你父亲是你父亲，你是你。"

领导找他谈话的第二天，他的入团申请就被批复下来。

微山湖连接着山东、江苏两省四县。千百年来，湖水淼淼生出多少齐鲁悲歌。大跃进年代，123队发现了微山湖底储藏了丰厚的煤炭。

按照地貌结构学说指引，微山湖底数百米的地方是一个不可估量的大煤田。已划归江苏的勘探123队把帐篷建在湖岸，他们买来木船，钻孔从湖岸向湖中排延伸去。旱鸭子变成了水军，才知道《水浒传》里的"浪里白条"还真不是一天练成的水里功夫。夏天进湖里时，微山湖就没有那么浪漫、那么富有诗情画意了。湖中竖立井架难度不知道比陆地困难多少倍。风大浪高，木船不稳，却又必须在短时间内建起一座钻井平台。在二队提供的50年代的老照片上，我看到勘探工人们站在齐腰深的水里装钻机设备时的现场。在这个由男人统治的世界里，他们着装几乎一致，只穿着一条挡住羞处的裤头。我看到半头白发的微山工区支部书记穆若勇和工人正在人拉肩扛设备的情景；我看到江苏勘探公司经理沈敖祥涉水进到微山湖沼泽地施工的205、207钻机现场办公的情景。此情此景，不难联想到湖光绚丽的微山湖上勘探队员此时关注着的是钻机速度而不是湖泊的景色。

史为祥却说，在微山湖上施工，水上作业还不是最苦的。习惯苦了，再苦也不觉得苦。最让他受不了的是微山湖芦苇荡里的蚊子。微山湖的蚊子个大、数量多，大都成军团式进攻，让人防不胜防，连湖心岛的渔民也是提"蚊"三分惧。按照渔民教授的方法，从头罩到全身不能外露一点，全体武装应付，即便是这样，一不留神就会在身体某个部位留下两块红肿而迟迟不肯消褪的疙瘩。在微山湖钻机上干过一个夏天的人，没谁不是伤痕累累。史为祥说到蚊子的厉害至今还心有余悸："那蚊子太厚了，厚得打脸，喘气都会吸进几只。蚊子毒性大，又防不胜防。从工地到宿舍除了必要的活动，大都钻进蚊帐里不敢动弹。就连上厕所蹲坑，用不了几分钟，屁股上准会被蚊子叮上几口。

尽管这样，二队仍然在微山湖上创造了煤炭勘探业的历史，为周边区县采煤提供了大量的翔实的第一手资料。即便到50多年后的今天，二队地勘人还在微山湖上作业。他们大都是五六十年代老地质队员的儿孙，年轻人继承父辈吃苦耐劳的优秀品质，用科学的方法把勘探平台向湖中务实推进。

"文革"来了的时候。伟大领袖毛主席高瞻远瞩地指出，一旦战争打起来，南方没煤怎么办？这本来是个忧患的议题，被执行者上升到了最高指示，如同"深挖洞，广积粮，不称霸"一样得到了响应和落实。已经担任机长的史为祥被告之，放弃正在掘进的勘探孔，全队人马向江南开拨。二队走得不远，在江苏徐州一带安顿下来，并很快进入江苏上下一致的烽火连城找煤运动。许世友将军要求勘探队伍一不怕苦，二不怕死，连续作战。从各地涌到江苏的勘探队比学赶帮，木板房还没搭，钻井架子搭起来了。柴油机轰鸣，人也像上了发条一样不知疲倦地工作。有人几天几夜不下"火线"，身上都是喷出泥浆的痕迹，裤子脱下来都能站立，钻机迁移也是不过夜的。人毕竟是肉体凡胎不是铁做的，史为祥说他有一天夜里搬钻机到另一个地方施工，干着干着，竟然躺在雪窝里睡着了。

江南找到了煤，但是找到的都是没有开采价值的鸡窝式储藏量，在后来的记载中，把江南大兵团找煤运动失败归于工作失误。也有人把失败归于"文革"运动。

这显然不是史为祥的责任，也不是史为祥上级的上级的责任。是谁的责任已经不那么重要了。重要的是史为祥和他的二队留在了江苏汉高祖的故乡。他干满了11年机长后又干了18年技术员晋到工程师岗位，并从这个岗位光荣退休。

江仓木里之歌

我在青海105队见到了年近80岁的青海局老勘探队员宋洪才、杨进尧，他们都是从总工岗位上退下来的老勘探技术人员。青海自然环境的特殊性又在他们办完了退休手续后被留任，负责全队的施工方案审定、地质报告评估，依然是手握勘探工程"尚方宝剑"的决策者。

1965年春天，还在东北大山里野外勘测队的年轻技术员宋洪才被

虽是绿草茵茵，阳光普照，蓝天白云，牛羊飞鸟，行走却是艰难的，跑步在这里是被严令禁止的，蹦跳在这里也是被严令禁止的

告之停止正在运行的项目，回到队部听候分配。他才得知，酒泉钢铁厂上马，燃料成了大问题。煤炭部命令下达到了105队，要求他们整建制支持"大三线"建设。没有给出安置时间，也没有思想动员，105队在最短时间内上了青藏高原，与50年代初已在青藏高原勘探的132队、同期到达的吉林煤田地质勘探队合并成立青海煤田地质大队，形成了已具规模的千人煤炭地质勘探队伍。

初来青海，宋洪才还是踌躇满志，很快就发现驻地省城西宁哪里有点不对劲。先行者说，是海拔高缺氧造成的。

105队的主要勘探任务在江仓木里一带。那里的海拔平均在4千米以上。虽是绿草茵茵，阳光普照，蓝天白云，牛羊飞鸟，行走却是艰难的，跑步在这里是被严令禁止的，蹦跳在这里也是被严令禁止的。高原缺氧，人在这里不能发挥曾经有过的力量，，脚踩在大地像是踩在棉花上，抬不起腿来，就连到这里来的汽也车会减少三分之一功率。宋洪才是9月份到木里的，在木里头几日，吃不下去，睡不好觉。都是来自东北的地勘队员，感受一样，多遭罪没人要求下山回到省城。

别人能干的，我们为什么不能干？很快，宋洪才就不敢吹这样的大话了。

宋洪才的工作是野外找矿，他必须每天都要到野外去。这里找矿靠两条腿是完成不了任务的。他学会了骑骆驼。队上租用了一批骆驼。电影看到的骆驼都是温顺的，慢条斯理的，可骆驼的团队精神很强，要有头驼领队，没有头驼，它是死活不肯独行，只要是穿在鼻梁上的绳子搭在前面骆驼身上，它也会亦步亦趋地跟着。到了地方，也不能放开绳索，它会一下子跑掉而抓不回来。骑骆驼也很危险。木里的勘探区域大都在沼泽地。沼泽地一望无际，水草相连，骆驼很笨不机灵，多次出现骆驼前蹄失控，踩在了泥潭里，人从驼背上摔下来的。人连滚带爬上了草墩，笨驼越挣扎陷得越深，只好把钻井上的人招来，用木杠把它从泥潭一点点弄出来。后来，他们不骑骆驼改骑马。马有灵性的，它们踩着草墩前行，减少骑马者落入泥潭的几率。这还不是地质队员遇到的最高级别的危险。

团队意识在这里是被要求严格遵守的。一组五六个人，不能单独行动，骑着骆驼找矿也是集体出行。青藏高原政治形势复杂，曾有叛匪出没。宋洪才进到木里之前，地质队员野外找矿有带枪随队保护的部队。他们来到木里时局势稳定，部队撤走了。为了防止意外，配枪的待遇保留了下来。枪不仅可以防身，也是在漫天大雪中走失的重要联络方式。

木里属于高海拔地区，自然环境极其恶劣。刚才还阳光明媚，一块云彩飘来，顷刻间一场鹅毛大雪普天而降。虽是高原，却不似内陆有着沟沟壑壑，站在高处就可以找到山下驻地。一望无际的沼泽辨别方向很困难。迷失方向后，他们就会向空中鸣枪。在空旷的高原上，枪声会传递很远。驻地的工友从枪声里辨别走失人员的大概方位，派人马迎接回来。后来他们还从牧民那里学会在帐篷外竖起一个旗杆，一旦有人员走失，就把一盏红灯高高挂起，这方法果然管用，迷路的勘探队员见到红灯直奔而来，这让宋洪才和他的同伴多次化险为夷。

高原上野兽多。宋洪才说，江仓就是个狼窝，狼的凶残让他提起来不寒而栗。在中学课本里就有关于狼之狡猾的故事。一农夫在场院看场，两只狼想灭掉他。见农夫手里有家什，不敢冒犯。商议出计谋，一只在农夫前面故意暴露自己，以便吸引农夫注意，另一只从场垛后面挖洞搞突然袭击。江仓没有草垛可休息，也就不会遇到如此传说千百年的故事。但是，江仓木里狼之狡黠与凶残让煤炭地质人有过领教。地质队员陈传思高原反应强烈，在登一个山口时，一步也跨不动了，大口喘气。他只好找一块干爽地方躺在那里。走在他前面的人见陈传思没跟上，回头探觅，大吃一惊，一只高原狼尾随陈传思，正悄声向他靠近，而陈传思并没有发现。走在前面的人大喊大叫，江仓狼见人多势众，才不情愿地一步一回头跑掉了。地质队员王国堤骑马从江仓去木里，一路风景这边独好。行进的马突然停止步伐，不肯前行，只是不停地哆嗦，打着响嚏，腿一软，把他从背上甩了下来。他感到了马的异样，四周观察，头发立刻竖起来了，原来他被狼群包围了。马眼神尖，早就发现了狼群。马别看跑起来飒爽英姿，见到狼立马没了电，"青之马"和"黔之驴"一样没有三般武艺，见到狼也就只好任之宰割。马害怕了，王国堤不怕。王国堤真有"大将军"气概，临危不惧，冷静面对，把对付高原狼的经典案例综合在一起让狼群不战而退。故事曲折而复杂，就不在此啰嗦了，找个时间独立成篇供你学习。遇到狼群能够逃脱的并不多见，后来王国堤就有个绰号："狼剩"。王国堤遭遇狼群袭击，而他们用智慧打退了狼群做为一个成功案例被大家所效仿。但这之后勘探队修改了勘探队员野外作业的规定，不允许一个人单独行动。

陈传思起夜，见有只"狗"围着帐篷转圈，他朝帐篷内喊："这里有一只狗！"

里面的人听了觉得不对劲："这里荒无人烟，哪里来的狗？"

"狼，狼！"

大家一起喊起来。狼听到众怒的呼喊，离开帐篷，慢慢走向黑幕里。同伴给他起的外号叫"一只狗"。

在高原上见到狼是再正常不过的事，去远处拉水要早起，经常会发现有两只贼亮的眼睛在盯着水车人畜的一举一动。

在高原上寻找煤炭与内陆没有多大区别。同为勘探队员的杨进尧告诉我，也无非是野外调查，以找露头断层或是其他什么蛛丝马迹。高原上的煤层浅，有的三五米就能见到煤层。但是在高原上找煤所付出代价与内陆不能同日而语。高原反应是对勘探队员生命最大的威胁。在高原，快走如飞只是个传说。别说快走，有人慢走还要停下来歇歇。缺氧让人失去自主能力，他们叫"心有余而力不足"。在野外工作不可能也办不到随身带个氧气瓶子。如能在帐篷里放一只氧气瓶用以急救，条件算是好的，不管缺氧让人多难受，还是没人打开瓶阀，那是用来救命的，不到万不得已，谁也不敢动它。其实上世纪五六十年代工业落后，也没那个条件。

杨进尧对马的评价极高，他回忆马在那段峥嵘岁月里带给他们的帮助。这个操着浓浓上海口音的前总工对骆驼没有好感。他坚定地认为，马与勘探队员最亲，是马陪伴他们走过高原最艰苦的勘探历程。短距离可以步行，离住地远了，只能骑在马上"走马观煤"，有马做交通工具，他们才在规划好地区完成勘探任务，马才是野外地质调查队的第一功臣。没有马的帮助，真不知道他们的老伙计中还会有几人离他们早早而去。他说，马温顺，通人性，在沼泽地前行也灵活，也能善解人意。

在青藏高原，没有人提出"人定胜天"的口号，多么激情四射的革命者也不会用这样的口号激励着自己或别人。恶劣的环境人无法战胜。因为危险随时都会发生。杨进尧告诉我，一次他和另外一个地质队员搞野外调查，在海西大煤沟，山特别高，他想从山沟底下走，那里被洪水撕开了一道"谷"，同伴不同意，说是刚冲开的，泥地太软容易滑坡，两个人就分开向山上走，走着走着，他发现前面无路可走，只有上游的水在土山里冲出一个洞可通行。犹豫一下硬着头皮往沟里钻。沟下大上小，他爬在沟中间被卡住了，退不出来也钻不过去。心里害怕，这要是坍塌，这沟底可就成他的墓地了。人急了就会施放出力量。在洞里挣扎了好半天才脱险。

宋洪才，杨进尧两人身体健康，可他们好几个老友原来身体很棒，不到60岁身体就不行了，有的在50多岁就没了。想起这些人，宋洪才沉默了好一会儿才说："在青海找煤，我们这代人付出了代价，有的还是生命的代价，可我们并不后悔。"

不后悔，是老一代煤炭地质人共同的人生体悟。

第三章　我们的队伍向太阳

　　"是那山谷的风吹动着我们的红旗，是那狂暴的雨洗刷了我们的帐篷……"一首勘探队员之歌唱响了半个世纪，在老地质队员的记忆里，它是一支号角，唱着它走向深山，奔向旷野，至今它的旋律还时常回荡在脑海里。歌声是他们永恒的记忆，陪伴着他们走过了那段蹉跎岁月。全国煤田123支地质勘探队，谱写出了123首属于自己的勘探队员之歌。

勘探队由工区组建而成

当年，李恭治是山东淄博煤矿钻探队的工人。淄博是上世纪50年代知名的大煤矿，日伪时期日本侵略者用武力把持着这里的煤炭资源。

1954年4月下旬的一天，工区主任给他们开会，宣读中央人民政府燃料工业部给钻探队的调令：从淄博钻探队抽调一个工区钻机以及机组人员筹建新的勘探队，参加湘南资兴矿区的勘探工作。

湘南在记忆里是很遥远的蛮荒之地，传说湘南山高林密，蛇兽横行。冬天潮湿阴冷，棉被能拧出水来；夏天毒阳暴虐，炎热得能在墙上烤熟烧饼。有人把这归结为北方人高大，南方人瘦小的原因。这让李恭治联想的心里发怵。

不过那是个充满激情的年代，勘探队员又都处于风华正茂的年龄，国家的需要就是他们的志愿。

李恭治说没有人提出个人困难，不响应祖国的召唤被认定是落后的、可耻的。命令下来了，被选中的人没有一个打退堂鼓。他们现在要做的是说服家人和亲友，然后卷起简单的被包等待出发。

一周后，李厥起队长问："准备好了吗？"

队员像一溜儿出征的战士，大声回答："准备好了，请队长检阅。"

李厥起队长很满意这样的回答："这才是勇敢的战士，毛主席指挥到哪就把钻井竖在哪的勘探队员。"

没几日，李队长率领队员上了南下的火车，奔赴目的地——湖南资兴。

资兴政府重视找煤地质勘探队到来，组织群众敲锣打鼓夹道欢迎，这是那个时代最为隆重的礼遇。

初夏的资兴青山绿水，让队员感受到了齐鲁大地不曾见到的另一番景致。李恭治用"心旷神怡"来形容当时的心境。在淄博最先传播"南方故事"的工友成了被取笑的人。淄博工友到资兴不久，北京、贾汪、萍乡地质队员和钻机先后到达资兴，不到一个月时间，刚组建的资兴煤田地质勘探队就在资兴三都蓼江旁盖起了几十间简易木板房，蛮荒之地一下热闹起来。

快速建立一支适应煤田勘探的技能队伍成了李队长当务之急。不同地区来的队员大都是刚参加工作不久的年轻人，技术水平参差不齐，熟练的技工、工程技术人员很少，对勘探方法、程序、技术标准这样的必备常识很生疏。好在年轻人上进心强，对学习有一种紧迫感，不愿落后于同事，形成了自觉学习和虚心求教的良好风气。白天要出工，学习是晚上的事。仅此还不够，李队长还送出优秀干部、工人去天津、北京、武汉等地参加部、局办的各种专业培训，以适应地质勘探队伍发展的需要。上级部门也常派人员来队指导。燃料工业部还专门请苏联专家那依江诺夫、克兰依聂夫到队指导，解决勘探上遇到的地质问题，介绍勘探新知识、新方法，传授地质报告编制方法。采取的各种措施有了效果，使第一代勘探队员很快成为技术骨干，也使资兴勘探队在很短的时间内，建立起一支专业强、技术精的勘探队伍。

两个月后，归属湖南中南煤矿管理局资兴勘探队的8台钻机先后开工。湖南煤田地质勘探事业就从这一天开始了快速的发展。

激动过去了，好奇过去了，艰苦的工作环境和生活条件现实地摆在每个人面前，看山山没那么青了，看水水没那么绿了，看天天没那么蓝了，再唱地质队员之歌"是哪山谷的风吹动着我们的红旗，是哪狂暴的雨洗刷了我们的帐篷"时激情也燃烧不起来了。李恭治又想起那个传说。哪里是传说，他们每天都会验证着传说里的故事。

　　资兴矿区属岭南山脉，是一个突兀而起、海拔近千米的高山区，这里山高林密，地势险要，上山下山一趟有30公里，一天爬一趟都很费劲。勘探人员每天顶着初升的太阳出门，踏着星光下山。更让大家恐惧的是大山深处经常有虎豹出没，野猪成群窜走。李恭治回忆说，钻场夜晚，不时有野兽来"探班"，两只灯泡一样大的绿幽幽的眼睛盯着他们的举动，企图寻找机会发起攻击。还有满山遍野爬行的大大小小的蛇，赤红、灰黑、绿色的，有脚无脚的，让人头皮发怵，不敢抬头走路，怕不小心踩上它。蛇们三天两头还会光顾住所，有时它们也会爬进钻场水管堵塞水道，带来数不尽的麻烦。南方环境让李恭治和他的队友无所适从，哪如北方地域宽阔呢？站在高处一眼可以看清几条沟壑、几个村庄呢。

　　李恭治不能理解资兴的春天为啥那么短暂，还没品味出明媚春色的滋味，夏天的脚步就迫不及待地迈进来了。热浪裹着潮湿滚滚而来，让北方汉子束手无策。施工在高山上还好过，那里有风流动凉快些。换班回到山下木头夹起的工棚里，气温多达40度。不用说，汗水很快浸透了衣裤。李恭治说，北方的热气里有风，南方的热气里是水珠；北方夜里气温回落凉爽，南方夜里温度不减，依旧闷热。就像一首歌里唱的那样，"躲又没处躲，藏又没处藏"。工棚条件差，没有电扇，热得透不过气，坐在门外大蒲扇扇到半夜，眼皮打架才肯进房睡觉，第二天还要挺着劲工作。南方臭虫也多，掀开被子，一堆堆臭虫把铺底当了天堂，所有居民只有一块动手喷洒后来禁用的六六六杀虫粉，才能消灭它们。隔不了几夜，还会有它们的同党前赴后继地赶来，采用的也只能是曾用过的办法阻止它们的侵袭。

　　李恭治和队友们还经历过冬天岭南寒流的袭击。在北方长大的地质队员也没见过这样场景：山上山下冰雪封在一起，成了冰川世界；电线被冻成钻杆粗的冰圪，窝棚外垂下了一道道水晶柱。昨天还是青翠的竹林，今天已被冰雪压弯了腰，折断在雪泊里。水源冻住了，山下粮食蔬菜运不上来；施工的油料断了顿，钻机停工了。钻井队与山下中断了联系。煎熬中渡过半个月，冰雪消溶才恢复正常施工。

艰苦的环境，消磨掉了一些人的理想、意志，他们害怕了，产生了畏惧，悄悄溜下山跑了，而且再也没有回到山上。他们回到了北方，过着十亩地一头牛、老婆孩子热炕头的田园生活。人各有志，无法强求。我们看到落户资兴的第一代创业者硬是挺了过来，在无法承受的环境里他们经受了考验。

"落后的生产手段，简单的装备，手把500型钻机，几台管子车床，运输全靠人抬肩扛，在这样极其艰苦的工作和生活条件下，我们让钻机的轰鸣声响彻山岭，这是煤田地质人的骄傲。不久，那些虎豹、野猪远走后山，遍地青的、绿的、白的、花的蛇们远避它处，不来骚扰我们了。" 李恭治这样回忆道。

经过一年的努力，李恭治和他的工友完成了资兴矿区第一个井田的勘探任务，提交了湖南省第一份也是建队后第一份煤田地质报告：《资兴杨梅精查地质报告》。地质队庆贺自己的成绩，选择敲锣打鼓派人把报告送往北京报喜。

1955年，我国煤田地质勘探事业逐渐走上正规化和大发展的时期，为了适应野战化的需要，燃料化工部对已建立的40个勘探队进行了全国统一编号，中南煤矿管理局资兴勘探队获得"129"编号，队部也搬迁到郴县一个叫栖凤度的镇上。至此，资兴勘探队扛着129勘探队旗帜安营资兴。短短几年，129队的足迹以资兴为圆点，踏遍了湘东、湘西，摸清了湘南的郴耒煤田、资汝煤田、梅田煤田的基本概况，进行了数十个井田的普、详、精勘探，获得勘查储量13亿吨的成果，在湖南煤炭勘探历史上书写下了光辉的篇章。队伍也发展成为一支拥有多工种、多手段、力量雄厚的综合性队伍。

让129勘探队人骄傲并且不能忘怀的贡献，是向煤田地质系统输送了大批骨干力量。以129勘探队骨干力量为基础扩建出了166、167、168勘探队。再后来，129队进驻邢台、邯郸参加会战，并驻留在那里安家落户至今。

劳动模范进北京

　　1952年的河北井陉矿务局勘探设计室成立，这和中国煤炭勘探总局的前身燃料工业部勘探设计室是从中央到地方的一脉相承。设计室是119勘探队前身。设计室虽小，权力却能有效地伸延所辖煤田勘探系统，负责井陉贾庄矿区、二矿区勘探，发出不容更改的行政指令。

　　初夏，远处山峦显露出依稀可辨的绿茵，而井陉矿区却是一片光秃秃的荒山怪石。在七沟八坡的向阳处，散落着几间土坯房，几孔窑洞，一条羊肠小道弯延着，伸屈到了山下。这里缺少蔬菜，也缺少绿色，极目眺望，十里八村都收尽了眼底。傍晚家家冒起炊烟，在天空中划着不规则的弦度，不断地被风涂改着，这是勘探队员闲暇时所能享受到的唯一娱乐生活。设计室所辖的井陉钻机队面临的严峻困难是，上级没有大型机械拨给他们，从其它钻井队借来11台仿苏式KAM-300米、500米手把式钻机，才保证了开工条件。

　　山谷的风很硬，就在钻场后搭个席棚。在"有条件要上，没有条

青春在忘我的劳动中闪光

件创造条件也要上"的艰苦创业年代，他们发扬了独立自主、自力更生的拼搏精神，开始了井陉矿区第一钻，钻机轰鸣很快响彻山谷。119勘探队原党委书记李锡明说，第一钻是个象征，告诉周边的邻居，井陉矿区的第一代勘探工人来了。

山上生活条件很苦，住在四处露风的板房里，主食是窝窝头，没有蔬菜。有人提议去村里买点青菜，望山跑死马，能看到冒烟的村屯也有十多里路，来往三四十里路，需要大半天，再说也没有多余的人手。算了，艰苦奋斗能凑合就凑合了。饿了啃口窝头就着咸菜，渴了喝口山涧泉水。钻井队当年就放了"卫星"，完成了井陉贾庄矿区和二矿区6657.81米的钻探工作量。

钻井队高质量的钻井速度，为井陉煤田矿井建设提供了强有力的保障。钻井队上了部局光荣榜榜眼，上级领导的目光也投向了他们。

随着国家大规模经济建设的步伐到来，华北煤矿管理局和下属的各大矿务局建立了地质勘探队。1954年8月，中央决定由井陉矿务局勘探设计室和阳泉矿务局钻探队合并成立中央燃料工业部煤矿管理总局井陉矿务局钻井队（后改为华北煤田第一地质勘探局第五大队）。国家给井陉钻井队的任务不仅仅是井陉，而且还要放眼河北、山西煤田勘探的大建设。已升级为国家队的井陉矿务局钻井队，眼界很高远，他们抓队伍培训、设备更新、基地完善，担负了井陉、阳泉、临汾老区的勘探施工任务，先后领到了轩岗、平定、昔阳、和顺、寿阳、高平、盂县、灵石、汾孝等50多个矿区勘探任务。他们被重视了，开始调往国家重点项目的会战战场。为完成国家141项重点工程，"北上打增援、会战白土窑"，使大同在较短的时间，拿出了勘探资料，建矿投产。

一年后，中央燃料工业部煤炭管理局地质勘探局 [55] 煤地办第1168号文通知：各个勘探队名称采用全国统一编号。原"华北煤田第一地质勘探局第五大队"，改名为"华北煤田地质勘探局119队"。1960年4月29日根据阳煤地勘字第12号文改名为"山西省煤矿管理局地质勘探局119队"。

1959年11月，是119勘探队历史上最为辉煌的年份，党委书记郭诚、"跃进标兵"赵振环、902钻机机长宋崇文参加全国群英会煤炭工业系统先进经验交流会。

英雄自有出处。最有影响的是以大压大水小口径快速钻进电测解释法等一整套成功经验，首创单机月进尺破千米，全队当年完成钻探总进尺10万米，夺得两个全国之最。煤炭部在119队召开全国第一次地质勘探现场会，还被授予部级"大面积高额丰产红旗"，一举成为全国地质勘探战线上学习的一面旗帜。

"跃进标兵"赵振环晚年回忆道：

"当时我队在山西省昔阳县城西南约十几公里的一个井田勘探。10月下旬的一天上午，我刚从钻机测孔回来，已经上床睡觉了，一阵急促的喊声把我叫起来，说是韩国华副队长用小轿车来接我去北京开会。我随同来人一道来到工地办公室接受队长指示后，便回宿舍向组里的同志交待工作并换了身衣服，匆忙地跟韩队长坐车返回阳泉。当晚乘坐太原开往北京的直达快车，第二天清早到了北京，住进了地处东单的煤炭部第四招待所，与先我一天到的902钻机的'铁机长'宋崇文会合了。因为我晚去了两三天，没有赶上参加大会开幕式。在煤炭部礼堂听贺秉章副部长作报告和张霖之部长讲话，在全国政协礼堂听周总理作形势报告。11月8日下午在人民大会堂参加大会闭幕式，我第一次近距离地见到了敬爱的周恩来总理，并聆听了总理亲切热情的讲话。出席那天闭幕式的还有刘少奇、朱德、董必武、邓小平等党和国家主要领导人。"

年轻记者刘晓祺应邀专程赴阳泉采访当年进京参加英模会的"铁机长"宋崇文。宋崇文今年80岁，身体硬朗，思维清晰。说到了参加北京群英会时，他的心情是平静的。他说只想把队上交给他的工作做好，从没有想过争标兵当劳模。他指着墙上镜框里的一张发黄的大照片说："这是当年在北京的合影，有周总理和彭真。会议是在人民大会堂开的，我坐在第二层，看的非常清楚，周总理跟平时看到的照片一样，非常精神。当时周总理说什么忘了，只记得大家一直鼓掌。宴会桌上摆的都是好烟好酒，还有上好的点心和水果糖。大家都认真地听着领导讲话，甚至都没人动。领导讲完了，很多人都走了，大家也都跟着走了，饭也没吃上。紧接着就在北京饭店对面的北京煤炭部礼堂前照了这个大合影，这半米长的合影是那些年见到的最大照片了。"

宋崇文很在意这张照片，这是他一辈子最风光的见证，也是最不能忘却的纪念，这段辉煌印证他的人生价值，也印证着119勘探队的风雨兼程的漫漫征途。

有一次，女儿打扫卫生时把父亲的照片扔了，宋崇文急眼了："你咋给我扔了，你咋给我扔了呢？"

女儿从没见父亲发过这么大火儿，不就一张旧照片吗？赶快捡回来安放在原来的地方了事。这是两代人之间的沟壑，她无法体会出这张照片在父亲心目中的极其重要的位置。

宋崇文生长在阳泉，父亲是煤矿矿工，40岁那年得了矽肺病，从此丧失了劳动能力。日本人占领阳泉时他8岁，家里生活更困难了。他只能随着大人外出劳动挣回粮食。14岁时，他就到矿上摇轱辘马装煤，每天干上12个小时才能休息，日本人以配给的粮食顶替工资，而这些粮食大都是发霉的。

阳泉解放，矿务局接手阳泉玉华煤矿，宋崇文感受到新旧社会的巨大变化，矿工不再被奴役，他们成为被人尊重的主人，他没有理由不拼命干活儿。

1953年的夏天，矿务局成立勘探队，在矿上招人，他报了名，并被派去开滦学习两个月，回来后就成了阳泉矿务局勘探队的一名钻工，并很快当上了机长。1954年没有争议地被评为省劳模、全国劳模。

你问他怎么评上了劳模的？

他说："拼命干。"

你问他怎么当上了机长？

他说："拼命干。"

宋崇文不高大也不伟岸，没有激情四射的豪言壮语，也没有崇高到我们需要仰视的思想境界，他认为劳模评选的标准很简单："拼命干。完成任务好，没有出过事故，就评你。"

"拼命干"，这3个字包含了宋崇文的工作态度和做事原则。

"宁可受累也不能落后。"宋崇文出名在被评为省、部劳模这一年，他领导的钻机组月进尺超越2000米，（其他钻机月进尺最多只能达到500米），这是放出的一颗超大"卫星"，在之前的勘探史还没有过这样的记录。

宋崇文的工友对他的评价很中肯："老宋这劳模当得大家都服气。他那个钻机组工作你还真比不了。就说移机吧，这是个重体力活儿，有的组要好几天搬完。老宋那个钻机组当天完工，当天移机。2人搬不动就4个人抬，4个人不行就上8个人，12个人，20个人……这边刚下了班，那边一叫大伙就得赶紧去，不管多晚都要组装好，开动机器，这间隔不会超过半小时。从山下到山上无路可走，只能人拉肩扛，直到1958年每个工区才有一辆卡车。"

"父亲太平凡了，平凡的常常被人忘记。他在钻机上一干就是20年，没有几个人能做得到，父亲做到了。"宋崇文的儿子、119勘探队现任党委书记宋金栋这样评价父亲。

宋金栋是在119勘探队大院里长大的。院里不与外面联系，也极少看到父亲们，他们总是很忙碌，来也匆匆去也匆匆，大院里就剩下女人和孩子。他知道父亲是搞钻探的，后来长大的哥哥们也成为父亲的同事，但父亲和钻探留在他童年的记忆里还只是个概念。陌生的父亲，没有给过他拎着耳朵教育的历史，一年在家里也就过年能住上20天。年刚过，父亲们就离开了大院走了，一走就是一年半载。父亲是被他归到提着小包到处找石头的那一群人中。父亲寡言少语，记忆最深刻的就是父亲用帆布袋背回来的大米。在教育子女问题上父母的观点高度一致：放任自流，自然成才。大哥二哥爱学习，吃饭时也抱着书本看，父亲用鼓励的眼神看着他们。他也爱学习，也捧着书本看，不过他不在吃饭时看，他爱坐在院子里小板凳上看，他知道只有多读书，心灵里才不会是一片沙漠。至今他还爱看书，他家里有许多书读。

宋金栋17岁高中毕业时，父亲脸上挂着严肃，说队上有招工，你也去上班吧。你大哥、二哥在那干得很好，你也别给我丢脸。这好像是父亲和他说话最多的一次。

别丢脸，宋金栋记住了。

当钻工的第一天就让他尝到地质队员的艰苦滋味。刚刚上工，一场突如其来的大雨瞬间就下来了，瓢泼似的。外面下雨，工棚里漏雨，身上衣服很快湿透了。夜里雨声更大，就听见雨从远处喧嚣着奔跑过来，停在钻机工棚顶上。看一眼老钻工们，他们好像什么也没有发生，手不失闲地忙碌着。雨过天晴，太阳照在太行山麓，清纯而新鲜。班长喊了一嗓子："搬家了。"

两三个月搬一次家，这是平常事。一个箱子一张床，铺盖一卷就得走。在深山野外作业，才知道辛苦劳累并不可怕，与家人隔绝的滋味才让他认识到地质队员要付出的代价。他找到了父亲不爱说话的理由，在轰鸣的钻井棚里，除了必要才大声喊话。钻井工作除了出力气剩下的就是无边无际的孤独。

"'铁机长'宋崇文的儿子。"局里领导来视察，队长指着宋金栋这样介绍说。

"你父亲很了不起，毛主席接见过的。"局领导握着宋金栋的手让他好好干。那是一股暖流，传遍他的全身。

原来父亲很优秀，是煤炭地质系统为数不多被毛主席接见过的劳模，连局长这么大的官都尊敬他、爱戴他。想起家里那张照片，父亲站在密密麻麻人群里咧着嘴笑呢。父亲在钻机上呆了30多年，从工人、班长、机长再到工区主任，大家都称他"铁机长"。在"大跃进"年代搞会战，父亲的工作热情，让别人无法追随，他可以几十个小时不睡觉。他觉得支撑父亲的就是一份份荣誉。他问父亲过去的光荣，父亲淡淡地说："这没什么。"

钻井工人太辛苦了，生活圈子就在勘探队的大院里。有门路的是不会让自已子女进勘探队的。父亲就不能理解这些同是钻工的父亲们："勘探队有什么不好？"

他不去攀比别人，他坚持把三个儿子都送到钻井队上。

"好好干。"也是父亲一生的追求。

119队不断变迁着队史，宋崇文跟着119队东征西战，河北、山西、山东、江西，直到他退休，30年间没有离开过119队，而他的钻机生涯就长达20多年。

当上机长后，宋崇文觉得有文化很重要。他说自己就吃了不上学、不读书的苦。过去家里穷没钱上学，不识字是旧社会的错，不是他的错。不认字、不会读书看报怎么给工友做榜样呢。他拼命挤时间自学，还买了四角号码字典。

一个机长有一份《人民日报》，每周的社论是开会学习的主要内容，对学习不积极的还要提出批评。宋崇文不怕，他能组织大家学习规章制度，宣读领导讲话。识字让宋崇文尝到了甜头，比如钻机出了事故，他组织分析会，用上级要求的条款带着大家找原因，哪些是人为，那些技能不过关，他还会认真追究责任人的问题。

宋崇文提出入党申请时，会上大家对他夸得多，找不到批评的内容。人不能没缺点呀。终于找出了一条："老宋总念错别字。"

"这不是大毛病吧。" 宋崇文没觉得念错字应该写到入党会议记要里。

大家笑了， 宋崇文自己也笑了。

1955年，宋崇文第一次到北京，他被指定参加煤炭部的座谈会，主持会议的是张霖之部长 。

会上宋崇文被邀请发了言。

"就是说怎么搞的，怎么创出的奇迹，如何艰苦奋斗的"。宋崇文是个忠厚老实人，他说自己没有什么文化，有什么就说什么。张部长还使劲给他鼓掌。

宋崇文和他的队员为国家做出不可磨灭的贡献。一代人走了，一代人又接了班，记不清楚走了多少个地方，打出多少眼钻井，确定了多少个煤田，能够留在宋崇文回忆中的煤田勘探仅山西就有9个矿区，河北15个矿区，还到过山东、湖南10多个省。

宋崇文说，在煤田地质他干了一辈子，不后悔。

一席能安家

张文虎是119勘探队的老地质队员。1963年，张文虎在钻机上没干几天，就赶上山西煤田地质局在高平县王报井田搞地质会战。因为有文化，很快就把他从钻机调到王报参加地质调查任务。调查组成员来自五湖四海，生活习惯上差异不说，讲着南腔北调对方听不懂的"鸟语"，就闹了好多笑话，有时为了一个字眼的不同解释也会让大家乐上几日，张文虎说这并不影响他们之间的友好相处。

119地质勘探队实行半军事化管理，统一起床，统一睡觉，统一出工，统一吃饭。虽然没有军营嘹亮的号声，但是一切行动听从指挥。

张文虎所在的调查组实行的军事化管理更为明显："集体伙食制"。不同工种粮食的供应标准不同，每个人的饭量有大小，队上其他食堂都是自己购买饭票和菜票，节约归自己，唯有调查组是大集体伙食，不买饭菜票，吃份饭，月终统一核算平均分摊。这一制度不知始于何时，没人提出异议。

调查组的地质队员大多像张文虎这样毕业于地质院校的年轻队员，他们有追求、有理想，唱着《地质队员之歌》来到勘探队的。

"是那天上的星为我们点燃了明灯，是那林中的鸟为我们报告了黎明，我们有火焰般的热情，战胜了一切疲劳和寒冷……我们怀着无限的希望，为祖国寻找着丰富的矿藏。"

火热时代里，更多的年轻人像张文虎一样，放弃城市舒适的工作环境到农村、边疆，到艰苦的地质队来，为国家寻找煤田。他们接受了苦，他们接受了累，把建设社会主义的重任放在自己的肩膀上。调查组成员每天早上迎着朝阳出发，头戴太阳帽，手拿地质锤，背上图纸、记录本，还有每人两个苞米面窝头，一壶白水。老队员告诉他，壶里的水不能喝完，还要留一些在山上野餐时喝。每天不知道要翻多少道梁，走多少沟壑，有时一天要走近百里的路程。北方山上多是光秃秃的（不包括黑、吉两省的大山），偶尔能见些酸枣和野枣，也算是尝到了新鲜水果的味道。

王报煤田的填图任务是119队、114队、148队以及从贵州来的测量分队共同完成的。规定每个小组每月填图8平方公里，有一个月张文虎组竟然完成20多平方公里的填图任务，而且质量合格，成为完成任务最好的小组。

野外工作生活环境，张文虎用"四处飘泊常为客，一席能安即是家"形象概括：

"这里的任务完成了，再到那里去。所谓的家也从这一处搬到另一处。飘泊不定，四处为家。我们住的地方有时会是大庙、祠堂，甚至羊圈。找房时有个不成文的规定，找大一点的地方大家住在一起，减少工农之间的不必要麻烦。在王报时，我们就住在一座大庙里。大殿是食堂和仓库，人住在两边的厢房里。第二年我们搬在两渡车站附近，住进了一个羊圈里。这里是大跃进农村办食堂时留下的一栋废弃的房子。我们来时，里面满是羊粪、玉米秸、干草还有尘土。清理、打扫，搬进行李，撑起行军床，这里就成了我们的'家'。有一次住的是农民的窑洞，进去一看窑洞的里面除放着一些不用的东西外，还有一具新做的棺材。我们就住在靠外面的一半搭起床铺当了家。"

"家"是凌乱的、简陋的，大多是连当地农民都不肯住的废弃破庙、旧窑洞。张文虎记忆里，只有两处"家"是有模样的。

一处在江西铅山县的五都镇，地质调查组住进了公社的大院儿里，两人一个房间，还有一条很长的走廊，食堂也在院内，就像旅店一样。

另一处在铅山县的湖坊镇。镇中间有一条河，河水清澈见底，民居房舍沿河两岸而建，镇中心有一座大桥，是很典型的江南水乡村落。大桥不通车马，只过行人。桥下是水泥桥墩和桥梁，桥面用木板铺制。与桥面同宽的还有一木制结构的桥廊，在桥廊的每个桥墩处，有一个小小的木屋，五个桥墩十个木屋，地质队员占去了6个。河里有小船和渔翁的竹排往来，岸边有民居座座，山上有青松竹林，一幅江南水乡的水墨画。晚上常见到渔人划着竹排点着火把，带着鱼鹰在河中捕鱼，地质队员兼诗人张文虎改编唐朝诗人张继的《枫桥夜泊》诗为：

> 日落山静星满天，
>
> 江枫渔火浮水面；
>
> 桥头小轩月作客，
>
> 对窗遥望思难眠。

"夏天过后，秋去冬来，我们还住在这座桥上。这时的小屋少了一些诗情画意，也不那么舒服了。桥下的风依然刮着，钻心刺骨的冷，晚上小屋四面透风，室内室外温度相同，真有点不好受。"诗人的灵感被刺骨的寒冷冻得"短路"了。寒冬腊月，地质队员就像当地老表一样搞来火盆生上木炭，大家围着火盆伸出一圈手，烤地瓜一样翻来覆去地暖和着，在漫漫长夜里讲述着各自心中的故事，随着火势的减弱，倦意袭来，大家道一声晚安，钻进同样冰凉的被窝，不过这边人还没入睡，那边人打起呼噜来了。

张文虎记得，有一天下雪，下的是米粒雪，雪粒从瓦缝中乘隙而入，落在脸上和被子上。聪明人提醒说，在被子上盖一块塑料布可以解决此问题，一时"洛阳纸贵"，被扔掉的废旧塑料布成了争手货。早晨起来发现，嘴里哈出的气把被子和塑料布冻在了一起，要费力气

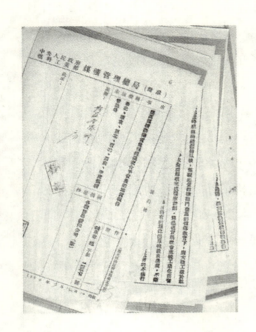

这一段历史的痕迹，见证着
燃料部昨日的辉煌

才能分离两样不同属性的物质。

1972年7月4日，遵照国务院批示精神，119队挥师北上参加兖州煤田会战，1973年8月又奉命参加邯(郸)邢(台)会战。一时间，百里战场机声隆隆，劳动场面热火朝天。再之后，张文虎和他的队友就驻扎在邯郸不走了，直到光荣退休。

行走的丰碑

王欣安半生时间都在找水。那些年，他总是带领两个找水机组南征北战。

在山西阳泉打出了清新地下水，他们就又去了另外一个地方。设计煤矿前期工程，水源是决定因素，煤矿不会建在村屯，大都是荒山野岭、没人烟的地方，好听一点的叫处女地。水文地质必须适应这样的搬迁，用水文局党委书记赵军的话说："面对一片荒凉，背后一片辉煌。"这个黑白对比，反差强烈。他们来的时候，作业面上只有放羊人经常行走的羊肠小道，别说是汽车开上去，就是人力扛上去都要付出难以想象的困难，但是他们硬是用自己的脚踩出了一条道路。他们架好了钻井，钻井开始了日夜不停的轰响。说是一个月，许是两三年。打出了地下水源，有了水源才会有矿区，才会有更多的矿工拥进来，并很快形成以矿区为中心的小镇。水文地质人的奉献隐在了辉煌的背影里，他们不会贪婪灯红酒绿的城市，收拾好行装，他们要去的是下一个目标。

那个目标一定不会有城市，一定不会是小镇，同样是荒山野岭，同样有蓝天白云，同样有着青山绿水，他们顾不上看这些。他们甚至来不及歇歇，甚至还没放好行囊，钻井就被高高竖起，投入忘我的工作。钻井架上面那面哗哗作响的小旗，昭示着煤炭地质人来了，他们要用数月或者数年在这个地方完成既定目标。

走出阳泉大山，王欣安带领两个钻机组又回到了平原上还在建设的邯郸峰峰矿。1958年大跃进战鼓擂响时，峰峰所在地还是一片庄稼地，矿区还只是一个概念。大跃进的标志是大炼钢铁——高技术含量的产业。被理想时代感染着的领导者充分地动起来。同样被理想淹没的还有民众，他们认为社会主义国家一切皆有可能，可以在一穷二白的国度里创造出人间奇迹。领袖们在相距十分遥远的两个国度间做出比较，提出"十五年赶超英美"的号召。这是个号召，带来全民近似疯狂的行动。我们看到每个城市、每个乡镇甚至每个村落都建起了炼铁土炉，砍伐着生长的森林，用木材炼出的钢铁显然不合格，煤炭成了最迫切需要的能源。

我们优秀的人民，虽然把自己的钢锅铁勺都化成了铁块，还是未能炼出优质的钢铁，他们把这归结于没有煤炭。在邯郸制造一块名叫"峰峰"的地方发现了大煤田，在"峰峰"不远的山区又发现了铁矿，这里可以建成一个综合的钢铁基地。但是，峰峰没有找到合适的水源，阻碍了大队人马的开进。

找水队员王欣安，同样被大跃进的浪潮感染着、激励着。水文队被指定在一个地方扎寨安营，并被编入"峰峰"的水源队。他们全身心寻找并在"峰峰"打出了水源，虽然不理想，至少可以让探矿找矿的人有了喝水的条件。在"峰峰"驻地，房子是用柳条泥巴垒起来的，注定了他们是游走的"印地安人部落"。

1964年，又有两台钻机组南下去了贵州，其中就有王欣安机组。那里正在筹划着六枝、盘县、水城（六盘水）煤田地质大会战。先于他们到达的是铁路工人，已在几百公里的大山里开始了遇山开路、逢水架桥的会战。水文钻井队驻地是铁路工人的邻近。王欣安这时已经升任班长，他带领的钻井组住距离铁道工人工棚不远的地方。铁道工人住处条件更艰辛，打着地铺，上面一张席子，下面一张席子。在这样生活条件下，硬是在荒山野岭开出一条铁路线。

榜样的力量是无穷的。王欣安告诉那些刚刚招进来的工人："比起铁道工人老大哥，我们还有什么好埋怨？我们在为国家做贡献，国家的大事记里会记上我们一笔。"

记没记上王欣安不知道，他当时就是这样想的："毛主席在中南海在看着我们，他老人家心中装着所有的新中国建设者。"

北方的寒冷王欣安已经适应了，对突然而至的鹅毛大雪也不会那么惊奇，只要穿上厚厚的棉衣、棉裤再动手干活儿，就不会感觉寒冷了。他却没想到贵州是大山挨着大山，连绵起伏，几十里路见不到人家不说，10月到达的六盘水，一连40天没见过太阳。天上总是雾气濛濛，干了一天活回来，身上衣服湿透了，脱下来烤干了，第二天穿上用不了多久又能拧出水来。年轻工人的心里嘀咕："太阳不在这里了吗？"

王欣安安慰他们说："太阳这段日子休假，去玉皇大帝那儿走亲戚了。"

本来是句玩笑，却没想到触到大家心里另一根神经：出来快一年了，他们想家了。

家的温暖留在他们的记忆里，很遥远。一位老钻工计算过，在他

40年工作历程中，在家的日子只有短短两年。

1958年起，已经有了探亲假，每年也不过12天。从贵州到内地邯郸路程就要三四天，匆匆地回趟家，被窝还没捂热就又要匆匆赶回工地，许多人索性两年的假期加在一起，把家的被窝捂热，也能省下一笔捉襟见肘的费用。

王欣安也有了家小，他把家安放在老家——江苏省镇江乡下农村，他不想让那个家跟随他四处流动，乡下女人还能照顾老人和成长中的孩子。

"改变北煤南运"只是高层领导的理想，贵州的地理环境表明它不具备拥有大煤田的条件。为什么会没有呢？在人定胜天的理想时代，人们想象常常超越现实。不能说贵州没有煤，只是这里的煤储量并不丰富，大都是鸡窝煤，储量小，集中在很小的一个地方，贵州又是大山区，交通不便，不具备大规模开发的条件。硬性上马的许多工程都被迫停工了，而停工之前，消耗了本来就不富裕的财力。这个教训只有后来人总结，不是年轻钻机班长所能理解的，他的使命就是听从党的召唤，寻找有利于煤田开发的水源。

王欣安说，当年他们付出的劳动不能用收益指标来衡量。他更关注水文勘探队的发展。发展是跳跃式的，他赞许后生可畏。2011年水文队的产值已经过亿，且仍以两位数字递增。他们的目标还很远大，眼光已盯着10年后煤田地质业的发展。

东北：新中国输送干部的摇篮

上世纪50年代的东北煤炭地质人被推上了榜眼，不断有煤炭地质人或整队调出或数人抽调去煤田新区组建新的地质队。在涿州总局老干部处，我采访了5个人，原局长高建明、刘崇礼，副局长王文寿、郭万荣，全国劳模杜青荣，竟然都来自东北煤田地质局，他们或是东北出生，或是在东北工作后调入北京的。王文寿告诉我，这不新鲜，50

年代到90年代来自东北的煤炭地质人分散在每个勘探队，许多勘探队就是由东北人为骨干筹建起来的。

煤田地质队伍怎么会有那么多东北人？

王文寿为我解惑："东北解放较早，1946年大多村屯就进行了土地改革，煤矿也被解放军接管了，较早地恢复生产或重建。全国解放初统计，煤田地质勘探队伍只有400人，技术人员也没超过100人，大多数分散在东北民主政府接管的煤矿。国民经济三年恢复期间，国家经济要振兴，地质勘探技术人员成为煤炭生产的重要力量。部里只能不断地从东北调出骨干组成新的勘探队，适应煤炭勘探的需要。"

日伪时期，东北就是采煤重要省区，煤勘技术人员相对集中。国民经济恢复时期，东北煤田生产已形成了规模，而关外各省急需燃料供应，东煤地质人责无旁贷地承担了为各省煤田地质输送骨干的责任。上世纪五六十年代，关内各省组建煤炭地质局，都要从东北煤田地质局要人。东北煤炭地质人调出的人很多，形成了解放后煤田勘探行业第一次人才大流动的高潮。王文寿回忆说："还有整建制的勘探队调出，比如，蛟河勘探队调到石拐子（包头附近），阜新勘探队调到山东，双鸭山矿务局地勘队调到山东，辽源勘探队调往新疆等。关内好多省区的煤田地质勘探队都是从东北煤炭地质局抽调的技术人员组建，我所知道的，新疆勘探队就是从东北去的人组建并且发展起来的。"

王文寿，黑龙江省泰莱县人，1947年16岁时参加了东北的土地改革。东北煤炭管理机构成立后，分配到经委一处煤矿，经委演变出东北煤炭管理局时，他又成了煤田地质处技术干部。'文革'时，他到铁岭101勘探队当了队长，在东北煤田地质局一干就是28年。1975年7月调往北京，组建中国煤炭地质总局并任地质处处长、副局长，1992年离休。

上世纪七八十年代，中央要求解决北煤南运瓶颈，加快南方社会主义经济的大发展，东北煤炭地质人整队大迁徙，不少南方省区地质局整建制人马都由东北煤炭地质人组战，形成煤田勘探第二次人才大流动。

"东北籍煤炭地质人的特点是直率、肯干、不保守，更看中荣誉。换句话说，从成立那天起，他们就接受国家的需要，离开祖辈生活的家园，抛家舍业去南方为国家找煤。成为煤炭地质业重要的不可或缺的力量。煤田地质业因为有东北煤炭地质人'掺沙子'，提升了地质勘探技术的成长速度。"

苏联专家在煤勘

说到煤田勘探，我们不能忘掉一个事实，那就是苏联专家的指导。

这是个难写的题目，众所周知的原因，数十年来，我们都不能实事求是地谈起往事，也许是一种历史伤痛，也许出于"政治选项"，很少有人愿意触及它。但是，做为历史，曾经发生的事实，我们同样应该正视它的存在，它曾带给我们的进步，当然我们同样也记得撤走专家让许多行业陷入了多年难以恢复的困境。在黑龙江省采访老一辈煤田地质专家时，他们不止一次地提到了"苏联专家"这个词，引起我的注意，并从他们那里得到肯定的答复。我们讨论的内容只限定煤田地质勘探业："苏联专家确实发挥了作用，因为那时鸡西只有三名地质技术人员，还不能说是专家。苏联专家受燃料部领导的委派，对几大矿区存在问题给予指导，受益颇深。"

如果我们写煤勘60年这样内容，省略这段历史似乎也是不公平。但是，历史远去，见过苏联专家的年轻人，那时他们的资历还很浅薄，没有与苏联专家面对面交谈的机会。他们的印象是苏联专家在一次次报告会上留下的。我曾在总局档案馆逗留数日，查阅那一时期的有关文件，多是印刷不多的"根据报告整理，未经本人审阅"报告内容，这对了解苏联专家在煤勘业的工作、生活情况没有帮助。在鸡西

108勘探队档案馆里我又无意地找到了几份苏联专家关于煤勘地质上的谈话或报告,抄录几段,也使这段历史没有留下空白。

专家会谈记录

日期：1956年5月26日

专家：那依江诺夫

翻译：朱孟杰

参加人员：王竹泉　张荫画　鲍若英等

精查勘探中地形测量与地质测量的平行作业问题

王竹泉工程师介绍情况：西南区川、贵一带，山势很大，露头良好，精查地质测量时无1：5000地形图。采取地形测量与地质测量同时并进的平行作业法，先由地质人员在野外沿地层接触界线每隔50-200米距离插旗定点，由测量人员于测绘1：5000地形等高线图时，将插旗的地质点一起测入图中，待地形图测成，再由地质人员按图上的地质点，在室内测绘出地质界限，然后拿到野外去复制一次制成地质图，至于这种工作方法有以下两种不同的意见：

1. 在没有地形图的情况下就可以开始进行地质测量，并且地质点布置很密，能保证质量，因此是又快又好。

2. 认为在室内根据地质点来描绘地质界线，与地形测量时在野外测点，在室内绘等高线一样，是不准确的，尤其在山形复杂地区，地质界限常多不规则的弯曲，如不在野外一面观测，一面填绘，则在室内描绘的界限，难免带有很多的忆测性，很难符合实际情况，并且每隔20～200米即布置一点，据说每一平方公里可达1000余点，大大增加了测量的工作量，减低了测图速度，在室内绘毕地质界限还要拿到野外去复校，也要花费一定时间，这样还是要等地形图测定才能制成地质图，因此这种工作方法既不好又不快，反不如先测地形，再作地质，按正规程序进行来得更好更快。

以上两种那一个正确？这种平行作业法能否作先进经验予以推

煤炭工业部地质勘探总局XH-60型油压钻机训练班合影，在照片里我们看到了苏联专家的身影

广？

专家：地质测量在室内划高等线是否精确应该由测量人员进行评价。在室内绘地质界限是不够准确的，因为地层接触界，不一定是直线，如果无地形图，就可能把弯曲的也绘成直线，结果地质图达不到精度标准，一般正规的方法是先制好地形图，其他的各种地质工作在地形图的基础之上进行，地形测量之所以走在前面是因为地形底图是地质测量之基础，以1：200000地质测量来记，如无地形图，就不易确定地质点的所在位置，即使用目测步测和罗盘配合的方法进行亦不易得到准确的效果，这样不但花费时间多，而且成果也不够精确。如果有了地形图，对于1：200000-1：100000，只要标出山脉河流、森林、城、镇、村落，寻地形地物后就可以用来进行地质工作，对于1：5000-1：10000的地形图和地质图就要求得更严格些，其精度更高一些，需用仪器法进行测量，测量时不但要按标准绘出等高线和其他地形地物外，并且要清楚的标出每一个地质点，将所有露头按地质时代

详细的系统分层，精确的测绘到图上去，这样作成的地质图，虽不能完全和实际情况一丝不差，但已非常近似，误差很小。平行作业是一种非正规的工作方法，在一种特殊的情况下，露宿风餐头良好，并且国家对该区任务要求十分紧迫，这时才能采用。一般不宜使用。专家指出：地质图编制并随野外工作的结束而告终。自1：500000-1：5000不管它的编尺多大，都应该在野外进行，室内工作只是作一些修饰补充，露头对比之准确性决定于地质图之精确程度，因此要求地质图正确可靠。

专家报告记录

专家：费奥克基斯托夫

1954年7月27日

在鸡西矿务局作有关矿井恢复改建的工作报告

同志们：

我们苏联专家并不打算在这里作有关全局生产管理事业各方面的详细报告，同时也没有这个可能，因我们对鸡西矿区，开这样一个巨大矿山事业，了解得还不够全面，研究得也不深刻，因此我们只能占用同志们的宝贵时间，谈一谈我们的初步印象，也就是说把我们在此地所逗留的这一段时间内所听到的和所见到的作一个简单的总结：

当然，我们在这里有许多地方都是重复过去在矿务局或在麻山，滴道的会议上提出建议时所讲过的东西，因而我们还是像以前一样，请求诸位在采纳我们的建议和报告时，要给予应有的批判和评价。我们所有的建议并不是带有绝对和不可争论的性质，而恰恰相反，假若这些建议和你们自己的意见没有达到一致的话，那是不应当直接被采纳的，但我们也向诸位表示友谊的信任。我们若与现场的意见综合起来，并由于深刻的了解了当地的各种条件，及了解了国家的当前任务，与将来的任务的结果，而得到支持以后，它一定能带来应有的效果。

我们所要开采的煤炭，不仅是各种工业部门的源泉，而且还是我们日常生活中不可缺少的热力源泉。人民新中国，对于自然财富，已经到了空前的大规模的研究工作，这些研究工作，对于伟大的中华人民共和国的各种地下矿藏进行着极其广泛的了解，而这些工作所以必要，乃是为了使自然财富得到合理的、有计划的使用。总而言之，以主人翁的态度来讲，就是每一个薄煤层也需要珍惜，并且把它从煤田中毫无保留的开采出来，我们永远要记住，列宁在1920年就对于煤炭作了很高的评价，他说：若没有煤炭，就没有任何的现代化工业也没有任何工厂，煤炭是工业的粮食，工业若没有了这种粮食，它就要停滞，这就是说无论是已开采的煤田中，或是在将要新开采的煤田中都要以谨慎的态度来对待这种粮食。

只有这样，在采矿工业中，才能够逐渐地出现新建企业，也只有这些新的企业，才能够扩大。对于生产矿井，改建矿井，及因生产寿命自然结束而停产的矿井的配合是否进行得正确，这应该是领导同志们和企业职工们所注意的。在这种场合下，要特别注意停产的矿井，因为停止一个矿井，拆除机器设备或主要井中的保安煤柱比什么都容易，但是要恢复一个尚有许多埋藏未被开发的矿井时，那是非常困难的，因为在进行这种工作时，必须补充许多基建投资，而这些资金，可能是用建设新矿井的。最近燃料工业陈部长命令，必须查明所有的因为各种原因而保留的矿井数目，及其在生产技术上重新复活的可能性，其目的是为了以最少的费用来增加现有的矿井基础与扩大煤矿生产，这一工作在国民经济上，有着非常重要的意义。但这个工作也是非常艰巨的，只靠个别的人员，乃是无能为力的，必须要集体的力量，才会得到成功。

虽然说，从北京和沈阳来的同志们的迫切任务只是对停产的矿井作一番审查和作一个初步的结论，但是在了解情况的过程中，对于了解那些即将处于停产前夕的矿井也成了必须的工作，不然的话，在我们来的这些同志们的工作中很可能产生一些误会和矛盾，也就是说不过去，只顾了恢复停产的矿井而对于一些生产现象放了过去，其结果就一方面，使一批矿井恢复，另一方面则使其他一部分本来能以少数投资，得以延长寿命的矿井变成了停产的矿井，因此在研究恢复停产矿井问题的同时，对于一些即将停产的生产矿井，趁早制订延长寿命的办法，是完全正确的。

我们先后听取了许多有关鸡西矿务局各个非生产矿井的专门性的报告，现在针对着所遇到的一些问题，来谈一谈我们的意见。

从我和大家一道进行工作的第一天开始，给我们的第一个强烈的印象就是在鸡西矿区内蕴藏着极丰富的煤炭，但是对这个丰富的资源研究得还不够，知道的材料也很少。鸡西整个煤田的许多问题尚未弄清，对一些新区和空白点的情况了解的不够，甚至对某些已经开有矿井的地区，知道的也很少，于是就带来了严重的后果。为了证实对一个井田范围的地质构造研究的不够，只举一个例子就够了，7月23号，上星期四，向我们介绍滴道三坑改建的问题时，很明显地看到，由于缺乏地质勘探而造成的悲惨现象，例如，白白的开了500米长的井筒和200米长的石门。我仅简要的谈一谈预先进行地质勘探的极其重要的意义，因为关于这一点水文地质专家依万诺夫同志在其发言中已详细的说明，从纯采矿人员的观点出发，我想用不着多说。大家都懂得这样一个原则，那就是说地质勘探工作多处都应该走在生产之前，在生产之前必须弄清在某一煤田之内赋存着什么样的煤层，多少个煤层，煤层与煤层之间有什么样的岩层，水文地质情况如何，以及其他各方面必要资料，以免在开采过程中发生错误。关于这一点，在俄语中有一句很好的成语，可能大家也都知道：勿知浅滩不可下水。我想类似这样的成语在汉语中也同样会有的。这句成语的意思就是：假如一个人事先没有探清河水的深浅，便要立即涉水过河，他又没从唯一的浅的地方走，那么下水之后一定要被淹没的，另外一个人知道河水浅的地方，那么他便可以很顺利地渡过河去。无论什么时候都能找出最适合最有利的未开采的方案，而不造成多余的非生产费用的开支。总而言之，地质勘探工作在矿井生产过程中的意义是很伟大的，由于鸡西矿区矿井地质情况研究的不够，在开采顺序上反了：为避免破坏上层而先开采上层的原则，从而造成不良的后果，先采下层使上层受到破坏，这种掠夺式的开采方式就是以往达到建立人民政权为止给我们造成的最严重的恶果之一。这种开采方式基本上已经结束了，不过还没有做到足够的地步，这主要是因为对鸡西矿区的地质情况研究的不够。因而，应将地质工作放在首要地位，以便今后根据由于广泛开展地质工作所得到的知识，来胜利地、正确合理地解决生产上的问题。这里存在着很多的各种各样的断层，使我们必须立即加强地质工作，因为对这些断层没有及时的了解，会使我们进入绝境，关于这一点，在鸡西某些矿井就有实际的例子。只承认地质工作应走在生产之前的重要性、必要性与合理性还是远远不够的，主要是必须扭转地质工作落后于生产的工作情况。我们觉得仅仅依靠矿务局，各矿和钻探公司的地质工作人员的力量是不能立即满足生产的要求，那么应该怎样办呢？当然，可以希望管理局总局和燃料工业部给矿务局以帮助，不过，我想这样帮助是有一定限度的，所以现场的领导同志不妨组织自愿帮助地质工作人员的工作，搜集一切有关煤层及煤层情况的资料。

　　······

　　这些今天能找到珍贵历史资料，是苏联专家在中国的最后印迹，

　　我们截取了部分，纯学术上的谈论也不是本文所能承载的。北疆许多地区专家都聆听过报告或叫谈话的内容，他们回答几乎是一致的、肯定的：受教育，受启发，对煤田地质工作有着重要的指导意义。

　　在总局档案馆，我又得到5份珍贵资料，其中包括1955年6月，苏联地质钻探专家那依江诺夫在天津煤矿地质勘探经验交流大会上的发言。

　　历史是个过程，我们应该记住在这个过程中那些闪耀着煤田地质人敢于担当，乐于奉献的精神光芒。比如东北煤炭地质人，是他们加速改变了中国煤田地质的发展进程。东北煤炭地质人不是一个人在战

斗，是勇于奉献、纪律严明的集体，这个集体的力量确实改写南方包括北方数省煤田地质勘探的历史。比如说苏联专家在煤地业的贡献，虽然说后来因政治原因他们丢下正在建设中的煤矿走了，我们仍然应该记得他们给予的帮助。应该说，我们都是前辈在峥嵘岁月中创造财富的受益者，至今还在享受着他们艰苦奋斗成果的恩泽，正是因为他们创造的辉煌，才使我们这个社会充满了幸福、快乐，才使我们快步走进物资极大丰富的年代。当我们乐此不疲地讲述着山西"煤老板"们在北京用一张"卡片"刷走半栋大楼时，鲜有人传诵着是煤田地质人发现了煤田造就了千万个"煤老板"，他们才是富庶一方的功勋人物，是他们成就了一个个因为有了煤田而形成的城市。

第四章　因煤而诞生的城市

　　人类以燃烧树木、茅草取暖烧饭的历史很悠久，直到惊喜地发现并能采掘到煤炭时，科学革命成功到来，由此而发展了冶炼业。金属的发现和冶炼是人类物质革命又一伟大的飞跃。悠悠几千年，我们看到因煤而衍生的集镇在增长。随着发现、勘探、挖掘又会有一个个新的城市诞生了，而这个新城里最初的居民则是煤炭地质人。他们发现了煤田，测定了煤田，当大批挖煤者到来的时候，他们悄然卷起铺盖，装上马车，也许是汽车撤离，奔赴下一个勘探工地。这肯定不是惬意的新旅行，也不会是灯红酒绿的闹市，而是只有土路可以通往的农村，也许是人烟稀少荒谷大山。当钻井一个个竖立起来的时候，一个新的集镇或城市就有了最初的雏形。

　　他们是这个城市的发现者，却不属于这个城市。

　　用不了多久，他们的简陋工棚和他们的名字就会被涌进的后来者挤在不起眼的角落，他们无缘享受自己创造的财富和繁荣，因为这个集镇不属于他们。离开了，也就被忘记了。他们留给这个城市的印记，早已被新生活涂鸦得一无所有。偶尔有人想起来，新城的拥有者们会拍拍脑门："哦，哦，他们……"

有个地名叫七台河

七台河是个新生城市。从第一个5年计划开始，随着煤田的开采，四面八方矿工的涌入，七台河两岸像发酵的面包快速地膨胀起来，不仅占领了七台河两岸丰庶的草原，还开垦了大片的原始森林，短短40多年已成为拥有近百万人口的中等城市。

我来这里采访时，根本找不到拓荒者们给我讲述的荒草凄凄，野兽窜行，上下十里偶见炊烟的山乡景象。但我脑海里还是出现了老辈人讲述的七台河旧时画面：鸟儿们的站在树枝上啁啾，动物们在河岸边行走。显然这里是鸟儿们的天堂，动物们的乐园。大部分土地都被疯长的野草、高耸的树林覆盖着。"得，驾！"一声鞭响，悠长的声音灌满山谷，好久才从绿水青山里冒出来一辆悠闲的牛车，在七台河岸边土路上慢悠悠地行走着。辘轳吱吱扭扭的声音，像一首单调的乡村歌谣，像夏日绿色海洋里行走的帆船，随着轻风在绿色波涛中漂动。最早的居民是那几户种地人家，也有早年从关里闯来的猎户。煤田地质勘探队来了，他们拉来了淄重，平整一块土地，修出一条可以通向另一条小道的小道，搭建起一排帆布帐篷。他们在这里安营扎寨，开起钻机，一干就是数年。

如今，搭建帐篷的地方成为城市中心，最先修筑的土路已被柏油重新铺盖，土城没有了，被高楼大厦、车水马龙占据着，一排排临街而立的商店，各种世界名牌都能在这里找到影子，洋气十足的女孩儿用她们花枝招展般的美丽点缀着七台河深秋的俊美。

七台河第一代居民是煤田地质108勘探队的队员。他们来了，就没有再走。60年来，他们勘察到了这里每一平方公里土地下的煤田储藏。勘探队员骄傲地对来访者说："你信吗？是地质队员的发现，才决定了这个城市的存在。"

我信，我怎么能不信呢？

七台河是因煤而诞生的城市。了解这个城市的历史，先要认识一个叫周其道的地质工程师，他是公认的在七台河最先发现大煤田的人。他通过对一条山沟裸露的煤头分析，得出这里很可能是北满又一个未被发现的优质大煤田。所谓煤头就是数亿年前形成煤层的地壳隆起，煤脉在地表露出。由这个裸露的煤层而探出至今仍在东北地区有着巨大储藏量的矿区，属于占有重要地位的国家优质煤战略生产基地。

50年代末，年轻的地质队员周其道，受108勘探队领导的派遣，带领着地质普查小分队进入了被日本勘探专家下过结论为"储量甚少，无工业价值"的勃利县境内勘探作业。那时勃利县城还不能算是个完整的城市，还没有一家像模像样的工厂，进城的大都是乡下农民，最有名望地方是赶脚人停歇住宿、吃饭、喂牲口的大车店。城东走出不足10里就是漫无边际的原始大森林。北满丰富的物产让隔海相望的那个自然资源极其贫瘠岛国人心中升起了无法熄灭的欲望。侵略者们虎视眈眈地盯着东北每一片森林，每一顷黑土地，每一条河流，每一块煤田。他们来了，红着眼睛，像贪婪的野兽面对赢弱的动物那样，咆哮着，扑将过去，张开利爪。恃强凌弱的侵略者，不远千里万里把从中国掠夺的宝贵物资搬回他们居住的岛上储存起来。他们在鸡西地区四处凿孔，建筑矿井，对勃利县周围勘查的评估却是走了眼。确定为没有开采价值，把它放弃了。

1939年，日本殖民者在踏勘报告书中这样写道："六、七月日本人国芬在勃利煤田大六站、小五站做了五条槽探。结论是含煤系分布广大，没有发现有工业价值的煤层，无进一步调查的必要。"

感谢殖民者们的报告错误，才使一个丰富的大煤田在地底又埋藏了许多年，免遭强盗们的疯狂掠夺。

东北解放了，一支刚从硝烟烽火战场撤下来的军队奉命接管包括鸡西煤矿在内的所有煤矿区。军队的领导就是管理、生产煤炭的领导。在他们的领导下，鸡西煤矿生产量有了前所未有的提高。随着解放的炮声轰隆隆地向南方滚去，随着毛泽东在北京天安门城楼上庄严地向全世界宣布：中华人民共和国成立了。一个新的国家体制诞生了。管理者也把这一天做为新生活的起点。国家要复兴，现有的煤井显然是不够的，他们按照上级的指令寻找新的煤源。

这很难吗？

是的，很难。

但是，在这些军人的日志里没有困难的记录。做完动员报告的管理者，站在军用地图前面，用手在一块广阔的绿色区域一指："你们的岗位在这里，查遍所有的地下矿藏，为新中国服务。"

周其道和他的地质小分队队员被领导们爱国激情感染着，多次冒着生命危险钻入报废的巷道，察看煤层露头。他们考察了林口、光义、青山等大片地区的地质、地貌和矿点，一次次步行在勃利县七台河屯周边的广大区域寻找可能出现煤层的蛛丝马迹，并在有严格比例尺的作业纸上填图。此前，周其道和他的同伴发现了多处露头，却不是有价值的地质资料，这与侵略者们普查结论相似。新中国地质队员的脚步，怎么能停止在侵略者划出的结论上呢？

周其道和他的同伴一次次进入茂密得不见天空的原始森林，像矫健的猎豹，遇山攀山，遇水涉水。

森林里一暗下来，他们就回到山脚下，寻找炊烟。有炊烟地方就意味着有了人家，就能放心舒服地休息一晚。否则，他们将与野兽作伴，夜宿荒野了。他们下山找到生产队长，生产队长安排他们到条件较好的村民家中，农民兄弟为他们准备并不丰盛却是热腾腾的饭菜，如能有二两酒，算是相当奢华的晚餐了。

周其道带着地质队员每天走进密不透风的原始森林，或是脚步踏在潺潺小河边上。不喜多言的周其道，心里是充盈的，他渴望发现大煤田，为新中国做出自己的贡献。

所有的惊喜都属于那些不辞辛苦的人。

有一天，周其道像往常一样走在早晨划定的路线中。累了，坐在七台河南岸一块大豆地头水沟边稍做休息。倏然，他的眼睛明亮起来，原来前几日洪水冲倒的一棵树根底下有一片新鲜的煤头。他欣喜若狂，三步并做二步冲过去，掏出尺子测量，煤层竟然有一米多厚。虽经千百年风霜雨雪腐蚀的煤质，失去了原有的光泽，周其道却能一眼认定这是个足以让人激动不已的发现。

柳岸花明，又一个春天的来临。

周其道和他的同伴以这块大豆地为圆点，成扇形向不同方向寻找。通过采样、分析、确定每一块有价值的化石。周其道们认定这个煤层不是日本人推定的白垩纪地层，而是鸡西组地层的城子河组煤层，含有质优易燃的焦煤，是最具有经济价值的煤层群。周其道的发现宣告了日本侵略者结论的破产，也使深藏地下亿年的煤炭获得了新生，并使七台河区域成为后来中国北方四大煤都之一。

东北勘探二局领导者还没听完汇报，眼睛里就闪烁出激动不已的光芒。他们虽不是地质专业出身，却是经历了解放战争炮火洗礼的英勇战士，善于做思想工作，用新社会对人的尊重来焕发所有人投身社会主义建设高潮的积极性。

"你们的发现是对国家的贡献！只有在党和毛主席领导下的战士才有这样的火眼金睛。"穿着军装的领导者和蔼却又以十分坚定的口吻肯定了他们的成绩。

年轻地质专家周其道很受感动、很自豪，他对穿着军装的领导者坚定地回答："这里的煤田，储量不会小。日本人的结论是错误的。"

周其道的话让穿军装的领导更兴奋："你那么肯定？"

年轻的地质专家不加思索地回应："我肯定。"

露点只是一个惊喜的发现，还不能确定这里一定会有可开采价值的大煤田，科学来不得半点侥幸，还需要开展大规模的详查。

为了证明这个区域地下若干米或者更深处有煤层的存在，周其道带领他的小队带着沉甸甸的责任又一次次进入极少有人涉足的荒野。他们必须由此而展开对裸露煤层周边大规模普查，以确定是否有开采价值的煤田存在。勘探对煤矿建立起到统领作用，没有地质队员的结论报告，一切都是徒劳无益的。

机遇再次光临了周其道们。七台河屯的村民打井时发现了煤层，上报有关部门。河谷露头和打井时发现了地下有煤，绝对不是偶然或是孤立存在事件。这一消息有可能证明周其道的判断。他闻讯赶来，急不可耐的来到那口水井旁，只见黑黝黝的井底，里面没有亮光。周其道说了声"我下去"，腰系绳索带着矿灯下坠到了井底。昏黄的灯光照映在裸露煤层上，煤层反射出乌油油的光亮。周其道用尖镐掘出一块，放在手上反复地察看着。他的心激动得快要跳出来，他看到的肯定不是孤立存在的鸡窝煤，而是放射黝黑光芝的厚厚的煤层。这么厚实的煤层，周其道也没见过。

他决定不走了，他住在了七台河屯里，并叫来了同伴以七台河屯为中心向周边勘察。

夹在岩石中的煤层如何能逃过地质队员的眼睛呢？很快他们在周边找到多处煤层露头。

发现了煤炭存在还不行，还要进行进行大范围查找，提出预想，在范围里划个圈，通过在圈里做详细的查找，基本能把井田规划出来。采煤的原则是先富层后薄层，先采近处后开远处。矿井的布置、煤田富薄情况都要由地质勘探队提出报告，这个报告不是参考而是结论。

勘探队是煤田的总设计师，矿区建设规模依据煤田质量好坏，储量多少，这些都是由勘探队做详查、测量、煤质检验并且编出地质报告。从这个意义上看，勘探队承担的不仅仅是为煤矿生产服务，也是为中国能源经济整体服务。

周其道的勘察报告坚定而准确。这个信息很快又通过勘探局上报省里，省领导要求再行勘探，迅速拿出可行性报告。

结果得到了肯定：七台河煤层系鸡西矿脉的延续，诞生在同一个纪元，并且连成一片，是一块还不能更精准地得出储藏价值却足以让世界张大惊讶嘴巴的大煤田。

在周其道画好的蓝图上，多个钻井组各就各位，摆开战场，打起勃利煤田勘探战役。

这是七台河的春天。称七台河为屯后来列入国家行政系列七台河市的地方，完全融入了沸腾的社会主义劳动竞赛中。随着各勘探队进驻，七台河也注入了勃勃生机，由七台河屯向七台河市快步迈进。

七台河屯原来归属黑龙江省勃利县小五寨乡管辖。10年间七台河就管辖了小五寨乡，又没过多久，它改为了地级市，勃利县城也归它管辖了。

发现大煤田后，七台河成为国家重点煤田开发新区，大量煤矿工人涌入，七台河成为了集镇；因为采煤，七台河市发展迅猛，成为一座具有一定规模的现代化工业城市。

秋高气爽，天高云淡。怀抱城市的群山露出婀娜多姿的莽莽林海特有一番迷人的景致。走在被树木簇拥着仍然以煤炭为主业的城市街道上，我依旧怀念那个扎根心灵深处还叫七台河屯的地方。

当年108勘探队地质队员、75岁的翟文阁老人带我走上一块平坦高岗。远眺七台河市的全貌，这里已是熙熙攘攘的城市；转过身来却是沟壑纵横的丘陵，矿区点点分布在田畴、树林间。秋风吹来，听得见煤井上旗帜在猎猎舞动。

翟文阁老人用脚跺着地面，这里已是七台河人闲暇散步的广场："当年我到七台河时，这里是连成片的茂密赤生林。离这里向沟底走5公里就是原来的七台河屯儿。"

我顺着老人手指处望去，那里已是矿区，周边早以聚成村落，村屯里红砖红瓦的庄稼院儿连在一起，哪里有马架窝棚？哪里有干打垒？

"这里为什么叫七台河呢？"我不解地问。

"从勃利县城到这里要经过七道山岗，犹如七道台阶，在这第七道台阶下有一条河，老百姓就叫七台河，时间长了大家都这么叫。"

其实很多地方原先没有名字，是人们根据当地传说或地貌起的名字，时间一长，大家都这么叫。翟文阁慢悠悠地边说边看远方的山峦，他的思绪又回到了那个火红的年代。

翟文阁不清楚发现煤田的细节，他原在黑省111勘探队，后被抽调到七台河工区。那时的七台河工区已被一支支涌来的钻探队所占领。领导调他到这里，是为七台河搞煤田勘探会战。正值社会主义建设高潮，领导也不需要做更多的解释，新中国勘探队员背上背包，跨越数千里来到了他们会战的地方。

以108勘探队为主体勘探出了七台河煤田，翟文阁又成了108队的勘探队员。到第二个五年计划，108队又分出了一些人，组建了204队，翟文阁又成了204队的勘探队员，在那里一直干到退休。

翟文阁对自己是一名地质勘探队员的经历感到很自豪。他说："现在的年轻人一提到地质勘探就说苦。苦是苦呀，常常在山里一干就是半个月一个月，多厚实的衣裳都能被荆条刮扯成一条一绺，跟万国旗似的。可我不觉得苦，我从没有怨言，觉得自己能融入社会主义建设运动中是很光荣的。我们的工作是找矿，一般是两仨人，互相比着干，没人说苦累，也不用人催着干，唯恐自己做的事情少，愧对国家，我这么说年轻人肯定会笑，可能吗？我说，可能。这是两代人的生活，怎么能融到一块呢？"

问起周其道，翟文阁老人说："周其道还健在，在总工程师的岗位上退休。我也好长时间没见到他了，听说去了上海儿子家。"

按时间算起来，周其道该有80岁了吧。我们祝愿他老人家健康长寿，祝愿所有老地质队员健康长寿。

集贤煤田是这样被发现的

集贤县归属黑龙江省双鸭山市管辖。当年的双鸭山拥有全国著名的优质大煤田，连中央政府都知道双鸭山煤田在煤炭生产中的地位。

因为有了双鸭山煤田，国家在"一五"期间成立了110勘探队。110勘探队的任务是白纸黑字明确了的：为双鸭山矿区地质勘探服务，为矿区再发展服务；另外一个任务，承担双鸭山外围找煤任务，为矿区发展储备潜力。

曾任中国煤炭勘探总局局长的刘崇礼担任过110勘探队的队长。这个毕业于煤田地质专业学校优秀毕业生在双鸭山一干就是10多年，经历了集贤煤田发现的整个过程。

双鸭山是被群山环抱的盆地。从空中俯视，如同一只高筒靴子，南向是靴底，西端北口是靴腰，在靴口处有一缺口，位于滚兔岭下。问了许多人，没人能回答出滚兔岭的来历，只有一个人的分析有点靠谱：大概是某天某人，也许是神仙从山下路过，见一神兔失足从山上滚落而得名。安邦河从山下缺口流出，流入名声显赫的北大荒的三江平原。

基地，一个新的
煤田从这一天开始

　　1955年，110勘探队水文分院根据双鸭山矿区发展扩大水资源的需要，集聚找煤的地质队员在安邦河下游为矿区寻找水源地。地质队员在滚兔岭缺口处意外地发现了第四纪砂土层下面的含煤岩石。他们按图索骥，通过相关信息判断煤藏的储量和位置。这才叫有心栽花花不开，无心插柳柳成荫。应了南京大学一位知名煤田地质专家对此断言："地质学是最不科学的科学"，不科学是指煤田地质是由推断而得出来的结论。

　　本来是找水，却发现了煤的踪迹。专家就此推断出这一广袤平原隐藏着一个一直未被发现的庞大煤田。地势地貌蒙骗了所有的找煤的专家。

　　这个推断让110勘探队普查队员兴奋不已。国家经济大建设时期，要求地质队员尽快寻找新煤区。但还有让他们不解的地方：双鸭山煤田在盆地里面，而集贤县在双鸭山西南方向三江平原的边缘上，莫非双鸭山煤系地层一脚伸在盆里，另一只脚踩在了盆外？噢噢，集贤，你的地下悄悄地偷藏了千吨万吨甚至更多的煤炭？噢噢，不仅是集贤，地质队员分明看到那只神奇的大脚迈进了三江平原！队员们为自己的大胆设想激动起来。如果这个判断成立，煤田储藏量就会用亿吨、十亿吨甚至更多亿吨来计算。

　　这个推断果然是正确的，后期发现的集贤煤田就在三江平原的东北部边缘。

　　煤炭生成是有条件的，这个条件就是地质构造规律。滚兔岭煤迹的意外发现，调动了110勘探队领导的高度责任感。他们没有放弃寻找备用水源，再派普查组就是水煤兼得，加大力度多手段、多地点地查找煤炭分布地域以及它的走向，继而得出可以摆在桌面上的结论。

　　很快110勘探队队员出发了，沿着双鸭山到佳木斯区间铁路线两侧开展了三江平原煤田的线索寻查。刘崇礼说，说是简单，干起来很难。仅从一点或数点有了线索，还不能下一个完整结论。尤其这个地区属于三江平原新地层，山高岭峻，且复杂而多变，寻找线索不亚于海底捞针，十分地艰难。地质队员在沿铁路线踏查数月后，查到了笔架山火车站的山坡上有煤系地层残留的岩石碎屑，再一次证实了三江平原可能有含煤地层存在的推论。

外行人不以为然的残石碎屑，在他们看来却是重要的证据。普查队在笔架山下搭起帐篷，埋锅造饭。竖起一个大型千米钻机，就在笔架山布置了找煤钻孔。

钻头伸到地下300米时，果然见到了煤的"蛛丝马迹"。根据钻孔所见岩性组合分析可能属于煤系地层最下面的滴道组。黑龙江省东部地区的双鸭山煤田、鸡西煤田和勃利煤田等都属于白垩纪成煤期，其煤系地层从下至上共分三个含煤组，即滴道组、城子河组和穆棱组，滴道组本来属于不含可采煤层，城子河组含有可采煤层，穆棱组仅在鸡西煤田内部地区有可采煤层。但是地质队员在穆棱组中没有见到可采煤层。于是又在深部布置了第二个钻孔，该孔达到近800米的深度，见到的仅是以厚层泥岩为主的岩层，从岩性组合看是属于上部穆棱组的地层，仍未见到希望的结果。

这个结果让人懊丧。地质技术人员中也产生了两种认识，有人认为双鸭山盆地与集贤盆地的煤系地层的沉积，就像跷跷板似的，在双鸭山盆地接受沉积时，集贤盆地尚处隆起阶段，在后期接受了上部穆棱组的沉积，没有城子河组沉积，所以找不到可采煤。另一部分人认为，一定藏有大煤田，只是还没有找到含有可采煤层的区域而已。

勘探过程就是成功与失败风险并存的过程，没有人敢保证会有什么样的结果。过程不是结论，却一定是结论的必然选择。

专家们最后的意见达到一致：继续勘探。

普查队员在一个叫福利屯的地方布置了钻机。钻机轰鸣，红旗招展，又一次战斗开始了。技术员报告从孔深二三百米的岩石组合及所含植物化石碎片中找到了含煤的岩层。这是个令人鼓舞的消息。

找煤的决心大了，又有多个钻井组加盟进来，并且把目标锁定有城子河组赋存的地区。为了提高布置钻孔的依据，地面引入可做参考的电法资料，又在集贤县城附近布置了钻孔。这是一次大规模的普查会战。我们看到了会战出现了理想结果：钻孔打到深度600米时，在那里取到了可采煤样。

队员们的喜悦心情，难用言语来表述。经过前后二、三年的时间，勘探出可采煤炭储量2.4亿吨。集贤煤田从此而得名，以后又在相邻的东荣地区找出了储量达9.5亿吨的东荣新区，从而证实了集贤煤田为一个储量过10亿吨的大煤田。

集贤是黑龙江省北部山区与平原结合部的农业县，因为勘探发现了煤炭，煤炭改变了集贤的税利结构、人口结构，振兴一方土地的经济繁荣，集贤还是那个集贤，却不再是旧模样，处处换了新颜。

煤炭地质人的发现，诞生了铁法市

中国因石油而诞生的城市，有大庆、东营、克拉玛依，因煤而诞生的城市如平顶山、双鸭山、七台河、鄂尔多斯、神府，还有我们即将说到的铁法市等。

铁法曾经作为辽宁行政区域中被标注的一个县级市，2002年在庆祝建市20周年时又改名为调兵山市。上世纪五六十年代，那里还是草木清新的农村，大多地方还是荒沟野坡，附近乡镇民众只知道这里有一个调兵山，一座娘娘庙，其它再也没人说出它的特色来了。而现在在铁法已经是年产千万吨煤炭的城市，占据辽宁煤炭生产的重要位置。沧海桑田，历史的变迁就从地质队员发现、勘探开始了。其结论是假如没有一支煤田地质队伍的进入，就不会有这个叫铁法的城市。

因对石油能源的依赖，我们大多耳熟能详的是中石油、中石化、中海油等大型石油、石化企业，殊不知我国能源消耗中煤炭占居7成，而煤炭在国民经济中的比重被不公平地忽略了。

可以肯定地断言，没有煤田地质队员风餐露宿寻找矿源，提交地质报告，煤业工人的辛勤劳动，我们的大部分城市、乡村的夜间还是靠"洋油"照明，楼上楼下电灯电话还只是共产主义生活理想的一部分。

在三年国民经济恢复期，国家在全国矿区投放了大量的地勘事业费。抚顺、焦河、鸡西、双鸭山、鹤岗、峰峰、开滦、大同、阳泉、扎赉诺尔、石拐子等28个老矿区，围绕矿区恢复，改建扩建而开展了大生产运动，完成钻探进尺30万米，取得了这些地区的地质资料，扩大了煤田范围，延长了矿井寿命，提高了矿井能力，使中国80%的老矿井经过修复，原煤生产达到了6649万吨，缓解了建国初期工业、交通、居民的能源急需。这还远远不够，国家下达第一个5年计划时，煤田地质队伍迅速扩大。中央要求煤田地质勘探系统，在此期间要获得141亿吨勘探新储量，这个数字压在全国煤田地质人身上。中央的指示是无声的命令，没有讨论，也没有退路，煤田地质大会战就在这样的大环境中形成。我们一定想象到了，任何有关煤炭可能存在的信息都会引来煤炭地质人的脚步，铁法煤田的发现就是地质勘探人的一部杰出作品。

铁法煤田被发现的起因是当地村民在一次抗旱打井中，不经意的发现到了一种"黑乎乎的石头"。铁法煤田位于辽宁铁岭和法库两县之间的坦露平原，当地农民祖辈躬耕于此，却不知绿油油的庄稼地底下藏着黑黝黝的金子，而且长达近百公里。千百年来他们习惯了上山砍柴、下地割草作为做饭、取暖的燃料。

"这是煤吗？"煤在偏僻乡村是稀罕物，只有学校、生产队部会用上稀罕燃料，他们连作梦都没有想到祖祖辈辈生息的土地下面会藏有煤炭。这怎么可能？在他们看来，埋藏煤炭的土地一定是神奇的土地。村民中有人疑惑，拿回去放进炉灶里，用树枝引火，以检验真伪。在村民们为黑乎乎的石头是不是煤争论不休时，辽宁省煤炭管理局派来101勘探地质队，这是中国第一家煤田地质勘探队。他们只来了两个专家，拿着几块黑石头又走了；再次回时，不仅仅专家不走了，随后还有大车小车几百人的勘探队伍。他们在土路边扎起上了帐篷，

汽车陷落了，人成了动力的源泉

铲平一个低坡安装钻井支架。几个月后地质队提交了勘探报告，这个报告让省煤田地质勘探局大吃一惊。

有煤已成定论。

这里会有多大储量，是否有开采价值呢？

当年以及现在煤田地质勘探队伍性质依然是国家事业单位编制，围绕着国家的整体经济、政治的战略需要而找煤。对煤炭地质人来说，国家利益至上，人民利益至上，上级的所有决定都是国家决定。当铁法之间有了重大发现时，已是深秋，寒霜很快席卷而来，大雪也纷繁落下。

101地质队没有因为冬天的寒冷而停止勘探进度，他们穿着厚厚的毛皮大衣，高筒狗皮大头鞋，全身裹得严严实实，只露出会动的眼睛。北方寒冷时会降至零下40度，钻井会被冻的卡住了壳，但这并不能阻挡地质队员们的工作热情。抗冰雪，战严寒，累吐血了也要干，坚决拿下大煤田。这是一句政治口号，更是煤炭地质人赋予职业的行动。被冻裂的土地，所有的生灵都去寻找保存生命的有效方式，只有这支拥有钢铁般意志的队伍还在雪沃里工作。参加当年会战的老地质队员说："那几年天太冷了，嘎嘎地冷，冻得没个抗！上级有要求，还限定了时间。不能提条件，提条件的是狗熊，是落后分子。没人愿当狗熊、落后分子。冻得实在受不了，就进屋暖和一会儿，再出去干活。"

日转星移又一年，101地质队在原有报告基础上又提供了准确数据。表明铁法两县间存在着丰富的、足以令人兴奋的大煤田。

找到了煤还不行，还要为建矿保驾护航。101勘探队整建制来到铁法煤田勘探区，并且这次全队搬家很彻底，把在抚顺市里居住的家属也动员来了。他们要在这里打一场持久战役，必须有后方基地做保障，这个基地他们选在那时还不叫铁法的地方。

101勘探队原来驻在抚顺市里，并且已经有了很好的安置。铁法煤田的发现，引起党中央的重视，辽宁煤炭管理局也兴高采烈地庆祝"捡"了"大元宝"。他们动员101勘探队"放弃老婆孩子热炕头"的舒适生活，到铁法来艰苦创业。说是动员，其实是一道命令。地质队员们的觉悟不需做更多思想工作，愿意去和不愿意去并不重要，重要的是101勘探队是国家的勘探队，养兵千日，用兵一时，国家需要，没有那么多"不愿意"。他们中的一部分人收拾完要带走的设备，又回家收拾全部家当。勘探队要求在规定时间把设备和老婆孩子一块带走，这是一种境界，这种境界至今还贯穿在勘探人的脑海里，并被传承着。

大城市的幸福、舒适的生活已经属于昨天，现在他们要做的是先用土坯垒起锅灶，再用芦苇席圈起简易房做办公、生活场所。寒流踩着脚印来了，从每个缝隙钻进房间。雪花也下了起来，形成漫天飞舞之势。地质队员有办法，他们把塑料裹在芦苇席里层，用帆布裹在芦苇席外层以抵挡寒风侵袭。锅灶也搬起他们"特制"的房间里。虽然睡觉的工棚里还有不少透风漏洞，至少下班了还可以在屋里拢起炉火烤暖冻僵的双脚。

春天来了，蝴蝶翩翩飞落在开放的花蕊上。经历一冬寒风撕扯，工棚已经破烂不堪，他们又在指定地址上盖起一排排房舍，生活设施逐步完善。女人来了，孩子来了。有了女人和孩子，才算是完整的"部落"。基地热闹起来。

101地质队员以及他们家属的到来，构成了这个未来城市的雏形，他们也成了这个未来城市的第一批居民。

矿区建起来的时候，101勘探队任务完成了，他们停歇下来才发现，女人们天天念叨的孩子上学成了问题。当地教育部门说，他们不属于铁法行政区的居民。原来的房舍成了这个城市最破烂的居住区。这让他们想起《封神榜》里的姜子牙，安置完了诸神没了自己的牌位。也有让他们自豪的，那就是因为他们的发现而有了这个方兴未艾的城市的诞生地。

黑龙江的鹤岗、双鸭山，辽宁的铁法、红阳（苏家屯），山东兖州，安徽淮北，陕西神府，青海六通，贵州六盘水，甘肃华亭，这些新兴城市都得益于煤，煤改变了区域的格局。这些城市的第一批居民，不仅仅发现了煤田，还为这个煤田找到可供生产、生活用的水源，完成了这个城市的原始创业，书写了一个新兴城市的第一页历史。但是，他们的功勋常常被忽略。因为他们的功勋很快被开发了的煤田的巨大场面淹没了。煤带来了的滚滚财源，丰庶了一方土地，使穷人变富人，使乡村变城市。在这经济繁荣、人民富强的灿烂日子里，地质队员的劳动往往被忽略不记了。

他们没有怨言，收拾行囊又出发了，年复一年地迁徙，定格一个个陌生城镇的规模。

第一代老地质队员已经老矣，许多人已先我们而去，但是他们的贡献，我们如何能忘记呢？

一个上世纪的老劳模说出这样一句发人深省的话：

"忘记了我一个人没关系，不要忘记那个时代煤田地质队员对国家经济建设做出的不可磨灭的贡献。"

第五章　会战，会战：煤勘队伍向前方

　　"大跃进"的战鼓敲得咚咚响，能不催人破旧立新创造出神话？有专家说，南方地质结构表明南方无煤。毛泽东知道了这件事给予了反驳："谁说南方无煤，我的家乡株州就有煤矿。"

　　毛泽东的一句话，却被人们扩大了它的内涵，不仅成为领袖的"最高指示"，而且成为针对"南方无煤论"右倾思想的批判。长江以南的省份显然被领袖的"最高指示"鼓舞着。他们的报告、请求都飞落到中央决策部门的桌子上。

　　"文革"来了的那年，找煤的东风也趁势吹进南方诸省。湘赣、两广、淮南，中国煤田地质大会战也从这里开始了。而后又挥师北上在中原、塞外吹响了找煤大会战的号角。

会战成为时代的特征

　　上世纪五六十年代，会战成为社会主义建设成功的标志性内容。那时我还是孩童，却能感受到调集一乡之力高扬着红旗，向蛮荒贫瘠的山坡要耕地，红旗猎猎，人欢马叫，几百人或者上千人愣是把兔子不拉屎的地方开垦出层层梯田。梯田是一幅画，站在远处，那一卷壮美秀丽的山水画卷在你眼前缓缓推开。这情景一直留在我的记忆中。

　　"大跃进"来了，这是个鼓扬东风的时代，几乎所有的人都为日新月异的经济形势变化而欣欣鼓舞。110勘探队副队长刘崇礼因为生活在新时代而感到幸福。"大跃进"的鼓点敲得他心里嘭嘭地跳动。两个风马牛不相及的行政机构：矿务局、地方政府，合为一体叫"双鸭

　　北方在找煤，南方在找煤，都希望自己睡觉的床板底下突然有一天被告之有煤

山人民公社"。110勘探队归人民公社直辖。地质队的任务就被人为地放了卫星。放卫星的含义是一个足可以飞上天空的理想成绩。1958年到1960年两年多时间里,110队最辉煌的成就是钻井计划一年任务半年完成。那时钻井尺度是考核任务完成的唯一标准。他负责一个有7台钻井工地,并在现场督战。在野外木板房里3个月没脱衣服是平常的事。困了,衣服一裹躺倒就睡,身上长满了虱子。回到家里,老婆不让进家,先到洗澡堂子把衣服换了,拿家扔到开水烫了才能洗去尘泥。

任务完成了,市长牵马游街,这是对地质队员"放卫星"的最高礼遇。而刘崇礼的身体也累垮了,市政府还特批准他到北戴河疗养一个月以示奖励。

很快,"大跃进"这股浪潮退潮了,而且一下子退到了底线。"双鸭山人民公社"也寿终正寝,原因很简单,"尿不到一个壶"里。"双鸭山人民公社"任务还是多生产粮食,110勘探队也回归到了第二煤田勘探地质局管辖。更让大家脸红的是"大跃进"时代的钻井因为只重进度,质量一塌糊涂,提供的地质报告也很难被采用。1962年,所有资料都被重新审查了一遍,不少钻井报废了,浪费了大量人力、财力、物力。

"大跃进"不搞了,大会战来了。

会战成为"大跃进"的另外一种形式。

"大跃进"时代,每个省都在找煤:北方在找煤,南方在找煤,都希望自己睡觉的床板底下突然有一天被告之有煤。地质学家们的结论却令找煤心切人们不满意。通过分析地势地貌以及组成成分,地质学家断言中国的煤炭基本储藏在北方诸省,长江以南也不是没煤,不过都是些鸡窝煤,也就是像鸡窝一样只在某个山凹里有那么一窝窝,量少且开采成本大,劳民伤财。

"南方无煤论"被曾任煤炭工业部长后担任广东省长的陈郁批驳得体无完肤。

毛泽东的谈话,被人们扩大了它的内涵,成为对"南方无煤论"

右倾思想批评的锐利武器。长江以南的省份显然被领袖的"最高指示"鼓舞着，他们的报告、请求都飞落到中央决策部门的桌子上。

到长江以南找煤成为大跃进后期煤田勘探系统的方向。我们是社会主义国家，还有什么艰难险阻能挡住我们的前进步伐？

北方产煤大省，他们的煤田地质勘探队伍素质高，设备齐全，技术成熟，是组建奔赴南方找煤的主力部队。经济杠杆在这个时代是薄弱的，政治思想发挥了重要的作用。没用多久，我们看到领袖的观点成为了号召。全国煤田地质勘探队相对集中的东北地区、华北地区都制定了完整的迁徙计划，而其它北方省区去南方找煤的勘探队相对少些，有些省区甚至派不出勘探队，这要理解他们，连自己省区勘探计划都需要外援的勘探队来支援，能响应领袖的号召向南方进军吗？天地良心，这肯定不是他们的本位主义、右倾思想。

但是，中央的正式命令下来了。

在北方，每天的任务也很饱和，却被要求（准确地说是命令）放弃施工，连根拔起整建制地参加南方找煤会战。迁徙的不仅仅有辎重，还有已在土坯屋里安顿下来的随队女人和孩子。

东北区的勘探队坚定不移地执行中央指示，很快我们看到数十支找煤队伍被集合着、整编着，甚至整建制地装上了南下的火车，越过山海关向关里疾驶，进入两广、两湖、云贵川等煤资源贫乏的省份。

这是煤田地质业历史上第一次，也许是最后一次跨越长江的大迁徙。

北方的找煤田队伍走进南方茂密的雨林、人烟稀少的山谷，只为响应领袖的召唤，改变北煤南运的现状，实现南北方社会主义建设同步发展。这是个宏大的蓝图，共产党人让全世界都会瞪大眼睛看中国实现能源自给自足的决心。

山东人历来是召之即来、来之能战，执行命令最坚决的种群，他们从煤矿拉走最好的勘探队去了湖南大山里。当时还有个插曲，山东新发现一处大煤田，勘探队伍一下子不够用了，还在向上级请求支援。上级下达命令是死的："你不调勘探队去南方，部里就断你口粮"。部里要动真格的，山东勘探队很快组成，并且是较早一支到达指定地点的勘探队。

山西是中国的产煤大省，他们勘探队还在某处施工，接待命令，三天内赶到江浙，并在那里搭起帐篷，盘起锅灶，立起钻井，开始了"大跃进"式的会战。

南方找煤大会战，浩浩荡荡，不亚于一场前无古人的人民解放战争，只不过是改换名词谓之"全民找煤大会战"。许多正在施工的项目搁浅了。若干年后恢复起来，付出的代价是此前的数倍，有的项目半途而废，后来不能续接完成，只能重新打鼓另外开张，一切从头再来。造成的经济损失是巨大的，教训自然也是惨痛的。

南方找煤主力勘探队在偃旗息鼓之后，被告之留在南方驻地待命，实际上他们被找煤的大浪推到了岸边，高潮褪去，留在岸边。放下去的勘探队，收上来实在困难，下去时有部里命令，人事、组织关系，设备器材，工资关系都是一路绿灯，而返回来困难多了。工资由国家发着，却被一次比一次更长时间地告之：等待。等待的时间如此漫长，以至于部分地质队员一直留守在广东韶关、梅县的山沟里。等待的人都已进入古稀之年，还要在那里守望着。总局一位老领导对我说，多年前他一生中唯一的一次去了韶关勘探队，站在山上往下看，跟站在井沿上似的。我们的驻地就在井底，四周到处是绿意葱郁，那是人迹稀少的山谷。这山谷适合打游击战争，却不适宜建都立市。在那里工作和生活时间长了，也难免会出现"小日本打跑了没有"的询问。虽是演绎着太行山里人家老太太的故事，并不能让人笑起来，倒是有些苦涩涩的味道。

50年代末期在南方找煤规模与60年中后期找煤大会战相比，可是小巫见大巫。一个个如火如荼地进行着，一个个震惊世界殊的发现跃然纸面。翻开一次次记录在煤田地质勘探史册里的会战，仍然为老一辈地质队员卓著功勋感动着。参与者说，煤田地质勘探会战比农业学大寨的场面壮观不知多少倍，就没在一个层次上。各路人马从天南地北调集到会战地点，只用一个多月时间就能投入钻探。要知道那不是拿着铁镐挖土造田、垒堆田埂，是整个建制的搬家，带着全部家当、妻儿老小整建制迁移呀。在道路破烂、汽车破烂年代，当然也有路途占用了数月的。有史学家评说，这是领袖个人的意志，这是一次劳民伤财的找煤行动。高建明不同意这样的结论，作为参与者，他严肃地说，这个结论很武断。历史是个过程，会战浪费了大量的人财力，但是也探清了我们的地下可用资源。

我能理解高建明的不悦，一段历史的功过事非要放在那个时代的大背景里评说才是公平的。

湘赣会战
—— "文革" 来了那年

1966年4月，中央决定在湘赣开始大规模的煤田勘探会战。

"大跃进"年代，找煤队伍被迅速地扩大了。虽有些放卫星的数据被搁置了，"人有多大胆地有多大产"的口号不在提了，人还不能胜天，还没有能力来改变自然法则。但是，人多力量大，集中力量能办一件大事的规则被发现了并上升到了一个高度，成为快速发展社会主义经济的重要源泉。40支找煤队伍大都集中在北方。据说，中苏关系破裂后，毛泽东从战略高度考虑，中国的重工业大都集中在东北，自然资源也大都集中在北方，不利于未来可能发生的战争，才有了后来称之 "大三线"建设的决定。建设"大三线"的许多项目就在南方的大山区。南方需要煤，解决北煤南运的呼声十分高涨。地质专家说，南方地理构造不可能有大煤田可开采。毛泽东不满意这样的解释，并做了严肃的回应。

到南方找煤成为煤田勘探队伍重要的政治任务。中央决定湘赣煤田地质勘探会战时间是1966年4月，正是"无产阶级文化大革命"风雨欲来的前夜。会战命令下达不到1个月，就从黑龙江调去1个重磁队、2个测量组；从华东调去2个勘探工区、10台钻机、1个地震分队和1个磁法组；从河南调去126勘探队的大部分力量，包括9台钻机、1个地震分队和1个电法分队；从山西成建制地调去114勘探队的5台钻机；煤炭工业部直属的川鄂湘黔普查大队、华东区江西地质勘探指挥部及其4个工区的１7台钻机，包括2个电法队和1个测量队、1个普查队也划归湘赣会战指挥部领导。在这么短的时间内成建制地调来的勘探队伍，长途跋涉集结到会战区并迅速投入了会战，规模之大，速度之快是以前少有的。在革命的旗帜下，一切皆有可能："唯有牺牲多壮志，敢叫日月换新天。"

"文革"席卷而来时，参战人数已达3972人。

指挥部的长官们认为会战规模不够，很快又从山西调去119勘探队的5台钻机，萍乡矿务局所属勘探队的4台钻机，从黑龙江、辽宁和华东、中南抽调了一批管理干部和工程技术人员。经过不断充实，到1970年1月体制下放时，湘赣会战区已集结了8个勘探队，53台钻机，1个物探测大队的9个分队、1个汽车修配厂近5000人。

这是可以写进煤田勘探史里的会战。

1967年10月，119队奉命成建制从山西调往江西鹰潭和余干。原119队党委书记李锡明对此有过一段评价：

"血与火的洗礼又一次降临到119队的头上，这支过硬的队伍面临着队伍拉不拉得动，出去打不打得响的严峻考验。"

沉闷的列车满载着队干部、职工和家属，告别了他们为之流血流汗的山西，扶老携幼，踏上了支援湘赣会战的征程。

床没支，灶未垒，先遣小组便前往会战指挥部报到请缨，这是发自内心的"革命"行动。

随着湘赣各区域的勘探施工全面铺开，困难也接踵而至。地质构造复杂，地层破碎，给施工带来许多技术上的困顿；山高路险，沟壑交错，钻机搬家只能靠人拉肩扛，很多人肩上被竹杠、大绳磨出了一道道血印，暴雨、洪水、山体滑坡突然降至也给运输带来不确定性；淫雨连绵，蚊蛇叮咬，一些队员因水土不服病倒了，药品缺乏，能吃上一顿面食就是病号饭了。

北方人最不能忍受南方的酷热季节。

当年参加湘赣会战的地质队员张文虎形容那是他们经历过的一段最为艰苦的蹉跎岁月。

在山西，山上光秃秃的岩石裸露在外，既使在盛夏吹来的热风也有丝丝凉意。而江西山上杂草灌木、树木竹林掩天蔽日看不见地表岩石。地质队员大部分时间是找煤炭露头，找露头只能去钻山沟。山沟里灌木丛生，闷热难忍。在淌过长茅草的地方又必须把衣袖、裤腿放下，茅草锯叶割破的地方汗水一浸，疼痛无法忍受，不是亲身经历很难想像出来。出了山沟，蓝色的劳动布工作服上全是曲曲弯弯的汗渍，每个人背上好似印了一幅世界地图。他们吃过晚饭去河里洗澡，顺便把衣服洗了。第二天从山里回来又是一幅新地图。有时还要雇当地老表挖探槽，通过探槽来了解地层和构造。

晚上天气依然闷热，在门前乘凉，蚊虫成团袭来。长衣长裤武装，还要穿上雨靴，蒲扇不停地摇。有人奇怪，在山西拧了10多年钻杆，没见手上磨起过泡，来江西没多长时间，摇扇子反倒磨起了泡。

热也好，难也好，119队没人提出散伙，他们在崇山峻岭中一次次竖起了钻塔。隆隆的钻机声，回荡在山谷峻岭，锋利的钻头穿过坚硬的岩石，向大地深处探寻。

"文革"运动来到了湘赣会战的大山，声音也就减弱了许多。因为来江西是按照领袖号召，会战也是一场史无前例的浩浩荡荡的革命嘛。中国煤炭地质总局一位老领导说：

"三番五次地转移勘探地区，克服工作上和生活上的种种困难，不计较个人得失，是十分难能可贵的。各级领导干部深入现场，和群众打成一片，共同战斗，水一把，泥一把，分不出干部和工人，保证了任务完成。会战汇集了一批技术力量较强、设备器材较为先进的队伍，探明了很多储量，取得了不少成果，其中对湘南的永耒向斜北段、赣中的礼堂向斜、英岗岭矿区等处的评价，都较以往前进了一大步，并有新的发现。会战结果，对江南煤田开发，特别是为地方煤矿的建设提供了较多的地质资料。同时，也交流了勘探技术，促进了煤田地质勘探事业的发展。"

1969年8月，历时三年多的湘赣、两广会战宣告结束。而119队并没有走，他们在江西又寻找了两年。5年里，他们完成钻探工程量逼近10万米大关，提交报告5件，探明储量283万吨，为扭转北煤南运、为湘赣的经济建设提供了部分煤炭资源。

当年湘赣指挥部革命委员会第5次全会通过的《三年会战工作的基本情况》中有这样的文字记录：

"湘赣两省会战面积13000平方公里。提交各种资料上百件，其中包括可供建设矿井50对，年生产能力为701万吨的最终地质报告和大量的含煤远景区的普查评价资料。共施工机械岩芯钻探47.7万米。提出各种物探成果报告17件，观测总面积8000余平方公里，各种物探成果综合预测含煤希望区30余处，面积400余平方公里。其中，在湖南境内完成钻探工程量157626米，提出地质报告9件，探明储量为37612万吨；在江西境内完成钻探工程量393046米，提交最终地质报告19件，获得工业储量1．53亿吨，远景储量1．26亿吨。"

此外，在湖南韶山煤田云湖桥矿区，还成功地进行了大口径集中抽水试验，为解决江南几省大矿区的水文难题提供了有益的经验。

大部队转战回来
——邢邢会战开始了

"文革"来了的时候，煤田地质勘探在全国已成大兵团作战的态势，"文革"带来的影响也是深重的，一些合理的规章制度被打破，得不到贯彻落实，致使工程质量下降；部分勘探项目的地质研究程度和勘探程度严重不足；提交报告过于简化，充满政治口号式内容，造成重复勘探和资金上的浪费。队伍的大量调动，长途搬迁，还造成了职工两地生活上的困难，这些曾不断有人提出纠正的声音太小了，不足以阻止给后来实际生产带来成堆困难的革命热潮。

中央决定在冀西南建立邯郸、邢台地区钢铁、煤炭工业基地，燃化部成立邯邢煤矿建设指挥部，组织、领导邯邢会战，明确在河北省南部、太行山东麓邯邢地区的3400平方公里的土地上，投入大兵团力量，勘探矿源。

会战，仍然是煤田地质业最能体现战斗力的形式，仍然适应召之即来，来之能战，战之能胜的大兵团作战的特点。

对邯邢煤炭生产中央给予明确不可更改的指标：原煤产量在1972年1220万吨基础上，增长到3140万吨。根据邯邢煤炭资源条件和地质工作程度要求，邯邢地区新建煤矿井21对，续建煤矿井10对，新增设计能力1532万吨，形成国家要求的生产能力。除已经提交的精查地质报告7个项目外，还需对16个项目进行勘探，并要求于1977年提出精查地质报告，满足建井急需。这16个勘探项目预计钻探工程量70万米，抽水试验259层次。为了适应煤炭工业长远规划，还需要对矿区东部新生界掩盖地区展开找煤工作，面积约2200平方公里，预计钻探工程量5万米，地震物理点14万个，剖面长度1600公里。

显然，邯邢建设的根本矛盾是任务重，时间短，力量小，工作进度和国家要求不相适应。规划的指标不能动摇，只能进，不能退，不能拖延时间，也不能压缩规模。驻扎在河北省境内的勘探队伍无法完成的这一重任的，他们需外来队伍援助。

不论怎样难，邯邢的会战要上马，而且是快速上马。因为"邯郸要复兴"，已成国家战略高度。这个声音来自中南海：1974年夏，伟大领袖毛主席的声音。

在南方找煤的野战兵团不辱使命，又浩浩荡荡的杀回了北方的邯（郸）邢（台）一线。

燃化部从1972年底至1974年，先后以（72）燃煤开字第46号、（73）燃财劳字第1429号等文件，相继从贵州调入173队、129队、水源队；从山东调入119队，从青海调入地震队，要求他们以一个月太久、只争朝夕的速度奔赴邯邢地区，组成一支部直属的煤田地质勘探队伍，参加邯邢煤田地质勘探会战。

邯邢会战在这样大背景下开始了。

1973这年，煤田地质水文队注定它在中国煤田地质勘探历史留下重要位置。当年数支水文队从四面八方进驻邯邢一线，十年后数千人留了下来，组成了中国煤田地质最具影响力的野战军团：中国煤炭地质总局水文地质局。

这是历史赋予地质水军的难得机遇。

邯邢会战成败与否，找水、治水被最先布局。邯邢地区煤、铁、地下水资源丰富，但是邯邢地区47%的煤炭和55%的铁矿资源受深部岩溶地下水的威胁而不易开采，邯邢又是干旱地区，工农业建设因为缺水而发展迟缓。

变水害为水利，成为邯邢基地建设的关键。

在赶来参加会战的勘探队伍中，最先到达的是水文电法地质队。1973年8月，贵州水源队的三台钻机和369名技术人员，奉命调入邯邢，参加邯邢煤矿建设会战，组成燃料化学工业部第一水文地质队。

这是一支朝气蓬勃并富有苦战精神的年轻队伍。邯邢会战，条件极其艰苦，水文地质队大多是刚参加工作的热血青年，他们没有选择当逃兵，个个斗志昂扬。他们的口号就贴在帐篷外边，进出一眼就能看见：

抗酷暑，

战严寒，

保证任务提前完成！

队部临时设在邯郸西小屯化肥厂的一个废旧车间里。搭建的办公室四处漏风，好在是夏季，能挡住雨水、能办公就行。

邯邢会战主体是煤田地质勘探。当从四面八方赶来参加会战队伍到达邯邢地区时，更多人投入了找水治水工程。都是为国家找煤,治水也是为了生产煤,目标明确,信心很足,对艰苦的居住和生活条件有着心里上的准备。参加了无数个会战,有提前一年或数月准备好住房的吗? 没有。他们住民房、板房和帐篷,吃玉米面和杂交高粱米,吃住困难不算困难。设备陈旧,钻机多数是500米型,地震仪是光点仪,倒是让参加会战的地质队员们犯难,猴子捞月亮,有劲使不上。运输工具短缺,地震队只能用毛驴车拉火药,部分搬迁工作靠肩挑人抬。

一切为了会战,叫苦的声音很弱。

"会战工地上,见不到干部模样的人,他们在生产第一线,同吃、同住、同劳动,现场办公、业余办公、背包办公。"当年参加会战的地质队员这样对我说。

40年前,刚参加工作不久的王力飞是水文物测队电法技术员,他参加了峰峰矿区野外施工,每天坐着敞篷嘎斯车,穿梭在峰峰矿区、王凤煤矿之间。电法测量放线要按规定方向跑上几千米,爬山跨沟,无路自己闯,遇河没桥趟水也要过。在茂密的青纱帐里穿行,蚊虫也来凑热闹,说不出从哪里钻出来,不停地叮咬你。青纱帐闷热的透不过气来,苞谷叶儿小刀一样在胳膊上划来划去,条条血痕会在割倒了庄稼后数月才会自行消失。

高建明时任中国煤田地质局副局长、邯邢煤田勘探会战指挥员之一。这年9月,他带领一班人马住进了邯邢基地指挥会战,研究邯邢煤田地质勘探工作规划,安排队伍调遣。

在"文革"硝烟还没散去的年代里,为有机会以革命的名义,可以不被戴上一顶政治大帽子而夜以继日地奋战在工地上,高建明把这当成党和人民给予的最高荣誉。

领导小组要求高建明准备相关材料,向第二次复出的国务院副总理邓小平汇报。为方便上级领导了解邯邢会战进程,燃化部领导指示燃化组、冶金组、电力组都将自己的勘探建设规划编绘在邯邢地区四米乘两米"的确良"白布的鸟瞰图上。

当年的水文技术员王力飞说，编图的主要根据，是总局煤田地质工程师王明堂和水文工程师沈尔炎提供的煤田地质和水文地质勘探方案以及煤炭开发组的建井方案。

煤田水文地质面临的主要任务是：邯邢地区已探明煤炭储量76亿吨，但有一半以上在奥陶纪灰岩水位以下埋藏着，要为邯邢地区再建十几口矿井提供可靠的地质资料和报告，治水成为邯邢会战的"命门"。

沈尔炎千方百计地推行他的"上游堵漏防渗，中游深降强排，下游蓄水灌溉"的治理奥灰水方案。

沈尔炎的方案遭到了抵制，并引起激烈的争论。

沈尔炎的方案让高建明很是为难，因为水文地质只是煤田地质勘探的一个部分，而沈尔炎治水方案所需队伍及设备几乎等于邯邢参加会战的煤田地质队的总和，高建明领导的中国煤田地质局无法解决。设计院和研究所也有不同意见，认为地下水是动态地密布在整个矿区，堵死和疏干都不可能，难以解决采煤的危险。而沈尔炎坚持实践出真知："不去做一下，怎么能说不行呢？"

搭建的办公室四处漏风，好在是夏季，能挡住雨水、能办公就行

沈尔炎是煤田水文地质专家，有"水龙王"称号。是"腿肚子绑大锣，走到哪响到哪"那种人，一旦他认定的事，不管来自何方压力他都要坚持到底。

1964年，就是沈尔炎点将，动员河北水文队一、二号钻机到贵州支持"大三线"，本来他也要去贵州，却因为这之后的"四清"，滞留在湘赣会战指挥部。1972年4月沈尔炎又回到北京的燃化部。1973年邯邢会战，沈尔炎成为会战指挥部成员，找水、治水是他的主要任务。在一片反对声中，他四处借兵买马，把他动员留在贵州的水文二队调回邯邢参加会战，又找燃化部康世恩部长从大庆油田调来了水文三队。

沈尔炎的治理地下水方案，经过反复论证，最终得到了燃化部领导的认可，向中央领导汇报时，也得了充分肯定。

"1974年春节刚过，沈尔炎冒雪来到西小屯，向水文一队队长李茂堂报告这个喜讯。"

水军还是不够，沈尔炎又从宁夏石咀山调来一支水文队，形成近3千多人浩浩荡荡的水文队伍。指挥部编制由最初的一个水源队逐步发展到三个水文地质勘探队、一个水源开发队、一个水文物测队。现在，这5支队伍已被整编制地留下来，成为了中国煤炭地质水文地质局的主体。

在北起邢台临城，南至邯郸、安阳之际的漳河两边，沿着太行山东麓到处可见热火朝天的治水会战盛况。几十台钻塔直指苍穹；乳白色的观测小帐篷星罗棋布地分布在旷野山村；"解放"、"嘎斯"车来回奔忙；排水工地红旗招展。

工作条件艰苦，新老职工斗志昂扬，心中充满了为祖国建设贡献青春与力量的豪情壮志。有人这样描写他们：

一块床板一只箱，

帐篷一搭就是房；

治水尖兵斗志昂，

扬灰路上"嘎斯"忙。

邯邢治水就像是一个大试验场，无论在声势规模还是工程投入上在当年都是空前的：太行山东麓数千公里范围内，其水文地质勘察程度足可达到水文地质勘察的"勘探"阶段精度，其中包括邯邢地区南、中、北、西四个岩溶泉域系统。划分了各泉域系统边界和岩溶地下水的补、径、排条件，进一步探明了邯邢地区地下水资源量。其中峰峰二里山中奥灰岩抽水试验和王凤组抽水试验报告成果分别成为1980年邯郸城市供水水源地和1997年的国家重点项目"邯峰电厂水源地"选址的依据和保障。

会战还汇聚了众多的专家学者，引进运用了当时国内外几乎所有的先进技术方法，锤炼出一大批工程技术人员，取得了大量的科研技术成果，进行了250层次单孔抽水试验和多次地下水连通试验和三次大规模群孔联合抽水试验。会战结束时，先后提交了14.55亿吨煤炭储量；已建井4对；设计能力420万吨，为邯邢基地的建设和发展打下良好基础。

几年后专家学者一致认为，邯邢治水会战成果是明显的：在不到两年的时间内先后提出区测、电法、重磁、地震、水文地质钻探、动态观测、抽水试验等各类总结资料和单项报告47件。《河北省峰峰矿区和村盆地王凤矿疏放降压抽水试验报告》全面总结了数年来在邯邢南单元进行各项水文地质工作的成果，是邯邢治水技术工作的经典之作，其岩溶地下水特征及岩溶发育规律研究成果至今为同仁共识，其岩溶水资源评价方法及结论至今为水文地质界所引用，曾引起多国煤炭地质专家的关注。

治水工程历时5年，耗资七千万元。20年后，参予邯邢会战指挥员高建明在他主编的《中国煤田地质勘探史》一书认为邯邢治水工程有如下问题存在争议：

"深降强排，防渗堵漏"是抢救矿区突水唯一途径；

"带压采煤"经过实验没有成功；

液化、汽化采煤至今还在实验中，中央拟在推行；

为新建矿区解决供水，只有专业水文队伍才能在短时间内完成；

与水文地质相关联的环境地质、灾害地质工作，在新老矿区日趋显得重要，方兴未艾。

会战仍有一些指标没有完成，一些储量又长期积压未加利用，造成巨大浪费。

1980年煤炭部停止了邯邢治水勘探脚步。9月，煤炭部"煤炭部邯邢水文勘探指挥部"更名为"煤炭部水文地质勘探公司"，隶属于部煤田地质总局直接领导，承担着全国重点煤矿基地的专门水源勘探和专门水文地质勘探工作，负责重点地区水文地质资料汇总、研究和汇编工作。根据上级指令和煤炭工业发展需要，水文局的水文地质勘察项目北至内蒙古海拉尔，南到云南省昭通市，遍及晋冀鲁豫、蒙陕甘宁等省区。运用先进的技术方法和综合勘探手段在干旱缺水区、深水位岩溶复杂区找到了一个又一个优质水源地。内蒙准格尔、山西平朔、潞安，河南义马等一座座矿业城市拔地而起，一个个矿井恢复生机，地质水文队血留下了一串串闪光的足迹。他们驻扎的农民大院，如今已成为邯郸闹市区，他们留下的辉煌尘封在历史记忆中。

苦战霍林河
—— 从1973年的冬天开始

冬天来临了，寒冷也尾随来临了，温暖成为了渴望。因为缺煤，大批工厂停工；因为缺煤，上课的孩子被放假；因为缺煤，制约了东北具有行政区位优势的吉林省经济的发展。吉林省革命委员会把开发煤田的眼睛盯在与吉省交界处的内蒙古哲里木盟西北部扎鲁特旗境内的霍林河。

霍林河地处大兴安岭山脉的脊部，为中生代断陷型聚煤盆地，1958年被找煤的地质队员发现。因为偏远和荒凉，只做过部分勘探工作。1969年，116勘探队来到霍林河，在霍林河东北部沙尔呼热地区进行过一个小煤田勘探，打钻孔30个，控制面积10平方公里，获得了储量为7.5亿吨。1972年，吉林煤田地质勘探公司472队进行了全煤田的普查勘探，当年完成了沙尔呼热地区普查任务，共打钻孔11个，控制面积20平方公里，获得储量11.2亿吨的业绩。

恢复不久的吉林省煤田地质勘探公司，虽拥有41台钻机，却由于队伍新，年轻人多，技术力量薄弱，装备陈旧，后备勘探基础不足，对霍林河煤田地质勘探心中没有底数。

1972年底，燃化部召开东北三省煤炭计划会议，要求三省煤炭在"四五"期间达到自给或基本自给。根据会议精神，吉林省革命委员会、吉林省煤炭工业管理局和吉林省煤田地质勘探公司决定首先开发沙尔呼热露天煤矿，后来又改为霍林河露天矿会战。会战由燃化部领导，重视的程度就被上升到了国家层面。燃化部指示：尽快探明煤田储量。翌年1月，霍林河煤田露天勘探启动，并在11月提出可供露天开发的精查地质报告。这让省煤勘公司承担了巨大的压力。

"集中兵力，打歼灭战"的大兵团式的勘探会战是当下唯一可行的方案。很快，勘探指挥部调动472队整建制、102队、112队、203队部分钻机组和普查大队，集中21台钻机，配合以地震、电法、测量、地质、水文、测井、化验专业几乎所能拥有的专业队伍，仅此还不足以引起大的态势，又从省外的江苏、贵州、青海煤田地质14个单位调配专业队伍驻扎霍林河，远在西安的航测大队还派出航测专家前来支援。各路勘探力量从四面八方迅速赶往霍林河，组成了一支1500多人的会战大军。

会战区地处蒙族牧区。参加会战的老队员李福贵回忆，会战开始时最大问题是解决一千多人的居住。驻地在茫茫草原腹地，除有一个新村——下放干部"五七"镇外，只有青天一顶，枯黄草原一片。初春三月乍暖还寒，白毛风雪稍不留神就会铺天盖地袭来，气温也会骤然下降，紧裹着毛皮大衣也无济于事。会战队伍千里迢迢日夜兼程赶到这里，钻探工人没有住处，就把废地窑子、破房子等凡是人能住的地方都清理干净，还不能满足需要，就四处找牛棚、马厩，因为这些地方至少有一厩木栏可以固定挡风蔽雨的帆布。在一个牛棚清除的牛粪有一尺来厚，修修补补已经是个睡觉窝了，搭上板铺就住人，比睡在旷野强多了。

地震队、测量队又把一座露着天儿的"俱乐部"上个盖，既透风，又漏雨，170多人就挤在这里办公。李福贵说："都知道勘探作业累，也就没人喊累；都知道野外生活苦，也就没人怨天恨地叫苦，全力一心搞会战。"

地质、物探技术人员在漏雨的仓库里，堆起两摞土坯，搭上板子就办公。蹲在地上写，扒在铺上画，行李也成了"办公桌"，左手拿蜡烛，右手打算盘，照样算出了需要的数字。机修厂没有厂房，就在平地挖一条沟，安上炉箅子，上面放个大油桶，就成了"烘炉车间"。创造条件，保证生产，煤炭地质人在局外人看来无法生存的条件下驻扎了下来。

"霍林河的七八月，天无晴日，阴雨连绵。三号钻机搬家时赶上倾盆大雨，钻场内泥水一片，队员们顶雨大干，个个浇得成了泥人儿。他们把雨衣盖在机器上，人淋着雨继续钻进。经过11小时奋战，终于保证了新钻孔按时开钻。"

会战区没有星期天和节假日。这里也没有偷懒的人，机长、指导员、队长、经理几天几夜在前沿跟班干活；工程技术人员在沉睡时，千呼万唤叫不醒，只要听到"见煤了"一声喊，一扑楞爬起来就往外走，走在路上还是半睡半醒。

编制露天精查报告也是一场苦战。30多名技术人员，集中在郭家店一个传染病院的走廊里上，日夜奋战80天，如期完成了有60多万个数据的3千多张图纸。这些图纸决定霍林河露天煤田未来的走向、开采的规模，起到领引的责任，因此受到从中央到地方各级领导的高度重视。

霍林河煤田勘探会战，规模大，任务重，时间紧，要求高，是吉林省煤田地质勘探有史以来的第一次，煤田地质勘探队伍也经受了一场严峻考验。

1973年8月会战结束，提前3个月完成了工期，档案馆里保留着这样总结性的记载：

"施工钻孔455个，全部取芯，共完成钻探工程量92529米，当年12月25日提交的《沙尔呼热露天精查报告》一次审查批准，获得精查储量19.5亿吨。"

控制面积360平方公里，肯定了该煤田的远景。

由于对大型露天勘探尚缺乏经验，当时又没有露天勘探规范，因而会战中出现了一些问题，如露天工程地质勘探不足，水源勘探未能达到设计要求，以后不得不一补再补。

沙尔呼热露天矿（霍林河煤田的一部分）已于1984年9月建成投产，是东北、内蒙古的主要煤炭基地之一。

沸腾的荒原
——元宝山不再是个传说

煤炭部决定动用北方煤田地质勘探力量在元宝山展开世纪会战的时候，104勘探队已驻扎在冬雪还没有消褪的荒原，在那里升起了炊烟。紧接着地矿部、冶金部、电力部、化工部以及南京大学的水文地质、工程地质专家也组成专家团进入这个名不见经传的小镇。

小镇一下子沸腾起来。

元宝山是塞外赤峰南部的一个因山势隆起而得此名的小镇子，因建镇的历史悠久，并有珍贵文物被发现，因而被列入了著名"红山文化"遗址。赤峰人豪迈地说，五千多年前，他们的祖先就在这块土地上繁衍生息。春秋时为山戎地，战国时归东胡，秦汉时属匈奴，三国时姓鲜卑，唐朝叫库莫奚地，辽代高州治所设在元宝山风水沟镇庄头营子村。元宝山是赤峰人引以为骄傲的"南部一颗璀璨明珠"。

随着时间的变迁，这颗明珠失去了鲜艳的色彩，被历史泥沙尘封了。埋没的地方不是不被重视，这个叫元宝山的小镇在中国煤炭地质勘探总局的档案馆里至今还保存着厚厚的地质、水文勘探记录，说明它是一直被关注的可能拥有储藏相当丰厚的大煤田重点区域。

档案馆里的记录证实了这一点。当年，元宝山附近不断传出村民挖掘裸露煤头的信息。这是个让人兴奋的信息，如南燕北归般地一次次向中央高层传达着元宝山地区可能存在大煤田的报告。

派出的一批批煤炭地质勘探者，几乎得出一致的结论：可以开采。

那时西方露天煤矿开采已经成功运行。这是少成本多产量的最佳煤炭开采形式，而在我国还是个美丽的传说。露天开采技术条件、矿区条件都是重要的参考数据。元宝山煤炭的被发现，让试图搞露天煤矿的决策者们也有了无以辩驳的证据，但离上马投产还是遥远而漫长的过程，即便是崇尚大跃进方式的领导者也不敢贸然行动。资料记载，从1957年之后的10年间经历过三次大的勘探：1958年提交过红庙勘探区中间普查报告，1959年提交过露天精查报告，1967年又提交了补勘报告，勘探区面积2.4万平方公里。勘探结果显著地表明含煤层

那年，他们还是一群朝气蓬勃的青年

的为上侏罗纪，煤层总厚为16.29米与29.57米，这是一个令人兴奋的数字，简直就是一个煤海，想想都会让人笑出声的储量。在被西方国家仇视、封锁、制裁的日子里，符合露天开采的优越自然条件的元宝山，还是不敢贸然开工，煤田背后总会有无法看到的复杂的技术因素。

元宝山露天区属第四纪冲积层全掩盖区，上覆表土层厚，流沙、砾石层多，含水层比较厚，又有英金河谷。对露天开采来说，是一个水文地质条件比较复杂的大水矿区。尽管矿区含煤岩层倾角比较小，但是有不少的北东及北西向高角度断层通过，而煤系本身又是软硬相间的岩层。因此，工程地质条件也不能说它是简单的。

10多年时间里，元宝山露天的勘察研究已经取得的丰富的资料，一定程度上了解英金河谷中第四纪沉积的分布、岩性、厚度及富存水性，基本上查明了矿坑的充水因素、边界条件、地下水的补给、径流、排泄条件以及地下水和地面水的相互关系。

工业发达的辽宁省，燃料、动力都很紧张，每年除了从外省调入大量煤炭外，还要烧掉近百万吨的原油，煤炭供需之间的矛盾十分突出。为缓解燃料紧张，迫切要求开发元宝山煤田，积极地提出了地质报告，满足煤炭建井需要已成共识。为此，燃化部党的核心小组，把元宝山露天矿开采列为1973年全国重点勘探项目之一。

二月的祖国东北，还是冰天雪地的严寒时节，燃化部和辽宁省煤炭工业局已经围绕元宝山煤田露天勘探会战组成了会战指挥部，开始了兵力和机械的精心布署。104勘探队正在辽宁西部朝阳地区勘探，107勘探队的地震队已拟定在阜新地区施工。接到会战任务后，两个队的党组织紧急动员，日夜兼程赶到会战区。一方会战，八方支援。155勘探队送去拖拉机、派出水文地质人员，机修厂抢修物探仪器，平庄矿务局腾出房子。元宝山归属地的昭乌达盟委、赤峰县委也从各方面给以大力支援。

两个月后104勘探队、107勘探队全员进入元宝山地区，集中了9台钻机、1个地震队、1个电法队、1个测量队，实行多工种的综合勘探。

一度寂寞的草原顿时喧闹起来。

元宝山会战牵动着高层领导的末梢神经。初夏，燃化部召开现场会议，要求在元宝山会战中配合地面调查，着重对第四纪地层厚度和含水性进行了电法测定，从而基本搞清了露天区的水文地质条件：元宝山露天区第四系含水层很厚，水量也大。地表水与地下水的联系以及对露天开采的影响；查明地质构造形态和煤层、煤质情况。

燃化部高层认为，很有必要集中兵力打歼灭战。

这时的元宝山小镇被外界高度关注了，记者也来探班了。已被黄沙埋半截的小镇，从辽代高州治所之后没有这样热闹过。镇上设立了指挥枢纽，从这里发出的声音向被沙尘围困的草原上的钻探队、水文地质队、电法测井队、地震队传递着。荒芜的草原远远看到钻井塔上的猎猎红旗，还有不时传来地震队测试放炮的声音。

老地质队员说，这里也成为"文革"后期煤田勘探新技术练兵场了。

已往打的水文钻孔，都因为孔径小，水位降不下去。这次必须打大口径水文钻孔、下大功率水泵才能满足水文地质技术的要求。没有大功率水泵，也没有大口径抽水经验，技术人员通过科学分析，采用了多泵抽水的办法，取得了良好的效果和大量的科学数据。成为全国水文地质工作上一个创举。

会战区地势平坦，而施工钻孔浅，速度快，钻机搬迁频繁，工作十分繁重，加上安装人力不足，影响施工进度，试验成功了钻机整体搬迁。

会战又成为煤田地质科学实验成功的范例：查清了矿区水文的补给、排泄条件，对尽快开发露天矿起到积极作用。在没有大钻机的情况下，用A--3型千米钻机打成直径1米以上的大口径钻孔，为全国煤田水文勘探提供了经验。

经过10个多月的会战，于1976年12月提交了《元宝山露天精查地质报告》，辽宁省煤炭工业管理局又以（76）辽煤基字439号文批准了该报告。

会战得到了燃化部的肯定。至此拉开了元宝山露天矿区建设的序幕。

花开花落几春秋

——1975年徐淮会战的得与失

1975年，徐淮煤田勘探会战拉开苏北战线。

针对江苏煤炭供需矛盾十分紧张的状况，1975年，江苏省燃化局把勘探重点由南向北转移，集中开发丰(县)沛(县)铜(山)地区，并把范围扩大到淮阴（现改为淮安市）和盐城缺煤地区。江苏省最高权力机构——江苏省革命委员会以苏革计字(1975)110号文发出《关于组织力量去徐淮会战的通知》，很快省辖地质勘探队伍被调集驻在丰(县)沛(县)铜(山)一线。

虽然关于"革命"的口号还在每条街巷穿棱着，还在鼓噪着批判"资产阶级法权"，但是中国煤田地质的整顿已经在这一年就开始了。王文寿把这一年形容为煤田地质"拨乱反正年"。"文革"还没有结束，"左倾"思想还在坚持"宁要社会主义的草，不要资本主义的苗"，正确的声音在煤田地质界传达受到了限制，经济学家认为国家经济因为"文革"动乱已经走到了危险的边缘。煤田地质界在中央的干预下，快步进入整顿期。整顿的结果使我们看到这一年煤田地质业出现了发展、繁荣景象。

省主力勘探队以高昂的热情，集中了数十台钻机，投入到"年超万、月超千"的"学大庆、赶开滦"的劳动竞赛中。勘探队员战风雨，斗酷暑，连续奋战，当天搬家，当天开钻，普查找煤取得重要进展，初步圈定了勘探区的含煤范围及其与周边关系，发现了有价值的新区，为进一步组织会战创造了必要的条件。另一勘探队进入苏北平原找煤，重点在沐浴新生代凹陷寻找第三纪煤田，为江苏开辟找煤新区域。

1976年10月以后，政治格局突变，经济发展又被重新提出来。煤炭部提出了"苦战十年，产量翻番.赶超美国"的宏伟目标，江苏省提出了"建设一个鞍钢、一个大庆、一个开滦"的奋斗目标，设想到1980年，煤炭产量达到2300万吨以上，改变江苏省煤炭严重紧缺的局面，徐淮勘探会战又被赋予了新的历史使命。

第二战役从1976年7月在28平方公里范围内展开，广大职工日夜奋战，克服了钻进中坍塌、漏水、硬岩、斜孔四大难关，利用老千米钻机打出不少超千米的深孔，获得煤炭储量1.83亿吨。

第三战役从1977年6月开始，以更大规模在沛县展开，集中了20余台钻机全力参加会战。区内地势低洼，河港、沼泽密布，而且煤田大部分伸入湖水域中，会战队伍克服了道路泥泞，搬迁不便等困难，人抬肩扛，坚持战斗。推广了太湖水上钻探经验后，钻机可深入湖区达5公里，扩大了勘探范围。

1978年投入徐淮会战的队员4千人多，达到江苏煤炭地质勘探历史上的顶峰。到了翌年3月，丰沛煤田主要矿区的勘探基本结束。

在苏北沐阳、淮阴、滨海等地展开的找煤会战，却节节失利。首先，在沐阳寻找第三纪煤田，1千平方公里内施工23935米进尺，证实第三纪的沉积环境不利于成煤，从而停止找煤。

在滨海县2千平方公里内展开会战，三年完成钻探工程量62649米，查清了煤系地层属华南型龙潭煤系。仅4平方公里内的煤层相对较为富集，且构造复杂，无实际价值，从而中止找煤。

在淮阴、涟水一带，找第三纪和石炭二叠纪煤系，三年完成钻探工程量37444.83米，找煤未取得新的建树，淮阴至淮安一带却发现了膏、盐地层，提供了发现全国罕见特大盐矿田的线索。

三地区找煤失利后，又寄希望于江苏省邳县（现为邳州市）北部和睢宁附近的郯庐断裂带及其两侧，试图再次寻找侏罗纪和石炭二叠纪煤田，仍未有所发现，只好撤出，转入苏北沿江一带施工。

调去江苏勘探队伍之多为省区历史之最，参加当年勘探的老地质队员回忆，应该是七或八个勘探队。至于为什么会往江苏调配这么多队伍，恐怕与山东兖州、江苏徐州、安徽淮北和淮南都有重大发现有关。因为江苏的大部分都是平原，同属一个地质年代。

在江南木渎镇附近确实发现了煤层，令勘探队员兴奋不已，木渎人不乐意了，木渎地下有多少煤也不能采。木渎怎么能开矿呢？

木渎镇人拒绝煤炭开采。

木渎属苏州的一个人口集中、市井繁荣的小镇，是苏州城西最繁华的商埠，坐落在太湖边上。

明清时期，乾隆南巡下江南，三次驻跸木渎。如今，200多年过去了，木渎镇格局和风貌未变，依然是吴西最大的商埠、姑苏第一水镇。镇上古宅庭院深深，小桥流水潺潺，香溪因西施在此河洗脸而名，桔林也是江南优美景致。木渎的每一条河，每一座桥都有一个古老美丽的传说，这样湖光水色堪称名胜的地方，开采就会造成水污染，就破坏这大好的风光。居民抵制，政府抵制。有关部门权衡利弊之后，勘探队被指令撤离了。木楼镇人为他们抗争胜利欢欣鼓舞：看，木渎地上有太湖，有古宅，有商埠，还有香河，地下还储着煤呢，可我们就是不开采，给子孙留着呢。

调到江苏的勘探队在完成徐州一线任务后，又做了分流：一个队回辽宁，一个队去山东，还有一个队撤回山西大同。

江苏找煤是失败的，"两淮"找煤却获得了成功。

部属勘探野战劲旅147队接到会战"两淮"命令时，蒋维良和他领导的二分队还在河南"永夏"一线战天斗地。命令下达已是1977年11月，并且不可动摇地指定在翌年元旦在谢桥开工。147队时属部辖勘探队，理所当然地参加了这样的会战。

天气渐渐地冷了，虽是北方人心中的南方，中原的冬天一点也不逊色地刮起寒冷的风。

永夏会战取得成功，在扫尾工程一结束，大多数人计划回到驻地江苏沛县和老婆亲热几天。现在，休假取消，马不停蹄地赶行谢桥。

这就是地质人，国家需要的时候，他们一定是第一批进入工地的队伍。竖起井架那天，这里就有了炊烟，有了欢笑和歌声，有了未来大煤田开采的雏形。

"两淮"煤田，地处安徽淮北、淮南两市的北部平原，与行政区划的江苏徐州虽属皖、宁两省，却同属一个地质年代，被编入"徐淮会战。"两淮"煤田，煤层厚、煤质好、面积大、交通方便，储量丰富，已经是被肯定了的结论，因此，加快"两淮"煤炭资源的开发对江苏及至华东地区的经济发展，对加强我国能源基地建设都具有长远的战略意义。

1977年煤炭部和安徽省政府共同成立了"两淮"煤炭基地建设会战指挥部，由煤炭部副部长王新三任"两淮"指挥部总指挥，并从全国各地调集了精兵强将组成强大的会战队伍开赴"两淮"，集中优势兵力，争取尽快提交精查地质报告，为矿区建设拿出可靠的第一手资料。

指挥部要求部属147勘探队立即从河南开赴"两淮"，要求一个月内搬迁完毕，1978年1月1日在新的勘探区钻机全部开动起来。时间紧迫，路途遥远，全队12台钻机、机关后勤部门以及必须的备用设备、原材料，成建制向徐淮大迁移，正常情况下需用两个多月时间。

党总支书记蒋维良和他的二分队地质队员要讨论的不是迁移用多长时间更合理，而是大迁移途中遇到什么样困难，大家怎样配合。二分队被要求在指定地点、指定时间让钻机轰鸣起来。分队长白玉廷几乎用他一贯粗嗓门大声吼道："我们147队，什么时候当过孬种！"

147队的人都不愿当孬种，计划好的休假安排丢到了脑后。他们决定发挥连续作战的精神，不分白天黑夜，装完车就启程，车到达新区后，卸完车连夜返回。司机和相关人员都不休息，队领导和两个分队的负责人跟工人一起装车、卸车。一台钻机就是一堆钢铁，一起启运是不可能的。

蒋维良、白玉廷跟随第一辆运输车同往新区筹建分队部。3台汽车装的全部是活动板房和后勤用品。汽车到达新区后，已是夜间10点多钟。

新区是一片空地，附近只有一间茅草屋，住着两位老人，分队部址就选在这里与老人做邻居。这块地方既便于指挥生产又距离县、乡较近。车停下来了，蒋维良、白玉廷两人一商量，现在大家一路奔波又饥又渴，先要去吃饭恐怕今晚住的地方都没有，干脆一鼓作气把住的地方弄起来再说。

周围一片漆黑，连个月牙儿都没有。白玉廷让司机别熄火，用汽车灯照明，把盖活动房的地盘平整后，立马组装活动房，很快把两栋板房立起来了。队员们顾不上吃饭、索性一起动手搭起了锅灶。干完这些活已是后半夜两点多了。所有的人都坐在地上喘粗气，没有一点力气了。随便吃了点随身带的凉馒头，喝了点凉开水，然后放下折叠床，才躺下休息。第二天天刚亮，把汽车打发回永城后，蒋维良、白玉廷和他的分队就积极筹划钻机生产了。

147队的搬迁只用了20多天时间，两个分队的相关人员和材料设备等全部运到淮南新区。按照指挥部的要求，元旦这天早晨，12台钻机在两淮大地上响起了钻机的轰鸣声，在煤炭地质人听来这是新一年最悦耳的歌声。

147勘探队在1978年元旦拉开了"两淮"会战的序幕。

12台钻机全部开动以后，工作是非常紧张的，分队的干部根本没有休息时间。在淮南多雨的平原地区，钻孔竣工后，如不连夜搬迁，就完全有可能因突然下雨影响钻机搬不到新的孔位，造成生产脱节，延缓勘探进度，不能准时提交地质报告。针对当时的施工环境和条件，蒋维良、白玉廷精心安排，认真抓好各个生产环节的管理，保证了生产的正常进行。按规定书记和分队长每月可以轮流回家看看，但谁都不愿意离开分队。这一年，他俩只回过一次家。

煤化部王新三部长在工地监工，他三天两头到现场问大家有什么困难没有，回答都是一致的："没有。"

施工做的精细、准确，王部长很满意，他对陪同他来的人自豪地说："这才是咱煤炭部的队伍。"

就这一句话，让地质队员们很感动，所有付出的苦和累都值了。

"最难的，是雨天里搬迁移机，那苦可吃大了。"参加当年会战的蒋维良回忆说。

1978年夏季，雨水特别多，好像是和钻机上人较劲似的，一到要移机，大雨瓢泼似地从天而降，一下就不住个点儿，有时一连几天都是阴雨连绵。钻机都在黄土地里搬迁，中原的黄土遇上雨水，就跟搅拌了胶水，走路还经常沾掉鞋子，别说还要搬迁少则几十公斤，多则数百公斤的钻机件。工期是跟国家利益联系到一块的，还能等到天放晴了晒干地皮？队员们还得用肩膀扛，原来用两个人，雨天就得用4个人。一走一滑，摔倒了爬起来还干。那些特别重的机器是抬不动的，他们就在机器前面垫上木板，在泥水里往前一寸一寸地挪动。连躲在家里的农民都不理解，这些地质人干活怎么跟傻子似的？

"现在年轻听了这些根本不会相信，那时，我们都这样干。没谁提出条件，也没人嫌累泡病号。我月工资60元，野外作业补助10元，钱多钱少没人找组织上的麻烦。我们这些当书记、队长的和队员在风里雨里泥里土里一块干。工人休息的时候，我们再处理工作上的事，比工人还辛苦。"

蒋维良记起一件小事。有一次，王新三部长到二分队施工现场看望大家，天又哩哩啦啦下起小雨，王部长还是坚持到了一线来。远远地看到一群泥人在钻井上忙碌，找不到一个干部模样的人。王部长朝泥人堆儿大声地叫了一声："白玉廷。"

"哎！"分队长白玉廷在泥水里答应着。白玉廷爬上土岗，只有牙齿是白的，两只大眼睛闪亮着。

"白玉廷。"

"是我。"

王新三部长不至一次说起这件小事。他深情地说："中国有这样的勘探队伍，我们还有什么困难克服不了！"

说到白玉廷，蒋维良一声叹息："白玉廷的家属在南通没有随队，退休后他去家属那儿了，联系不上，后来听说他走了。这个同志不错，他把自己这一辈子都交给了地质勘探了。他文化不高，人极聪明，队上的所有技术活儿他没有不精通的，最复杂的是柴油机，一出了故障，机工解决不了还要来找他。他脾气不好，一着急就骂人，我就说他，他的气就消了。他是搞钻探的，我是学地质的，两个人很合得来。我们住一个宿舍，两个都喜欢喝酒。我俩是同事、挚友也是酒友。可惜，再也不能和老白喝上几杯了。"

谢桥施工要做的是精查补充报告。在大跃进时提交过报告，因为粗糙，有些地方连煤层也没有勘探清楚，根本不能做为建井用，只能做为重新勘探的参考。

整个井田勘探高效率、高质量，安全有序地正常进行着。不到两年的时间，147队按时提交谢桥井田精查报告，获得了"两淮"总指挥部的批准。147队完成任务，告别谢桥。

进入80年代，147队又在颖凤矿区推覆体下找到了极为丰富的煤炭储量。这一煤田的发现，不仅丰富和论证了推覆体找煤理论，而且对加快淮南矿区的建设，振兴安徽经济都将起巨大的推动作用。这之后147队在"两淮"勘探区又奋战了10多年，如今留在当年会战初始地徐州。

徐淮勘探会战历时5年，是江苏煤田地质勘探历史上获得储量最多的年份，为江苏煤炭工业发展提供了重要依据。

认识是逐渐前进的。10年后国家煤田地质总局对徐淮勘探会战也有过深刻反省：

"由于'文化大革命'的影响和长期以来'左'的思想没有得到彻底清理，只单纯地考虑了江苏省煤炭严重短缺，而忽略了江苏省煤田地质条件复杂，资源不够丰富，1976～1980年在丰沛铜地区探明的20．8亿吨储量中，精查储量仅11．3亿吨，其中新探明的只有1．83亿吨，其余都是在对'大跃进'时期勘探地区的扩大和补充勘探储量，盲目追求高速度，急于求成，企图以扩大勘探规模，增加钻机，搞'人海战术'，突击会战的办法解决问题。因而，在勘探力量的部署上，超越了客观地质条件所容许的范围，在会战中与上海市的大屯矿区争地盘；在后期，为找煤遍地开花，打了不少深部钻孔，主要是800～1200米的深部普、详查储量高达6亿吨，只能作为后备储量，不能单独开发利用，效益明显降低，使勘探工作陷入困境，不得不在党的十一届三中全会以后，以极大的精力调整勘探布局，压缩勘探规模，开辟多种经营渠道，探索煤田地质勘探的改革方向。历史上这种急剧膨胀，急剧压缩、忽松忽紧的教训，已有前车之鉴，实为煤田地质勘探之大忌。究其原因，在于煤田地质勘探缺乏自身的科学发展规划，而是依附于煤炭工业的涨落而兴衰，需要则上，否则就下，时起时伏，时高时低，多次'马鞍型'状况，使煤田地质勘探事业很难有所适从。勘探会战本身并无可非议，会战有综合性、配合性的，这是不同手段协作的需要，是正常的勘探方法，这与为会战而会战，或为一时的"政治需要"而会战不能相提并论。可见，会战的条件如何?需要是否客观?前提是否具备?这是科学决断是否采取会战形式进行勘探的重要因素。条件不具备，上则盲目，需要不急待，上则浪费。"

凤凰山上没凤凰
——1969年：湖北煤田勘探始末

这个会战不在上世纪六七十年代全国著名煤田地质勘探会战之中，是在一个错误环境里听取错误的汇报摆开的一场错误的会战。我们不难理解在国民经济如此困难的条件下，动辄动用数千人，花费数千万元资金，耗时近两年提交的报告里数据却是虚假定论，没有人对此事负责，连当年以激情四射的新闻报道《凤凰山下飞出了金凤凰》的媒体以及编造故事的记者也三缄其口，只把这次会战的错误归加给了"文化大革命"头上，就被封存在了历史的档案里了。

岁月如磐，岁月如歌。这一页儿就这样被轻描淡写地翻过去了。我在被封存的落有尘埃的卷宗发现它时，觉得这一页儿是该翻过去，又觉得历史有给所有决策者重温的必要，它会告诉今天的人们，前车之鉴的惨痛的教训。

这个会战发生在1969年，正是"文化大革命"烽火连城、硝烟漫卷、如火如荼的那一年。武汉并没有因为在全国率先开展武斗而缓解煤炭需求的紧张。

东北有煤，西北有煤，中原有煤，湖北怎么可能没有煤？

找煤，是压倒一切的政治任务。

湖北省革命委员会党政领导对大办煤炭热情很高，他们察现场，入基层，动员全省大办煤炭。

找煤的队伍出动了，浩浩荡荡地迁移鄂西、鄂南展开煤田勘探会战。凤凰山、马鞍山、牛头山成为会战的主战场。

1969年10月，125勘探队钻机在武昌县流芳岭区域施工，在一个叫凤凰山的地方见到只有一层含碳质较高的泥岩，经取样化验，其灰分高达85%，固定碳8%，发热量764大卡／公斤，为炭质泥岩，也就是说燃烧可以产生热量，却无法满足生活、生产的基本需求。

找煤是革命的需要。即然革命有需要，怎么可能没有煤呢？

人有多大胆，地藏多少煤。这就是那个时代荒唐的想法。

分队领导对这样结果很不满意，他们决定在钻孔附近挖一个小井，竟然挖出了几十吨"煤"。"样煤"三次送到武汉试烧，燃点高，燃烧时间短，耗量大，渣子多，引火时有爆炸声，再次证实属炭质泥岩。技术人员认为不能开矿，更不应大搞。技术人员的意见遭到上层领导的严厉呵斥，说他们是在"替坏人翻案"，是"修正主义的孝子贤孙"。

"莺歌燕舞"的政治形势需要煤，队上领导违心说了假话，向湖北省革命委员会报了"喜"："凤凰山地下有煤。"

这是"文化大革命"的伟大胜利，湖北省革命委员会领导多次到野外察看钻机工地，听取汇报，要求在深钻孔和探井的周围密布浅钻孔，声势越搞越大。还命令武昌县大干大办，调动大批民兵及推土机，进行露天开采，并且开始设计修铁路、架高压电线。于是出现了"炭质泥岩就是优质煤"的结论。

媒体记者的"生花妙笔"起到了推波助澜的作用。1970年5月5日，《湖北日报》头版以《我省第一个露天煤矿提前出煤》的醒目大字标题，报道了凤凰山露天煤矿兴师动众，大搞群众运动，盲目开矿的情况。文章激动地写道：

> 解放前这里是一片荒凉的山丘，去年冬天一支勘探队在这里发现了煤层，使沉睡千年的凤凰山上沸腾起来了……参加建设凤凰山煤矿的广大工人、贫下中农、解放军指战员和民兵，坚持活学活用毛泽东思想，突出无产阶级政治，开展革命大批判，使整个矿区工地呈现一派朝气蓬勃的革命景象……武汉部队、省革委会对建设凤凰山露天煤矿非常重视，武汉部队司令员、省革委会主任曾思玉和其它负责同志，多次亲临矿区建设工地进行指导，大大鼓舞了……为革命挖煤的积极性。坚持自力更生，艰苦奋斗的方针，采取土法上马，以土为主，土洋结合的方法，边勘探、边设计、边施工，他们凭着一双'铁手'和两个肩膀，以愚公移山的精神，革命加拼命，不到两个月的时间，把一座座小山包搬走了，完成了13万多土方的任务，挖成一个有20多米深，6600平方米面积的深坑，开辟了凤凰山煤矿第一个露天煤矿作业。

《湖北日报》同一版上还发表了《九大精神放光芒，凤凰山上飞出了金凤凰》的新闻短评。对凤凰山露天煤矿连篇累牍地宣传，一时轰动全省。

实际上有记录可查的是，1969年4月进入凤凰山勘探起，施工深钻孔只有8个，完成钻探工程量1592米；浅钻孔15个，完成钻探工程量698米；汽车钻孔10个，完成钻探工程量288米；挖深探井1口，深40米；挖探槽1个，完成土方工程量127立方米。一年后提出《武昌县凤凰山矿区一号井田地质报告》，获炭质泥岩储量150米处存量可达388万吨，以下还有254万吨。提交的地质报告，上面白纸黑字写得清清楚楚，凤凰山煤矿别说有金凤凰飞出来，"灰乌鸦"也没有飞来过一只。显然这是一场劳民伤财的荒唐闹剧。原来高调支持凤凰山飞出金凤凰的领导无可奈何地说："停办吧。"

惊动全省的凤凰山露天煤矿成为一场闹剧，催生闹剧的《湖北日报》也无语了，凤凰山露天煤矿很快消声灭迹，无人提及了。

但是，全省大办煤炭热情还在此起彼伏，有高涨没有落潮，省内许多区域纷纷成立了找煤勘探指挥部，省内第二次找煤的全民运动还在热火朝天地进行着。勘探会战中的武昌县、马鞍山地区，曾开过33对小煤井，耗资1945万元，后因煤层薄、变化大，成本高而停办。这次有人又提再战马鞍山的建议，迎合了一心找煤领导的心意。

1970年5月，省煤炭会战总指挥部把查明马鞍山煤炭资源的任务交给了125队，6月投入1台钻机找煤，一年后结束并提出地质报告，共施工深钻孔52个，完成钻探工程量14894米；施工浅钻孔29个，完成钻探工程量847米，仅获得煤炭储量200万吨。如果加上过去428队、鄂南队、181队、182队在1956年至1962年间先后6次进入该区勘探所施工的工程量，至1971年共有5个地质队在此打钻，总共施工钻孔110个，完成钻探工程量23108米。打开图纸一看，勘探线紧密排列，钻孔星罗棋布，每平方公里布孔高达70多个，这样的钻孔密度在全国煤炭勘探史上实属少有。

尽管开采不成熟，但是马鞍山矿区还是于1970年8月上马了。采取边勘探、边设计、边基建、边生产的方针，共建井8对，设计规模48万吨，到了1974年后有两个矿停办。马鞍山竖井原设计生产20万吨，后改为10万吨，经5年多的修建，1976年3月移交生产，耗用资金1289.7万元，投产后4年亏损253.39万元，两项合计共耗用资金1543.09万元，生产出原煤27万吨，不及山西中小煤窑一年的产量。后来因为煤层薄，变化大，死亡事故多，成本高，于1980年5月匆匆下马。

1970年5月27日，湖北煤炭会战总指挥部责成182队等会战牛头山。会战集中了6台大钻机，共施工钻孔53个，完成钻探工程量18704米，获得煤炭储量1100万吨。10月，牛头山煤矿开始边勘探、边设计、边建井，经过7年多建设，1977年12月转交生产，1978年出煤共计2.3万吨，国家累计投资1483.32万元，投产1年，因火成岩破坏严重，小断层切割频繁，煤体支离破碎，开采困难，亏损太大，于1979年4月停办。

马鞍山煤矿两次大办，耗资6千多万元，浪费巨大，同样没人为此买单。

上述这些不同地区、不同规模、为不同需要而进行的不同形式的勘探会战或夺煤大战，都离不开当时"文化大革命"政治形势的严重影响，虽然方式方法有所区别，所获结果有所不同，但是出发点都是迫于急需煤炭，想积极寻找煤炭资源，解决燃眉之急。如果有计划，有步骤，办事尊重科学，尊重客观规律，并能多方论证，统一部署，协调工作，其结果颇有成效，如前述多数会战。

在全国知名的会战中，煤田地质专家列出了8个，除了上述我们详细报道外还有：

呼伦贝尔聚煤盆地的伊敏煤田勘探会战；

陕西澄城合阳的石炭二叠纪煤田勘探会战；

豫东平原沱河及浍河上游的永城、夏邑两县境内的永夏煤田勘探会战。

其它10个如湖南渣渡和冷水江矿区、四川达县矿区、江西萍乡上粟、陕西黄陵矿区、吉林九台、辽宁阜新王家营子、福建永定瓦窑

永夏煤田地质会战
1001号钻开钻典礼

坪、浙江勘探会战等在全国煤田勘探史上有过重要影响。

会战都是劳民伤财的声音出现时，高建明老人看着窗外，他的思绪在广袤的原野上飞翔，过去的就像在昨天才刚刚发生的事，高建明回忆道：

"'文革'十年，带给煤田地质破坏是严重的，但是煤田地质工作者没有停下他们找矿探矿的步伐，虽然那时的所有行为都是在革命的旗帜下进行的，这些会战有许多特定环境下存在的问题，但是我不同意会战是劳民伤财的看法，那时我们的勘探机械，技术能力都不能与现在高科技探矿相比。那种精神今天我们还能找到多少，还留有多少？这些一个个会战，是那个时代特有的标记。虽然有的在会战中有过挫折，也有过失败，但是我们总要记住那些参加会战的人们的不朽功绩。他们发扬自力更生、艰苦奋斗的精神，依然是我们今天所要传承的最宝贵的精神财富。"

我理解高建明老人的心情，那段历史造成的影响有了定论，但是那段历史没有留下空白，至今一些会战的矿区仍然发挥着重要作用，几十年来不仅仅造福一方，而且是支撑着煤炭业的重要支柱。林则徐有两句诗说的好："苟利国家生死以，岂因祸福避趋之。"那些可亲可爱的煤炭地质人为了国家的经济建设，抛家舍业四处奔走，把生死置之度外，这是一种怎样的情愫和信念来支撑着他们无怨无悔地投入到这一伟大的事业中来？答案无需来解读，因为他们早已用脚踏实地的行动和感天动地的功绩写在我们赖以生存的大地上。

第六章　三八钻井队，历史这样告诉我们

1972年，是个新生事物被不断催生的年代。在这个年代所有的不能都变成了可能，所有的不行都变成了可行。一部《春苗》电影红遍了大江南北，年轻的"春苗"成为向旧势力宣战的英雄，搞科学研究的专家成为"马尾巴功能"的臭老九，成为落后保守的旧势力的代表。山西省大寨村里姑娘们组织铁姑娘战斗队，斗出一个吸引中国农民眼球的新农村来。这是新生事物，代表着时代的进步和变革。在煤田地质勘探领域里，由清一色男人组成的方队受到前无古人的挑战。"当钻工，就你们？"挑战者是来自老勘探工的子女，这让老勘探工跌折花镜。

对，就是她们。在父亲面前，昨天还是撒娇的羸弱女子，今天却要向传统的旧势力挑战的巾帼不让须眉的"铁姑娘"。

谁最先发出的倡议，我无从查寻。我们知道的是，在归属国家煤炭地质勘探总局所属勘探队伍里几乎都有了以"三八女子"命名的钻井队或地震队、放线队等等。煤田钻井野外队伍由男人一统天下的格局被打破了。

向父辈挑战

因为进入2011寒冬，邯郸水文地质局的施工项目大都进入收尾工作，使我的采访得以顺利进行。我提到了当年"三八"钻机组的"铁姑娘"们，党委副书记成立新很快帮我联系到了周智霞。成立新笑着这样告诉我："悠悠岁月30年，当年十七八的小姑娘，人已到中年，周智霞两年前已经光荣晋升了辈份。"

周智霞来了，坐在我的对面。时光如梭，在周智霞身上找不到30年前的影子。她已经退休，过着惬意的晚年幸福生活。

"我们这些人还挺怀念那段经历，我们这些姐妹常见面，见面就说那些年的人和事。毕竟是我们青春的岁月，怎么能忘记呢。"

"那年"，记忆如冬天落叶，飘落在陈年的泥沼里。

山沟里的大寨大队铁姑娘队的事迹已成了新生事物，不断出现在官方主导的报纸上、电台里。那声音是鼓励，是支持，一遍遍冲击她们的耳膜，使他们热血沸腾。知识青年听党的召唤：下乡到广大农村去，接受贫下中农的再教育；下乡到茫茫草原去，接受贫下中牧的再教育；上山到莽郁林区去，接受森林工人再教育。我们是煤田地质队的子女，为什么不可以接受钻井工人再教育？

成立女子钻机组很快成为被关注的焦点。一些不利于她们的言论也浮出水面。

"女孩子能干啥？男壮劳力干起钻工活儿都很吃紧，她们不添乱就不错了。"

"现在她们笑，有哭的时候。"

所有这些不利于她们成为野外钻井队成员的声音，大都来自自己的父兄，这事儿就有些复杂。

"男女都一样，男同志能办到的，女同志也一定能办到。"毛主席的话谁敢反对？她们都是十七八岁、最大的不过20岁的年轻姑娘，是个不服输的年龄，是对生活充满激情和梦想的年龄。

年轻姑娘们写出了的一封封保证书，让水文二队领导终于坐不住板凳了。这个新生事物发生的时间为上世纪60年代末，"文化大革命"风起云涌之时。政治意义就远远大于对经济效应的考量。再沉默下去不理睬，可要成为阻碍新生事物的拌脚石了，他们也不敢当捧着老黄历不放的落后分子。不过，让这些女孩子上钻井还真费一番脑筋。他们是领导，也是姑娘们的父亲，他们印象中自己的女子还是三天两头使小性子的没长大的孩子。她们怎么能上钻井呢？

疑问归疑问，新生事物还得支持。队上终于决定成立三八钻井队，还在每个钻井班设男性顾问一名，指导员、队长也由男性担任。这些男性顾问都是各钻机组抽调上来技术骨干、人品好，这就解决了女孩子上钻井面临着的两个问题：一个是她们的体力不足，再一个是技术中出现意外能及时处理。

曾担任过水文二队工会主席的李栋臣却有另外一番解释："煤田地质大多在野外作业，在外人听来，蓝天白云，绿水青山，这是个很惬意的工作。实际上野外工作者有外人很难体会出的那些种种困难。先不说冬天的寒冷，夏天的酷热，就是面对一次次移机的人拉肩扛，连刚来的身强力壮的男工都吃不消，别说这些如花似玉的女孩子们了。所以，煤田地质队一直是由男性一统天下。'文革'的时候，强调落实妇女政策，同工同酬。各个地质队也都有了落脚地方，老钻工们的孩子也长大了，局里不能不解决他们工作问题。一大批老职工的子女都被招上来了，男孩子上钻井，女孩子干后勤会有多少工种？这帮女孩子三天两天递请战书。队上领导一商量，书记、队长、老职工子女一律上钻井，后勤和技术岗位留给家里有困难、队外招收来的女孩儿，表明他们不搞特殊化的态度。36个女孩子集中培训后组成轰动

"三八"女子钻机组，时代记录了她们闪光的青春

一时的三八女子钻机组。"

这是至今唯一与众不同的解释。

1976年5月，三八女子钻机队的旗帜呼拉拉地飘荡在邯郸矿区一个临时房子上空。房子破得从里面能看到外面的草地，女子们用树条裹上泥巴糊起来。老队长来了，大声地喊道："你们都是二队子女，不能给爹娘丢脸"。

女孩子们记住了这句话。

她们进到工地时还是初夏，风和日丽，蝶飞花开。很快这些就变成了单调枯燥的字眼。在她们还没有体会出四季变化时，冬雪来了，满天飞舞的雪花很快就让大地寂静下来。接着数九寒天让他们尝到了钻工们真实的并不那么美好的生活。气温下降，用以堵塞井喷的泥浆搅拌不均匀，影响施工质量。负责技术的男性顾问急了，大喊一声："搅泥浆"。女工中有人带头跳进泥池里，接着又有几个女工也跳进泥池里。用并不强壮的身体搅拌泥浆的场景，她们在《创业》电影里见到铁人王进喜这样干过。那时还弄不清，王铁人干吗在大冬天跳泥池里用身体搅泥浆？用木棍搅拌不就行了吗？现在她们才体会出冬天跳进泥池搅泥浆是钻井无法正常填充润滑剂而不得不采取的行动。人急了才会跳下去的，不急你跳进去干吗，除了脑袋进了水。跳下去的女孩儿受到了表扬，心里就很有成就感，不过她们跳泥池那一刻什么都没想，只为那一声严厉的喊声。

钻井上面飘扬了一个秋冬的红旗被风撕成星条旗时，第一口大口径水源井打好了，这是了不起的胜利。局长亲自到现场验收，赞美的言语说了一大堆，还提醒她们，有困难随时提出来。

她们没有提出困难，困难却来了。现在她们开始搬家，从一地撤到另一地，拉设备的汽车走到没路地方走不动了，数千斤井架拆卸下来不能装上车，也不能对局长说困难。没有选择了：抬吧。

一条钢管男工一人就可以扛上山，女工两个人抬都有些吃力，再吃力也不能说难。两个人不行，就增加到4个人，还有12个人把一台设备抬上山的记录。谁家的女子谁不心疼？书记、队长不说心疼，老钻工也不说心疼，但他们心揪着疼。

周智霞的工作是数据记录员，虽然也是野外作业，相比起来还是野外最轻的工种。她记得有一年大雪，雪大到了走十几米远，回头看着走过的脚印就被大雪盖住了。女子钻机组要在当天把钻井移到半山坡钻孔。车到山底下已经无路可走，班长愣了一会儿还是说："抬吧。"

那次一抬就是半天。干完了活儿，大家互相看看，脸上没模样了：汗水、雪水、泪水拧巴到了一块儿了。

女子钻井组年年被评为先进，这是一份何等的光荣。很快，18岁小姑娘变成了28岁大姑娘，她们面临一个不能回避的事实：大了，该成家了。

1981年，女子钻井组姑娘们还在承担焦作的找水工程。上级有命令来了，全体钻井机组转移到鄂尔多斯参加准格尔矿区找水施工。茫茫荒原，与尘沙为伍，这能承受吗？领导必须考虑，完成项目至少三至五年，女子们可真是老姑娘了。他们冒着政治风险，集体做出决定：三八女子钻井队解体，成员分到机关后勤诸部门。

这个新生事物扛不住自然法则的约定，结束了使命。

放卫星了

水文局物测队的郭翠萍参加的是三八女子放线班。她对那段的青春岁月讲起来还是充满激情：

"刚领到工作服那天，我们一群姑娘兴高采烈地步行到离驻地几华里外的市区，留下了参加工作后的第一张穿工作服照片。至今，那张照片仍被我珍贵地保存着。记得那时'三八'盛行，我们地震队也不例外地是'三八'放线班，俗话说'三个女人一台戏'。想想看，我们20几个年岁相当的姑娘在一起该是多么热闹。地震队的施工季节性很强，越是天寒地冻，越要大干，每天天亮出工，天黑透了才能收工，白天在野地里背着大线、检波器跑一天，晚上回来还要修线、修检波器，那份辛苦自然可知。可我们根本不知什么是苦，什么是累，第二天一大早，又精神抖擞地出现在出工的行列之中。那时，我们心中充满了自豪感。在邯郸会战指挥部，三八女子放线班名气很大，恐怕是无人不知。"

设备落后，施工手段落后，使煤田地质勘探离不开人海战术。郭翠萍说，那时的仪器是模拟的，只能干简单的反射、折射。通过放炮产生地震波，对地震产生的冲击波进行分析，判断所在位置地质结构、煤层的厚度，为钻井施工提供可比较的参考数据，是煤田地质勘探中一个不可或缺的甄别的重要手段。郭翠萍和她的姐妹们，要完成的就是每天放一定数量的炮。

每到年节，家家都要放炮仗，胆小的姑娘们是不肯靠前的，通常是由父亲带着家庭里的男丁完成这一使命。现在，穿着厚厚的棉工作服的放线班女子们，成为了放炮高手，要知道这不是春节时家家户户的炮仗，是塞进雷管的炸药包。她们是华北平原冬天里一幅多彩的图画，一道散发着青春朝气的靓丽风景。天天，她们的声音在晨曦中飘出来，在暮霭里散去。许多人至今还记得她们。一群叽叽喳喳的女孩子进入已经放倒清纱帐的田野里开始，属于华北平原的邯（郸）邢（台）大地就会日日响起炮声，炮声此起彼伏。一天放一百多炮是平常的事，直到日落西山，大地才回归寂静。但是，革命理想燃烧着她们的心灵。争上游，夺高产，她们脚步不能落在男性后面。

赶超需要付出超强的劳动。郭翠萍记得有一天大家决定创高产，放一次卫星。那肯定要比平日上班更早，大地还在沉睡时，她们踩着已结成霜花的小道进入作业现场。战线拉开了，东方刚刚透出晨曦，雾霭也很快升起来了。这天大地本来是静寂的，却因为有了他们让邯邢大地热闹了一整天，连停歇的飞鸟都不知道该落哪棵树枝上。夜幕降临了，班长说，收工吧。记录员统计后报告这一天施工的放炮次数：二百次。姑娘们惊讶甚至怀疑这个字数，这是连男性放线班都无

这是她们的青春岁月

法逾越过的极限。这个数字很快传回了驻地。姑娘们疲惫不堪地走回队部，远远地看见队部机关的人站在路边正敲锣打鼓地迎接她们的凯旋。

"心里甭提多美、多甜了。"郭翠萍说。

女子放线班成立后的第一个年三十，女子放线班顶着鹅毛大雪在荒野施工。有人倡仪，春节不回家了，也不放假了，就在野外过个"革命化的春节"，谁不同意谁就是落后分子。大家很快都有了积极响应。因为准备过年，山下的公路上，村庄之间的小路行人稀少，千山鸟飞绝，万径人踪灭，偶有几只野鸟在她们身边飞过。雪封的华北平原，许是只有放线班的女子们还在紧张施工。大地寂静下来了，她们走在田间，听得见自己走在雪地吱吱的脚步声，偶尔有一两声狗吠。远处村庄传来爆竹在空中炸开的声音，她们抬起头看远处黑塌下来的天幕，意识到了这是过年的声音。回到驻地，已是除夕夜了，食堂为她们举行了丰富的会餐。席间还是欢声笑语，回到宿舍就变味了。有人想家了，小声哭起来。哭有极强的传染性，很快整个宿舍一片哭声。要知道她们必竟是不满20岁，半年前还是无忧无虑的青春女孩儿。

雪后初晴，华北平原银装素裹，冰天雪地，放线班的女子们放炮的声音又在冰天雪地的旷野上响彻起来。

撑过冬天就立夏

1975年12月某天，铺天盖地的大雪冒着烟，掩埋了广阔的华北大平原。王志清坐在拖拉机上，去驻在邯郸峰峰矿区水文一队"三八"女子钻井队报到。刺骨的寒风刮着，她的嘴唇冻得发青，很快就像掉进了冰窟窿里。司机问王志清能不能扛得住？王志清唱起革命京剧《智取威虎山》杨子荣的选段"越是艰险越向前"。

"到了。"司机大声喊道。王志清抬头看见了耸立在皑皑白雪中的钻塔。她下了拖拉机向钻塔跑去。钻机轰鸣，眼前是紧张而又有序的火热场面，昨天还是在家里的"娇小姐"，现在她们已经是自豪的钻井队员了。抢大锤，拧提引器，上下钻具，哪一样也不比男钻工差。

第二天，王志清就融入了她们队伍，抢着拧钻杆、忙着卸钻头，有时也试探着爬上铁梯开始高空作业。戴着安全帽，穿着满身油污的工作服，穿行在上下班的大街上，王志清很自豪。嘿!咱也是产业工人。对坐在机关里做水质化验员的同学她一点不羡慕。钻井工人名字多响亮。凭借着心中的"响亮"，姐妹们从不计较苦和累。心中只有一个目标，多进尺、多打井、打好井，不能让别的钻机组拉下距离，保持荣誉，争第一。

"为了实现1976年初首季开门红，我们被要求过革命化的节日。虽然每个人心中也闪动过回家和父母姊妹团聚的念头。革命高于一切，我们还写出了大标语，用'红心'去实现了开门红。"

高昂的斗志很快就如同潮水般地退去，她们必须面对难以想象的艰苦的生产和生活条件。哪怕你感冒在发烧，或在搬迁那天正赶上特殊的日子，你都不能躺倒，因为你不上钻井，已经连续上了8小时班的工友就必须再上8小时，超出野外作业的工作极限。病号的待遇是炊事班在你下班回来端过来一碗热气腾腾的病号面，你的小姐妹给你冲开一碗红糖水或是一碗姜丝水，直到你用年轻的身体抵抗住疾患而恢复了健康。

那些年的雪真大，雪大了就寒冷，在野外作业，要抵住零下20多度的天气，只能穿上厚厚的棉衣裤，走起路来像胖胖的大狗熊。繁重的体力劳动，三班倒的作息时间，四处流动的作业环境，美丽字眼不再属于爱美的她们。钻机、宿舍、食堂，三点连接一天距离。宿舍里每人一张床板、共用一盏孤灯，连放脸盆的凳子都没有，更不可能有看书读报的桌子。纸糊的窗户，木板钉的房门，屋里透不过一缕阳光。黝黑的墙壁、哗啦哗啦直掉渣的房顶，解决的办法是在被子上面蒙块塑料布。

房间里没有风雪，却拦不住寒流的袭击。一个3间大的房子里只有一个砖砌的火炉取暖。上下班10来个小时无人照看，火不是烧过了头，就是压灭了。屋里这时成了冰窖，睡觉时盖上两床厚厚的棉被，压上所有的棉衣，自己给自己取暖。

王志清讲了一件夜烧冻水管的故事。在打王风矿供水井时，钻塔安装在半山腰上。临近冬末，滴水成冰。钻机用水是从山下四五里外生产队的蓄水池提取，通过水泵和临时安装的4分粗的输水管线可以解决。白天有太阳照耀着还稍好些，夜里零点上班精神高度紧张，稍一不注意就会停泵，整个水路很短时间全部冻死。有一次，守泵的姐妹说她仅仅是打个盹的时间，水管就冻住了。借着月光，几个女孩子一把一把的拾庄稼地里的玉米秸点燃烤化水管。水通了，钻井才又轰鸣起来。这时太阳从地平线缓缓升起，大家你看我，我瞅你，牙是白的，脸熏的像包公，互相看着对方大笑起来。

防止三九天把抽水泵冻坏，她们把抽水泵安装在用三角铁和破帆布支起的小窝棚里，没有照明，伸手不见五指，飕飕的西北风吹得像是钻井四面都埋伏着人马。不知在哪歇栖的乌鸦在空旷的夜空里嘎嘎地叫着，沙哑的声音传出好远。看泵的女孩子嘴上说不怕，心却扑通扑通地乱跳。还会把雪地映衬出的每个黑影怀疑成狼什么的。

但是，她们撑过了严冬。

夏天也不好过，姑娘们住进农村的土屋里。方格式的窗户打不开，屋里又闷又热，农舍不会有空调，连电风扇都没有，热得难熬。体力劳动干了一个班，困劲上来了，多热也能睡着。

1977年元月，王志清所在的女子钻井组首创治水系统二级大口径、月进183.94米的历史最高水平，还提前144天完成年度生产任务纪录，被邯邢基地煤炭建设指挥部命名为特别能战斗的队伍，学大庆、赶开滦标杆队。钻机机长还受到中央领导的接见。

不会给父母丢脸

三八钻井组成立之初，119勘探队党委书记就明确一条铁的纪律，队上干部子女只要身体检查合格一律上钻机，不许任何人说情。那些父母多病、家庭有困难的老钻工的子女、地方招工上来的子女则被分到了机关后勤做服务或技术工种。党委书记的决定对准了别人，也是对准自己，因为王云霞就是那个铁面书记的女儿。她的父亲所以要这样做，是因为她的女儿这年也被队上招了工，他要脸面半辈子，站在老钻工们前面，说话一定是铿锵有力的。王云霞向父亲做过无比严肃的保证："我不会给父母丢脸。"

"不是我一个人，钻井的女孩子没有一个给父母丢脸的。"

王云霞要求上钻机，是那个时代的革命热情感染了她，激励着她。红星照我去战斗，不爱红妆爱武装。说起自己的革命行为，她脸上写满自豪。当年那些姐妹现在大都退休，她还要在财务科长的岗位上再干两年。虽是过去的事情，每次聚在一起仍然有讲不完的关于过去的话题。那是她们的青春，人生旅程中的一个驿站，一段如歌的故

119队"三八"钻机组：已过20年我们再相会，那时的山、那时的水，那时的祖国依然美

事。女性上钻井政治意义大于它带来的经济效益，至少结束这个行业只有男人"垄断"的历史。但是，不服输的女工们，在革命大旗帜的指引下，就是要表现出男女都一样的拼搏和奉献精神。女机长、女指导员、女钻工，清一色的女性干着同男钻工一样的工种。雨天有她们的身影，雪天有他们的身影。男钻工每人扛一根钢管上山，她们则是两个人往山上抬；走下山坡，浑身已是泥水，男钻工那边没了声音，却能听到她们的歌声在山谷回荡着。

冬天一场大雪下来（每个接受采访的女性，无不提到冬天，冬天是留在她们心中最深刻的记忆），到处白茫茫一片，野地没了生机，只有落光叶子的树干在寒风中瑟瑟发抖。钻机高高地耸入云间，是冬天里最有生机的一道风景线，一群青春少女给孤寂的旷野注入了活力。她们穿着臃肿的棉衣棉裤抬着器械从一片荒野搬迁到另一片荒山。手被钢铁磨掉了一层皮，才知道冬天上工手套是最重要的劳保用品。王云霞的手曾被钻杆沾掉了一层皮的，这和她没有冬天施工经验有关，足足让她疼了20多天才愈合。

谁会相信冬天里汗水的还会打透了衣服？王云霞说，那些年冬天上班，她们的衬衣里就没干爽过。下班了，在帐篷里炉火烤干了衣服，才发现前襟被火燎出个小洞，后襟还是凉冰冰的。困了、乏了，钻进冰凉被窝很快进入梦乡。清晨第一缕阳光从窗户缝隙间照射进来，又能听到女钻工们叽叽喳喳的笑声：活力的一天又开始了。

王云霞还会抢大锤。螺丝扣上紧了，岩芯取不出来，必须用大铁锤砸松动了才行，左看右看都是清一色的同伴，她们没有外援，只能自己抢起比自己体重轻不了多少的铁锤。她第一次自豪地告诉父亲她能抢动大锤时，铁面的父亲心疼地握紧了女儿还不够粗壮胳膊说："胳膊要疼半个月。"铁了心的父亲自始至终都没说一次要给女儿调动工作的话。

春去秋来。三八钻机组已经成为119队不可或缺的编制。队上还是决定，只要结婚就可以离开钻机到后勤部门工作。王云霞在钻机上干了两年半，团委来要人，她是为数不多的高中生，选来选去，只有她合适调出钻井培训。父亲死活不同意：我的女儿调上来了，别人家女儿怎么办。父亲最终还是顶不住集体做出的决定。王云霞肯定地告诉我，她调出钻井队，绝对与做党委书记的父亲心疼自己女儿无关。

结婚后的女钻工们发现一个重要的秘密，所有结婚的，头两年无一例外地不生育，例假也极少正常。母亲们很着急说，都是在野外冻的。带着女儿去见医生，中医把脉诊断为子宫寒。到了机关工作，王云霞还闹痛经好多年。

决不退缩

程智敏上岗培训不是留在教室里。队上专门拨出一台钻机，抽调两位经验丰富的老钻工手把手地教她们工作程序、操作要领。女孩子们头戴安全帽、身穿工作服，个个精神抖擞，飒爽英姿，脸上洋溢着喜悦、激动与兴奋的表情。她们开始熟悉钻机的每件工具和机片，把开钻所需的钻杆、钻铤、钻头、接头一一摆放整齐，将钻机、柴油机、水泵安装到位。老钻工耐心地指导怎样上下钻杆、怎样上下灌笼、怎样使用开管器……程智敏说，她只有一个想法，尽快掌握技术，争取早日开钻，绝不给三八女子钻机组丢脸。经过一个多星期的整理准备，钻机开钻了。看到机器轰鸣，孔口涌出的泥浆泛着花儿流回泥浆池，立轴杆旋转着伸向地层的深部，激动的心情无以言表。

三八钻机组和由男性组成的钻机作业时间一样，早、中、晚三班倒，一开始很不习惯。一次下了零点班，匆匆吃过早饭倒头便睡下。不知谁喊了一声："快起来，迟到了。"

一屋人几乎同时被惊醒，看屋外已是日升三竿，立刻跃起，抓起衣服就往身上套。从梦中醒来早的人说："我们上零点班应该算是今天的班了吧！"大家一听，对呀，我们已经下班了。笑过以后，仰面倒在的床上又睡着了。

很快，初到钻机的激动与兴奋在她们的脸上找不到了。拿起拧卸钻杆的链钎，沉甸甸的没拧几下就感到两只胳膊酸困的没了劲，开管器一米多长、十几斤重，拿着就沉，还要将一头卡在螺母接头上，用尽全身的力气才能把钻杆卸开。有时用力过猛，开管器的一端会重重地回弹打到腿上，疼痛得大气不敢喘，过后腿上一片乌青。有时会因孔内泥浆压力大，在孔口前操作的人，被喷射出来的泥浆溅得满身满脸，成了只有眼睛能转动的泥人。一根钻杆有100多公斤，而女孩子们的体重大都50公斤，要把它抬进机房需要五六个人。一个班下来，浑身象散了架似的，往床上一躺，什么都不想干，连饭都不想吃。她们相互鼓励：记住报到时的承诺，决不退缩。她们没有退缩，很快掌握了劳动技巧，练就了过硬本领，工作起来和男钻工比起来一点不逊色。

半年后，三八钻机组有了自己的第一任女正副机长刘慧敏、刘秀茹、副指导员郝礼，程智敏和她的好姐妹蔡瑞兰都当了班长。

老天故意要难为程智敏似的。独立带班没几天上零点班，刚在机房站定，就看见提到半空的钻杆刷地一下又窜回到孔内，不好，出事故了！程智敏迅速办理了交接班手续，带领大家围着钻机分析孔内情况后，选择了下公锥打捞。第一次下锥，因断头靠在孔壁上，锥总是擦着断头的边过去，任凭怎样旋转方向拉升都不行。和副班长一商量：起杆。将带公锥的一小根钻杆卸掉，换上一根带弯度的钻杆第二次打捞。通过拉力表的指针，顺利地把窜回孔内钻具打捞了上来，恢复了孔内正常。大家露出了欣慰的笑容，这是在没有师傅指导下处理的第一起孔内事故。

野外钻机从机械轰鸣那一刻起，就不再男女有别。一次接夜班，发现钻机用的红土没有了，如不及时堵漏就会停钻或出其他事故，严重影响生产任务的完成。钻机领导派程智敏和王慧青回工区取红土。钻机与工区相距有十几公里。从钻机到公路是三八钻井组自己修的土路，弯弯曲曲，起伏不平，她们顾不了许多，骑着自行车一手扶把一手打着手电，上公路没走多远累得上气不接下气。站在路中间截车，一辆、二辆、三辆都没有给停。程智敏有些奇怪，我们是女的，按理应该让我们上车呀。俩人疑惑地互相看了看，都笑了：穿着肥大的工作服，戴着安全帽，哪里还有一点女人的特征。没办法，骑车上路吧。到了工区，两条腿像灌了铅似的，自行车都下不来了。工区主任见两个女孩子深更半夜从工地赶回来很受感动，立刻叫醒司机，天亮前送他们返回了钻机。钻机因为及时搅拌好泥浆，堵住了孔内漏水。

冬天上夜班最难熬也是最难忘记的。漆黑的夜晚伸手不见五指，一声"接班了"，就必须离开温暖的被窝。听着屋外寒风吹刮着树梢的声音，小闹钟"嘀哒，嘀哒"地也格外清晰，总是到最后1分钟了才穿上凉冰冰的衣服。推开门，一股寒风扑面而来，赶紧缩一缩脖子，然后顶着寒风带着朦胧睡意，深一脚浅一脚地向钻机走去。

1976年冬天下了场大雪，雪渐渐封住驻地到钻机的路，一脚踩下去淹没了小腿。程智敏上早班，快下午1点半了，才远远看见食堂师傅淌着积雪艰难走来。师傅中途几次滑倒，开水洒了，馒头和菜凉透了，师傅一脸歉意。干了一上午活儿，口干舌燥，没水怎么行？几个人面面相觑后，转身拎着空壶跑出机房，满满装了一壶雪回来，放在火炉上烧，把冰凉的馒头烤一烤，就着烧开的雪水吃午饭，尽管倒出来的水中还有草和沙土，早已饥肠辘辘的姑娘根本顾不得这些，狼饕虎咽般地塞饱了肚子。

"艰苦的环境磨练了我们的坚强的意志，锻炼了我们的体魄，培养了我们吃苦耐劳的精神，面对困难时我们不再胆怯。"这是当年女地质队员们的共同心声。

三八女子钻机组的钻机由最初的一台，发展到两台，人员也由当初的30人发展到120多人。程智敏在女子钻井班干了7年，成为三八女子钻机组的技术骨干。

哦，我们的青春

许月秀是129勘探队三八女子钻机班成员，她至今还记得当年的情景："当我第一次到施工现场时，17米高的塔架矗立在河北显德旺的广阔大地上。往塔架上看去，天转架子转，人也转，我既紧张，又害怕，能爬上这高高的塔架吗？年龄小的害怕哭了起来。指导员组织我们学习。通过学习，我们提出的口号是，"男同志能办到的事，女同志也一定能够办到。"

第一个钻孔终于开钻了，令人振奋的是开钻第1个月，就顺利超额地完成了任务，得到了上级表扬。从6月至11月半年里，完成钻探进尺3184米，甲、乙级孔合格率达百分之百，超额完成全年任务。

登天不易，钻地也难，要摸清地层的秘密，那不是件容易的事，因为地层复杂难以预料。在施工豫东井田第1719号孔时，三八女子钻机发生了孔内严重漏水，泥浆消耗很大，钻机严重缺水。钻机一刻不能停，班长拎起水桶往远处水池跑去。发愣的姑娘们跟着拿桶、端盆，抬的抬，挑的挑，三三俩俩在泥泞小道上来回穿梭。水的问题还没完全解决，堵漏中锯末把莲蓬头堵死了，泥浆泵一次又一次地被冲开。班长颜晓风、陆红带头跳进泥浆池内，用双手使劲抠着莲蓬头碴子，用身子搅拌着泥浆，使泥浆顺利地灌入孔内，跳进泥浆池的女工有的还来着例假。她们从泥浆池上来时，白嫩的双手和身体都被火碱泥浆烧去一层皮。

有一年的深冬，许月秀她们奉命在峰峰矿区施工，天嘎嘎地冷。柴油凝固了，水管冻住了，几百米的水管，一根一根拆下，烤化后又接上，身上的棉衣被水喷湿了，很快变成了硬梆梆的盔甲，一抖动冰渣往下掉，冻得人透心拔凉，浑身发抖，湿透的棉鞋结成冰疙瘩，脚很快失去知觉，要不停地跺脚才能保持工作状态。

大年三十这天，一个新工人起钻不慎刹车过猛，钢丝绳跑道，当时孔深五六百米，面对突如其来的情况，大家傻眼了，如不及时处理，将面临孔壁坍塌的事故。许月秀说，她顾不得多想，拿着8镑的大铁锤，找了一个旧拉杆，和当班的陆红毫不犹豫地爬上钻塔顶。风很大，许月秀身子随着钻塔的塔衣来回摇摆，井塔剧烈地晃动着，每上一步都那样的吃力，每爬高一米就增加一份危险。塔顶上只有一米宽，要站下两个人还要进行操作，身上穿着雨衣阻力大，无法站稳，稍有不慎掉下去就会粉身碎骨。塔下女工心都揪到了一块，连大气都不敢出，生怕任何一个细小声音影响两人而发生危险。许月秀大声对陆红喊："我们会被风从塔上刮下去，快把雨衣脱掉丢下去。"

许月秀一手抓住塔架，一手轮着大铁锤，用拉杆撬着钢丝绳，一锤一锤的砸着。塔顶上寒风夹杂着雪花，汗水夹杂着泪水，凛冽的寒风把湿透的衣服变成了冰衣。卡死的钢丝绳从天轮撬出来，两人艰难地从塔架上下来时，全身冻僵了，嘴上打着哆嗦。

"虽然很冷，但我们的心却是热乎乎的，因为我们顺利保住了钻孔的安全。"

从1975年6月钻出了第一个井孔之后的9年间，许月秀所在的"三八"女子钻机班完成了116个井孔，钻探进尺81200多米，甲乙级孔率达到100%。曾经邯郸煤建指挥部批准评为"特别能战斗"的队伍。

"在激情燃烧的时代"，"三八"钻机的女工们，曾经梦中憧憬的夙愿，如今已变成现实，昔日"千疮百孔"的河北显德旺、峰峰矿区、河南永城、新桥，如今已是机器轰隆，矿灯闪闪，山间运煤电车绵延不尽在山峦中穿梭往来，铁道线上满载煤炭的列车奔向祖国各地，她们所开拓过的钻场，如今一座座现代化矿井拔地而起，一座座新兴城市相继诞生，成为国家重要的煤炭基地。

三八女子钻机组已成为了一段历史，我们仍然要去讴歌她们。

今天的人们，物质生活条件极大丰富，现代化的通讯设备，快捷的交通工具，不断创新的生产手段和工艺，极大地提高了人们的生活质量和生产效率，当年"三八"钻井队队员从内心领悟到时代的巨变。她们回忆过去的青春岁月，对我说不后悔，是那个时代培养了她们敢于面对艰苦、勇于奉献的精神；培养了她们脚踏实地兢兢业业的工作作风，不计名利爱岗敬业的高尚品德。

那是她们的青春岁月，也是她们一生都在享用的精神财富。

第七章　"文革"不应留下空白

　　1972年6月，燃化部党组决定成立煤田地质局，为燃化部职能机构和直属事业单位，对省区单位实行垂直领导。国家煤田地质局1953年成立，在1958年"大跃进"前夜被撤销了，煤炭地质队伍被切成了块，分配给各省区统辖。中央再没有设立煤田地质局。康世恩出任燃化部部长，他看到了条块分割带来的弊端，指示尽快成立国家煤田地质局，统领全国煤田地质勘探工作。于是，我们看到煤炭地质的整顿从"文革"后期在全国率先开始了。

恢复煤田地质局

康世恩看到了"文革"运动带来的种种破坏，煤田地质业乱了套，领导被打倒、靠边站了，各地的勘探单位，也不再是一支召之能战的野战队伍。技术力量缺失，人员不稳定，管理也乱了套。这一年，邓小平被"解放"出来，主持国务院工作。"整顿"字眼也出现在了各领域。

燃化部最先列入"整顿"部门。这时"文革"没有结束，还不能看作是一次坚定而彻底的整顿，它是上世纪80年代改革整顿的前奏。这一年，燃化部恢复建制。徐今强第一副部长牵头筹备组建中国煤田地质局。徐今强从各地抽调来了煤田勘探业的管理者、专家、学者如高建明、刘登仁、王世明、赵子尚等组成领导小组。命令是从北京发出的，就有不容继续扣留名单上人员的权力。因为一些工程技术人员早早被打倒了，有的至今还被关押着。筹备组大张齐鼓地调人有了成效。第一批从全国抽调进京30多人，其中就有刘崇礼，他被任命为副处长。调令下来，刘崇礼感到意外。尽管他敏感地意识到了邓小平主持国务院工作，整顿、促生产这样字眼出现在上级文件里，经济虽不是堂而皇之也被重新关注了。

"文革"来临时，刘崇礼已经升任了黑龙江省煤田管理局副总工程师兼地质科长。总工程师姓付，是伪满时期抚顺的地质工程师，这是个厚道人，他把能掌握的技术毫无保留地教给他，让刘崇礼在岗位上发挥得如鱼得水。

"文革"的呐喊声离他们越来越近。有一天，造反派宣布夺权，让付总工程师靠边站了，而让刘崇礼顶替了他的位置。付总工程师也不能闲着，打扫厕所，打扫院子。随后批斗升级，付总工程师几乎天天被批被斗。刘崇礼的高成份的身份也没让他的日子平和多久，与付总工程师一样的"待遇"，被扣上两顶"大帽子"："地主阶级的孝子贤孙"、"反动技术权威"。他不知怎么认罪，真心跟着共产党，自己没有什么过错。这下子刘崇礼可惨了。造反派们用电线抽他，给他戴高帽子，关小黑屋，"文革"期间知识分子能"享受"的待遇他一样儿没拉下。几乎局机关的人都参加了这样一场斗争。到了1967年秋，刘崇礼才被放松了监视，让其"劳动改造"，因为还有比刘崇礼权威更大的"反动技术权威"，还有比刘崇礼更大的"走资派"，他就是小巫见大巫了。

　　"臭老九"的改造需要长期、艰苦的劳动才能脱胎换骨。"5•7干校"被认定是最好的改造场所。刘崇礼是被指定第一批进入"5•7干校"的学员。行李还没装上车，造反派又让他留下来了，理由是"身体不好"。"5•7干校"条件太差，决定留下来边工作、边改造。

　　"老杜头身体不好，怎么不留下？"刘崇礼认为姓杜的工程师身体比他差，倒是应该留下来。

　　"这事该你管吗？"造反派一听，脸上露出怒气。

　　后来才了解老杜头被怀疑是省煤田管理局特务组织的成员，都在局里一个总工程师的领导下，这个特务组织网一下子搅动了全局。所有地质局、矿务局的总工程师都收进了网里。刘崇礼也是被发展的特务。都是特务了，必须审查。煤矿还要生产，地质队还要寻煤，总要有技术人员在那支撑着，刘崇礼因特务证据不足，才躲过一劫。而造反派们并不会停止斗争，先是把煤管局建设处处长打死了，地质测量处处长打得屁股坐不了凳子。那时候工程技术人员幸免的不多。

　　调任北京的副处长中还有正在"劳动改造"的郭万荣。郭万荣在"文革"中挨整的理由很简单，东北煤管局地质处七八个柜子里的讲话、报告都是他给局长们写的，下发的文件也多出自他的手。局长都是"走资本主义道路的当权派"了，给局长们写材料的"操刀手"

肯定也不是好人，也应该纳入被打倒、踏上千万只脚永世不得翻身的"地富反坏右"队伍。具体戴在他头上的帽子是"煤管局黑秀才"，"秀才"本来名声就不好，一旦加了颜色，郭万荣的日子就更难过了。

郭万荣这个带色的"秀才"，却又是根红苗正，除了给"当权派"写文章，别的"罪行"没有多少能鼓噪人心，这不符合批判他的造反派们的法则。先定他的罪，总能找到定罪的内容。突然有一天，造反派们闯进郭万荣家里。家里同样是几个柜子，里面装着克隆的材料，这也没有新内容。一个造反派突然发现了新大陆似地大喊大叫起来："郭万荣，你反动！你写的文件上怎么没有毛主席语录？说！"

郭万荣有些困惑："过去没有要求材料里写毛主席语录，《人民日报》也没写。"

批判了半年，没有了新意，郭万荣被下放到机械制造厂改造，两

上世纪60年代始，牛马是钻机施工的主力，它们也有户口，只领草料不领工资

年后又回到地质队改造。郭万荣还真被改造好了："我在机械厂学会了钻床，跟着木工师傅学会了打家具，干活舍得下力气。"

高建明曾任东北煤田地质局局长，了解郭万荣，他是计划、劳资、财务方面的专家。造反派们认为郭万荣下工地更有利于触及他的灵魂，但是燃化部是以"北京"的名义调他进京"改造"。造反派不放都不行。

郭万荣调北京担任煤炭勘探总局计划处副处长。高建明参与并领导了煤田地质勘探局筹建，这是他平生的愿望。用半生时光坚守煤田勘探业的人中，他算是时间最长的一个。所以在筹备新的煤田地质局的过程，他调集来行业中的各方面人才。果然这些人才在煤炭地质整顿期间发挥了重要作用。

中国煤田地质局成立起来了，高建明担任了局长。抓革命的声音弱了，促生产的呼声高了。他又想起那些没有音信的专家，他们还在被改造吗？

囚住了身体，心可以飞翔

就在高建明四处寻找煤地专家时，确实还有一些人在被"劳动改造"。

"文革"初期，潘广已经成为"牛鬼蛇神"队伍里的成员了，他是个"死不悔改的臭老九"。在机关打扫厕所那一段日子，他完成了希尔斯所著《构造地质学》英文版约50万字的汉译初稿。挨打、批斗还有间隙，他就对长时间思考的煤炭地质界存有争议的一个重大地质疑问提出解决方向。他还利用一个星期天，坐火车到营口大石桥做地质调查。盘龙山石英岩的地质年代在我国地质界争论许多年了。他在这一次地质调查中有了重大发现。起初，造反派"改造"他时，允许他带钢笔和笔记本，提供写检讨、写批判别人的文章的方便，他却"不识时务"地在笔记本上写些研究提纲。这个"臭老九"无药可治了，至死都不能悔悟。造反派就禁止他再带笔和本进入被看管的地方。

因住了身体，心可以飞翔。不能写了，嘴巴没封住，还可以交流。同囚还有一个和他一样"死不悔改"的地质工程师，两人在羁押的屋里讨论辽西地区中生代地层问题。

1970年初，潘广可以回家了，自由还不能完全属于他，因为他还是被监督劳动对象。上班地离家很远，要坐通勤火车，这上下班火车上又成了他研究地质问题的黄金时间。他满怀信心地写成了《用低变质烟煤炼焦》的建议，准备在这年国庆向祖国和人民献礼。造反派头头不仅把"建议"当成废纸，还严肃地警告他："以后不许再搞什么研究了！"

他躲开那个被按着脑袋批判他的现场，另一个可怕的折磨正悄悄地向他走来。这年8月，潘广被强行退职，遣送回农村劳动改造，限通知之日起3日内到达落户地点。家当自己还没来得收拾，造反派先来清仓：30箱还没鉴定的化石标本被倒进了垃圾堆。大部分化石是他多年来一块一块采集的，也有兄弟单位送他鉴定研究的，都是国家的宝贵财富呀，眼睁睁地看着倒进废品堆，精神受到的刺激几乎让他崩溃。他陷入了绝望，觉得一切美好化为乌有，只剩下孑然身影。他真想剖开自己的胸膛，让整治他的人看看胸膛里涌动的一颗滚烫的忠心。他想大声说，自己全身每个细胞都注灌着对煤炭地质事业的忠诚。一夜无法入眠，合上眼睛，那些千辛万苦淘弄来的地质化石在他眼前飞来飞去。他努力地控制自己，他害怕自己发疯。

潘广被遣送到辽宁西部一个荒僻的山村，来不及送托亲友的16岁女儿，随他一同下乡。到了农村，押送他的造反派郑重宣布："你是定性为不戴帽的反革命分子，帽子拿在'群众'手里，表现不好随时可以戴上，在农村只能老老实实劳动，接受监督改造，不准再搞什么调查和科学研究。"

他虽不能断定"文革"的运动局面能持续多久，但他坚信混乱终将过去，国家总是要建设的，他所进行地质研究，是有益于国家、益于人民的。

　　山村人以朴实、宽容的心对待这个和善的城里来的"臭老九"。横竖看他都不像押送他的人说的：是个十足的坏人。既然城里人没给他"戴帽子"，就放任他和村民一样的自由吧。这个沉默寡言的城里人有了人身自由，第二天就在附近转悠了，而且在裸露的地层皱褶处一呆几个小时。在以后劳动、赶集、外出，村民见他随时随地蹲在一个山旁观察、记录所见的现象，并采集各种村民们根本不会在意的一块块石片。思想自由地翱翔在他的石石块块的王国里。别人笑他痴，他也不回应，却喃喃低语："这是化石标本，这是好东西，认清这些标本，你能分析出地下是不是藏着煤什么的。"

　　1971年冬，潘广有了惊喜地发现。他确定搜集到的化石有一组属于侏罗纪被子植物先驱化石群。

　　被子植物是指胚珠包在子房内或种子包在果实里的植物，人们吃的粮食、蔬菜、水果、中草药及花卉等都属被子植物，它们与人类的生活关系十分密切，但它们究竟起源于什么时代，什么地方，祖先类群是什么等有关问题，始终悬而未决，成为国际生物学界的一个难题。1879年，进化论的创始人达尔文在给植物学家郝尔克的信中称这个问题是个"讨厌的神秘"。自达尔文时代至今一百多年过去了，世界各国生物学者一直没有发现比白垩纪更早的被子植物化石。

　　如此罕见、如此难得的化石是怎么被发现的呢?潘广在一篇文章中回忆道：

　　1971年的冬天，我在农村住的茅屋很冷，一位社员给我送来两筐烟煤，说从四五十里外一个山沟里手工挖出来的。按地质条件，当地石炭迭纪的煤应当是无烟煤，怎么出来了烟煤呢?我想去看个究竟。不久我便去察看了那个山沟，在验证含煤时代采集标本时，意外发现了被子植物化石。

　　潘广不敢相信自己的眼睛，不敢相信各国植物学家追逐一、二百

年没有找到的化石，会在这个小山沟里被发现。他把化石带回住地仔细鉴别，确实是被子植物。从此以后，他就利用过年过节放假的时候，一次又一次地带着干粮到这个地方采集化石。因为潘广仍然是被监督劳动对象，不准随便离开生产队，每月只能出来一、二天。机会难得，他只能起早贪黑，不论盛夏寒冬，风天雨夜，坚持上山。在用手锤打碎的几吨岩石中一块一块地选择，一包一包背回家，连夜登记、鉴定、包装，这二千多块、一吨多重有价值的化石，后来使世界地质界为之惊讶。

艰难的工作能承受，所需要的科研经费让他吃不消。运化石雇车，装化石做木箱，化验、照相需要钱。遣送农村后，潘广不再是国家职工，没有工资，又无积蓄，更别说其他收入。生活上的开支能省的他都省了，还是不能满足科研需要。研究几乎中断。一些亲友给了他无私的支援，"研究工作总算坚持下来了"。

为使这批化石不再遭受厄运，潘广只好分散保存，重要的藏在老乡的柴草垛中，最重要的就装在坛子里，用塑料布蒙好，趁夜深人静，悄悄地埋在屋里和院内不易被发现的角落。

所有研究是地下的、秘密的、小心谨慎地进行着。

研究和鉴定化石多半是夜晚进行。煤油灯下，用放大镜观察化石的细微结构。下半夜又冷又饿，啃几口又干又硬的大饼子。老乡对他白天干活、夜里不睡觉，点灯熬油看石头不理解。潘广就向他们讲这些化石的作用和意义，农民对他所说的那些高深莫测的作用和意义弄不明白，讲的次数多了，也就知道了他摆弄那些在他们看来一文不值的石片片，是对国家发展有好处的大学问，也就逐渐和他亲近起来。

已有的几百册专业书籍，早已满足不了科研需要，他就到处查找和联系邮购。化石分类需要照相，当地照相设备和技术很差，为拍一张化石照片常常跑几次县城才能解决。

"能够帮助我研究的只有我身边的女儿和在北京工作的五弟。"潘广这样回忆道。

潘广的成就在1974年离开农村调回沈阳时的前一年就呈现出来了：第一批被子植物化石研究结果的《侏罗纪燕辽杉》论文初稿已经基本形成。

燕辽侏罗纪被子植物先驱化石群的发现，在我国是第一次，在世界也是第一次。关于这批化石的初步研究结果，潘广以《华北燕辽地区侏罗纪被子植物先驱与被子植物的起源》为题，先后在全国性古生物、地层及地质会议上和有关植物学会上作过学术报告，这一发现立即引起了国内外古生物学界的关注。美国、英国、澳大利亚、日本等国家的古植物学家很快就和他有了联系，索要并交换资料，他被吸收为国际古植物学会会员。

一位知名的美国教授称赞说："他真了不起！只要有一块化石确认为侏罗纪被子植物就是成就，何况这么多。"

潘广的研究成果得到国际组织的承认，指出他现在正在进行的研究，特别是侏罗纪被子植物先驱化石群的研究，将是中国人对国际生物科学的重大贡献。第13届国际生物学会秘书长约翰·克拉牟代表学会邀他出席在澳大利亚召开的学术会议并宣读论文，却没有在他服务的单位获得尊重。他并不知道这个通知意味着他仍就被那些整治他的人所憎恨。这个老夫子还在夜以继日地准备在国际学术会议上发言时，单位突然通知他在3天内退休，他还没有反应过来，就以刘翔跨栏一百米速度给他办完了退休手续。

这是一把长矛突然当胸刺来，让他听到自己胸膛里的血在汩汩地外冒。

新华社记者把他的遭遇写进了内参，在中央、煤炭部领导和辽宁省委主要领导的直接过问下，潘广才在1982年复职。

煤田地质专家潘广的人生是完整，更多煤田地质专家的人生是完整，他们的思考在"文革"中没有停止，他们的贡献没有停止。他们用行动践行自己的理想，无悔于我们这个时代。

"文革"远去了，却还能咀嚼出那个时代留给我们的苦涩。

1973年：整顿的现实意义

　　中国煤田地质局再一次整合了全国煤田的勘探力量，把18年前划整为块的各省区煤田勘探局又编进"中央军"管辖，组成拥有12万人的庞大队伍，再一次显示了它浩荡气势。队伍组织起来了，就是要在国家的经济战略中凸显它的作用。很快，我们看到了政治喧嚣中的经济被提升到一个很高层面。1974年中共中央12到17号文件，转发国家计委"抓革命、促生产"会议方针，煤勘队伍从省、市、公司和勘探队上都理解了中央"促生产"的意义，虽然"批林批孔"还是为纲，可抓生产的行动不再是领导干部偷偷摸摸的行为，不用担心成为造反派抓住不放的被批判内容，可以大张齐鼓了，可以擂起的战鼓。政治，这是时代的特有元素，又怎能阻碍的了呢。虽然我们感受到了"促生产"带来的变化，但是存在于基层勘探中的问题，仍然无法解决。

　　钻机班长王治利在煤地业整顿会议上真实地反映这一时期基层存在的困难。不仅仅煤地业，各线工业战线现状大都如此。我们能够想像得出邓小平出山主持国务院日常工作时，他一定看到了生产形势的混乱局面。钻机班长王治利讲述的是当年——1974年的现状：

　　"驻扎在鸡西的108队803钻机组是1971年底组建的。钻机新工人多，病号多，调皮的多；老工人少，干部经验少。钻机组曾一度出现思想混乱，新工人想离钻，老工人不想干，老班长乱调转，造成生产三天两头出问题。群众有气，领导没办法。在管理上出现有职不守，有章不循。在四海区打了十多个孔，都是浅孔，地层与岩性较熟悉，预想较准，共见了54层煤，却丢了10层，打薄了36层，没有打出一个合格孔。"

　　王治利说的是他领导的机井上现状，却折射出一个行业存在的问题。打钻的丢煤层，开飞机的掉下来,庄稼地里收割草都是责任的缺

班前、班后生产会，不再做为批判现场了

失。问题出在人们的思想混乱上。班长王治利说："我们打钻不是打洋井，目的是探煤，过去我们对质量认识不足，光追求效率给国家造成很大损失，对质量不负责任"。

洋井就是当地水井，见水就算完成任务，如此下去勘探队就成了"洋井队"了。

整顿声音是从高层传递下来的。那时林彪已经坐飞机叛国潜逃，摔死在温都尔罕有好几年了。革命使生产状况一团糟糕。204队806钻机组几年几乎没有见过煤，打了一个时期的钢铁，后来搬到青山小河口、辉山等地，也很少见到可采煤层。加上钻机调老补新，全钻只有两名老工人，其它是1970年以后参加工作的青年人，25岁以上年纪的包括机长、指导员，也只有4个人，可想到技术水平之低。

中央"抓革命、促生产"文件下放后，全钻机组个个精神饱满，斗志昂扬，提出了"批林批孔深开展，党的基本路线记心间，流几身汗，磨掉几层皮，奋战二个月，拿下七百米"。革命的口号要有，生产也要出成果。

我们查不到机长的名字，但一段工作日志却完整保留了下来：

"在批林批孔的推动下，广大工人想的是革命，干的是生产。岩层很硬，软硬不吃。大伙儿围在钻场，面对孔内地层，利用林彪、孔老二两个反动家伙的做活靶子，狠批林彪效法孔老二的'克己复礼'，狠批'上智下愚'，开了我们的窍，是林彪的脑袋灵，还是工人阶级的脑袋灵。人人献计献策，在高德同志的提议下，利用'75'和'91'的两根岩心管，用电焊接起来，成了一根直径13米长的长筒取心管，把过去的两次钻程变成一个钻程。为了减少辅助时间，就在塔上挂了个滑车，预先接好成组钻具，和'帝修反'抢时间，争主动。"

这些特定时代的语言，年轻人读了会是一头雾水，而经历过那段岁月的人们都会记忆犹新。那是我无法用语言描绘的年代。不仅仅是机长，我们所有生活在那段历史间人们的言行都被包裹着一层政治外衣。思想是要被搬到太阳底晾晒，哪怕是"私"字一闪念，都被勒令从灵魂深处找原因。所以，我们熟悉并且理解了这样的字眼，闻到了煤田地质队伍被整顿了的味道。在后来的采访中，老一辈煤田地质者都清楚地记得煤田地质整顿早于其它行业。这对于年轻人理解这一时代有着解读式的意义。

我们看到整顿带来的变化：吊儿郎当的少了，政治不再成为主题，生产被提到了超越革命的高度，爱岗敬业得到了提倡，工人的工作热忱被重新焕发出来。

我们看到这样的情景：一次水龙头漏水，泥浆喷得满屋都是，一个新工人毫不犹豫，用套袖堵住漏眼，堵不住用身体去堵，一直坚持到上钻具修理。

"争分夺秒抢时间，一厘一毫争进度。随着孔深，我们就用上了手压提管器，虽然是个老工具，全队已经不用了，我们拣起来。全钻21个人，只有一个人用过这个旧工具。一个人当师傅，20个人当徒弟，一齐学，共同练，从战争中学习战争。现在大家都熟练了。我们用时间标定一下，在孔深500米左右，每遍钻具可节省15分钟的辅助时间。有的人说用这个是回潮。什么回潮？能节省时间，符合总路线就干。争分夺秒，在孔深930米时做到了接班钻进，交班钻进，我们用28

天时间，创造了哈达地区全部有芯钻进760米。第一仗打胜了，工区领导给全钻人员带上了大红花，大家很有荣誉感。"一位老煤地人这样回忆道。

煤炭地质人敢打硬仗的优良传统又回到了队伍中间，虽然有些来迟，可它必竟是来了。

"抓革命的口号弱了下来，促生产的热忱高涨。为了抓住煤，每个人眼睛都盯在孔里。下了班，不回家，等听下一班好消息。第一层煤被发现煤厚1.87米，是一个只有二十岁、上钻才两年、新近提拔的班长包贵全带钻工们采上来的，煤层三率100%的拿上来了。"

新工人没有经验，但靠集体的力量就大了。钻机组用50天的时间，钻进孔深1005米。所见6层可采煤层，层层合格。

那年，中央促生产的文件对基层有着统领作用。204队重视质量的实际行动，干部不在屋里闹革命，上钻采煤去了，带头执行质量制度，还给班长做参谋，遇到疑难问题不用回工区找，当时和工人共同商量、及时解决。干群关系密切了以后，在煤层预想深度内，各班长主动不休假，机长和班长经常督促大家思想上常抓不懈，没煤当有煤打："见快就上钻，决不试试看；上来不是煤，谁也别埋怨。"地质检查员充分收集周围钻孔资料，做出剖面图，煤层顶底板标志层等情况，向工人讲清楚，使全钻职工对煤层赋存情况心中有数。全钻人员都重视质量和关注质量，出现了人人把关的良好风气，终于出了甲级孔。

打出甲级孔，这是质量上的标志。

煤炭地质行业的整顿不是停留在文件里，革命的口号以革命的名义还在左右时局，但是促生产的声音已成为主流，基层一位党支部书记说："今年要求合格孔达到部里的要求，占总孔数的80%。由于地层的变化带来了施工上的种种困难，队生产技术科的工程技术人员，深入现场和工人一起调查研究，先后汇同生产人员制定了'钢粒钻进技术措施'、'深孔钻进安全技术措施'、'钻场设施安装标准'等等，对攻克硬岩，提高效率，保证安全生产，加强钻场管理，起到很大的作用。"

麻山是个开采几十年的老矿，已有储量即将采光，为了延长老矿寿命，列入了国家勘探项目。

我采访当年经历过那段历史的老人这样告诉我："广大工人和技术人员，在文化大革命批判、清算了'洋奴哲学'、'爬行主义'的修正主义罪行，不怕权威，不怕风险，从勘探设计、施工，打破了过去成线成网的老框框，做到那里需要那里打。在施工中克服了重重困难，以最少的工程量，最快的速度达到了勘探目的，终于使麻山老矿恢复了青春，得到了设计部门、生产单位的好评，捍卫了毛主席的革命路线。钻机上的广大职工，在狠批'靠米吃饭'办企业的修正主义路线，遵照毛主席'企业管理问题，特别要强调质量问题'的教导，自觉地坚持社会主义建设总路线，以'对勘探质量负责，就是对党、对人民负责'为出发点，在思想上重视钻孔质量七项验收标准，在施工中做到三过硬（煤层、孔距、孔深误差），一年多来竣工11个孔，合格孔占80%以上，高质量高速度完成了勘探任务。B钻井实现了21天有芯钻进700米，50天的时间钻进了1005米，还打出了合格孔。这是对孔老二、林彪的'生而知之'的'天才论'的强有力回击。"

政治口号是一个时代的元素，我们今天无需去指责他们。因为，那些字眼里内容恐怕连报告人都不会相信。但有一点我们明确，煤勘的改革从这一年真真正正开始了，拨乱反正也从这一年真真正正开始了。

局长的自责

"文革"结束这年，高建明担任了中国煤田地质局局长。他想到基层走走，他选择了浙江，浙江煤藏不丰富，他极少去过。

在杭州到长兴的柏油路旁，远远地看到一溜破破烂烂的工棚。陪同高建明的人告诉他：这里是煤田地质局的一个勘探队。高建明让车停下来。他走了过去，这是简陋的工棚，用铁管儿绑起来，上面搭块帆布就是屋了。

刚下过雨，天气晴朗，空气清新。高建明推开屋门，黑乎乎的屋里，只有几张木板床，还有空荡荡的四壁，这是职工的家属宿舍。女人带着孩子来了，没有地方住，大家动手在勘探队工棚挨着又搭上一间间这样的"家属房"，让随队家属居住。家属大都来自农村，孩子就近找个小学就读。勘探队完成了钻井任务，他们又以同样的方式在另一处安家。

此情此景让高建明自责。他对人说："我没有做好工作呀！"

谁都知道，"文革"期间，高建明也是挨整对象，哪里是他所能左右时局呢。改革开放，煤田地质行业有了突飞猛进的成就，但是点多面广线长，有心到所有的勘探队都去走走也是鞭长莫及。高建明摇摇头："解放30年了，我们的地质队员还在这样环境中为国家找煤，愧对他们呀！"

有人看高建明落下眼泪，安慰地说："这都是'文革'造成的，你不用自责"。

高建明摇摇头："那么在'文革'前呢？我们为什么没有想到？"

2011年初冬，92岁的高建明老人拿起放大镜，指着地图上一块浮黄地域告诉我："就是这个地方"。

当年，他就站在那里，呆呆地伫立了许多，他说："我心情从没有这么沉重。30年了，我们地质队员工作生活条件没有多少改善。'文革'这么一闹腾，这里成了八不管的地方。我是局长呀，我怎么没责任！"

那年，他回到了北京，他向部里汇报他的想法，建议让那些停滞在无煤省区的勘探队就地安置，他的建议得到批准。

到了离休年龄，高建明改任总局顾问。他只有一个愿望，在他有生之年，编写出第一部《中国煤田地质勘探史》："我改变不了现状，我可以上书有关部门。我还要对过去30年，地质队员付出的辛苦、做出的成就记录在这本书，留给我们的后人，让他们记得正是地质队员承受了常人难以想象到困苦，才换来今天的幸福生活。"

第八章　转　轨

　　国有企事业主导的"计划经济"在上世纪80年代，受到了前所未有的挑战。经历过"文革"阵痛的人们，渴望社会安定，生活富裕。改革开放政策让人们看到了中国与世界之间的差距。中国的经济显然落后了，有资料说明，中国经济走到了底谷。一直在计划经济的轨道运行的国有企事业，他们承载着国家的经济命脉，但是国企种种弊端也不可回避地被提了出来。国企必须进入市场，摆脱计划经济的桎梏。煤炭地质人感受到了这种压力带来的沉重负担。

1982年的那个春天里

对煤田地质业的梳理，已经成为1982年那个春天里的重要议事日程，如果把此前一切错误判归为受到极左路线影响，对此并没有人提出质疑。平稳发展，煤炭建设太需要十万地质勘探职工继续发挥与天、与地斗的大无畏革命精神，对历史的事事非非不去纠缠，放下包袱向前看。谁都明白，与人斗了10多年，斗得人心涣散了，国民经济停滞不前。那个翻过去的一页太沉重了，用"腥风血雨"这样字眼虽不被大多数国民接受，却也反映出那个年代留给人们沉重的经济上、心理上的负担。

中国煤炭地质人学会了思考，这样思考是深层的。

"发生的最大变化是摆正了地质工作目的与手段的位置。"2012年初，中国煤田地质局原副局长郭万荣接受了我的采访，他略略思考了一会儿这样说道："从实际出发，按照地质工作规律和经济规律办事。采用经济技术合理的勘探方法，按时提交优质的地质报告，积极为煤炭工业建设提供可靠翔实的资源，是改革之初煤炭部对我们的指导方针。现在看来这个方针是准确的，有效的。"

动乱，让人们尝到了无序作业付出的代价。改变经济模式，先从改变思想开始。

这样的变化是循序渐进的，人们已经听到时代铿锵有力的脚步声，听到春潮涌来时的欢腾，人们改变了见面的问候方式，"经济"两字贯穿着上至党政机关下到普通民众言语之中。这同样是政治的觉醒，不管自己过去做出多少可圈可点的当年是英雄事迹现在看来是荒唐行为，毕竟发生了。知道了，我们就要去改正它、纠正它。

等着计划经济的"米"下锅的国有企事业，曾拥有国有企事业的巨大优势，改革的字眼一出现，计划经济的弊端也暴露出来了。大锅饭式生产模式，明显地阻碍了生产效率的提高，不能有效地发挥人的主观能动性。当市场经济波涛汹涌般漫过每个角落时，落后的生产模式跟不上市场经济发展的迫切需要，虽然在从旧中国向新中国过渡时期，它曾做出了重要的、不可磨灭的巨大贡献。现在它给国家财政造成的沉重负担，沉重的翅膀飞不起来了。改革成为大势所趋的历史潮流，最先倒在市场经济大潮里的，大都是国有企业的或是国有的集体企业。曾引以为荣的国企事业出现了大批下岗人员分流到了社会上，国有或集体企业已不再是让人敬慕的工作天堂。工人阶级已成为大型国有企业倒闭的主体。最早加入个体职业者的人群，成为最先富起来的那部分人。煤炭地质人意识到经济体制的变化，他们已经开始向忽视勘探质量和地质成果、不讲经济效益的行为作斗争。

新时期的中国煤炭地质勘探工作面貌发生了较大的变化：从过去单纯追求钻探进尺，转到从地质目的出发，全面提高地质工作质量，按时提交优质地质报告，为矿井建设提供可靠的依据；从只注重搞煤层、构造转到既抓煤层、构造，又抓水文地质、煤质、瓦斯、岩性物

微山湖上静悄悄，钻机队员要指标，全副武装到头顶，忙坏了蚊虫和小咬

理性质等开采技术条件工作，薄弱环节得到了加强，为煤矿生产建设服务的指导思想更加明确；从过去只注意抓钻探施工管理，转到重视各种勘探手段和地表地质工作综合勘探；从"吃大锅饭"转到加强经营管理，重视经济核算，讲究经济技术效益；从不大重视新技术、新方法的使用，开始抓先进技术的引进、试验和推广，促进煤田地质科学技术的发展。

在勘探布局和项目安排上，也做了较大调整：调整压缩了南方和资源条件差的一些省、区勘探规模，这些省、区的开动钻机规模由原来占全国的4成以上，调整到23%左右，地质研究工作和地表地质工作比过去加强了；增加了东北、华北、鲁皖、河南资源条件好和建设急需的重点省、区勘探力量，使这些省、区勘探力量由原来占全国35%增加到现在的57.5%，同时，重点保证了陕西、黔西、四川数省的力量和煤炭建设规划的重点省、区勘探力量；项目安排强调同煤炭建设规划项目的对口，停止和暂缓了一批资源开发条件差暂不能建井利用的勘探项目，把力量集中到重点急需项目和战略普查项目以及矿区水文、水源勘探项目上来。

煤田地质工作经过方针上的转变和勘探布局上的调整，带来了新的起色和变化，布局合理了，方针明确了，工作扎实有效了，勘探质量稳步上升，地质报告质量大幅度提高了。钻探设备架起来，责任贯穿到了每一个人，大拨哄的生产模式受到遏止。生产者向矿区提供的必须是准确的煤层走向、角度、水文、煤质等可行性报告。

煤炭部副部长刘辉明确地指出，建国30多来煤炭地质勘探队伍探出6千亿吨煤炭储量，这是煤炭地质勘探工作者对国家的贡献，这是不能自我陶醉的。煤炭地质勘探中出现的新问题常被人忽略掉了，引起了中央政府高度重视，还有许多问题急待解决。刘辉指出了问题所在，他没有泛泛地谈，而是有地放矢。他要求各级领导都要给予这些问题高度重视：

"这些年来，地质方面提供的资源绝大部分是可靠的，基本上没有扑空。个别地方也有问题，像辽宁的苇沟，地质上作了交待，讲了地质情况复杂，火成岩破坏厉害，结果硬要建90万、60万的井，现在连30万也出不来，这不能说是地质方面的问题。但也有的是地质工作上的问题，像大屯矿区的孔庄井，就是由于一些地质情况没有弄清，井下去后出了问题。极个别的，也必须提醒。现在煤炭部门的地质工作存在问题是技术水平、装备水平都落后，也不配套，特别是水文地质工作薄弱，许多矿井水文地质情况搞不清。水资源多的矿区怕水，没有水的地方喝水都困难。岩石物理性质、顶底板、露天边坡、矿井瓦斯等工作都跟不上需要。技术规范还是老一套，基本上是学苏联的，不管大、中、小井，一律普、详、精按步走。地质设计之间还不够协调，各干各的，如能很好的结合，不一定打那么多的高级储量。现在已经明确，煤矿设计部门一定要参与地质的精查勘探设计，以往地质部门讲经济效益很差，现在开始抓了。由于多年来不讲经济效益，现在问题还很多。现在地质队伍的职工不安心，长期不更新，队伍老化，福利待遇低，这也是很主要的问题。"

煤炭地质工作的现状被关注了。按照初步安排基本适应，如果再扩大建设规模，再上一个台阶，地质工作就赶不上了。曾有过追求钻探米数年代，"月上千、年上万"，以后又以储量为纲，其结果很显然，出现许多不能全面准确反映地质全貌的报告，浪费国家有限的资金，浪费了大量人力物力。现在，对"文革"时期一些勘探报告，还不能搬过来使用，任何一个不实的数据都可能带来灾难性的后果，还要再给以补查，挤出报告中的水份来。

没有远虑，必有近忧。"文革"带来的影响至今还存在，还需要弥补，但是不能再犯同样的错误。这是对改革开放后煤炭地质业提出的要求。

还是这一年，煤炭的战略目标设想到本世纪末产量翻一番，翻一番才能保国民经济总产值翻两番，也就是要把煤炭产量从现在的6亿搞到12亿。让人忧心忡忡地是有7千万吨生产能力矿井将要报废，所以要改扩建，要做地质工作。平顶山形成一千万吨矿井用了20年，安徽淮北矿区用了18年。

刘辉副部长的思考是深度的，具体的：

"我看就是现在搞得快一点也得15年以上。所以要多开露天。现在可供露天开采的储量有90亿吨，开2亿可以满足需要了。但从战略上看不行，还需要再规划100至200亿吨的露天储量。这样中央就好决策了。"

1982年之后，整顿让煤炭地质勘探业发生了重大变化：南方各省普遍重视了地表山地工作，比如福建公司所有勘探项目都按规范要求提前一个阶段先搞正规山地工程，减少了钻探的盲目性，取得了较好的效果。各省普遍注意了物探的作用，普查找煤、水文物质和开采技术等地质工作的薄弱环节得到了加强。大兴安岭西坡的普查找煤已全面展开；陕西公司已向陕北调进一个勘探队，围绕鄂尔多斯盆地开展普查工作，其他省区也抽调了一定的力量，加强普查找煤源；普遍重视了水文地质工作，开始扭转只顾探煤、忽视水文地质工作的倾向，长期未查清的元宝山、伊敏露天矿区水文地质问题和涌水量，经过扎实的工作，已经得到了较好的解决。顾桥矿井底板水在淮南地区是一个难题，经过勘探已经查清，占全井田25%的一号煤储量可以得到解决。河南新郑、陕西韩城两个勘探项目，正在开展大水矿床的水文地质工作，水源勘探也有所加速，水文地质公司负责的准格尔找水工作进展较快，效果显著，在黄河西岸的龙王沟到榆树湾一带灰岩中找到较为丰富的水源。平朔地区的水资源评价工作正在全面进行，其它各省区都不同程度地加强了水源勘探工作。

科学成为煤炭地质业的主旋律。在上报的数据中有一项引起我们的关注。两年多所提交的二百多件地质报告，绝大部分都在取全、取准第一性资料的基础上，根据井田存在的主要地质问题，加强了地质规律的研究，提高了报告质量。缺少了浮华，增加了求实。

红旗依然在钻塔上呼拉拉地飘，口号式内容没有了，随之建立的是一套适合本地区情况的地质工作管理规范。当一个指令传来时，困难依旧存在，要求打的钻孔不论施工条件多么不利，给予的回应是坚持到底。岩芯的采取完整了，水文地质资料清楚了，多年来困扰的难题都被一个个解决掉了。

煤炭勘探地质业的变化，没有东风吹战鼓擂、响彻云霄的宣誓，变化却在悄然地、真实地进行着，更为重要的是，计划经济不再主导我们的经济生活。

我们需要改变

204队党委书记施振海明显感到勘探规模压缩了。从1985年开始之后的三年中，他所领导的勘探队从开动的17台钻机压缩到11台，定员也被要求减少579人。上级要求减员，必须得减。减去的五六百人要工作、要吃饭，怎么办？办法被逼出来了，积极开展多种经营生产，解决下岗人员的工作、吃饭问题。

按照中国煤田地质总局的改革方案，原来吃国家人头费的勘探服务人员成为自谋生计的人群，学校校长、医院院长也算到多余人员里面去了。这样一算，204队生产服务公司要年收入105万元，也就每人创造出年3千元的产值，才能保证支出平衡。

多种经营是创业的地方，没办法混日子。创造不出效益你的工资就没人给你，那些等着吃大锅饭的人终于感到了前所没有的工作和生活压力。这让我想起"滥竽充数"的典故来。当责任不明，任务不清时，好坏就没有了尺度。任务下来了，岗位明确了，事必产生了前行的动力，努力工作的人得到应当的奖赏。

接下来困难来了，这种困难是前所未有的，令人意外的。施振海必须给职工描绘出前途似锦的美好未来。其实他在讲这些话时，清醒地认识到横在他和他的团队面前是一道深深的沟壑，必须找到一架坚固桥梁让所有人马平稳地渡过去。问题是这个桥在哪里呢？

勘探队伍是国家找煤炭的野战主力，他们服从于国家的计划经济需要，所有费用由国家承担，所有成果也归国家所有，多年形成了习惯。现在，这30年一层不变的模式被毫不留情地打破了。

这一年，国家给的项目是有限的。主业174万元指标是明确的，不可更改的，不足的部分只有自己在大市场里寻找。

施振海回忆他那时的心境："现在，我们不能走错一步，虽然小心翼翼地还要往前走，逆水行舟不进则退，这个道理谁都明白，做到就难了。省局给出的是指标，完成指标要靠自己。"

好在204队在当地有很好的口碑，还不至于在项目上被剃了光瓢。他们把握四季之春，决定在三月份的第一天上钻，这个月决定一季度的成败。年初做不好，一年稀拉松。施振海编出了完成任务要决："一切工作往前走，起好步，打基础，上台阶，增效益；实现首季满堂红，钻钻红，区区红，全队红。"

施振海提出勘探质量求精、求好，思想必须要先行。他说的这个"思想"不是之前的政治思想，那样的连自己都不相信的空话别人不会听。生产经营看中结果不看过程，数据决定成败。把话先撂在那儿，才会有地放矢。

对204队来说，转变是多方面，政治不再是检验工作得失的唯一标准，依赖国家拨给的计划生产模式有了改变，对外承包成为勘探队重要收入来源。

不仅是204队，几乎所有勘探队都在摸着石头过河，他们凭着责任感去工作，他们看到的前程并不明朗，不明朗也不能停下探索的脚步。

挣不来钱，只能节衣缩食，不可能鼓舞消费，施振海和他的团队提出了"双增双节"运动。显然少数人是搞不起来的，必须依靠广大群众。

从职工到家属、到学生，是不是都发动起来了？

从书记、队长到科长、工人是不是都发动起来了？

是不是从大数着眼、小数着手，人人参加，消灭了死角？

这是抓芝麻、小打小闹。而施振海认为，上世纪80年代必须这样做，没有源，再不节流，那还不是风吹草低地皮干？勘探队真成了无源之水了。他说更为重要的是给全员一个警醒：经济效益决定了勘探队的未来。

首次竞标来临的时候

1984年底，部局决定，把原本给139队的国家项目活鸡兔露天精查勘探项收上来，做为煤炭地质全系统首次招标试点。

这个消息一传开，139队职工闹开了锅。

"本来是我们队的项目却要拿出去招标，这到底是了为什么？"

"勘探队向来是吃'派饭'的，这样一搞是要夺我们的饭碗！"

"这回139队成了后娘养的，项目怕是要黄了。"

议论会发酵的，引起职工思想上波动。许多人突然发现原来扎根在脑袋里的优越感倾覆了，在并没有很好梳理的日子里曾经拥有的荣誉也不复存在了，对勘探队未来的何去何从没了信心。很快有人上交报告要求调出去另谋生路，有的盘算着回农村种田、经商，调皮的青年还买了鞭炮，扬言等队上一散伙，就放上一通，庆祝自己不干钻工了。个别领导也打起了退堂鼓，要求辞职，这种人心浮动的局面摆在刚上任不久的领导班子面前，大家都感到压力很大。

其实，总局意图很明显，让这些本来不多的国家项目进入煤地内部的市场机制调节，以唤起煤炭地质人的市场意识。靠国家给饭吃或向国家要饭吃的日子不能维持下去了，只能必须凭能力去从社会大市场里找饭吃。

活鸡兔项目首次向全国招标，这是个信号，是英雄就把这个项目夺回来，是狗熊这事咱就认了。

队长梁继刚的压力很大。招标风波告诉他，靠队上领导拍脑门定方案时代已经过去了。现在要做的是怎样通过夺标保标，让更多职工看到勘探队不改革连后路都被堵死了。

夺标吧，别无选择。

思想工作还是要做的，夺标不成做了也白做。消极思想泛滥起来，你是无法平息下来的。队长、书记决定召集一系列座谈会、分析会，形成夺标的气氛，各专业组夜以继日搜集资料，沟通信息，编制设计，给职工大有背水一战的势头。零下十几度、二十几度了还在活鸡兔进行实地勘查。在大家还没觉悟夺标为何物时，139队拿出了比较合理的投标方案，以施工周期短，钻探费用省、钻孔质量高而击败了数家竞争对手，一举中标。

部领导笑了。

局领导笑了。

他们成功了。

最兴奋的是139队职工。他们是靠自己的实力夺得项目，而不是靠国家指令得来的。

标底亮出来以后，大家很快笑不起来了。按照标书要求，钻孔质

1984年冬，职工就着寒冷的北风午餐，也可以小歇一会儿

量要超出《钻孔质量验收标准》的10%左右，探煤孔钻月效率要比同一地区其它项目的钻月效率高出100米，费用却比原计划减少100万上，提交地质报告也要比预计的提前一年时间。

"这么高的指标谁能完成？完成不了还要罚款，中标了有啥用？"

"哪是招标呀，这是招风险。没利润到头来落个赔本赚吆喝。"

队上一班人对形势看得高一眼，他们需要因势利导。有意识召开了"中标庆功会"，表彰奖励了在投标中作出突出贡献的人。梁继刚在大会说："活鸡兔施工在全国煤田地质系统是第一个招标项目。我们失败了，可以为项目管理提供教训，成功了可以提供经验。为了深入改革，我们要甘当铺路石，勇于担这个风险。"

"大锅饭"吃光了会饿肚子的。他们选择102钻井组首赴活鸡兔工区。这个钻机本来是在外地打承包钻的，他们接到参加活鸡兔施工的通知，不讲价钱，一个星期就在施工区开了钻。

钻机在轰响，后勤在忙碌。机关干部包下了长途搬迁的装车任务。各部门分片包干为一线职工买煤、买粮、买菜，解决他们的生活困难。

照这样干活，别说是活鸡兔施工，就是一座大山摆在前面，他们也能搬走。

吃惯了大锅饭的人，便觉得这是在搞形式，总局不会让大家吃亏，吃不到干饭也能混碗粥喝，这是一种惯性。施工初期，钻月效率仅达390米，大大低于标书指标。

"改革就会伤筋动骨，多劳多得，少劳少得，不劳什么都没有。"139队给一线队员确定了任务指标，完成了有奖，完不成有罚，而且第一个月就"玩"真的了。这不能说不是一种震撼。起先还有骂声，渐渐地骂声减弱了，再后来连想骂人的人都觉得无趣了。

新观念带来了生产热潮。实现了当天搬迁，当天开钻，甚至当班搬迁当班开钻。安装组从下午一直干到半夜11点多钟，设备队一天搬迁三台钻机。综合钻效达到468米，比标书提高了9.2%。生产质量显著提高，甲级孔率达到92.48%，比标书要求提高了22.48%。

活鸡兔项目招标不仅为国家节省了数以百万计的投资，而且提前向国家提交了质量精查报告。

煤田勘探业首次竞标带来的是观念上的改变。

还是那支队伍

中国煤田地质勘探队伍已经接受了改革的现实，除了国家指标，他们寻找着省地项目，内蒙古、山西再度成为新兴的煤炭开放大市场，也是北方煤田地质勘探队伍的主战场。但是此时非彼时，市场经济占居了主导地位。

1985年，151钻探队全部进入内蒙西部的鄂尔多斯高原区施工。

鄂尔多斯地处毛乌素大沙漠边缘，沟壑纵横，道路坎坷。整个勘探区几乎没有现成公路，只好逢山开路，遇水架桥。汽车在沙漠中行驶，跑着跑着，有时就被沙子抱住，动弹不得；有时，在崇山峻岭中前行，稍有不慎，就会导致车毁人亡。

进入伊旗施工以后，这里孔浅搬迁多，而且山高、沟深加沙漠，给汽车运输带来很大困难。刚进入勘探区，车多数不能按时返回。不用多想，准是被流沙捂住了。派拖拉机牵引，又没有多余的拖拉机。大家商量决定每台车配备垫轮的杠子，这下可苦了司机们。车进沙漠，司机就得随时动手，把沉重的木杠从车上搬下来，垫入轮胎下，车行几米就得折腾一次，一路上折腾十几次甚至几十次挖沙、垫杠，才能爬出沙漠。

4月是大风季节，黄沙漫天飞舞。一次，9辆汽车给1003钻机搬迁。40公里的路程就有十几段沙丘，短的十几米，长的上百米。虽然事先察看了路线，车辆仍不时陷进浮沙中。有时一台拖拉机拽不动，就用两台，在个别情况下，两台拖拉机也无能为力。硬拉，大蓬车的拖板会损伤。司机和车管人员一起动手扒沙子、垫杠子，艰难地通过一段段沙丘。从早上到下午，七、八个小时没吃饭，一个个累得精疲力尽，一些岁数大的人坐在地上直喘气。很快狂风来了，沙漠一搬家，就会立即覆盖已踏勘好的路线，甚至整个车队都有被埋住的危险。严重的后果成了无声的命令，扒沙、垫杠，直到到达目的地。

1988年10月，另一支劲旅173队应邀参加了黑岱沟露天矿边坡勘探会战。12日到达黑岱沟张家圪瘩，13日拉开了会战序幕，6部钻机沿勘探线分两组耸立在勘探区内。黑岱沟远远望去，尽是光秃秃的黄土高坡，沟壑纵横，十分荒凉，而且水源十分缺乏。钻机开钻后，4辆拉水车不停地到10公里外的水泡里拉水，才能勉强供应钻机生产用水。机声震动了初冬的准格尔。边坡勘探不是一帆风顺的，遇到的第一问题就是漏水，经过反复堵漏终无结果，最后项目部决定，不用泥浆，清水钻进，分段测井，这一决定果然提高了施工效率；第二个问题是岩芯破碎，绳索取芯新工艺在实际施工中，较软破碎岩层不适合，尤其是漏水钻孔更不适合绳索取芯。项目部改用双管单动仿美取芯器取芯，虽然麻烦了些，打出的岩芯，却完整有序，得到甲方的认同。第一个孔遇到不少问题，6部钻机打得都不顺利，200多米钻孔打了一个月。问题解决后，队员们工作热情被激发出来，干劲大增，以后每个钻孔，基本上用10天左右就打一个，三个孔一个月完成。甲方负责工程的朴工程师说："开始你们一个月每部钻机只打一个孔，我们认为3个月肯定完不成任务，没想到你们摸清地质情况后，一个月每部钻机能打3个孔，可见你们的技术很过硬。"甲方又给他们加了工程量。

进入12月，天气更冷，寒风凛冽。晚上在钻机炉火前，真正体验到了"火烤胸前暖，风吹背后寒"的野外施工滋味。每次起钻卸完岩芯管，再下钻时，钻具已结成冰，尤其是钻杆连接处冻成一个冰坨，无法拧扣，只能提一桶热水，化开冰坨，再拧进钻杆，加大了劳动强度和施工难度。天寒地冻，晚上连场房外面柴油罐伸到柴油机的油管都冻住了，用开水浇一次油管只能使柴油机工作一小阵，只能用水桶打满柴油放在场房内的柴油机旁，一桶一桶供应柴油机工作，保证了钻机正常钻进。队员们忘我的工作态度和敬业精神，受到了甲方的高度评价。

推翻前人缺水结论

　　年末，工区副主任老杜正带着2个钻机组100多人在焦作煤田做工程收尾，这个工程是国家项目，任务急，整整两年时间他们在荒野打井找水。曾因为是部属的煤田地质水文野战部队，现在因为中央权力下放，优势变劣势。好找水的地方轮不上他们，省里的煤田水源队就承担了，凡是急需水源却找不到水源的工程就会给这支今天东南明天西北的国家煤田地质水文队。这个工程眼看收工，大家掐指算着离乡的时间，想着年迈的母亲天天念叨着归期，想着肩负着家庭重任的妻子望穿秋水般地倚门等待远在千里之外的自己归来，心里就有些"归心似箭"的渴望。许多人都快一年没迈进家门了，不知儿子还认不认他这个"陌生男人"，那个臭小子还会不会挡在门口不让陌生男人和妈妈说话。回忆是甜蜜的，也是酸苦的。

　　老杜们的渴望只是昨夜的一个梦。一纸调令下来了，奔赴准格尔找水。老杜不知准格尔在哪儿，年轻人心眼活络，指着地图上写着字样地方告诉他："就在这儿。"

　　"就在这儿。"老杜们终于找到了要进驻的是个叫龙王沟的地方。龙王沟是准格尔煤田中东部的一条极普通的山沟。准格尔煤田位于内蒙古伊克昭盟准格尔旗的东北部，这里海拔1000多米，属于北温带大陆性干旱至半干旱型气候，20世纪70年代在这里探明的一个储量极为丰富的大煤田，面积1365平方公里，煤质优良，煤种为长焰煤。区内煤层厚而埋藏浅，适宜露天开采，已被列为国家"八五"能源建设重点工程。规划露天矿两处。这个露天矿的建成，将解决丰（镇）沙（城）、大（同）秦（皇岛）铁路沿线电厂的用煤，同时可以缓解

吃水不忘打井人，记住了你们了：可敬、可爱的煤田地质人

东北和华北地区煤炭紧张的状况。其中黑岱沟露天矿第一期工程年产原煤1200万吨，矿区总需水量每日10万立方米。

干旱缺水的现实，严重制约着准格尔煤田的开发。虽然滔滔黄河之水由北而南流经矿区东侧，其流量平均787立方米/秒，含沙量却有5.6千克/立方米，不仅水质差，而且距矿区中心远达15公里。其间，地形复杂，落差大。若引黄河水，还要处理泥沙和水质，必须付出巨大的代价。前人对本区地下水源勘察和开发的结论是："岩溶贫水，无供水前景"，"除引黄别无它途"，致使用水部门丧失了勘察开发地下水的信心，造成准格尔矿区迟迟不能开发和建设的被动局面。

为尽快解决矿区供水问题，使煤炭资源早日开发，上世纪八十年代，煤炭部指定水文二队进入该区，进行供水水文地质勘察工作。

领导准格尔找水勘探项目技术负责人是水文二队副队长姚吉坤。

老杜的钻机组随姚吉坤来到了准格尔寻找地下水，他们必须拿出令人信服的报告予以否定或肯定！

面对满目荒凉，人烟稀少的鄂尔多斯高原，姚吉坤和老杜们是不能草率地给出结论的。引黄工程是第二套方案，在老杜来之前就已多次讨论过，并且积极地准备着。姚吉坤和他的队员带着沉重的负担开始了大面积水文地质调查。

姚吉坤总结出本区"岩溶蓄水构造"的三个特点，并预测北部龙王沟的断裂构造带是岩溶地下水富集的地区。这个结论在此之前已被大部分专家否定。姚吉坤的观点却得到了水文地质专家葛亮涛的支持。

中国统配煤矿总公司对水文二队提出的要求，是在贫水区找出丰富地下水源，保证每日6千至8千吨的水量。

任务是明确的，不容姚吉坤反驳，也没有给他指明退路。

经过工程技术人员反复科学论证，姚吉坤带领老杜们决定打破勘探程序，以距准煤生活区以西6公里的陈家沟为中心，编制水源工程开发设计。

一个个钻孔打出来了，一条条水文地质剖面作出来了。两年后，完成了20个勘探孔近5千米、20层次的单孔抽水试验。

找到水源让人欢欣鼓舞，开发水源却是一个漫长的过程。冬季收工了，在条件艰苦的黄土高原上奋战了9个多月的职工匆匆返家，与家人共度天伦之乐。姚吉坤却拐进了队部办公楼，一头钻进资料堆里，在成千张剖面图和上万个数据中寻找开发水源的方向。

中国统配煤矿总公司在北京香山饭店召开关于准格尔露天矿水源开发的专题论证会。设计院再次提出"取黄河水方案"。这个方案计划投资达1.7个亿元，复杂的净化处理以及与水电部准备在下游筑建电站等矛盾多多，令人忧患。休会期间，姚吉坤向露天处和准格尔露天矿的领导作了汇报。提出了就近开发地下水源的设计方案，这与专家们的意见相佐，引起了主管领导的关注。细细听了姚吉坤的意见阐述，他们肯定了姚吉坤建议："按照你们方案干，不要怕失败。"

不要怕失败，这就是坚定支持。姚吉坤的游说有了最想得到的回响。

两天后，准格尔煤田与水文二队签订了以限定在陈家沟门至准煤生活区的狭窄条带内包保每日三千至四千吨水量为前提的第一期水源工程协议。姚吉坤对签订这次协议也是"四分把握，六分风险"。但是，他相信科学，相信自己，相信他的团队。

协议签订了，一些人面露忧色。姚吉坤在职工大会上说："超越勘探阶段的风险是无疑的，但决不是盲目冒险，不管外界怎么看，相信科学的预测，就有必要去冒这个风险。已有资料证明，我们选定的水源地是北部的富水带，从补给量的初步计算来看，完全有可能满足水量要求。"

然而，一期工程历时一年，花掉了140万元费用，也没能按协议规定的工期完成任务。一时间，部里不满意，露天矿不满意，内外舆论压力很大。引入"黄河水"的方案又占了上风。

姚吉坤引导大家总结经验教训，认为是钻探技术出了问题，只要解决钻探技术，保证成井率，就近解决地下水源的方案就一定能成功。

姚吉坤随局、公司领导参加陈钝副部长主持的准格尔供水工程专题会议时，向有关领导和专家提出了将龙王沟水源工程继续进行下去的意见。陈钝对姚吉坤意见很重视，并坚定地支持他找下去，一定要拿出成果来。姚吉坤在部长前立下"军令状"，随后又与准格尔露天矿签订了二期水源工程协议书。

区测地质分队长告诉姚吉坤，通过对黄河断面测流，发现了黄河在托克托拐弯处的上游区段和下游区的流量出现了差异，继而是电法分队在准格尔旗的黑岱沟和陈家沟门两地区探查出了地质异常带，这些数据为井队布孔提供了第一手资料。他决定同时完成4个大口径供水井的钻探施工。联合抽水试验时，果然是一个大型水源地，可以提交74976吨/日优质岩溶地下水，满足了矿区建设和生活用水，比采用净化黄河水作饮用水的方案减少上亿费用不说，单单是提前加快准格尔矿区的开发建设速度一项，就具有不可估量的经济效益和社会效益。

水文二队在准格尔矿区查明了岩溶地下水的来源。这个水源是丰富的：一方面靠黄河东部大面积裸露灰岩，接受大气降雨渗透，经过岩溶通道侧向补给；另一方面，是源源不断的黄河水侧向渗漏补给。这个结论成为准格尔露天煤田开发的主要依据，一时引起轰动。

水文二队在准格尔找水成功，引起各界的广泛关注，先后有20多位省部级领导、专家、教授和学者前往龙王沟抽水现场进行实地考察。中央电视台、《人民日报》、《内蒙古日报》10多家新闻单位先后多次报道龙王沟水源地的成功开发的情况。

中国煤田地质总局局长张延滨对水文二队在在准格尔矿区水源勘察与开发取得突破性成果给予充分肯定：

"他们运用地质构造控水理论，采用地质调查、钻探、物探相结合的综合手段，经过多年的艰苦奋斗，终于找到了陈家沟门岩溶富水地段，为准格尔矿区的煤炭开发和建设提供了水资源开发的依据。提交了的找水（普查）勘探报告，认为在黑岱沟-榆树湾一带赋存着地下岩溶水，前景较为乐观，尤以寒武奥陶系灰岩富水性强，为最佳供水层位。从而为进一步在该区寻找地下岩溶水奠定了基础。"

中国岩溶地质专家辛奎德教授给予水文二队高度评价："第二水文地质队在干旱半干旱地区找到丰富的岩溶地下水，不亚于找到了一个大煤田。"

能源部副部长胡富国认为水文二队在改革开放年代创造了奇迹："中国煤田地质局水文地质工程地质公司二队，在干旱缺水的准格尔矿区拼搏多年，终于找到并开发了丰富的地下岩溶水，解决了准格尔矿区一期工程露天煤矿建设和生活用水，以及坑口电厂第一台机组用水燃眉之急，使矿区开发建设至少提前了5年。同时，对今后北方地区深水位、隐伏岩溶地区水源勘察工作，以及进一步开发我国西部的煤炭资源，都具有重要意义。这是一个突破。"

十年后，国家重点建设项目准格尔煤田破土拉沟，矿区土建、公路、铁路、电务等工程也相继动工，各路人马云集。随着工程规模扩大，已建成的水源地，满足不了工程和生活需要，矿区建设急需用水。声名雀起的水文二队又被邀请进入准格尔矿区开展水文地质勘查。

非你莫属

改革开放后，水文四队在霍林河市承建供水设备安装及供水管网铺设的重点工程。地还是那块地，河还是那条河，两个单位之间的关系发生根本的改变，水文队内部也发生了根本改变。王勤旺说："大拨哄时代已成过去时，现在责任到人，分工明确，谁缺失了责任谁承担，这就不是经济上的损失，很可能在竞争上岗时被淘汰出局。"

霍林河，是美丽的科尔沁草原上一条生命的河流，终日流淌，养育着两岸的草原和动物。这一地区气候寒冷干燥，年均温度低、冻土天数多，工程施工条件很差。加上霍市工程项目多且分散，十多个施工项目遍布霍市城区及数十平方公里的城郊农牧区，这给材料、机械运输和施工人员分配带来了很大的困难。水井施工项目都在远离城市的郊外，生活和施工条件非常艰苦。

王勤旺记忆最深的是霍林河深秋常常无理由刮起的大风，有时候夜里大风能把帐篷掀翻。施工人员就近租住在土坯石砌起的民房里。房内设施很简单，每间屋子仅有一盏白炽灯泡在向人们展示着人类的现代文明。

入冬的霍林河，已是冰雪世界。"北风卷地百草折，胡天八月即飞雪"。当地流传这样的歌谣：

相隔几尺远，

说话能听见；

俩人想握手，

至少绕半天。

夜幕降临，严寒驱走了播撒温暖的阳光。在钻机上值夜班遭受严寒侵袭自不必说，即使下班后回到租住房内也是被冻得伸不出手，他们往往是将沾满泥浆的外衣脱掉，和衣睡下。早上脸盆里结满一层厚厚的冰。在这样恶劣的生活和施工条件下，他们打出的供水井，经有关部门验收，水质和水量均高于合同要求。霍市领导看过抽水试验和水质化验报告后，也不禁赞叹："水文局所打的水井是霍市最好的水井。"

供水设备安装及供水管网铺设是霍林河市工程的重点项目，项目造价高，施工困难，其中过河段是最难啃的硬骨头。霍林河是霍市的母亲河，她从城区东边蜿蜒流过，河水不深，宽却有百米，她将市区与为市区供水的水井区分隔开。要将井水输送到市里，首先要穿过霍林河，这便是输水管道铺设的过河段工程。施工过河段不仅要求技术高、质量好，而且还要选准施工期。施工最佳时期是春末夏初，此时丰水期未到，水温已回升，但工程开工时，施工的黄金季节已过。等来年夏初再施工过河段，工期要滞后一年，损失是无法估量的。王勤旺和他的队友们决心拿下过河段，无论吃多少苦，受多少罪，一定确保整个工程如期完工。

施工过河段，首先是用土挡起拦水坝将半边的河水拦住，然后挖沟抽水，辅设输水管道，焊接固定后回填，只在半边施工，完成后挖开拦水坝，让河水流过来，挡住另一半，再进行另半边的施工。在寒冷的冬季施工过河段之艰难是可以想象的：风大、水冷就像是拦路虎，阻碍着工程前进的脚步；为确保工程进度，他们争先恐后穿着皮衣、雨鞋在冰冷的水中挖土挡水。在河区铺设主管道，施工机械没了用武之地，全靠肩扛人抬，二百多公斤的铸铁管，四个人抬起就走。施工紧张的时候，每天工作十四五个小时，谁也没有一句怨言。

十月的霍林河已进初冬，而王勤旺和队友们的施工大都要在河水中进行安装。

队长杨金财是他们的榜样。王勤旺说："他总是第一个跳进冰凉刺骨的河水中，又是最后一个收工的人，默默地起着模范带头作用。他和邢国良在井间连接管网安装过程中，冒着鹅毛大雪和零下20度寒冷的天气，穿上雨衣雨裤，趴在即将封冻的积水管道中进行连接。在他们带动下，大家齐心协力，实现单机日焊接377mm管子12根的最高记录。"

凭着人定胜天、无所畏惧的精神，水文局四队职工创造了施工奇迹，仅用一个多月时间，高质量地完成了四百多米的主管道过河工程。

因为有这样好的口碑，10年后一场突如其来的特大洪水奔袭霍市，击垮了霍林河城市供水管网系统，使原本水源就不充足的城市出现了工业和生活用水的困难。内蒙古自治区政府关心霍林河市民的需求，亚洲银行也给提供了贷款。此时地勘市场低迷，一个项目多家竞争，霍市主管部门坚定地选择了水文地质四队："非你们干不可。"

第一个吃螃蟹的人

小龙潭煤矿排水工程在后来水文地质局完成的大的项目并不没有多大科技成果，它是水文地质人改革开放后接到的第一个国家计划外的项目。这个项目，是水文地质人开始走进市场经济的第一步，王欣安就是这个工区主任，管理着3个机组上百人的队伍。

小龙潭在大山里，归一个监狱管理。煤田勘测完后，必须解决生产期间的排水问题。王欣安带着三台机组上去的时候，局长、党委书记也都跟了过去，毕竟是改革开放后第一次接到的计划外工程。领导们心里也没有多大底数，合同可是白纸黑字签着呢。局长担心地问："王欣安，有多大把握？"

王欣安对局长保证说："多大的工程咱也干过，只要你给我权力，我保证完成任务。"

局长了解王欣安能力，他给予王欣安最坚定的支持："王欣安，你放开膀子干，给咱局也总结一些外包工程的经验。"

王欣安拍着胸脯答应了局长，可他仔细预算了一下，如果在18个月完成任务虽然没问题，但是除了成本，几乎没有什么利润。走出来就是要为局里创造利润，没有利润那不是白忙活了？

一连几天，王欣安跟着钻工们到了工地，还在琢磨怎样才能让

草地里一场激烈的兵兵球
赛事，输赢不见分晓

项目利益最大化，他看见三台备用的钻机眼睛一亮："要是同样这些人，把三台备用钻机用上，那不成了6台？工效也会增加一倍。"

这个大胆的想法得到班长们一致同意，不过你要有奖励机制。王欣安又拍胸脯表态："奖励就奖励。"

有人担心地提醒他："你要给大家加班奖金，得等队上批准。"

王欣安把手一挥："将在外，不管军令。多干活就该多得奖金。局长也说让咱放开膀子干，让我们好好总结经验呢。"

计划经济时代，所有的行为都必须在计划范畴进行，别说发放奖金，就是多买一把铁锹也要列入计划。王欣安的作法显然超过了工区主任的权力。王欣安是个很有主见的人，他认准了事情就不会回头。3台钻机一下变成6台钻机，人手明确不够，他就把工区机关各大员都动员起来上岗。因为有奖金收入，当年大家工资很低，生活很紧巴，如能增加些奖金肯定不是一件坏事。机关人员白天上钻井，晚上加班干自己本职工作。

王欣安把自己也算在了钻工里面，终于使6台钻机同时开动。正在大家干的热火朝天时候，局里知道了这件事，业务处来电话批评王欣安："你这样是瞎干，发奖金是原则，是大事，你们能自作主张吗？"

王欣安不服，他辩解说："什么费用没增加，工期可以提前一半时间完成，省下时间不就是减少成本吗？无非是奖金多发点，那跟省下来的比还不是毛毛雨呀！"

局长没发话，王欣安就这样干，被打下去的热情又上来了。白天，机关工棚没有人办公，到了晚上灯火通明。有个叫刘龙江的干部眼睛不好。王欣安说："你白天处理好办公室的事，晚上就别干了。"刘龙江不同意，说别人都在钻机加班，我在这清闲还行？"工程进度快得连劳改犯们都惊异："还没见过这一伙不要命的人。"

总指挥王欣安自己就是拼命三郎。他在搬家时，一只钢管压扁了脚趾，别人让他下山去医院看看。王欣安不去："一个萝卜一个坑，这3台钻机本来就是临时搭班子，我下山了，就会有人干上两份活儿。"

工区外职司机是当地人，看不过眼儿，请假回家找来祖传秘方药每天给他涂上，才慢慢好起来。

王欣安不但按照原先定下的承包方案兑现了奖金，而且给队里掘了满满的第一桶金。

实现责任制的队长

董炳烟调任湖南煤田地质公司勘探二队当队长没人提出异议，这个不甘平庸的年轻人却在队上搞起了责任制，引起员工的强烈反应。

几年前董炳烟还是勘探队的员工，现在他以队长的身份回到地质队，并没有衣锦还乡的喜悦。改革的春风已吹绿山山水水，而煤田地质改革犹如一个遥远的故事，还是冰雪刚刚消融的乍寒乍暖的初春。沿着以前的老办法安步当车吗？这是他上任后面临的一个根本选择。他看到了勘探的问题所在，那就是每天等着上级给任务、拨费用。计划经济已经没有了市场，接部就班式的生活方式已经被现实的热浪冲得东倒西歪。

勘探队怎么走，没有人告诉他，也没有经验可供参考。他看到的问题是经营和管理上的不作为，这是个纲，他决定抓住这个纲，让各目都张开。

两个月后，董炳烟抛出了《浮奖浮贴联产联责计酬》，新方案是他用心血写出来了。各项生产指标，各种岗位职责以及出勤率都与浮动工资挂上了钩。

"工资要浮动了！"这是新观念、新事物，计划经济的幽灵还在人们头上徘徊，在心理上难以接受经济责任制。人们上班时谈，下班后谈，吃饭时也谈 。

"如果搞乱了套的话，看你怎么收场？！"好心人担心地说。

"浮动奖金还说得过去，这津贴是法定的，也能浮吗？"怀疑者如是说。

"什么浮动工资，简直是糊涂工资！它是兔子的尾巴——长不了。"反对者指责说。

怀疑、指责、谩骂，潮水一样袭来，董炳烟成了二队议论的中心，董炳烟被漩涡毫不留情地卷在了中间。

很快，董炳烟就感受到了改革的重重阻力。

机修厂实行经济责任制的头几天，有几个没派上活的工人闯进了他的办公室。

冷言者说："不是我们不干，是厂里不给活干，请队长给我找个活干吧！"

气粗者说："你记着，我过年时候就带老婆孩子来找你要饭吃。"

董炳烟说："懒的人少拿了活该，不懒的人少拿我负责。你们机修厂的任务是按工时产值考核的，完成了产值任务就可以得到全部浮动工资，做到这一点不难。你们没活干，这不怪你们，这个问题我来解决。怕拿不到钱来找我，多拿了又怎么办？"

一阵僵持。

一个机修工说："少了找你要，多了，还选你当队长。"尽管董炳烟嘴上很硬，心里却有几分忐忑。既然开了头，就得硬着头皮往前走。他相信，路是人走出来的。说归说，做归做，他仔细分析，机修厂之所以没活干，是不想别人闲着自己干，这说明那里人浮于事。于是，他根据机修厂的工作量裁减人员，谁走谁留，由机修厂定。这下可好，留厂的有活干了，裁减出去的又找上门来了。真是一波未平，一波又起。这次他是胸有成竹了，他对劳资科长说："把这些裁减下来还没有安排的人组成一个车间，先让他们专搞对外业务。"

实行了经济责任制，一个原来有90人还喊任务太多的机修厂，一下子减到了48人，不仅能完成机修任务，还承包了部分对外业务。当年结算，除几个病假多的人没拿全部浮动工资外，其他人都得到了浮动工资。

董炳烟推行经济责任制，遇到了一些人的消极抵制。实行浮动工资不久，一个钻机陷在事故中几个月出不来。没有进尺，浮动工资全泡了汤。钻工们下骂机长指挥无能，上骂队长把事情做得太绝。有的要求调动，有的认为反正拿不到浮动工资，破罐子破摔，上班睡大觉。

魔高一尺、道高一丈，这董炳烟也算是个人物。他把所有机长、行政等部门负责人带到事故现场，处理了不遵守劳动纪律，造成了事故的一个班长和一个副班长，并强调没有进尺，就不能发浮动工资。这台钻机很快走上了正轨，摆脱事故带来的影响。

搞钻探，就像开汽车，谁敢保证不出事故？事故让大多数职工跟着吃亏。当他们结束了这个钻探任务后，董炳烟就说："你们去打几个月对外承包工程钻吧。"结果不到三个月，他们就连本带利将浮动工资拿回来了。

董炳烟推行经济责任制，也遇到了公开反对。有个测井工就曾拒不执行岗位责任制，组织批评他，他就动手打人。董炳烟知道如果不刹住这种歪风邪气，经济责任制就可能失去权威而夭折。既然旧观念向新观念挑战了，那就应战，以硬碰硬。结果是队上对这个工人除按经济责任从严处罚外，还借用这个反面典型在全队职工中进行了毫不动摇地执行经济责任制的教育，从而减少了推行经济责任制的重重阻力。

董炳烟改革的核心是治"懒"病。未实行责任制时，全队小病大养，无病呻吟的人不少。年龄越轻的"病"越多，经济条件越好的"病"越重。队部卫生所的病房长期"客满"。经济责任制一下来，卫生所的病房也清静了。一分队医务室在实行责任制以前，曾在一个月内用了一本病假条，而实行责任制后，竟出现了一本病假条用了3个月还有剩余的新鲜事儿。

工资浮动，人心浮动，董炳烟信心没有浮动。他看到了新的因素在"浮动"中增长。以前有活干派不动人，现在大家争活干；以前队上经常出现完成任务靠月底、季末加"后劲"，增开备用钻机，现在不加"后劲"也能按时完成任务。与此同时，工程质量也上去了。从1982年到1985年，钻孔甲级孔率从25.8%上升到52.7%，甲乙级孔率从66%上升到98.2%，采煤层的采取率从79.9%上升到87.5%，钻探工程质量达到了历史最好水平。

董炳烟整治"老爷测井组"也是可圈可点的政绩。哪来的这个绰号？钻工们给起的呗。原由很简单。测井组神气的理由是他们有车，年轻人开着车，到了钻上就高人一等了，测井质量却低得可怜。从1982年到1984年，测井的甲级孔率不足20.7%，乙级孔率没低于65%。质量名列全省钻机组倒数第一。董炳烟分析原因，一是原来制订的用于机关科室的经济责任制不适应这类专业班组；二是"爷儿们"娇惯了，给这类独立性较强的专业班组制定特殊的经济责任制，并实行重奖重罚。1985年初，他组织计划科和测井组负责人共同制订了按测井合格孔中应测参数的总米数计奖的经济责任制。测井达不到规定的甲级孔指标，不但要扣回原发的奖金，还要扣罚组长、操作员等岗位人员的浮动工资。各岗位的职责与浮动工资紧密挂钩。像快要枯死的禾苗见了一场大雨，"爷儿们"的测井质量奇迹般地上升了。1985年共测了53个钻孔，质量为甲级孔的48个，乙级只有5个还包括两个因钻探原因未能测完的孔，甲级孔达94%，乙级孔仅为6%，质量上升至省公司前列。

推行了经济责任制，老套套被打破了，许多工作都要随之跟上去。董炳烟要做的就是制度必须配套，这就如同画家要画一幅油画，需要赤橙黄绿青兰紫的色调；就像一支交响曲，有众多音符的排列、组合一样。

"勘探队迟早要走社会化、商品化、企业化的道路。与同行之间，与社会之间激烈的竞争在所难免。当有朝一日我们没'米'下锅的时候，我能带着钻工们去卖岩芯度日么？"董炳烟这样问自己，当然他也否定这样的结果。

日历翻到1985年9月29日，也就是董炳烟回到勘探队二队重操旧业两年多后的一天，他静静地坐在职工代表大会的会场上。勘探二队选举实行队长负责制的第一任队长的大会。

董炳烟以97%的信任票再次当选队长，这是职工的选择，也是时代的选择。

煤炭行业的改革成了上世纪80年代后期的主旋律。煤炭勘探是煤炭行业的重要组成部分，煤炭生产业动了骨头，煤炭勘探队伍就会伤着了筋。

现任中国煤炭地质勘探总局局长的徐水师对此分析说，煤田地质队伍必须面对这样严酷的事实，国家不再分配任务，也不会全额拨款。曾光辉耀眼的地质队再也找不回过去的自豪，他们和大多数国企一样，不再依靠国家给项目、拨经费，过着虽然艰苦却是旱涝保收的日子，现在这一切都不复存在了。他们必须走出去，接受大市场的承认，他们渴望拿下某一个工程，他们走进招标会场却发现这里已经坐了几拨煤田地质队的人，大家相见都微笑不语，脸上露出更多的是无奈。而且他们还必须面对共同的竞争对手——其他行业地质队的队长、书记，他们正襟危坐在本来任务就不饱满的煤炭地质招标会现场。这对一直吃着计划经济大锅饭的煤田地质队伍是实力、科技、设备的大博弈。在大博弈的年代里，我们看到了煤炭地质人的敢于拼搏，敢于挑战的精神呈现在公众面前。

这是改革告诉他们的道理。

第九章　外国人来了以后

打开国门，我们请外国人进来，发现苍蝇顺着门缝也钻进来了。这是当年流行的语言。围绕社会主义国家能不能与资本主义国家合作，民众有着更多的担心，担忧的是社会主义国家人民的革命思想被腐蚀了。因为那时我们的头脑里还装着解放全世界三分之二劳动人民的伟大使命，西方人民还处在水深火热之中。改革开放了，才知道外面的世界很精彩，我们的经济因为那场"革命"已经到了崩溃边缘。

中国人看到了自身的种种不足，经济的落后伴随着科技的落后，这是阻碍发展的高高门槛。一方面要开放引进先进技术，一方又怕春风吹来的时候也有毒害我们思想的东西也尾随过来。中国人最终还是选择了后者，引进外来资金，更关注科技对企业的输血。理由很简单：落后就要迎头赶上，行业必须与国际接轨。

被高度关注的刘村

改革开放后，中国经济复苏的迹象非常明显，可用"一片莺歌燕舞"来形容。随着大规模的煤炭地质勘探动作的运行，装备落后、经费不足已经明显地制约了煤田地质勘探事业的快速进展，成为大开发、大繁荣的发展瓶颈。煤炭地质人意识到，必须突破自己拦起的藩篱。突破自己，就是否定自己，这有时候也很难。

日本人来了，他们或许因为那场带给中国人民深重灾难的战争而带着一种赎罪、忏悔的情感向我们伸出援助之手。总之，中日联合勘探刘庄煤田上了两国政府部门重要的议程。在1980年于北京召开的中日两国政府成员会议上，具体地说协议签署于煤炭工业部长高扬文和日本通商产业省大臣田中的谈判桌上。我们不需探讨此商定的起因和原由，其中最重要的一点是明确的，利用日本提供的设备在中国境内的安徽淮南刘庄开展煤田地质勘探合作。

这是改革开放后，我国第一次在煤田地质勘探领域里的国际合作项目。

刘庄在哪里？更多行内人开始关注这个陌生的地方。

刘庄位于淮南、淮北煤田中间的过路上。如果不是因为它储藏丰富的煤炭，即便在安徽省10万之一的版图上，这个叫刘庄的村落也是可以被忽略不计的；即便放大了版图尺寸，它也不过是由一片绿色麦田紧裹着的农户不多的乡村。

我们无法用文字恢复30年前的刘庄旧颜。现在的刘庄，在中国改革开放年代成为人们关注的焦点，是因为现代化的煤炭勘探技术采用而被后人肯定为"名庄"。微雨过后，碧空如洗，蓝天之下，白云飘逸。在如菌的绿海中，耸立着90.8米的中国第一数字化煤矿标识，科学成果使这个现代化大型煤矿彰显出无穷的魅力，现在归属淮南市国投新集能源公司所有。

30年前刚刚改革开放的淮南、淮北过道上这个叫刘庄的村庄，因为被认定储藏丰富的煤源，日本人也以友好的态度愿意进行勘探项目领域的合作。

关于刘庄煤田，在煤炭地质勘探总局有档案可查的话题数百处，仅仅独立成文的文件也有几十篇，足以体现刘庄在上世纪80年初在中国煤田地质勘探史上的重要影响。

刘庄所以被关注，来自于中国与日本签署的合作开发项目，对中国煤田地质勘探业与国际交流有着重要示范作用。建国后，西方某些国家对新中国实行封锁，并在中国邻国进行侵略性的战争，以此形成对中国的扼制，图谋扼死脆弱的红色政权于摇篮中。这使中国人在战争的废墟上艰难地建设着自己的国家，加上政治因素中国经济前行速度缓慢。现在，中国人展开了臂膀欢迎与西方人（我们把日本人也划进西方世界）合作，由此看到刘庄的勘探有着摸着石头过河的引领作用，政治意义远远大于经济意义。

时任煤炭地质总局技术处长的王文寿是参加签署我国首个煤田地质勘探国际合作项目协议的主要执行人。他对此的关注超过其他人，这和他的职务有关。那时，我们的煤田物探搞了十多年，由于设备不够精密，分析地震波算出来的数据参考价值不大。许多年来，西方发达国家对我国实行限制性出口，如能利用好此次机会引进国际一流设备促使我国在煤田物探领域技术实现快速发展，是一项利国利民的大好事。

这个项目并没有因为岁月的逝去而淡出王文寿老人的记忆。他说，印象太深刻了。

太深刻的人生旅途中某个时段被完全保留下来：经双方多次协商，于1982年2月18日正式签定了《中国煤炭开发总公司与日本国新能源综合开发机构关于在安徽省淮南煤田刘庄矿区合作勘探的协议书》，合作勘探工作历时5年，1986年4月底结束野外施工。

中日合作勘探"煤都"刘庄，有着极为重要的政治考虑。中日两国因为那场侵略战争而隔阂太深，被屈辱的历史还存在中国人民的记忆中，融化坚冰需要一个不会是很短暂的过程。根据协议书的规定，在合作勘探工作中"采用先进的物理勘探设备，通过地震勘探、钻探、地形测量、测井、化验、水文、地质调查等手段，实施精查勘探，最终提出可供矿井设计的地质报告"。据此需求，双方就该项目的管理方式，勘探工作分工，经费分担，成果的使用等方面，经过协商取得了一致的意见，并在合作勘探协议书中作了明确的规定。按照合作勘探协议书的规定，地震勘探以日方为主，日方提供DFS-V数字地震仪及其附属设备及备品、配件、各种消耗材料，提供模拟测井仪、深井泵及取煤器各一套，负责地震资料的数据处理及少部分煤样的化验测试。地震勘探现场施工由中方负责，日方于每年10月至12月份派专家赴现场工作，其余各项工作由中方负责。合作勘探设计，合作勘探报告及年度工作报告由双方共同编制。合作勘探所取得的资料，提交的合作勘探报告，由双方保有，只有中方才能将其成果用于开发，日方保证对第三国保密，原始资料及实物均留存中国。

根据合作勘探协议的规定，地震资料的数据处理由日方负责，中方技术人员参与选择参数，制订处理流程，共同解释资料，并参与监督资料处理的全过程，从而对地震资料的数据处理有更深入的了解。为改善地震勘探成果总结出了一套可行的方法，同时选择主要测线进行了波阻抗、三瞬（瞬时相位、瞬时频率、瞬时振幅）、亮点等特殊处理，为在煤田地质工作中进行特殊处理提供了可供选择的方法。

1982年，西方发达国家已采用了数字地震仪，在我国煤田地质系统数字地震仪还是个传说。

刘庄区域精查勘探首次开展的高分辨率地震勘探技术后作，尚难以全面衡量在煤田地质勘探工作中的作用和解决地质问题的能力，通过中日双方技术人员的共同努力，不仅总结了一套适用于煤田地质的高分辨率地震勘探方法和技术要求，而且培养了技术队伍。

进一步研究高分辨率地质勘探解决地质问题的能力，了解国外煤田地质勘探方法、地震深层数据流程与参数的确定，为其后数字地震仪及数据处理系统引进提供有益的经验，同时可利用日方提供的数字地震仪开展技术训练、开展高分辨率地震勘探培训技术队伍，为建立数字地震仪正常工作方法奠定了基础。在工作方法上摸索出以建立高分辨率地震勘探为主，结合钻探提供的特殊处理，研究边界地层隔水层的划分，评价主要可采煤及煤层顶底板的稳定趋势，达到经济技术合理，为煤田地质勘探方法的改革提供有益的经验。

合作中的不愉快的事情也多次发生。王文寿记得最让他刻骨铭心的一件事情。1986年初，王文寿同日本代表到刘庄现场考察，提出达成协议中的物探设备尽快到位，以节约时间及成本。日方不答应，还话语中流露出讽刺："你们这么大一个国家难道一套设备也买不起吗？"

王文寿一听这话味道不对，当即反驳道："买上一百套也没问题，既然是合作，你们也应该拿出一些诚意出来嘛！"

谈判僵持在这里。部里领导作王文寿的思想工作，能通过日本人的购买渠道，我们花钱买一套设备并掌握相关技术，也是合适的。

部领导到底是高瞻远瞩，这样的决策会使中日双方合作是愉快的。新设备很快运到了，并且在刘村项目上得以应用，技术人员很快掌握了设备工作原理、操作、维修方法。王文寿肯定地说，这套设备对中国煤田地质勘探技术整体水平的提高起到了很大的帮助作用。

1988年关于刘庄合作勘探总结这样写道：

"刘庄区中日合作勘探工作中，使用了日方提供的、目前较先进的DFS-V数字地震仪，该仪器从1982年底运抵现场，1983年初正式使用，组建了我国煤田地质系统的第一支数字地震仪，由于在工作中得到日本、美国专家的现场指导在较短的时间内掌握了数字地震仪的使用、维修，总结了一套适合数字地震仪的操作、维修、使用方法，同时于1984年在刘庄现场举办了数字地震仪培训班，为煤田地质系统培训了第一批使用数字地震仪的技术人才，同时为从1985年开始从法国、美国引进数字地震仪提供了有益的经验。"

"培训锻炼一直使用数字地震仪的专业技术队伍，我认为是刘庄合作的最大收益"。王文寿陪同我们来到涿州小城存放着数字地震仪的小楼，那座小楼已被喧闹的都市掩没在了一角，如果不是刻意地寻找，谁都不会正眼地瞧它一眼，这太普通了，普通的就像市井胡同里的大杂院。当年先进的仪器，现在一文不值，为什么不处理掉？小楼被更多人不解。

当年的地震仪由卡车运过来，现在一个人用出门旅行手提箱就可以完成，留着它有什么意义呢？

"更多的是象征意义，记录煤田地质勘探人的一段不平凡的历史。我们数字地震仪勘探从这里起步，快速地追赶着世界领跑者，努力实现民族的伟大复兴！"王文寿回首那段往事时，不无感慨地说。

关于刘庄日本模式的合作勘探报告，较多地吸收了欧美国家的经验，在储量计算、地质报告、地质图件编制上均与欧美各国类同，因此我们可以从刘庄合作勘探报告中，分析借鉴日本欧美式地质报告中的合理部分，为改革我国的煤田地质工作，提供有益的借鉴。

记录虽已尘封，我们歌颂现代化的刘庄今天时，不要忘记昨天为刘庄做出贡献的人们。

绝不盲从

中国改革开放了，更多国际大公司瞄准中国煤田地质这个大市场，这对中国煤田地质勘探是另外一个严峻考验。曾任中国煤田地质总局副局长的王文寿讲起了霍林河露天矿围绕引进设备的一场争论。

霍林河现在拥有已是百万人口的煤城，车水马龙的繁华景象最初是由煤田地质人的辛苦换来的。煤田地质人说："我们不需要鲜花和掌声，看到一个个矿区投产，就是送给我们最好的礼物。"

霍林河煤矿在内蒙古的东北部，那是一个半山区地带，勘探储量大、覆盖浅，开露天矿成熟，煤炭化工部领导认准了要建一个现代化露天煤矿。现代化的露天煤矿自然要有现代化的采煤设备。部领导倾向于引进德国诺贝利克房伯公司的轮斗开采技术。德国人一开口，配套设备动则十几万美元。十几万美元对刚刚开放的中国，绝对不是一个小数目。

燃化部组织了专家进行评估。专家形成两种意见，争论很激烈。焦点是这套设备能否承受住内蒙古的大风与冬季严寒、煤炭硬度，花这样一大笔钱是否值得。德国设计公司闻讯派人来了，德国的制造公司也派人来了，一致要求查看钻取的岩芯。试验之后，发现他们推荐的那套设备很难发挥最好效应，也就是说，他们的设备在其它国家好用，在中国的内蒙矿区水土不服。提出重新设计轮斗，加大轮斗开采能力。他们举例说印度那威力露天煤矿以及加拿大一家露天煤矿因为加大轮斗提升了开采能力，至今生产都很顺利，达到了预期效果。

这是一块肥肉，德国公司显然不愿放弃十几万美元的生意。德国更看中的是改革开放后的中国市场。中国露天矿很少，如果此地能够采购，对其它中国煤炭露天开采一定会有示范效应。德国公司又提出一些解决方案，千方百计地要拿下中国轮斗开采的定单。问题又出来了：加大轮斗开采能力意味着购买成本的大幅增加，这就不是十多万美元挡得住的。

部长们犹豫了，不论肯定还是否定，都要承担相应责任，只有在充分科学论证的基础上才能有信心地做出正确决断。

"在科学面前不能马虎，让地质局派人详细论证，用数据说话。"部长一锤定音，副局长王文寿带队进驻了霍林河。

王文寿遇到了前所未有的难题。霍林河，地处大兴安岭山脉脊梁，中生代断裂型聚煤盆地540平方公里，储藏130亿吨，是东北内蒙地区发现的最大煤田区域。

1969年，河北煤田地质勘探公司116勘探队在煤田东北部霍林河扎二胡热地区进行小井勘探，共打钻孔30个，预测储量7.5亿吨。

1972年，吉林煤田地质勘探公司472队进行了全煤田普查勘探，当年完成霍林河扎二胡热地区普查工作，共打钻孔11个，预测储量11.2亿吨储量。

这些资料无疑是珍贵的，但是岩层厚度、煤层厚度和煤炭储存位置不清楚，软岩、硬岩不清楚。这是露天矿上轮斗必须掌握的条件，他不能不负责任地说：可以，不可以。

王文寿非常清楚此行责任，他必须尽快地拿出让人信服的第一手数据让部领导做出决定。

王文寿带领的技术组到了霍林河，亲自布置了20多个钻孔，要求当天取芯，实验室当天得出结果，这样的工作强度很大。技术人员每天往返在帐篷、钻机、实验室之间，三点一线就是他们的生活轨迹。每次有了新进展，王文寿就及时与北京联系，每个月往返两地数次。

经过41天的不懈努力，全部地质水文搞清楚了。王文寿给出的结论报告是："即便是加大轮斗，用于霍林河露天矿采煤也不能用。"

这个结论上报部里，部长组织专家再度审定，结果也是如此。

霍林河扎二胡热露天煤矿1984年建成投产，现在进入中国大型煤矿的行列。

队长让贤正改副

山西安太堡矿区是第一个中美合资企业，亟待上马的煤矿，急需解决日供水量4.5万吨的工业生活用水。这个项目得到中国煤田地质总局的高度重视。安太堡矿是平朔露天矿的一部分。正在平朔露天煤矿搞地质水文施工的水文一队接到指令，指令是坚定的，不可更改的。副队长王欣安知道这是块难啃的骨头，但是在水文一队的词典里没有

"不能"这两个字。王欣安召集技术人员开会，讨论施工方案，提出了多个解决方案，以不变应万变。老队长梁宝昌最赏识王欣安工作作风，你永远在他嘴里听不到"困难"两字，只要是上级的指令，他都是坚定的执行者。在水文一队队伍里，王欣安就是一座山，让人以信任的目光仰视着他。

上级把这个项目交给水文一队，是因为水文一队多年在山西雁北地区平鲁盆地平朔露天煤矿搞地质水文，有丰富的找水经验。平鲁盆地面积达376平方公里，煤储量127亿吨，煤质好、煤层厚、埋藏浅。开发这个煤矿，在国民经济中有着举足轻重的特殊地位。

水资源是平朔安太堡矿区能否上马的关键。美国人在等待中国煤炭地质水文人解决矿区上马前的第一个难题。当年对平朔矿区神头泉域的岩溶水资源存在着两种不同认识，使平朔安太堡一带的岩溶水不能得到及时开发，严重影响了煤矿的建设进程。一种观点认为，神头泉属封闭式泉排型，在泉域的任何一处开发奥灰岩溶水多少水量就减少神头泉多少水量；另一种观点认为，神头泉域的地质、水文地质条件尚未查清，是否属封闭式泉排型尚待考查，同时神头泉泉域分布面积达几千平方公里，具有很大的调蓄功能，按平朔矿区的需水量，开发神头泉域的岩溶水对神头泉群不会产生很大的影响。王欣安带着2区3台钻机，跟随梁宝昌队长第一拨人到了工地。一队没有生产队长，梁宝昌书记一肩挑，他的压力太大了。梁宝昌多次写报告，建议提拔王欣安为管生产的副队长，一直没有被上级有关部门批准。平朔这么大一个项目，很可能要十年八年，没有王欣安这么一个人，很难完成任务。梁宝昌琢磨了几天，给王欣安报了个工程师，让他名正言顺地抓生产。梁宝昌无奈地说："老王，我巴掌不大，盖不了天。你知道平朔这么大项目。我感到压力太大了，你帮我顶着。"

王欣安很感动："我文化低，工程师就算了，职称不职称的不重要，我会全力以赴地配合你的工作。"

王欣安被提升任平朔工程的副指挥、平朔工区主任。施工钻井在平鲁盆地日夜不断地轰鸣着。

梁宝昌带领的队伍做了大量的初勘工作。据统计，施工了20个观测孔，探进尺12216米，电法勘探面积551平方公里，地面测绘2104平方公里，单孔抽水试验达29次之多。工程技术人员还在这个地区进行普查，搜集其他单位的地质资料，会同平朔安太堡煤矿供水工程技术人员分析研究，发现矿区刘家口担水沟隔水断层，北部含水构造层不发育，而南部岩溶相当发育，地下水的调储能力较强，水量丰富，大气降水为主要补给来源，可作为永久的矿区供水基地。并预报出矿区需水量达2立方米/秒时，定量评价对神头泉群的影响。

这个结论给决策者提供了精确的合作决策。那时，我们刚刚对外搞改革开放，还需要引进国外投资。国外对我们国家的政策、施工能力不够了解，所以每个涉外项目都会得到各级政府的格外关注。这就不仅仅在于经济上的盈亏，而且要提升到国家尊严层面来认识。涉外的项目只能成功，不许失败。至少王欣安是这样想的。

总局要求水文一队在初勘末结束时，尽快提交日供水量4.5万吨岩溶水的《平朔露天矿区供水水源工程勘探设计》。这意味着施工越过详勘阶段，直接打供水井。这样做固然可为国家节约大量资金，却是以风险为代价的。点准孔位是关键，一口井投资10多万元，一旦孔位点错，不但耗资还要误时。工程技术人员全面权衡，反复分析研究资料，确定了一个又一个供水井和观测孔的孔位。6台钻机先后搬到施工现场。

一眼供水井竣工，抽水试验结果却是干井。一下子让技术人员束手无策。王欣安遇事不乱，立即召开诸葛亮分析会，会上决定采取两项补救措施：放炮、用二氧化碳洗井。

这一招果然有效。炮声响过，一条粗大的水柱从井口喷射而出，洗井成功了！

6台钻机以惊人的速度，仅用一年多时间就完成了11眼特大口径深层溶供水井和5个观测孔的钻探任务。但是，王欣安和他的队友并不敢松一口气，日供4.5万吨地下水的工程只完成了一半，他们还必须保证不影响周围工农业用水和神头泉的流量。从施工设计到整个施工过程，采取了特殊的技术措施，延深水井直取奥陶系岩溶水；根据地下水补给源径流带和流场的主要来水方向布置孔位，尽量减少开采地下水对神头泉的影响。这一系列的技术措施能否成功，必须经过孔群大流量抽水实践检验。

抽水试验准备工作极为艰苦而紧张，总局指令加大施工力度，增加钻机和人员。时值冬季，冰天雪地，寒气袭人。在人迹罕至的荒山野岭之中，分布着观测面积8千平方公里的51个观测点。三百多名职工坚守在这些观测点上，忍受着饥饿和寒冷的考验。饿了，就用饭盒随便热点东西充饥；困了就钻进四面透风的简易帐篷里打个盹。推土机都"啃"不动的冻土堆，他们硬是抡动铁镐给搬掉了，平整了现场，挖了排水沟，安上了流量箱。工程师们吃住在抽水现场，率领机电分队下泵架线，安装电机。抽水日期渐近，还有许多准备工作没有完成。

1990年3月1日下午，随着"抽水开始"一声令下，9台大型潜水泵同声呼啸，岩溶水从四五百米深的地下喷涌而出，抽水试验成功。

连续抽水42天，日流量35000吨，孔组中心地下水位动态平均降深不超过1米，证明对周围工农业用水和神头泉自流水都没有产生明显影响。不久，他们按时提交了《平朔露天煤矿供水水源工程报告》和《平朔矿区供水水源初探报告》，并获一次性评审通过。

有了水，中美合资的安太堡煤矿加速了建设的步伐。

老队长梁宝昌退休，水文一队队长头衔落在王欣安头上的时候，安太堡煤矿还处在紧张的施工中。考虑到施工难度和任务的艰巨性，他向上级提出让年轻的副队长王致富和他换位置，并保证扶王致富上马，再送一程。他对领导说出他的肺腑话语："我文化不多，更适合做具体工作。中美合作项目成败与否，就不单是经济效益问题，关乎到国家尊严。让年轻人干吧，让他们挑起大梁，给外国人一个满意的答复。"

2011年岁末，我在邯郸见到王欣安时，他坐在轮椅上。安太堡煤矿早已生产。他记得那个地方，那儿曾流过他的汗水。辉煌已远去，他平和地与我交谈。

回头看看自己的脚印，每一步都走得很正，他知足。记得苏联一位伟大作家那段话："我把自己的一生献给了壮丽的共产主义事业。"

我想这句话也适合他。

第十章　白猫与黑猫理论的普及

在甘肃兰州跨黄河大桥上，有一道著名的风景：白猫和黑猫雕塑。据说凡是来到兰州的人，接待方一定要领着客人到大桥上参观这两座雕塑的。这组雕塑工艺实在算不上精美，但是"白猫黑猫"已经与兰州"三宝"——"百合、洮砚、牛皮筏子"一起成为兰州人引以为自豪的话题。我无法确定白猫和黑猫桥建造年月，可以肯定是在中国改革开放初期的杰作，其创意取自一代伟人邓小平的"白猫黑猫"理论典故。几乎所有人触摸"白猫黑猫"时都会心一笑，耳边想起那位小个子的伟人提出的一个经济学著名论断时坚定的声音，随后就是沉默。那个年代，更多的人无法分辨我们的经济行为是姓社还是姓资，是对还是错。停滞不前，代表的是观望，由此我们看这个论断真正意义是照亮我们心中黑暗的角落。这个论断被弘扬后，中国经济才能真正腾飞。

抓"猫"的年代，煤炭地质人却找不到另一只猫在哪儿藏着？

老虎在笼中，猴儿摘桃子

确切地说，1980年的本溪会议是煤炭地质行业吹响"白猫黑猫"实践的号角。会后，号角成为了行动。轰轰烈烈的多种经营从省局到地勘队都有了大动作，风声大雨点也大，都拿出来了关于多种经营的洋洋万言的计划书、行动方略。领导者思想却还停留在计划经济的模式上，不管雷声多么响亮，雨声多么激昂，都没有落实到思想深处。计划经济的幽灵还在心灵深处徘徊。从今天留在档案里的资料我们不难发现，风来了，雨来了，大家还没准备好。多种经营的思路大都是贸易公司、饭馆旅店、商店，一些地勘队还开办了养猪场、养鸡场，也有的办起了中介公司、火柴厂、配件加工厂，这些如雨后春笋般的大大小小的经营单位，在十亿人民九亿商的年代又会有多大的市场竞争力呢？没有科技含量的、大众的、自己并不熟悉的行业，只能是跟风。风停了，办的公司也好，企业也好，大都"歇了菜"，除了主业或者与主业有关联的经营尚可外，利润薄得连工资都发不出来。人们没有从根本上解决或者从根本上意识到，20年后可能会发生的近似蜕变的煤田地质业的衰败，但在一份份总结里，依然给上级报告写满骄人成绩，如同1958年许多人都看到了的大跃进带来可怕后果，怕被抓了"右派"典型，只唱"大好形势"，不再质疑"稻子捆上坐小孩"的亩产有多大可能性，这才导致了一个国家的老百姓都在饥肠辘辘。煤炭行业也面临着与那段历史相似的经历。改变现状是全体国人的责任，不改革，中国的经济就会走入死胡同。50年代的"赶英超美"的口号真正成为了画饼充饥，赶驴车的与坐飞机的就没在一个起跑线上，差距只会越来越远。但是，这样的意识还未能推动国有企事单位的车轮滚滚向前。第二经济拓展，无疑是任务不足、待业青年增长情况下不错的选择。如果说从这时起，煤勘行业就开始新的创业，就不会有后来走上几近溃盘的境地。

时任煤炭工业部部长的高杨文在煤炭工业厅局长改革座谈会上有一段讲话能反映那个年代煤炭的现状：

"改革也是煤炭工业30多年的历程中必须解决的大问题。十一届三中全会以后，大家就在想改革，盼改革，可以说天天想，月月盼。为什么盼改革？因为不改革，煤炭工业就没有出路。30多年煤炭工业的成绩是巨大的，从解放前的三千多万吨，提高到80年代的六亿多吨，增长了近20倍，这个发展速度在世界上也是最快的。对这么一个大成绩，没有人怀疑，中国人承认，外国人也承认。这是党和人民包括广大煤炭行业职工创造出来的，是他们血汗积累起来的，对这一点我们都有足够的估计。但另一方面也要看到，我们在历史上犯过错误，后果也延续下来了，形成了很重的包袱。总结过去的错误，主要有一条，就是过去我们没有很好地按煤炭工业的发展规律和经济规律办事，而是常常凭主观意志和行政命令去搞煤炭。如在'大跃进'期间盲目蛮干，产量上去了，又很快掉下来，从三亿多吨，退到二亿二千万吨，用了6年的时间才恢复正常，造成煤炭工业长时期停滞不前，受到了惩罚，影响了国民经济的发展。另外，每年死亡那么多人也是一种惩罚。还有，煤炭工业当前最大的压力，就是人多。国营煤炭企业460万职工，比全世界煤矿工人还多。人多的后果现在也看到了，吃、住、行等一大堆问题，牵扯了很大精力。这个压力越来越大，压得我们喘不过气来。解决这些问题，不能再用过去的办法，走增产增人的路子，而要走一条健康发展的新路子。正因为这样，我们非常需要改革。"

1987年，中国统配煤矿总公司副总经理陈钝在全国煤田地质工作会议及接见经理、书记时也理性地分析了目前地质行业中出现的问题，请允许我摘录如下：

"在煤炭战线中，地质队伍是一支重要的力量。没有地质工作就没有煤炭行业，我们离开地质不行，但又扶持不够。十三届三中全会以来，地质工作的发展是相当快的，地质报告的质量、数量有了很大的提高，勘探手段也有了一定的发展，'六五'、'七五'、'八五'的项目，地质上已满足了需要，地质工作是干在前边的。我们的勘探技术也有了很大提高，地震手段在技术上的应用，给我们起了很大作用。刘庄勘探中，15米以上的断层都可以分析，这对煤炭开采是非常有好处的。近几年，大家克服了工资、原材料方面涨价的困难，各级领导干部承受了经费不足、成本提高、横向攀比等方面的压力，始终发挥着很重要的作用，对我国煤炭工业的发展，对国民经济建设作出了很大的贡献。神木、东胜及四川筠连许多新区的开发，还有平朔、准格尔、东北几个露天矿的开发，都是地质工作的重大贡献，没有我们地质队伍的辛勤劳动，就不能有这样的前景。

"1980年以前的矿井有的在扩建，有的在改造，新井刚投产，有的还未达到设计能力，近几年煤炭产量基本持平，没有增长，老井衰减相当快，而新井建设相对讲却较慢，如徐州矿务局，还有双鸭山，双鸭山岭西竖井1955年3月投产，年岁不大，已无煤可采了。因此，我说，煤炭工业要发展，要保证国民经济的需要，必须得不断开发新区，没有"战场"就出不了煤炭。目前在建的矿井仍有1亿吨左右，开新区，建新井主要靠地质工作，地质工作是我们煤炭工业的主要的基础支柱，没有地质就没有煤炭，中国的缺少能源就不能保证国家建设，就要受影响。生产上也离不开地质，打深部、搞外延都需要地质勘探工作。如果没有地质工作，没有前提工作，新矿井也不能开发建设。这不是哪一个人、哪一个单位的问题，而是关系到国计民生的大问题。如果没有平顶山、淮北、兖州、徐州、肥城、枣庄、开滦等一些新区的开发，如不大量找新区，目前煤炭工业不知将会是什么局面。现在许多老矿区都在衰减，没有新区就没有接替的地方，如果想满足'八五'、'九五'煤炭工业发展的需要，地质还有很重的任务。"

这是一对难解难分的矛盾，一方面煤矿业急需煤炭地质人做出新贡献，一方面看到煤炭地质业被挤到改革的十字路口，谁都知道不改革没有出路，向左还是向右，徬惶着、左右着国有企事业的领导。

经济大潮滚滚而来，漫过祖国的山山水水每一寸有人群的土地，人们的理想、道德、观点都被夹着泥沙的大潮冲刷着，心底的提岸被冲撞着，摇动着。各地反馈上来的忧虑大致相同：队伍难带，单位难管，工作难做，缺少人力、物力、财力。多处投入不够，使地质工作受到了很大影响，设备更新慢也是制约地勘业发展的不可或缺的原因，钻机基本上用的是五六十年代的钻机，30年一贯制，效率提高缓慢，离科技手段运用有着长长的一段距离。

多年来地质勘探事业发展和各方面制度的不完善同样带来一些不可调和的矛盾。俗话说得好，"冰冻三尺，非一日之寒"。今天反映出来的问题，同样是多年积累下来的；靠一茬领导、一个政策，在极短时间内都解决了也是不现实的，更不可能靠风起云涌的多种经营就可以改变。

陈钝副总经理在肯定煤田地质勘探队伍为国家做出贡献的同时，对当前形势的也很忧虑，他忧虑的是，一方面，我们拥有这样一支队伍，做了许多工作，这是40年的积累，另一方面，队伍老化，人员过剩，问题一大堆，不能埋怨这些问题，这与我们的整个制度的不完善有关。

当时遇到的困难，第一个是地质勘探经费严重不足，确切地说，地勘任务的锐减，有的勘探队能得到的任务不足生产能力的三分之一，而富余下来人员同样要吃喝，形成难以跨逾的沟壑。他举出的例子说明这是具体的困难，他刚负责地质工作时国家财政拨款3.4亿元，现在是4.5亿元，五六年间增了30%，应该说，国家是尽了很大的力，可这几年的物价、工资及各种名目的支出又远远超过了这个数字，加上队伍老化，劳保制度不完善，离退休人员多，医疗、福利费用增长等等，确实存在许多困难，每个领导者无不感到包袱的沉重。

而"文革"以来，一二三线比例越来越不协调，任务越来越少，虽然给职工增加了工资，职工的相对收入却下降了。过去为了要野外津贴，把队伍建在远离城市的地方，现在出现问题了，就业、上学、开展多种经营都受到制约。过去地质队待遇高，现在不行了，过去有许多优待的东西，现在没有了，相反，开支项目增多，如青苗赔偿、土地占用等，这费那费，除掉这些，就没有多少钱可以干活儿用了，只好减钻机，有的只能开4个月工资。没有工程量，煤田地质人员就会闲置，人才就会流失，这对国家损失很大。

设备更新缓慢，跟不上煤田地勘业的发展，也带来了问题。过去地质上的问题是"芯取不出，气测不准，水查不清"。这对矿井威胁很大。比如水的问题，要研究大的水文地质单元，不要孤立地去考虑，主要与手段更新不够有关。

陈钝的话题让更多的人意识到，解决起来则非易事，动一发而牵全身，有些可以解决都解决了，那些缠绕在一起的牵扯政策上的问题还处于研究讨论的层面上。

按下葫芦起来了瓢。那边地勘业的问题一大堆，另一条腿的多种经营同样出现了不少问题。陈钝分析道：

"多种经营，两业并举的方针我是赞成的，这是一条使煤田地质工作健康发展的路子，但当前也遇到不少困难，一是大气候国家经济调整，二是市场疲软，三是压缩基本建设。许多乡镇企业，甚至国营企业都开工不足，产品卖不出，加上原材料价格贵，因此搞多种经营重要的一条是要选对方向，要调查社会需要，搞发展前景分析，这是很重要也是很不容易的事。再是要有一个为人正派，有高度事业心、责任感，能够开创局面的带头人来搞，穷日子才能带起来，多种经营要扶持，还要有正确的政策。

"要保证吃饭，但不能只做一个吃饭的队伍。要握紧拳头，收缩战线，集中兵力，保证必要的力量，协调好找矿、普查、详查、精查的关系。在资金紧张的情况下，从中央经济布局出发，光有8800亿吨

支部书记穆若勇：没有什么困难能难倒我们。人心齐，泰山也能移

新探明储量，但建井时又没处建，没有精查报告也不行。没有好的煤炭基地就不能增加产量，握紧拳头不等于削弱力量。"

煤田地勘业的调整强调的就是要从大局出发，在资金不足的情况下，保证重点，作出局部的牺牲，这是必要的。稳妥地进行队伍结构调整，一方面是有任务的队伍，本身内部结构的协调；另一方面是没有任务的队伍作一些转移，制定一些具体办法，政策，搞些多种经营。保持一支精干的地质队伍，稳定技术队伍成为社会问题。许多地方甚至成立了"维稳办"，用以解决经济结构调整带来社会矛盾。可以想到，煤勘队伍10万人的话，精干的地质队员有2万人，那剩下的大多数怎样分流？

我在总局的档案馆找到几份1985年间的资料可以反映当年态势。

河北省煤田地质勘探公司：

长期以来，我们是靠国家投资"吃饭"。这种"饭"是越吃越懒，越懒队伍越难带。

在国家压缩基建投资，四千名职工限定规模开动26台钻机。懒汉吃大饼地叫人往嘴里喂？还是采用小鸡觅食自己找？我们毫不犹豫的选择了后者，在完成国家各项任务的前提下，积极组织开展对外承包勘探工程。

冀南云驾岭井田1982年列入了建井项目。煤炭建井四处把施工冻结孔任务承包给我们煤田二队。任务要求高、难度大、时间紧、任务重，过去从没有干过这种工程，引起了一番争议。干活不挣钱，练了兵也合算。用这个指导思想统一认识，承包了这项投资近百万元的任务；水文队在冀南也承包了三项任务：水源钻探；云驾岭井田打建井井筒检查孔；水源勘探项目。二队和水文队在施工中取得了理想的结果。水文队后两项工程盈余83万多元，也锻炼了队伍。

开展对外承包打井的同时，积极扶植和发展劳动服务公司，面向社会，广开门路。几年来，公司办各种厂、店和服务性网点23个，经营几十个项目，上百个品种，经营总金额达到102万多元。还安排职工家属、知青236人。第二行业充实加强了领导力量，已有定型产品太阳能热水器，准备联营成立抽丝车间和承揽市建设基地勘探打桩等工程。

湖南煤田第二勘探队：

勘探队做生意，这对跟石头打交道的人来说，是老和尚拜堂，完全是个生外行。汽酒生产怎么搞、资金、设备、技术、原料从何而来？既不懂行情，又不知套路，开始碰了不少钉子、吃了不少闭门羹。第一批汽酒生产出来后，我们满怀希望派出推销员带上样品到湘西几个县去订货，去了半个月，结果一个合同也没有签订，商家怀疑汽酒质量不行，不卫生。邻近的冷水江市，先后4次派人去签订合同，也是不进油盐。搞了几十年采购、现在做销售的老员工感触地说："在家当老子，在外面做孙子，推销汽酒难呀。"汽酒厂厂长不甘心，亲自上马，带上一车桔子汽酒，来到家乡双峰县，找到副食品公司的业务股长，求他帮忙销售。熟人熟路，不看僧面总会看佛面，好话讲了一大堆，就是不答应，把瓶盖子打开，让他闻一闻也被拒绝。几百个日夜的奋斗徒劳无功，亏损七千多元。

后来狠抓了质量，从生产到推销都实行承包合同制，充分调动职工的积极性，在社会上赢得了信誉，在市场上争得了一席之地，现在汽酒厂的汽酒已成俏货，日产万瓶仍供不应求，产品畅销省内十个地区21个县市，深受广大消费者的欢迎。

浙江煤田地质勘探公司：

浙江煤炭资源先天不足，地质勘探后备基地紧缺，勘探规模由原来的开动23台钻机压缩到10台，人员和力量的大量过剩，使整个队伍机构臃肿，人浮于事，管理混乱。面对浙江地质勘探的实际，必须走多种经营的道路，把多余的力量组织起来从事第二行业。在落实地质勘探经济承包责任制中，我们要求从1984年12月开始严格按定员组织生产，把编余下来的626名职工全部从岗位上撤下来，使职工总数1/3的富余人员转入第二行业。

我们先后组建了5个劳动服务公司，利用本行业特点、专长，对外承接工程地质、水文地质、基础工程等施工项目。在一无资金、二无经验、三无技术的情况下，办起了规模小、投资少、设备简、见效快的面向社会的服务行业，如糖果厂、领带厂、棒冰厂等。动工兴建规模较大、安置人员较多的超轻质泡沫石棉保温材料厂。第二行业已有29个经营项目，大部分已取得不同程度的经济效益。

江西煤田勘探195队：

统战部杨静仁部长讲了三句话："全民经济万岁，集体经济也是万岁；全民企业是一条腿，集体企业也是一条腿；白猫黑猫逮住老鼠就是好猫。"这三句话使从事第二行业的干部、职工深受鼓舞。

1976年，在江西丰城县老圩乡的一片荒坡野岭上，我们搭起简易工棚，披星戴月，顶风冒雨，开荒种地，当年努力，当年收益，用艰苦的劳动开拓出从事第二行业的新路子，创办了江西煤田地质勘探队第一个"五•七"农场，发展成多种经营公司的雏形。

历时9年，公司由生产粮食作物的单一经营，发展到农牧工商副业齐全，职工、集体职工和家属临时工联合作战，目前已有职工320名，集体经济固定资产20万元，流动资金25万元的小型集体企业。

1983年初，通过信息分析，洛市煤矿上马，基建任务大，大批乡镇煤矿扩建，基本建设需要大批水泥预制品物件。领导果断决定，小抓芝麻，大抓西瓜，集中力量，抓好水泥预制板的生产。产品质量好，达到了15万米预制板的生产能力，产值达100万元。

我们看到的是80年代初中期煤田勘探队伍在落实第二经营内容的典型。他们讲述的是第二经营带来的变化。榜样的力量大，照耀着前进的方向。但是在这样的变化中，我们看不到赢利点，火柴生产上去了，填空了某一地区的空白，它的生产成本高不高，有没有盈利？我们建立了一个养鸡场有产值了，有盈利吗？桔子汽水销了几十个县，能维持多久？我们必须清醒地认识一个事实，这一时期私有企业如雨后春笋般地成长，而国有企业却因为他的大船难调头而艰辛跋涉。这一时间，几乎所有地勘业都选择了第二经营，红红火火，热热闹闹，10年后盘点却极少有盈利的，亏空成了主流。时过境迁，我们不能把这个责任推给某个人，也不能推给政府，恰是我们还没有了解经营的内核，或者还没有体会"猫"理论的重要意义，还没有学会做生意，就自己把自己推到了不熟悉的行业，在哪里苦苦地经营。亏损了，还要打肿脸充胖子，避开利润讲谁也摸不着头绪的产量，更多地谈人心稳定，这也成为了对国家的贡献，许多事后成堆的问题没人去承担。经验问题，人事问题，经费问题都还没准备好，人在商海里游泳，思想还在计划经济领域上空翱翔。商场如战场，我们没有应对的准备，其结果自然是很惨的。

1987年11月，煤炭工业部领导赵连生在谈到当前存在的主要问题有过这样的描述：

"我们的多种经营集体经济发展的势头很好，但是也必须看到：目前我们面临的问题很多，困难很大。主要表现是：经营不活跃，出路比较窄；缺少资金；缺乏技术手段和人才；小打小闹的多，能有个百八十万利润的骨干企业少；产品为矿区服务的多，拳头产品少，能打入社会的少，打入国际市场的更少。因而，企业利润小，职工收入低。"

"乡镇企业比我们经验就更丰富了，办法就更多更好。"赵连生用一个镇长的话来说明煤炭地质人发挥国营企业优势并不到位："我们煤炭部门特别是一些大的局矿包括煤地业，在人力、物力、财力方面都比乡镇雄厚得多，可是人家一些乡镇企业发展上去了，富了，我们落后了。我们落后的原因固然很多，我看与一些单位没有利用国营厂矿办集体企业的优势是有很大关系的。山东罗庄镇镇长说得好：军工好比狮子，国营企业好比老虎，现在是狮子被关在笼子里，老虎被捆在山上。我们乡镇企业象猴子，趁狮子未出笼，老虎没下山，赶快上树摘桃子。当改革以后，狮子出笼，老虎下山，他们的作为就大了。现在的问题是，我们对充分发挥国营煤矿办集体企业的优势重视不够。"

煤田地质单位体制改革的核心是增强地质队的活力，但是国有企事业现行管理体制和管理办法在煤田地质单位同样存在着极大弊端，拥有十万职工的煤田地质队伍，单靠国家事业费拨款，吃大锅饭，经济效益不高，包袱越来越沉重，到了非改革不可的地步。

中央对地质体制改革工作作出一系列指示，明确指出今后地质工作要面向社会，逐步实行社会化、企业化、商品化、专业化。今后要靠经济效益养活自己，地质勘探成果要有偿使用，用经济手段管理地质工作。开展多种经营，大搞第二行业，就是要面向社会，发挥优势，扩大服务领域，参加社会竞争，在竞争中提高队伍素质，改革队伍结构。这本身就是过渡。第二行业搞活了，第一行业也能甩开膀子提高竞争能力，也就增强了活力。这是上级理想的改革方向和需要。

减少国家负担是所有国有企事业的责任。必需承认，国家还不富裕，财力还有限，无法承受国有企业巨大的负担。30多年沉积下来的也非一日能够解决。1986年国家给全国煤田地质十万人的事业费6.09

亿元，明确了以后要求增加更多的事业费是不可能的了。职工人数多，这些有限的地质事业费，有60%～70%是用在养活十万人的人头费和固定性费用上面，只有30%的钱用于施工材料费。费用增加不了那么多，怎么办？不能坐等拨款，必须谋求出路，广泛吸收社会资金，扩大服务领域，开辟第二产业，才能给自己增加资金渠道，才能为改善野外地质队职工生活提供条件。

"事事都上当，当当不一样"

十万人吃大锅饭的状况不能再继续下去了。队伍要靠地质勘探效果和经济效益谋生存，由于受到资源条件的限制，地质任务不饱满了，队伍就存在"转产"问题，全国大多数队伍在实行定员、定编以后就势必存在二万甚至更多人的出路问题。还有一个问题迫在眉睫，老职工子女就业问题也日趋严重，大约有一万多名待业青年需要安置。

煤田地质选择了自力更生，大力开发第二产业，一方面养自己，一方面增加社会财富。应当说，各单位尽管地区条件不同，都存在非干第二产业不可的压力。比如勘探后备基地紧张的压力，富余人员安置的压力，资金紧张的压力，队伍人员思想波动不稳定的压力，社会竞争的压力。这些压力也压在煤田地质局领导者头上，要缓解压力，要搞第二产业，他们争取了一部分贷款扶持。

摸着石头过河，也会不小心栽到了河里。其实在陈钝、赵连生等领导召集会议再次总结煤田地质多种经营两方面经验的前一年（即1986年8月20日），中国煤田地质总局已经召开了多种经营经验座谈会，对前一段中出现的问题进行总结和反省：

"煤炭地质发展多种经营的主要目的：首先是安置富余人员和待业青年，二是获取良好的社会经济效益。个别单位图谋赚大钱，聘用所谓'能人'，搞'皮包'公司，利用单位名称，把搞多种经营权交给社会上的闲散人员，'买空卖空'，造成经济损失，影响了单位的声誉，有的多种经营单位搞合营，缺乏必要的经济论证，效益分析，合营条件苛刻，投入与收益不均，签订合同，匆忙上马，造成经营单位先天不足，留下破产和亏损的隐患。对方单位是旱涝保收，坐享其成，我方是苦心经营，听天由命。有的开发项目片面图挣钱，投入不少，安置人员没几个，常年投不了产，不能迅速形成生产能力，获取经济效益。这些问题，主要在于有些同志对开发多种经营的指导思想不够端正。造成的结果，正如有的单位总结教训说到的两句话："事事都上当，当当不一样"。

存在的共性问题是重开发、铺摊子，轻管理。基础工作薄弱，管理制度不健全，经营水平差，经济效益低。比如初步测算煤田地质多种经营单位平均资金年周转率不到两次，资金利润率仅在5%上下波动，只是初步解决了"养人"、"吃饭"，勉强生存的低水平，基本上没有自我发展的能力。经营效益指标的提高还没有引起普遍的重视和采取必要的措施。有的单位自主经营、自负盈亏，其实多半是负盈，权和责脱节；有的劳动服务公司，只铺摊子不抓基础工作，糊涂经营，马虎管理，办了7个经营网点，4个亏本，3个倒闭；有的单位市场信息不灵，领导经营不力，购销不对路，产品质量不高，产品品种不适销造成产品积压，降价处理。个别单位为了安置富余人员，又没有合适项目可安置转产，将款直接贷给了个人做生意失去控制。

广东煤勘局的"转机"

改革开改到来时，广东找煤行动已经停止了。广东地区的找煤实践证明广东已经无煤可采。如果说，南方的找煤运动基本上是失败的，这样说好像也不公平，广东、湖南这些省份实在是煤藏量不多，开发成本过高而停止了继续开发的必要，在江西、云南还是发现了可开发利用、储量可观的煤田，由此看来，对南方找煤运动也不能一概而论，只能中庸地说，有得有失，这就不是本文讨论的主题了。

我们的话题先回到1957年。这年8月，年过花甲的煤炭工业部部长陈郁带着满腔抱负，回到他的老家广东出任省长。

陈郁离京前，周恩来总理把陈郁请到中南海。周恩来说："我很舍不得你调出北京，但是广东的同志硬要你去。广东的同志向中央要一个在广东人民中有威望、有能力的同志去当省长，说你到广东有天时、地利、人和三大优势。中央经过再三斟酌，决定满足广东省委的要求。你在煤炭部的工作很好，我听说他们不愿意放你走！这就不是任何一个同志可以代替的。他们指名要你，毛主席赞成，中央作了决定。"

陈郁表示坚决服从中央的安排。

陈郁带着中央领导的重托回到了广东。广东是我国的南大门，政治、经济、地理位置都非常重要。工作好坏，对国内外影响很大。刚刚上任的陈郁面临最大的困难是燃料紧缺，这不仅影响了国民经济的发展，而且严重地影响了人们日常生活。作为曾担任多年燃料工业部部长的陈郁深知燃料的重要性，他下决心要解决广东人民的燃料紧缺问题。

陈郁寄希望在广东发现煤田，尽管地质学家告诉他，这里的地质实在找不出来大煤田，但是他依旧不改初衷。从清朝到民国，广东只有一个岭南煤矿。广东所需煤炭大都从外地运来。他固执地认为，广东怎么可能没有煤呢？那是因为你没有发现煤而已。他要解决燃料紧缺，先要破除"广东无煤论"。为了找到煤，他不顾自己的年岁大了，跑遍了粤北的山山水水，掌握第一手材料，而且调集煤田地质勘探部门的技术力量在广东进行勘探，他想用事实来证明广东有煤。

陈郁要在广东找煤，先要解决煤田地质勘探的困难，他请求煤炭部从人力、物力、技术、设备诸方面给广东以支持，使广东在短时期内煤炭生产上新台阶。面对老部长的请求，煤炭部给广东开了绿灯，派出数支地质勘探队奔赴广东。结果让陈郁很是失望的，广东地质构造再一次证明了广东有煤却缺少开采价值。而当年的煤田地质勘探队却因为"文革"的到来影响了北归，至今还有勘探队滞留在韶关、梅县呢。

陈郁在广东寻找燃料的热忱不减，他一直反对"广东无煤论"的观点。广东无煤的说法是不对的，但广东的煤炭储藏量不多则也是可以肯定的。

1985年初，为贯彻部、总局党委提出的战略调整的方针，广东煤田地质局（这年已改成公司）决定将"两业"人员划开分别组织生产，并决定201队成建制转产，全公司富余的1800职工转产从事多种经营。这对于靠吃国家事业费过日子，搞惯了单一勘探的队伍来说，无疑是个极大的震动。一时间，职工议论纷纷，消极情绪到处蔓延，甚至成群结队地闯进队领导的办公室，吵着闹着要工作，要就业。上级领导忧心如焚，一时又束手无策，不得不连连感叹：转轨变难，做转轨中的思想工作更难。还有的基层领导打起了退堂鼓，他们看不到煤田地质勘探公司的希望在哪里？广东公司3748名职工，就有富余人员1800人，国家勘探任务大幅度缩减，开动钻机数也从54台小到31台，不知发展下去会遇到什么样惨败的结局。

公司党委书记李志深说："战略调整是大势所趋，转轨是上级的指示，也是广东公司唯一的选择，不发展多种经营还有出路吗？"

202队有11名老工人在被列为编余人员后，总感到伸长脖子等饭吃，靠国家养活心里不踏实。于是，他们组建起水源钻，走出队门，搞起了经营承包，两年多人均创产值3万多元。

青年工人彭为民承包了印刷厂后，勇于探索，大胆经营，仅用半年时间，就创产值8.6万元，相当于承包前1986年的全年总产值，创利润1.82万元，相当于承包前4年的利润总和。

江南基础工程公司面临本省几十家竞争对手，推广应用新技术，提高工作效率，节省劳动时间，在强手如林的广东，独占鳌头。一公司与另外几个施工单位各分一段在广州高架桥基础施工。在同样条件下，他们用一天半就按质量要求打完的孔，其他单位要用7天完。甲方在施工期间调整了施工量，特意多分给他们一段工程，进度、质量仍然遥遥领先。前来签订合同的客户纷至沓来。正是凭着这种优质高效的品牌，打出了信誉，拓宽了市场。

多种经营的出台，使地质队呈现活力。

转轨，更重要的要有典型在前面领路。同时还要有危急的意识，给予他们发挥自己能力的平台、展翅飞翔的天空。

只有一次机会给你

1986年，湖北勘探公司在精简整编中被刷下来一些富余的人员，老的，弱的，业务不熟悉，素质较差的，哪哪都"拒收"的，这部分人勘探局不能让他们下岗，下岗还是后来出现的名词，只要入了勘探队，你就无权开除他，必须把他养起来，不能让他们下岗，也不能天天泡在单位不干活儿。公司决定成立水井工程队，安置精简下来的人员。

刚刚从生产行业转到商业水文地质上来，对新生事物思想上一下子还不能适应，况且水井的孔径要求大，成井率要求又高，人员少，劳动强度大，商业竞争性强，困难很多，社会对他们也持观望和试探态度，公司对能不能在社会上立足心里没有底。许多人担心，倘若出这么大的力，到头来连工资也保不住，岂不是鸡飞蛋打。果然，鄂城的一个合同要求水井工程公司打两口井才勉强成井一口，大桥乡的一个合同打了两口井，结果废了一对。

给地下水开发直接拨款的城建委对他们失去了信心，大桥乡也不想让们再继续打井，另请高人，其它正在谈判的合同中止了，水井工程队频临着关门的危险。大桥乡合同的成败直接关系到水井队的存亡，为了水井队的生存，赔本也要打好这口井，水井队决心背水一战。队领导和工程技术人员三番五次地到实地考察，对已获数据进行反复慎审，经过对地质条件的认真详尽的分析，认为大桥乡仍有成井可能，他们请求对方再给一次立钻之地，成井后按原合同付款，不再追加，不成功分文不取，拔腿走人。水井队上下全力以赴，经理、工程师也几乎整天泡在钻机旁，队领导、公司的领导多次亲临现场，工程技术人员指导并和队员一道自制滤管，填砾堵沙，克服了重重困难，钻孔终于准确无误地打在断层带上，一口日产近千吨的优质水井诞生了，水量超出合同要求的两倍多，对方十分满意，除按合同付款外，又拿出一千元现金给予奖励。城建委也恢复了信心，主动为他们牵线搭桥，中途停止了的谈判又重新开始了，艰难的第一步迈了出去。

1986年队上对水井队实行部分工资承包和利润承包方案，除年上缴纯利润5.1万元外，队上只支付职工工资的70%，余下的30%的工资以及奖金、劳保福利、野外津贴、夜班津贴，全部记入了工程成本，这是一种压力。

有指标就要给权力。机长在钻机范围内有任免权力，也施行"劳动力组阁"，表现不好的可以停止工作。员工对机长又起着监督作用，经营部定期或不定期地根据工作需要和员工要求，对机长工作进行评议或重新任免，达到了相互制约目的。

你领了这份钱，你就要带领员工干好这份活儿。队长、机长就在钻机上，与钻工一起连轴转加班是常有的事。7月，正值40℃的高温天气，经营部领导李云生、韩春才仅带领四五个人连续几天的昼夜作战，就完成了两口井的清洗和抢修工作。三门湖第一个孔没有达到目的，水文工程师乔庭槐接任后，深感自己责任的重大。因为这里地质条件极其复杂，又没有现成的资料可查，他三番两次奔波武汉，查阅了大量资料，发现1958年期间的资料差误极大，才导致第一个水井孔失败。为了有把握打好这口井，他夜以继日地去寻找真实的地质资料。再次开钻时，带上的岩芯属大冶灰岩，而大桥打废的那口井就是这个层段。再开钻时，大家对有没有水心里犯嘀咕。乔工胸有成竹地说："放心打吧，这口井的潜力大着呢！"果然，又是一口日产千吨的高产井交付实用。接着又挥师纸坊化工厂，结果也是一钻中的。1986年除了完成上述指标外，又处理打捞、延深、清洗了三口水井。他们在总结会上骄傲地说：

"今年到现在，我们没有一个合同落空。"

水井队的生意一天比一天红火起来，业务接踵而来，不仅当年的工作日程已经排满，有的还跨到了1988年，年底突破人均产值1万元的目标得到实现。水井队的职工再不像过去那样愁眉苦脸，忧心忡忡，而且水井队已经具有很强的吸引力，很多职工都看中了这块"宝地"，以能来水井队工作而欢欣。

零打碎敲是改革，也会有些改变，也起了一些作用，但是零打碎敲不能根本促进煤地系统持久、稳定、健康地发展，适应国民经济的要求。

出在煤田地质队伍里的问题，在其它国有企业同样发生着，存在着。

所有问题，都是改革进程中的必然产物。

东北局撤销留给我们的思考

东北煤田地质局的全称是"东北内蒙古煤炭工业联合公司地质局"，是在1983年初改革中成立的，跨东北三省、内蒙古4个省级区域，拥有26个县团级单位，权力大无边，责任也是大无边。

改革怎么改，对国有企业是个未知数，他们看到了来自报纸的经验出炉，那也是参考。自己要改革，动自己心上的肉还是很疼，好在东煤地质局是新建单位，没有那么多负担，但是辖管的26个县团级单位却是问题重重，矛盾多多，解决问题还停在研究层面上。

用了两年时间集中力量抓了企业的整顿，对习惯了几十年的行为宣战，其实也是对自己的固有思维模式宣战。到了1984年底，所属26个县团级单位已全部整顿了一遍。

承包做为一种责任制度大张旗鼓地宣扬，东北煤炭地质人还有些拿不准主意。看着农村联产承包责任制在辽宁乡村普遍实行了，显然这有了参照的启示。1983年初，东地人壮着胆子在108队的809钻机进行了包孔计件试点，在核定平均先进定额的基础上，把费用、进米、质量等指标全部包给钻机，任务到班，责任到人，按分计奖，有奖有罚。结果"包"字进钻，面貌大变。与承包前相比，效率提高41.2%，煤芯采取率提高6%，直接费用降低28.4%，单位成本下降29.3%，人均每月多得超额计件工资29元。工人高兴，企业实惠，何乐而不为呢？第二年，东煤人总结了809钻机包孔计件经验，在9个重点勘探区的72台钻机上推行。

有了前两年"试包"和"半包"经验，实行了"全包"，局与队签订了承包合同，勘探生产走上了正轨。东地人自己总结了经验，可以公开上报了：承包制是煤田地质战线贯彻按劳分配、实行责权利相结合、充分调动职工积极性的一种有效形式。

尽管这些改革还是初步的，它冲破了勘探生产30年来的旧模式，使企业经营管理制度发生了深刻变化，触动了"铁饭碗"和"大锅饭"的底线，却没有出现动摇社会主义经济大厦的基础，反而让懒人勤快了，勤者更勤了，给企业增添了生机和活力，也为地质勘探向有计划的商品经济转化创造了必要条件。

东北煤田地质局对职工总数、勘探规模、勘探工程量做了限制和压缩是一次重大的战略转移。高建明回忆说："敢这样说，还真不是摸石头过河。而是分析当时实际情况，现在看来这个分析是准确的，找对了方向。"

知己知彼，百战不殆。东北地质局存有精查储量61.7亿吨，保有储量634.7亿吨，基本满足东煤公司规划的5年内建井项目。但是普查找煤工作落后，辽、吉两省的一些勘探队后备基地接续紧张，勘探手段和技术装备陈旧落后，队伍素质低。工程技术干部仅占职工总数的8.1%，一线工人技术等级平均只有2.85级。国家财力在相当长的时期内用于煤田地质勘探的投资不可能大幅度地增加。面对这种"逼上梁山"的形势，东北地质局只能有计划、有步骤地进行战略布局的调整。人员越多，规模越大，背上的包袱越重。

更大的阻力来自领导者的不作为。你要安排在辽、吉两省找煤，有人就说："过去这些地方都做过工作，没啥希望。"你布置闲下的人搞多种经营，有些单位就是按兵不动，催得紧一些，他又说一没项目，二没资金，三没人才。

东北煤炭地质人还是看到了改革的成果：截止1986年8月，已提出普查找煤报告14件，其中8件储量就达36.1亿吨。鸡西南部的永庆、永安，发现了第三纪褐煤和烟煤，面积300多平方公里，煤厚平均7米，预计储量10亿吨以上；绥滨区通过物探和钻探验证，已控制走向30公里，倾斜4公里，面积120平方公里，煤厚平均5米，预计储量7亿吨……严重缺煤的辽、吉两省普查找煤有了新的突破。一些原来认为"山穷水尽"的矿区和勘探队看到了"柳暗花明"，东北地区的煤炭生产展示了广阔的前景。

改革中，我们看到东北煤炭地质人的奋起。然而他们同样陷入了经济危机的漩涡中，莺歌燕舞时，有人提出过这样的问题。提醒的声音太弱了，不足以引起大家的共鸣。更严重的危机是因为权力不集中，形成了党委、行政两套班子，各吹各的号，各唱各的调，几乎所有的事情讨论都难以达成一致意见。就连上级领导来检查工作，党委、行政各带一队人马浩浩荡荡地去迎接。总局多次调解，道理说了三大车也没有让他们屁股重新坐在一条板凳上。"我们都是来自五湖四海，为了一个共同的目标走到一起来了"。毛主席语录也没有感动他们。

属地化改革后，原东北煤田地质局权力被分解了，昨日辉煌也不复存在了。

改革是一场看不见烽火的革命

1986年10月，总局张延滨局长在经理（局长）、书记座谈会上有这样一段讲话，可以说是对煤田地质改革的总结。他说，改革是一场深刻的革命，改革不仅是新旧体制的更迭，也将伴随着新旧观念的交替，对于领导干部来讲，只有使自己的思想从旧体制的模式中解放出来，克服一切与改革要求不相适应的旧思想、旧观念，不断强化改革意识，增强改革的自觉性，才能坚定的站在改革的前列，切实担负起改革的重任，怎样解决好这一个问题呢？当前主要是正确地树立商品经济的观念，使我们的思想适应发展社会主义商品经济的要求。

　　长期以来，受旧的商品经济模式影响和束缚较深，认识上往往把社会主义计划经济同商品经济对立起来，对许多产出不承认是商品。一提发展商品经济就认为是倒退，甚至认为是搞资本主义，因而不能自觉地依据和运用价值规律，不能有效地发挥市场机制的作用，使企业和国民经济缺乏应有的活力。党的十二届三中全会理论上一个重大突破，就是明确指出了社会主义计划经济是"在公有制基础上的有计划的商品经济"。这不仅为我国的经济体制改革和现代化建设奠定了理论基础，而且也是对科学社会主义理论的一个重大发展。发展社会主义商品经济是社会经济发展不可逾越的阶段，也是实现社会主义现代化建设的必要条件，国家确定的地质工作体制改革的方向和基本指导思想，同样是建立在这一理论基础上的。对于地质成果是否属于商品，地质队能否全部变为企业尚有争论。但是，对于地质队伍实行企业化管理，地质工作成果实行有偿使用，改变地质经费的投放方式，逐步使地质工作面向社会等问题，在认识上基本是一致的。发展社会主义商品经济，必将推动着我们观念上的更新，推动着我们确立和运用新的观念。诸如实行经济承包责任制，勘探项目招标、强调地质成果的经济效益和社会效益，以及开拓地质市场，开展多种经营等，都是遵循了社会主义商品经济规律的。总局提倡在竞争中求生存，在竞争中求发展的方向是正确的，路子是对的。

　　张延滨强调了在新旧体制并存、新旧观念交替的过程中，旧观念以及商品经济的形式仍在发生作用：

　　"我们提倡开拓地质市场，搞多种经营，同行业开展竞争，就

原煤炭部长胡富国视察总局

可能有人搞投机取巧，弄虚作假，甚至行贿受贿；我们讲借债观念，利润观念，有人就会片面追求本单位和个人利益，不顾大局，不顾国家，一切向钱看等等。实际上这些现象在这几年的改革中都已经出现。商品交换的原则也会侵入到我们的政治生活中来，成为处理人与人之间关系的原则。因此，对于商品经济的消极面，我们也必须要有充分的认识，做好兴利除弊的工作，在树立新观念、发展商品经济的同时，要增强纪律观念，法制观念和政策观念，摆正国家、单位、职工三者的关系，坚持社会主义方向，保证改革工作的健康发展和顺利进行。"

两年后，张延滨在全国煤田地质经理、书记座谈会上全方位地提出新时期地质工作的改革：

"全国性深化改革的大潮猛烈地冲击和推动着煤田地质行业深化改革的步伐不断加快。十年改革，使我国由一个本来处于停滞与动乱状态的社会，开始变成一个充满活力的社会，开始变成一个对外开放、勇于迎接世界挑战的国家。目前，我们的改革已进入了关键阶段，要打破产品经济的模式，建立社会主义商品经济新秩序，促进社会生产力的大发展。前一段的改革尽管取得了显著成就，大体说来是属于放权让利性质的改革，是浅层的，比较容易做到的改革，而更深层次、更起决定作用的经济关系尚未很好地触动。随着改革的深入发展，价格体系和融资体系的改革将提到重要位置，这必然给我们煤田地质行业的改革以巨大的触动。'物价'这一经济杠杆的作用，是价值规律的客观要求，是调节国家、集体和个人三者经济利益关系的最直接的经济手段，我们煤田地质行业也不能例外。"

不是煤田地质系统，所有的贴着"国"字号生产单位习惯于那种靠"皇粮"度日的封闭、单一经济模式，现在已经不能适应当前经济形势的要求，全国改革如火如荼地进行着，这是大气候，四平八稳的旧体制运行会被甩得远远的，那时再觉醒就大晚了。

国拨资金缺口越来越大。座谈中大家都感到资金不足，这是实际情况。张延滨忧心忡忡地说：

"最近我们粗略地算了一下账，今年国家地勘费拨款几亿元，用来吃饭就花去了两个亿。根据即将出台的增支因素，预计明年的增支最少一个亿，还有许多因素目前无法估计，情况相当严重，已经危及到我们的生存问题。向国家伸手要，国家有困难，财政拿不出更多的钱，今后地勘费增加的幅度不会太大，要靠工业部门、地方和我们自己共同设法解决。我们如实地把这些紧迫情况提出来，以便正视它，进而采取深化改革的具体措施去解决。我们在组织广大职工群众同心同德渡过改革难关的同时，还必须看到我们自身的优势，即有利的因素。诸如大家在座谈中提到的，我们拥有一支素质较高的勘探大军，有十亿元的固定资产和积累了一定数量的自有资金，有比较雄厚的技术力量和一定数量的先进技术装备，还有已经打下的多种经营基础，我们要充分利用这些有利条件，加快和深化改革的步伐。"

对煤田地质行业来说，用改革总揽全局，就是要改革过去的单一的计划产品经济，逐步建立起计划商品经济的新格局。各地提交的地质报告，表面上看起来似乎不符合商品的定义，人们也就没有把它视为商品。究其实质而言，提交的地质报告是国家用预付资金统购去了。所以，它是一种特殊的商品。当然，这种特殊的商品经济还很不完善，它会随着国家的资金来源要从国家、煤炭生产部门以及拓宽的地质市场去解决。那是煤田地质业将同国家、生产部门、地方以及地质市场建立起地质成果有偿使用的商品关系，这个关系的建立不是在短时期内就能建立起来的，必须看到这种发展趋势，而且要积极创造条件过渡。

应该这样说，煤炭地质人在过去的岁月里，在改革的步伐中，有过许多经验和教训，在改革中寻求发展之路。可贵的是他们从困难与险阻中突围出来，显示出煤炭地质人那种感天动地的精神境界来。但是，潜伏着的危机意识到了，却没想到危机会如此波涛汹涌般地到来，而且势不可挡，这让煤炭地质人始料未及。

第十一章　两个轮子一起转动

　　1992这一年开始出现了煤炭业的惨亏，愈演愈烈，到了1995年已漫延到与煤炭相关的企业。这个一直承载着国家工业革命并且影响着人们生活的巨船，却被发现四处漏风漏雨。煤炭人再也看不到它耀眼的光环。与煤炭经营一荣俱荣、一损俱损的地质勘探队伍面临着同样的问题、矛盾和抉择。

　　洪峰来了，挡是挡不住的。

失色的乌金

在鸡西这个因煤而诞生的城市，祖孙三辈在煤炭行业上班的人家不在少数。他们与煤炭行业同呼吸、共命运，他们没有外来收入，依靠工资和奖金改善生活。现在，这些家庭已连续48个月没有得到工资了，几乎所有的家庭都陷入了生活困境 。不仅是普通职工，就是局长也不能例外，他的家庭面临同样困顿，他必须选择与员工同甘共苦、患难与共。

一个国家支柱产业的产品——煤炭卖成白菜的价究其原因，说法众多，但主要说法集中在两点上：

一个是小煤窑问题。

上世纪80年代，国家结束了对煤炭行业的统配，借改革春风，鼓励个人资本进入由原来国家统管的煤炭行业，许是为了打破国统带来的产低价高、而国家又要承负巨大人员开支的种种弊端，形成良好的竞争态势。第一批受益者看到地下资源巨大的诱惑，纷纷在煤区放炮打眼建煤矿。开煤矿能为地方政府带来税收，只要经济上去了其它都好说，政府自然愿为其开绿灯办手续。个体户一窝蜂似地开建煤窑，很快就呈燎原之势。

有人形容山西某地说，原来看到山上矿区只有寥若晨星的灯火，现在满山都是"萤火虫"一般的万家灯火。这个形容说明小煤窑的火爆和无序。而在这火爆与无序的背后隐藏着大危机。

经济杠杆的动力在飞速的旋转着，在欢快的唱着歌，把它的快乐传到有煤的角落。

生产出来的煤总是要卖出去的，变成扩大生产的资本。问题是挖出的煤在地面上堆着就什么也不是。小企业主们最懂得这个道理，挖出的煤是金钱，是诱惑，是让人看了都要流出口水的激动。很快就发现这些乌金堆在那里就是负担，风吹雨淋自然消耗不说，如遇到了干燥季节燃烧起来，那金子就是一堆不值分文的灰末。更要命的是小本经济没谁会有那么多存款用于开矿，大部分资金来自银行贷款、朋友拆借，只有尽快变现才不使自己被绑架在债务危机的马车上。接下来，我们看到竞争的硝烟在全国产煤用煤地风起云涌，能利用的关系都被用上了，能说上话的人也成了卖煤说客。这是一场你死我活的竞争，这是好听的，用上"自相残杀"字眼更准确些。"倒煤"又被寓意为"倒霉"。

原国家统配煤矿也面临着同样的情况，计划经济时代，能源是国家把持着的垄断产业，民营资本只能隔海相望，无缘参与其竞争。一家独大，自家生产萝卜自家定价，定出什么价用户支付什么价格。一切都是国家的：国家财产，国企的人，肉烂在锅里。一夜醒来，天还是那么大，树还是那么绿，城里的路上依旧车水马龙，农副产品突然在城里形成了市场，这是变化吗？还有一个变化，国统煤不再是香饽饽，那些成为老板的小煤矿主已经恃无忌惮地与国有煤矿竞争。竞争的结果是小煤矿煤炭价卖得低卖得快，而国有矿这艘航母调头太困难了，它有着庞大的家业，有着臃肿的人员，还有着等客上门的卖方心态，可以说，与作坊式的小矿相比就失去了优势。

小企业主没有负担，游击小队式作战，有着灵活的价格优势。并且经济效益下降就可以裁员，减少工资支出，就是降低生产成本；需要扩大生产时再招人，愿意下煤窑的人还是大有人在的。

国有企业与之相比就没有多少优势。国有大煤矿多为建国初或以后成立的，离退休职工多，都是国家主人，谁敢不给国家主人饭吃？至于有没有活干那是国家和企业领导考虑的事情，有无事做，你都必须保证工资。眼看小煤窑搅动着煤炭行业市场，而国有煤矿在那里却动弹不得，动一发而扯疼全身神经，因此国有矿以及相关产业面临被

压垮的命运。

老局长刘崇礼回忆这段经历时说："到了1996年煤炭行业依然没有好转的迹象，简单工序的南方小商品充满市场，一车原煤顶不上几件低劣商品价格。煤炭需求减少，产量下降，对小矿主们也不一定就是福音。煤炭价格整体下滑，辛苦弄上来的煤炭不如卖大白菜挣得多，好在他们是小业主，市场不好可以随时减员，而那些国有企业的大矿就没有那么简单，这些矿工大多是国有企业正式编制，和这个矿有着千丝万缕的联系，国家怎么能召之即来，弃之而去呢？像鸡西这种有两万多人、产量上千万吨的大矿，负担多重可想而知。煤矿没有效益，只出煤不进钱，坐吃山空。"

一只行驶中的大船，无法灵活地转动方向。大船需要时间与空间才能顺利转向，否则必将无法前行，甚至倾覆。而船上的人并不是每一个人都懂航船技术。

另一个是牵动高层领导神经的是三角债问题。

三角债成为煤矿企业处于窘境之中的最重要原因，如黑龙江省大多为国家统配煤矿，即使煤电企业也没比煤矿企业好到哪里去。

108勘探队的党委书记谢京城告诉我："有一件事情让我刻骨铭心，市场上煤价是100元，煤矿卖给电厂是50元，而电厂又没钱给。电厂不能停电，煤矿也要生存，但又不敢停止给电厂供煤。偌大上海、广州没有电，是不敢想象的。"

有消息说，中央有关部门领导来到沈阳，他们也了解到了社会不安定因素，了解煤炭行业上千万职工的困境。中央领导同志也感到震惊。怎么办？有关领导说，不给钱不发煤不生产。这个讨论很快变成了指示，电力部门告急了，宣布大城市持续拉闸限电，这个比煤矿工人闹事更严重。中央最后还是要求煤矿首先保证电厂用煤。

早些年或者说从建国初期，国有大煤矿生产的煤炭就已列入国家战略能源储备物资，进入国家计划经济而得到高度关注。我们知道的是国有煤矿生产有任务指标，产出的煤也由国家统一调拨给发电厂、炼钢厂这些用煤大户，因为这些国企是决定国家经济命脉的行业，支撑着社会主义计划经济的宏伟大厦。在理想时代，那些暴露出来的问题其实一直存在着，并没有被高度重视，一句人民内部矛盾就掩盖过去了。

因有小煤矿在那里竞争着，用煤企业有了压价资本，由原来的电厂等用煤企业求需，变成了煤矿生产企业求购的格局。如发电厂说用电单位不给钱，我们就只能欠你们煤矿的钱。而你又不能不让他发电，不发电影响社会稳定你承担得起吗？一顶大帽子扣在头上可是够沉重的，没人愿意承受。这就是著名的、让人深恶痛绝的"三角债"。

"三角债"一定是那个时候被国有企事业提到最多的新名词，它在国有企业中流行，包括煤炭勘探业等在内的所有大中企业，尤其是煤炭行业更为严重。这给了那些没有任何负担的小煤窑快速敛钱的机会。中央当时非常重视"三角债"问题。不论电力行业，还是煤炭行业都是国家的，都是人民的儿子。欠债再多，也没拿回家里。煤炭行业生产的煤炭变成电力，被电力用户使用，如钢铁企业，都是国家的。

这就形成一种多米诺骨牌效应，一损则损，一荣则荣。电力企业拖欠煤炭企业钱，钢铁企业欠电力企业钱，如此陷入债务循环。中央不得不采取相应措施解决"三角债"问题，但国家整体处于经济转型期间，面对新问题、新情况缺少应对经验。国家经济底子薄，致使解决经济问题底气不足，办法就不会很多，但中央依然迎难而上，积极探索解决路径。

一位地勘行业的老领导告诉我，当年，一位国务院领导来到曾经工作过的东北人民政府驻地沈阳，决定从中央财政拿出一笔钱来解决东北工业基地的"三角债"问题。据说是几百亿元人民币。国务院领导的作法非常容易理解：用这笔钱打开绞着劲的锁链，打开一家，其他的都会自然解开。但是缠绕的太久了，哪能一下子解套呢？

"三角债"问题如同坚冰，很难打破。打个比方，不供给发电厂煤炭，发电企业就无法向大上海供电，这个国际大都市就会成为漆黑一片的夜上海。这只是假设，假设的内容是不可想象的。

上述两大问题是不是导致煤炭及其相关联企事单位无法生存的罪魁祸首，我们不去评述它，有一点是清楚的，鸡西煤业的现状就是所有国企煤矿的状态，也是煤炭地质行业的状况。上班的不上班的都发不出工资。国家财攻拨款明确了要保证退休人员的生活，这是指令性的拨款。生活拮据，看不到一点希望。活人尿憋不死，脑袋活泛的舍家撇业外出找事做。那些特殊家庭的人苦了。在双鸭山、鸡西、七台河、鹤岗四个靠煤炭养活的城市采访时听到的三件事，可以为"山雨欲来"的煤炭业及相关联产业经济状况添加注释。

第一件事。鸡西某矿上子弟小学一位女教师，敬岗爱业、温柔善良，与丈夫共同经营着温馨的家庭小窝。天有不测风云。有一天，早晨出门还说笑的丈夫遇上事故，从此以后与她阴阳两隔，再也没有回到自己那个爱的小屋。女教师扯拉两个孩子长大，都还在上学，年景好时靠她一个人的工资，国家再给些补助还能维持正常生活。现在矿上一连数月没钱可发，女教师唯一的经济来源被掐断了。她想出去找工作，赚钱，可因为她是园丁，她不能放弃对祖国花朵的培养；她是瘦弱的女性，她不能加入浩浩荡荡的打工者队伍。以往并不多的积蓄很快就花没了。女教师用减衣缩食支撑、维持着生计。终于有一天，她因长期营养不良倒在了讲台上。这件事引发的震动很强烈，有人上矿里闹事要求给个说法，矿长也是为经费四处"拜佛"，寻求生存之路。矿长说，我和大家一起同舟共济，没领过一份工资，每天我还要安排矿上生产，不让矿上停了工。这都是事实，矿工、矿长谁扯得清呢？

第二件事。黑龙江省四大矿区之一双鸭山矿区数千人围在市政府门前请愿，更有数千人集体卧轨事件发生，终于爆发了无法收拾的局面。这是建国以来罕有事件，对社会及政府部门震动很大。政府门前请愿也好，铁路线上卧轨也罢，矿务局领导没咒念了。天地良心，全国煤炭市场不好，小小的矿务局领导也无法解决。这不是生产指挥有误，也不是把公家钱放在自家腰包里。天地作证，他们与所有矿工一样，共度难关。谁在这时当领导，都不是那么顺当。这是一堆无雨天里的干柴，谁当领导都小心翼翼怕不小心点燃引起事故。

第三件事。一个矿工多年未见的高中好友从遥远的地方来访。某矿工惊喜之余就是发愁，家里揭不开锅了如何招待朋友。东北汉子打断腰也不会跪下来的性格上来了。没跟媳妇商量就把家里的电冰箱卖掉了，用卖掉的钱请朋友吃饭，让朋友自始至终都没觉察到他的处境窘迫。

上级领导问责，口气不是那么强硬，他们知道矿区的艰难，谁都知道产煤越多的地方矿工越多，问题也就越突出，形势越严重。

煤炭行业效益滑坡又使煤炭行业处于四面楚歌中，全国形势都是一样的严重。这种严重程度引起有关部门的担忧，毕竟是有上百万职工的行业，这个行业不断地自行减员，以减轻沉重的负担。

这是个矛盾，一方面国家能源70%来自煤炭，另一方面煤炭价格不高，煤炭积压成山，即使卖出去也不够成本，卖的越多，亏的越多。

职工还要解决吃饭问题，只能用很低廉的价格卖出去。

"人参卖了萝卜价。"这是最恰如其分的比喻。

当经济大潮袭来时，煤炭行业乱了套，你卖煤我也卖煤，相互间恶性竞争，用竞相压价方式，大打价格战，煤炭行业几乎无利润可言。后来整个煤炭行业的悲剧性结果是必然出现的。

让我们继续来谈刚才的话题。

作为煤城鸡西市人民政府对国有矿上的情况不会不了解。这个城市主业就是煤炭，市上领导的许多亲友也在矿上工作。市政府感到问题的严重性，这是全国性的，不是一市一地能解决了的。他们在自己的权限范围内要做的和能做的就是发动其它行业市民捐款，帮助煤矿度过难关。他们还做了一个大胆甚至是冒险的举动，允许国有煤矿企业给职工打白条发工资，煤矿职工拿着白条就可到国有粮店换粮食，解决多少矛盾不如先解决吃饱肚子。市政府决定从有限的财政拨款或市财政担保，只要你单位盖章认可这件事，保证在经济条件缓和时还上就行。这是火窜上房递给一桶水人，怎能忘恩负义呢？

不仅是鸡西煤矿如此，当时中国煤炭地质勘探行业的普遍状况也是如此。煤田地质勘探单位是中国煤炭行业一部分，承受着同样的命运，面对同样的社会矛盾和问题。

煤田地质勘探是整个煤炭行业的先行军，当整个煤炭行业不景气时，企业经济效益无从谈起。

黑龙江省煤田地质局局长蒋维平那时还是一名中层干部，他说，当时煤炭地质局没有勘探任务，也就没有收入，只能到处去找项目找钱，应付突然来到的生存危机。只顾着吃寅粮，不想卯年能不能有粮食吃。他们是被突然的转变，打了个措手不及。大家是八仙过海各显神通，搞贸易、做养殖等等，很多行业都有涉足，但地质队员最擅长的就是向地下打眼，地上的项目根本不懂。不管你懂不懂，你都必须涉足，没有后路。许多地质队与建筑施工企业联系，他们做地上，地质队做地下，工程是人家的，利润被人家拿走大半，他们只能喝点汤。能让大家喝个"汤饱"也比饿肚子好过呀！

中国煤炭地质总局宣传部于文罡主任说："你问我那段日子，我们这些搞地质的'不务正业'在干什么？什么能挣钱，就干什么？多种经营遍地开花，小到纽扣、羽毛球，大到火箭导弹支架都干过，你信不信？"

地质队不干地质，对地质人是痛苦的。为了生存，就忍下了，而且你仅忍还不行，还要跳到社会经济大潮中去冲浪。那是陌生、新鲜的领域，鲜花与陷阱同时存在供你选择。

各地质队除留下骨干人员，余者可以停薪留职自谋出路，还可以办理内退。内退条件非常宽松，单位领导甚至怂恿你内退，最简单的办法是要有医院的诊断证明，即使造假也不会严格审查，就是一张纸写上你得了什么病的，都可以办理内退。内退可以有一部分生活费用，趁年轻还可以干点别的，以维持生计。50多岁的老职工退休了，40多岁年富力强的职工退休了，南方某省局一位28岁的女职工也光荣地内退，成为了这个行业里最小的退休人员。

黑龙江省煤田地质局下发的经费还不到实际支出的一半。煤田地质2.6万名职工，大量下岗自谋出路，临近退休年龄可以提前退休，后来发展到只要找个理由，就能办理病退。退休的绿灯大开着。蒋维平的爱人不到45岁就光荣退休。30岁的人正年富力强也加入了病退队伍，谁都明白这其中的无奈，与其在地质队无事可做，不如在社会寻找生存空间，自谋出路。而留下来的地质队员也不用背着罗盘、尖嘴锤到山里找矿，不用到荒山野地里打井了。

那些常年在野外打井的地质队员，每年都在外工作两百天以上，没有工作，倒是有更多时间与妻儿老小在一起度过。谁都明白的道理，地质队员不出工，就创造不出产值，没有收成，工资何来？

"有什么办法呢？"这句话成为了地质队职工的口头禅。

1998年，煤炭行业毫无起色，双鸭山煤矿上千工人卧轨事件发生的背后诉求，也仅仅是"我们要吃饭。"民以食为天，生存是人的第一需求，煤矿工人的要求一点不过分。

整个煤炭行业已到了非改不可的地步了。煤炭行业及煤炭地质企事业都在等待着国家的解决方案，盼望欣欣向荣的春天到来。然而，等待是痛苦的、也是漫长的。

低谷的原因

当我还在寻找星罗棋布的小煤窑是中国煤炭业走下低谷原因时，徐水师局长明确提出了不同的意见。他经历了中国煤田地质从兴盛到低谷再到繁荣的整个过程，他的话让我醒悟。

徐水师局长严肃地说，中国能源经济一直是在计划体制内进行勘探和开采。改革开放后，中央提出允许民营经济进入煤炭开采业。民营经济进入带来许多负面影响，比如乱采乱挖，比如追求高利润，放松安全的监管等，一经报纸宣传出来，在人们印象中，煤炭开采业的问题都是小煤窑造成。到了上世界90年代，煤炭业辉煌不再，在国民经济占有重要地位的煤炭业成了国家的巨大负担，工人发不出工资，生活出现前所未有的困难，有的地方出现数百人上千人的集体上访，有的地方甚至还出现几百人的集体卧轨恶性事件。社会的指责矛头对准了小煤窑，是他们不按规则出牌，乱采乱挖，故意压低煤价，使国统煤矿出现了大量成煤积压的恶果，要求关闭小煤窑呼声彼起彼伏。小煤窑成了过街老鼠，人人喊打。

至今，北京人把房价过高原因还归罪有钱的煤老板们的炒房造成的。我敢肯定地说，这不公正，也不公平的。小煤窑是改革开放后的产物，它们对资源的采挖对长远影响很大，但是小煤窑破坏力量没有那么邪乎，它们力量达不到对煤炭产业致命冲击的能力。在煤炭业工作几十年的人都知道，统配煤矿占居的都是储藏量巨大，开采条件相对较好的煤田，他们建立长久的矿区，拥有上万人的煤矿不在少数，他们的年生产量许多都超过建国前1949年的全年开采总和；而小煤窑大都是储量较小的鸡窝煤。

徐水师局长分析困境的原因：

一是经济改革到来，国有企事业还没适应，计划经济时期存在的问题严重地影响煤田业的进程。人们的思想还在计划经济时代徘徊，拒绝改革带来的冲击。当我们高扬改革的旗帜时，也是形式大于实际。

二是统配煤矿下放到地方形成属地化管理。在计划经济时代，条块分割，各自为政。地质队勘探、普查、精查到详查所有的费用都在国家计划内，地质队勘探报告交给矿区设计部门，设计部门按照地质队的蓝图设计出打井、矿区建设，煤矿生产者接到的是整体已被建设好的矿区。这之后，这个煤矿与地质勘探、煤田设计就再没有任何联系了。现在，勘查、设计的费用都由煤矿承担，费用过高他们难以承担，或者说他们一时还适应不过来。

三是煤炭地质人在计划经济时代时，按照国家要求不是完成而是超计划地完成了煤炭地质勘探任务。他们前30年的工作已经为后来的煤田生产提供了富裕的、完善的地质资料，煤矿不用花分文就可以用这些资源。

四是金融风暴同样影响了中国改革的进程。整个大的经济环境带给中国巨大影响，工业生产的低迷影响了相关产业的发展。做为工业的粮食，能源业也首当其冲，煤炭工业的开采能力下降，为煤田业服务的煤田地质经受了同样的挫折。

徐水师局长关于煤田地质低谷分析，得到了大多数煤田地质人的同意。

"到了1996年，煤田地质人经历十年阵痛，终于缓慢地走出低谷。这十年经历是沉痛的教训。如果从中央提出改革开放时起，煤地业立即执行两条腿走路方针，较早进入市场经济，那煤田地质将会是另外一个样子。"

两轮齐驱的战略意义

上世纪80年代，煤炭地质工作正处在一个深刻的变革和转折时期，中央已经明确提出，地质工作要逐步实行社会化、企业化、商品化、专业化，靠国家拨款吃大锅饭的时代已经一去不复返了，如何安置调整后的部分富余人员的问题就摆在了面前。

张世奎提出了两个轱辘一起转的方针。

我在互联网上查找到张世奎的简历，有如下文字表述：

张世奎，中国煤炭地质总局局长、党委书记，中煤地质工程总公司总经理，中国煤炭工业协会副会长。政府特殊津贴享受者。

从事煤田地质管理工作30多年，具有丰富的财经理论和管理实践经验。在野外地质队期间，主持制定并积极推行经济责任制，成绩显著；为推进煤田地质经济体制改革，参与制定了一系列有关改革与发展的文件；在任副局长期间，

张世奎提出的"两个轮子一起转"的方针至今还被使用着

注重整体建制，提出了煤田地质单位实施"二次创业"的发展战略；在任局长、党委书记、总经理期间，提出了"两轮齐驱，纵横拓展，自我积累，滚动发展"的16字工作指导方针，"改革、重组、提高、跨越"的经济结构调整八字发展战略方针"统一规划、分类指导、分别核算、分灶吃饭"的一统三分管理原则，以及"三个三"精神文明建设工程等方针策略，并已经通过实践在煤田地质行业形成了共识，为煤田地质单位的改革与发展起到了导向性的重要作用。撰有《适应体制改革，发展有中国特色的煤田地质事业》、《关于提高煤田地质经济效益问题研究》等论著。

显然，这是一位对中国煤田地质勘探做出过重要贡献的领导者。因为种种原因我未能采访到他，但是他提出了煤炭地质总局未来的发展战略，是在改革以后，改革已经波及到了中央的企事业单位的末梢神经。他提出的口号很响亮："两轮齐驱，纵横拓展，自我积累，滚动发展"。16字战略方针，至今人们仍然记忆犹新。我把它理解为：一挂马车两个轮子一起驱动的经济运行模式。20年前，张世奎就敢于提出这样的口号还是需要一些胆量的。要知道那时，像煤炭地质总局这样的国有事业单位，虽提出了发展第二产业的经营思路，还坐在计划经济的马车上前行，一切活动都由上级计划行事，也包括所有的经济行为。

市场经济已经很火热，个体经济如雨后春笋般地发展，国有企事业的改革明显地慢了一拍。数年积累下来的思想和习惯又怎么可能一下子就转变过来呢？其实，最难改变的是扎根在思想上的束缚。

计划经济与市场经济还在较劲。但是我们看到了计划经济的种种弊端。

"说个最简单的例子吧！"水文局党委副书记成立新举个最形象的比喻："比如，机关要扫地，扫地买条帚，计划指标5把，到了年底时，你就不能多买1把，多买的1把没有列入计划就是超支，买4把也不行，因为你没有按计划办事，你没有完成预算计划。"

张世奎超前了。我想那时他心里一定有一个很大的蓝图，一定设计好了那两条并行的车轮向前的动力。可我们更多人的思想的还在计划经济上空徘徊，我们的思想还不能接受市场经济全方位的进入，同时还有一个重要原因，一旦进入市场，靠吃财政饭的企事业单位，没有了收入，只能走上破产的一条路。张世奎提出的两个轮子一起转动的思考，就是主业、第三产业同时进行。有没有另外一种考虑呢？事业费还要有，没有事业费这个10多万人队伍无法存在。燃料工业发展还离不开这样一支专业人员组成的队伍。在这种情况下，逼着张世奎想方设法地去谋生财之道，创造盈利点。还有就是国家经济政策快速向市场经济过渡，做为由国家财政养活的人也一定以及必然要进入市场经济这样一个大的社会环境中来，用以弥补事业费减少，保证煤田地质系统走出低谷、稳健发展。

我不知道张世奎局长当年遇到多大困难，经历怎样的艰难。但是今天，这"两个轮子一起转"已成为煤田地质业的必然选择。按照国家大形势推测，这两个轮子一起转动只是一个缓冲的过程，当煤田地质市场发育成熟，中央会停止另一只轮子的补给，让煤田地质业成为一列火车滚滚向前方。

水文局局长何先涛非常肯定地说："煤田地质行业这几年发展速度很快，中央事业单位成为央企或者转制地方都是可以接受的结果。我敢肯定地说，就是现在断奶，水文局日子难过一些，还是能过下去的，不至于关门歇业。"

这就是了不起的变化。

对张世奎局长"两轮齐驱"的积极意义，在中下级主管的思想留下深刻印象。因为在他们看来，多年他们面临的最大挑战就是主业不足，竞争"惨烈"，只靠煤田地质勘探显然无法养活成千上万名员工，在不丢主业的同时，必须寻找新的与主业完全是风马牛不相及的产业用以争取更多的利润。这只是最初的选择，经过时间的磨合，才发现他们的所有成功都必须回归到以煤田地质为主业，以此向外扩张领域。因为实践告诉他们，离开煤田地质勘探主业建立的经济大都亏损到倾家荡产，生存下来并发展成一定规模只占极少数。

"两只轮子一起转"，不管是国家项目拨款和自己寻找项目这两个轮子，还是煤田地质主业和多种经营这两个轮子，现在谈论的是当年产生的积极意义，至少这个理论——如果我们认同这个理论的话——在人们头脑里生根发芽，记忆犹深，并且今天煤田地质业的行为仍然是"两个轮子一起动"。就从这一点上看，我们有理由向张世奎老人表达煤田地质人最诚挚的敬意。

下放引起的风波

中央领导在思考，煤炭业在思考，煤田地质业也在思考。

煤田地质业何去何从的研究，不知探讨了多少次方案。研究的结果出乎期待者的预料：就在这一年——1998年局属的省局下放到省里，由所在省区政府管辖。

文件颁发前，人们纷纷猜测，盼望这应该是一个皆大欢喜的结果，所有的问题虽不能都解决至少能透过光亮看到未来希望，但是几乎所有的人都对未知的变化忐忑不安。

文件内容传出，真如旱地一声惊雷，从中国煤炭地质总局到各省区煤炭地质局，大家都没有这样的心理准备。几经确认，还是不愿相信这是真的，还慰藉自己听到的只是个传说。

文件中并没有规定所有省局都必须下放归省区管理，这也给大家忐忑的心情一点安慰。

煤田地质所有人都是中央地勘单位职工，大家都相信党、依靠党，也知道瘦死的骆驼比马大的道理。不管怎样，中央财政还是有拨款的，交到地方是换了娘老子，中央地勘单位和地方只是驻地企业关系，没有管辖权，到了地方，地方倘若欺生，可真成了没娘的孩子。"有娘的孩子娘当宝，没娘的孩子一棵草"。现在国家困难，自己吃的再少也是"皇粮"。到了地方，还不就是解散了吗？

老地质队员最害怕工作大半生的组织说没就没了，这是一种无法用语言表述、无法从记忆中忘却的情怀。

议论成为风暴，迅速传递给每个人。情绪是传染的，下属有9个直属局一把手都到总局反应过群众的呼声，希望留在中央事业单位与总局同舟共济，渡过难关。说白了，更多的是他们自己的心声。他们离开中央无所适从，不知下一步该如何走，甚至不知该迈左脚还是右脚。他们内心是战栗的，甚至有些恐惧。他们的指挥棒原来在上级领导手里，现在指挥棒交给自己，反而有些不适应，不知如何去做了。他们没有通气，却不约而同的到了总局驻地——河北小城涿州。在这个小城上，他们等到了最不愿看到的现实。文件内容是真实的，中央文件要求坚决贯彻执行。

我找到了1998年那份文件。国发（1998）22号文件以国务院关于改革国有重点煤矿管理体制有关问题的通知形式，明确了这样内容：

从1998年7月起，将原煤炭工业部直接管理的98户国有重点煤矿，以及原煤矿一起上收、为煤矿服务的地质勘探、煤矿设计、基建施工、机械制造、科研教育等企事业单位，下放地方管理。

这简短的内容，葬送了局长们所有的希望和理想。中央文件已下，在中国，这就是"法"，是"法"就必须无条件地执行，没有商量余地。

西北某省老局长是快60的人了，在某省煤炭地质局干了半辈子。他快退休了，但他不能置手下几千名员工而不顾。他最担忧地质局解体，那些几十年勤勤恳恳地为煤田地质工作、献出青春又献出子孙的人们怎么办？他恳求省煤炭地质局留下来归总局领导。总局虽然也是举步维艰，可总局离中央近些，总比他们留在天高皇帝远的乡下要好得多，再困难总有希望，中央不管了，省里又不顾 ，那才是叫天天不应、叫地地不灵呢，连想像的希望都没有了。

张世奎看着他恳求的眼神，满头花白，觉得他很需要同情，又不知如何回答他。找些劝慰的话，也觉得自己说得话缺盐少醋的，又能说些什么大道理让他开窍呢？

"现在想起来都觉得对不起他。"高建明后来也很内疚地告诉我。

他们知道文件是由一位副局长起草的，便把那种近乎仇恨的怒火发泄到他身上，说他祸国殃民。但文件下发已不容更改。中央决心下了，而且动作坚定而快速。老局长还在北京时，派出的工作组三天内就到了省煤田地质地局：冻结账目、资产，开始编制清产移交手续。来势如此之猛，没有留下任何有价值的商讨时间。

老局长等了一周，只以为他们的恳求会是个福音，哪知道会是这样的结果。老局长要回到他领导的西北某省煤炭地质局，他自己想不通，可他必须把文件的内容带回去。临走时，老局长无比伤感地对高建明说："再见了，我再也不回来了。这里已经不是我们的家了。"

谁都知道这一步是必须要走出来的。事实是无法改变的，中央的决定还能更改吗？

谁都能体会出老局长说这话时心情是无比沮丧的，好长时间都不会平复。后来省局交了地方，省政府并没有把他们当作后娘生的儿子看待，给他们许多政策上的扶持，省局很快走出了低谷成为省里利税大户。但是老局长真的没有再踏进涿州一步。尽管他出差多次途经北京，也没有停下他的脚步。

中国煤田地质总局下属地勘单位下放归各省管理决定，是几家欢喜几家愁。有煤大省的地勘单位效益好如黑龙江、吉林、辽宁、内蒙古等省区双手欢迎；无煤省份如广东、广西、湖北、青海、江苏、浙江等省局地勘单位，没有人愿意接收，最后还是留在中国煤田地质总局。

　　到了2001年，中国煤田地质总局更名为中国煤炭地质总局，虽只是一字之差，却有千斤的份量，是对这个国家煤炭地质管理机构权力、责任的一种释放。天高任鸟飞，海阔凭鱼跃。徐水师局长把它解释为大地质、大市场，并赋于其行动，成就了今天中国煤炭地质一派繁荣景象。

第十二章　就从这里出发

　　煤田地质队伍必须面对这样严酷的事实，国家不再分配任务，也不会全额拨款。曾光辉耀眼的地质队再也找不回过去的自豪，他们和大多数国企一样，不再依靠国家给项目、拨经费，过着虽然艰苦却是旱涝保收的日子。现在这一切都不复存在了。他们必须走出去，接受大市场承认，他们渴望拿下某一个工程，他们走进招标会场却发现这里已经坐了几拨煤田地质队的人，大家相见都微笑不语，脸上露出更多的是无奈。而且他们还必须面对共同的竞争对手——其它行业地质队的队长、书记，这使本来任务就不饱满的煤田地质工作雪上加霜，这对一直吃着计划经济大锅饭的煤田地质队伍是实力、科技、设备大博弈！在大博弈的年代里，我们看到了煤田地质人敢于拼搏，敢于挑战的精神呈现在的公众面前。

让钻井都动起来

31岁那年，李志军调到了中国煤炭勘探一局科技中心担任主任兼党委书记，这时候煤田地质业用"四面楚歌"来形容一点也不过分。国家项目基本没有，从1992年起发放的只有人头费，而且非常明确地指令不得亏空那些为煤田地质业贡献出青春和力量的离退休老人们。职工工资低到一般贫困线偏上，每月只能发300元，即便是高级工程师，这时候也不过590元，就是这样一点维持基本生活都不够的费用来源还是靠做些小项目、小科研来充实。总局提出了"两业并举，两轮驱动"的举措，在基层还没有实现真正的并举，还没真正的滚动起

钻机轰鸣是煤炭地质人最悦耳的音乐

来。一些心眼活泛的人们都外出寻找发展机会，剩下的职工大都在那里守望理想，等待国家项目的到来。要吃粮，找队上；要吃米，靠供给。面对几百张嘴等着吃饭，最难的就是中心的主官们，昨日风光不再，只剩下愁苦。坚持不住的，也自谋出路，选择了逃离。

1995年，中国煤田勘探业走向了最低谷。

年轻的高级工程师李志军还在徐州沛县147队的一个施工点上。真正意义上的夏天还没到来，他还穿着厚厚的棉衣棉裤。党委书记一个电话把他催回去，告诉了一个让他没有想到的决定，局里调他到局科教中心任主任兼党委书记，这个决定出乎他的意料。李志军不愿赴任。他明白所有地勘单位都在苦苦挣扎，国家没有项目，这么个大摊子人要吃饭，天天都在找米下锅，哪个主官不是在火上烤着？他的理由还有一个就是父母年岁大了，需要照顾。父亲知道了脸上不好看："你是个干部、共产党员，钻机不转了，你没有责任？"

父亲是勘探队老工人，对勘探业感情深厚，在李志军初中毕业那年就把他弄到了勘探队当了钻工。父亲在队上干的是木工，可他说最喜欢听钻机转动的轰鸣，在他看来那是钻机在唱歌，他听钻机唱歌几十年，直到光荣退休。

父亲的理想，就是让那些停歇下来的钻机重新发动起来，看到竖在野谷荒山里的钻井上的旗帜哗哗作响。他们那代人逢山开路，遇水架桥，用行动而不是语言来为煤田业的发展、繁荣殚精竭虑，为国家经济建设立下了不朽功勋。父亲的话让李志军很受感动，他怎能不理解父亲那代人对煤田地勘业无可言表的感情呢？

李志军上任了，驻在邢台桥西的科技中心条件相比邯（郸）邢（台）地区勘探单位经济效益还算最好的，也只是保障能开300多元钱。前任们没有回天之力，眼巴巴看着新官能烧起怎样一把火来。

李志军也不是神仙，面对整个行业的不景气，他又有怎样能力异军突起呢？即然来了，就应该担当起这份责任。他审时度势，选择利用中国煤炭地质总局拨出的有限的创业资金，选择了几乎所有勘探队都在选择的两轮驱动，"一业为主，多种经营"。他理解了上级的经营管理思路，不能丢了主业，兼营其它产业。科技中心的主业是承担国家地质勘探技术的创新，现在那些专家还在，虽然没了国家大项目，还可以广开门路，找米下锅，至少可以维持一部人员的生计。老实说，其它产业没有一样是地勘人的长项。面对改革开放的滚滚经济大潮，他们还不知如何应对，他们恐慌，他们不知所措。下海的人离去，甚至一些中层干部也不辞而别，留下的人们就要苦苦地支撑着，等待行业的复兴。

李志军召集中层干部会议，他用平缓却很肯定的声音告诉大家："昨日辉煌不再，等待不是唯一的选择。想走的，劳动关系留在这里，什么时候想回来，这里还是你的家。留下来的，也不能天天坐在办公室里看着太阳从东方升起，西边落山。不管是机关干部，还是工程师都要动起来。"

年轻书记的话语掷地有声，而且他开始行动了。他要求科研室走出去寻找商机，寻找市场。他又把干部分成几拨人做管理，腾出临街办公楼租了出去，每年有了20万进账。又在一处临街办公区腾出房子开了小饭店、舞厅，虽是每张票5角钱，也总会安置些人进去。还有其它和主业相关的桩基工程和科教中心的人员相对稳定下来。总能让那300元工资发的流畅些。可苦了李志军，他是总工，也只能保证590元工资，家在江苏，孩子要上学，女人肯定来不了。在邢台没地方吃饭，在自办的饭店吃工作餐，每月要交300元生活费，偶尔来了熟人，也要自己掏腰包，这样一来，每到月底还要找借口向内当家申请补贴。

所有努力很快有了回报。科教中心人员稳定了，闹事的人少了。60多人队伍怎么着也好运行，李志军把这归功于科教中心船小好调动。一墙之隔的物测队与科教中心可谓冰火两重天，这边还有炒菜吃，那边只剩下喝米粥了。

经济大潮突然涌来，冲溃了物测队的经营大堤，本来物测队是依附勘探项目应运而生的专业地质队，煤矿走入了低谷，依附于煤矿的勘探队也走入低谷，那么，依附于勘探队的物测队构建的主业肯定溃不成军。物测队的主官干不下去了，放弃了官职，跑到上海去经营宾馆。现在副队长、副书记在主持队上工作，可他们一时也摸不着头脑，只有"资深"的办公室主任里外张罗着主持朝政。

物测队从上海进的地震勘探设备，因为没有活儿，根本用不上，闲置趴了窝，风吹日晒开始生锈，让人看了直心疼。这有什么办法呢？一个处级单位，正经干活的没几个人，有个正在施工的项目一年产值不到500万元，利润薄得只能够发干活人的工资，薄得都不好意思对外人说。

鸟无头不飞。

局里就又物色了一个人，提拔起来当队长。新队长是高级工程师，煤田地质物探专家，曾获得过国务院特殊津贴，是制定国家行业标准的主笔之一。搞技术他是专家，当好队长却不是他的长项。新队长上任后每天应付的不是地探物理技术难题，而是上门来要求他解决生活困难的职工，至于那些找活干的人更让物探专家烦恼不已。物探专家只干58天队长，就坚定不移地交了权，他应付不了"乱云飞渡"的时局。

物探队找不到队长、书记，最着急的是局领导。党委书记在可能的合适人选中扒来扒去，一谈话没谁愿接这样的乱摊子。他好说赖说把他的同班同学——一位物测工程师推到党委书记的位置上。新书记同样是刺猬吃天，无从下口。物测工程师面对着930人的队伍，不知从哪里下手。技术人员都跑光了，在这里没办法生存。300多元如何能养家糊口？只有出去找活干，有的带着一家老小回到乡下侍弄庄稼。

李志军在科教中心虽不顺风顺水，还是能找到了一些项目，保持了员工的相对稳定，总算人员归心了。

能稳定军心，这小子还真有些手段。总局领导在他身上动了心思。正巧地质学院需要配备一个有手段的书记，相中了李志军。物测队也需要能稳定人心的队长。局领导分析来分析去，李志军高等学院美梦等两年再做，还是到物测队最合适。不到40岁，年轻，与科教中心一墙之隔，了解物测队的情况。局党委书记找他谈话，李志军脑袋大了。

"那个单位没法整呀。"李志军不同意。

嘿，你小子敢不服从分配！这回局长、书记一起谈。强调共产党员听从党的召唤，你只能服从。于是，命令下来了，李志军被逼上物测队党委书记、队长的位置。

赴任的时候，已经是深秋，天气格外地冷，发黄的树叶漫天飞舞。李志军心思沉重地到物测队上任。那位物测工程师守着火炉煮面条，旁边桌子上有一瓶喝了半瓶的劣质白酒。李志军听说，他得了股骨头坏死，苦闷得很，顿顿喝酒。有一次，一个职工跟他说了半天话，竟然一句回音都没有，一生气把炉子给掀了，他还是一句话不说，默默地收拾炉子上的残局。

物测工程师在这里当了一年零三个月的党委书记。李志军来了，他握握了李志军的手："拜托了。"说完再也没回头，如释重负地走了，把接力棒交给了李志军。

李志军面对物测队现状也是头皮发麻，但他很快调整了自己心态，他发现物测队面临的问题除了经济大环境给物测队带来困难，还有自身原因，队上领导不和，各自为政，各敲各的鼓，各弹各的调，干不到一块儿，尿不到一把壶里。原工程物探处有4个科室，各自组建了公司，每个公司一帮人，自设会计，挣了钱交不上来，亏损了由队上承担。

李志军要求局里派来副书记、副队长，他知道一个人再能也打不成几颗钉子，先有一个合力的领导集体才是物测队稳定、发展根本保障。李志军下手了：原有的自立公司解散，成立勘查院，人员统一由勘查院管理，在队上形成"劳务市场"。八仙过海，各显其能，谁能搞到项目，谁能把利润交到队上，谁可以领人去干，有活干的能挣出自己的一份，没活干的你就拿你的死钱儿，改变过去那种"大锅饭"的分配模式。他又集中一部分技术成熟人员承揽社会项目，亲自当项目总指挥，喊出一句铮铮作响的口号——要效益、要速度、要信誉。

李志军的作法得罪了一些人，半夜有人来踢他的屋门，管他要活干，要饭吃。李志军不卑不亢，他说出的话斩钉截铁："要活干找项目经理，要吃饭自己去挣，谁也不会白养着你。"

开弓没有回头箭。李志军不会向这些人妥协。他坚持自己的主张，而且明确告诉他的搭档们，任何人不允许助长这股歪风邪气的蔓延，谁说他就跟谁翻脸。李志军作法得到了大家的拥护，认为这是在勘探业低谷时的必然选择。有人不同意李志军的改革方案，找他来打架，还动用了"黑社会"来威胁他。李志军厉声地喝道："别来这一套，打架我会怕吗？打死了我是烈士，你是歹徒，用这种方式解决不了任何问题。"

架没有打起来，队上问题依旧存在，没活干的人一拨走了，另一拨人又来。没钱发工资，不是他李志军造成的，他一个人解决不了，国家也很困难，别指望国家救济。人心齐，泰山移，想过上富裕的生活，要靠自己。他的回应是："团结互助，拧成一股绳，共同闯市场。"

李志军用了半年多时间平息了职工燥动不安的情绪，理顺了队伍。

物测队找到了大项目：承担盘锦湿地大桥地桩基础勘探施工。盘锦湿地有3千多平方公里，建设中的沈大高速公路桥要在湿地中间凌空穿过。这是个国家重点项目。李志军当年一块苦读寒窗的同学是负责施工设计的负责人，他找到同学希望能把这个项目分一块让物测队来做。同学知道李志军目前处在困境，也了解物测队专业技术人员多，前几年做过的项目留有很好的口碑，他也正愁找不到好的施工单位。同学试探地问："大桥施工最大难题是在湿地上打桩基，湿地淤泥很深，技术含量高，好几家桩基队见地质复杂都退缩了，你们能行？"

李志军很有把握地说："你忘了我们的主业，煤田地质比湿地地质复杂多了。你放心交给我，保质保量完成勘探作业。"

接到了任务，物测队沸腾了。经过几年的低迷，人心涣散了，原有的斗志被消磨没了，现在有了机会，都想出去施展自己的拳脚。采访时，李志军对我说："我感到的不是有了项目就有生机，而是我们的工程技术人员对工作的热爱。"

物测队选择一些熟练的技术人员开赴现场。这时，辽北深秋已是万木萧条，一眼望不到头的芦苇荡此起彼伏。这里没有人家，满眼都是发黄的芦苇荡。候鸟从这里出发掠过天空向南方飞去。施工队选择一块湿漉漉的平地安营扎寨，很快湿地上空冒起了炊烟。

物测队的专业是放炮地震，通过地震反射波段判定地下是否有煤层存在以及煤层的厚度，现在让放炮手在湿地打出1.5米大口径并且把地基桩坐在岩层上，对他们来说困难太大了。只要有项目，就形成了竞争机制，自己干不了可以请外援，仅煤炭地质勘探一局就有4个勘探队，请几个专家来就迎刃而解了。

李志军带着肉和酒去盘锦湿地慰问，这是煤炭地质队的光荣传统，年节慰问在荒郊野外作业的员工。送金送银不如送肉送酒实惠，瓜子不饱暖人心。

李志军上了工地，远远看到熟悉的高高钻井架，几面小红旗哗哗作响。走进帐篷，眼前的的景象让他大吃一惊，随即是深深的感动："深秋安营扎寨的帐篷，现在低角都在水里泡着，屋地铺盖的芦苇已经烂了，工人们的床在水上架着，留守人员告诉我，夏天水大还会浸漫上床，每天上班前都要把被褥放在高处"。

李志军对随行的科室领导说："没有不好的员工，只有不称职的领导，只要领导得力，还能跨不过眼前这道坎？"

李志军决定留在盘锦湿地工地一段时间，他是他们中间的一员，他要和他们一块生活在这漫无边际芦苇荡里，他要静静地想着明年将如何把这支队伍带向经济大市场，把地勘业做大做强，做出物测队生机盎然的春天来。

参加盘锦大桥施工的李志军，接到煤炭地质一局领导电话，让他交待手头工作赶回邢台，北京总局派人考察干部，指名要和他谈话，他一口回绝了："马上进入冬天了，盘锦大桥工期又紧，我实在抽不开身。"

一局办公室主任试探地问李志军："你什么时候能回来？"

李志军想了想回答："一周以后。"

对方挂了电话，李志军也忘了这件事。

一周后李志军返回物测队，北京总局考察组的人还在等着他。

1998年9月，也就是他担任物测队党委书记兼队长后的一年零八个月，北京总局宣布任命李志军为中国煤炭地质勘探一局副局长。10月，李志军走马上任，主抓一局的多种经营。这时煤田地质情况还是没有根本好转，他面临的困境依旧是钻井队散了，人心散了。地质队开的饭店、修理厂、设备厂没有一家是挣钱的。可又不能散伙，散伙了这些原本国家养起的人还要给他衣穿给他饭吃。

一夜夜，他的烟瘾见长，在其位谋其政。组织信任他，把他放到这个岗位，他就有责任把全局数千人的吃饭问题解决好。回到家，年迈的老父亲询问他："钻井都开动起来了吗？"

他不能欺骗父亲，他如实地告诉父亲："开起一小部分，大部分还在闲置着。"

父亲满怀希望地对儿子说："过去有句话叫大炮一响，黄金万两。钻井都开动起来，我们的地质队伍才不会散，不会垮。"

父亲没多少文化，他和所有的老地勘队员一样关注着地勘业的振兴，希望儿子们承接着他们用半生努力换来的煤炭地质人的荣誉。

他了解父亲，他对父亲说："用不多久，我们一定会让钻井架起来，让红旗飘起来。"

他对父亲做了保证，可地勘形势似乎越来越严重：勘探主业项目一年全局安排的不到一千万任务，只够一个地质队干的，7个地质队人员有6个队是闲着。多种经营收入占到整个收入的一半，而多种经营看着风风光光，却有一大半是亏损的。煤田地质业的新问题出现了，原来归属钢铁、黄金等8大矿业地质队也因为僧多粥少挤压进了煤田地质这块市场，使本来就难以维持的煤田地质队更是雪上加霜。

煤矿出产的煤卖不出去，即便卖出去也收不回来成本。煤卖不掉，煤矿就无法加大开工生产。煤田不生产，还要地质勘探队干什么？

这是一种恶性循环，李志军看不出会有见好的迹象。

大煤田的煤卖不出去，小煤窑的煤却卖得火爆，大矿成本大，价格下不来。小煤窑就占居了价格优势与大煤田开展强势竞争，仅邯郸地区那时就有300多家小煤矿掺乎进来，大矿看着小煤窑如此兴盛，只能望煤兴叹，还有什么办法呢？

李志军很快就纠正了自己的看法，一个邯郸矿务局年生产量达到400万吨，一个井陉矿务局一年也要生产60万吨。瘦死的骆驼比马大。哪个矿务局全年生产量都会相当上百个小矿生产量全年的总和，大矿的技术能力、开采设备、拥有的储藏含量都不是小矿所能比拟的。而且他还发现了一个现象，在众多交通不便的煤炭生产基地开始兴建电厂，把难以运输的煤炭转化为电能向外送电。他敏锐地意识到了，煤田地质业困境还不会马上解套，但肯定会走出这段低谷。煤生产有了出路，煤田地质队伍也就有了活路。煤田地质现在大都在浅部开采，随着经济形势好转，一定会要求煤田地质队向深处探测。

现在还要抓起全局的两轮驱动的另一只轮子：多种经营。而小饭店、小工厂可能会有大作为但必竟是小作坊运作，地勘业要做的应该是大"生意"。大"生意"也不能仅限向地下打洞，视野还要宽泛一些。

这一年，李志军到147勘探队检查工作，有人提到了内蒙的稀土冶炼市场正在兴起。他心头一动：147队是在两淮大会战时从内蒙古迁到沛县的。内蒙那边人头熟，上设备搞冶炼，在电厂附近，电价也便宜。总局产业结构调整，可以申请150万元资金，勘探局再搭上些，让职工再入点股肯定能弄起来。这个想法很快得到大家认同。按照设计，147勘探队上了3台冶炼炉子，销路非常好。147队很快又上了10台冶炼炉子。一个地勘队，除了钻井在野外作业，其它人全都调到冶炼车间。

父亲的理想在2007年那年得到了实现，不仅全局40台钻机开动了，而且把钻机的规模扩展到了200多台，钻井的深度也从1千米极限伸延到地下3千米，他们钻机不仅布置在了煤田，也在沙漠地带的榆林地区找到了丰富的纳盐，在京郊3千米以下找到了地热泉，在阳泉大煤田抽取了瓦斯转变成生活用的天然气，还派出了钻井队参加国外煤田的勘探与开发。

这些成绩得来极其不容易。李志军坐在我对面，深深地抽了一口烟，烟雾在他眼前飘忽着，缓缓地上升。他说："总局的两轮驱动的战略决定，给予了我们方向性的引领，又赶上煤田业经济形势好转，才会有这样的成果。我想，现在一年全局产值8个亿并不是最重要的。最重要的成就是在煤勘业低谷那七八年里，让我们跳出了计划经济的束缚，队伍进到市场经济中竞争，改造了思想，锻炼了队伍。"

2003年，李志军接任局长时，每人年工资9700元，不但没有一分钱利润，全局还亏损了74万多元。第二年，全局产值达到了一个亿，利润也没有超过200万元。这对于在职的和离退的上万名职工依然是杯水车薪，但是总是让大家看到了希望的曙光，毕竟是8年来第一个有结余的年份。

也就是从这一年起，勘探一局经济形势呈现上升态势。李志军很有信心地估计2011年会达到8个亿产值，而利润也会有4700万元。

我曾怀疑利润的真实性："8个亿产值怎么才有不到5千万利润？"

李志军解释说，产生的利润还要背负过去的欠账，像离休人员的医疗费、取暖费、生活补贴，地方政府政策上补贴都要勘探局自己

在新疆白砾山执行地质填图任务：风餐露宿，停歇在大漠沙海，午餐时一块咸菜，一个馒头，还有一壶白水，这就是煤炭地质人的野外生活

来承担。地勘的江山是老一辈打下的，一局领导班子成员几乎众口一致地说，他们几十年为煤田地勘业立下不朽功勋，不能因为他们离职了，生活水平比在职员工差，我们有责任、有义务让他们生活富裕，安享晚年生活。

勘探一局实现了父亲的理想，因为他们主要产值都是因为开动200台钻井产生的。不能丢失钻机，这是他们的主业。第二个轮子还在滚动，显然转动的不如第一个轮子快。

采访结束时，李志军告诉我，没有远虑必有近忧，河北省是煤炭地质一局的驻地，属地化管理后，河北煤田勘探局承揽了河北省几乎所有国家下达的项目，这几年没有一项业务给一局。他们必须走出去，寻找大市场。

其实，从2005年开始，一局的钻机就在陕北、内蒙古、新疆、宁夏、山西、山东、河南等十多个省区站住了脚。他们的口号是，别人不干的我们干，别人干不了我们干。他们在地勘业界闯出了好名声。有兴旺就有饱和的那一天，他们在扩大市场份额、加强技术力量的储备、地勘设备的创新同时，让另一只轮子跟上主业的发展。他们走出去，在一些省区登记矿权，合作开发矿产。他们到澳大利亚开办地勘合资公司，让一流的地勘技术在国外升值。他们在三个煤矿占有股份等等，这些长效机制的谋划为后来地勘业的发展奠定了坚实基础。我们愿祝李志军和他领导的一局有一个更为宽广的未来。

迈出重要的第一步

中国煤田地质勘探单位面临的问题，几乎所有的国有企业都要面临。改革却是坚定不移的，企业不能成为国家沉重的负担。我们感受到了改革所带来的阵痛，正是这种痛才带来了今天看到的美丽图景，催生了国有企业职工的竞争意识。国企也不是老大，萝卜白菜一筐"爱要不要"时代已经过去了。他们同样认真面对每个项目，用户成为了上帝。

我们要去祁连山里的一个施工点采访，和蔡玉良同坐在一辆汽车里，他不善多言，一路上竟然没跟我多说一句话，大都问一句答一句，惜字如金。在问答中我终于了解了他大概的人生阅历。蔡玉良，105队现任党委书记。1979年学校毕业分配到甘肃133队，十年后调回青海105队当水文地质技术员。他父亲是东北人，支持"大三线"时从东北调入青海铁路上，后来把家人都搬到了西宁，高中没毕业时，父母又调到了兰州铁路局。他调回来的理由，是老奶奶不肯跟父母挪窝，执意留在西宁。岁数大了，总要有人照顾。他在105队进步很快，1991年就当了勘探公司经理，1995年当了105队副队长，2002年当了队长，2008年4月才改为党委书记。

说到了工作经历，他说一到青海他就到了热水矿区，热水矿区在海拔3900米处。在高海拔地区干活儿，人的动力损失一半，机械损失三分之一。无论是人或机械相对效率都要低一些。有一个矿区领导"心出彩"，要搞一次拔河体育比赛，胜利的和败阵的都躺在地上起不来了。

青海的六月底，大面积油菜已经绽开花蕾，迷人的芳香在空气中弥漫着。高处还在寒冬里沉睡没有苏醒过来，而4000米以上的雪线还是白雪皑皑。蔡玉良指向一处平缓的山坡告诉我，那就是冷龙岭。90年代初他就带人在那里施工。那年，时间也是在六月，一场突如其来的大雪一下子封住了来往交通，大地上悄然无声，连个行人也没有。他们和队部中断了联系，送副食的汽车根本上不来。土豆、大头菜这些能存放的蔬菜也没有了，庆幸的是还有些米面、盐可以维持生活。有人提议，前面凹谷里有地皮菜，可以去捡点回来当咸菜。他派人去看看，果然从雪窝里弄到不少地皮菜。那半个月，他们是天天吃米饭，熬地皮菜汤度过来的。

年轻人不觉累，因为每天都这样辛苦，累也就不在话下了。最大的问题是寂寞和孤独。钻机架在没有人烟的地方，平时除了工友，鲜见一个外人。驻地一般离钻机较远，帐篷里扯不进来电，即便有电，也不会有电视，收音机信号也没有，收到的是哧拉拉的声音。驻地与钻机通话都用步话机。看过的几本小说被翻烂了。偶尔有野羚羊从眼前跑过，让大家兴奋好一阵子。这里与外界失去了联系。后来这里搬来一户牧民，从帐篷搭起来那天，他们就友好相处，一直到牧民转场放牧走了，让他们寂寞了好长时间。

1997年，煤勘业已经走到了底线。105，这个国家级功勋勘探队，拥有雄厚的勘探技术力量，技术工人大都来自东北老工业基地，技术精勘，业务娴熟，但是，他们却空有一身好"武技"，猴子吃天，无从下手。队长纪仁群、副队长蔡玉良商议，不能坐以待毙，还要走出去，等"米"下锅不如找"米"下锅。蔡玉良带人从西宁出发，四处找活干。

有一天，蔡玉良带车来到长江源头第一县——玛多。玛多全县面积2.5万平方公里，大小湖泊4070多个，而人口却只有10023人。他们到了三石峡，这是三个乡镇的所在地。中午在饭店吃饭时，听到外面有人喊"卖水的来了"。

蔡玉良顺着窗户向外看，有人赶着水车在那里往水桶倒水。他一头雾水地问老板，路台下面就是大河，怎么还要买水用。饭店老板告诉他，之前也曾安过自来水管道，因为这里海拔在4000米以上，属于永久冻土地带，用上不几天，水管就会冻爆裂，所以，他们日常用水都是水车从河里拉上来卖给他们。

吃了饭，蔡玉良带着司机四处转，他发现正如饭店老板所说，家家都靠买水度日。他脑袋一机灵，对司机说："有活干了，走，到县委大院。"

蔡玉良竟直去敲县委书记的屋门，县委书记、县长都在。蔡玉良说："找你们反映点事"。

县委书县长问："什么事？"

"三石峡居民吃不上水。"

"建国之后投了几百万元，解决不了。"

"我能解决。"

"来过几拨人都这样说，水管道铺几次裂几次，成了最头疼的难题。"

"解决吃水问题不能用管道，而是打水井。"

"噢？我们这里还没电。"

"可以用柴油发电机自发电。"

"打水井不会冻输水管？"

"很简单，发电时，把水抽上来；停电了，水管里的水又会回落到水井里，在几十米深的水井下面水是不会冻的。"

"需要多少钱？"

"50万元"。

"行，我们申请经费，你等信吧！"

一个月后，钱拨下来了，县委书记亲自到105队签定协议。蔡玉良带着钻机和人员再次从西宁出发上了高原。地质勘探队打水井是小巫与大巫，是再简单不过的工程了。105队钻井工区一连打了4眼水，配上潜水泵、发电机，连水泵房都帮助安装好。出水那天，省、县媒体记者都来了，当地群众穿着民族服装也来看热闹。这是三石峡一个重大节日。当连续三天抽上来的纯净水供应家家户户时，县里领导肯定地说，是105勘探队帮助玛多解决了解放以后50年间想解决却一直未能解决的最大的民生问题。

105队给玛多县群众解决了大问题。媒体一宣传，省上领导也高兴，就给玛多拨了些专项款。县上领导又要求105队把全县居民点都打出水井，解决居民吃水难的困难。

玛多县上领导认可了105队，又接受蔡玉良的建议，在全县开展了资源调查，理清了全县有效资源的分布，摸清了家底。105队就从玛多起步，很快项目增多了，走向良性发展的道路。

2003年，蔡玉良已担任了105队队长。这一年煤地业依旧没有起色。队上依然很穷，虽没有寅吃卯粮，也是刚够吃上饭的收入。账上只有10万元人民币，这点钱一分也不敢多花，几百号人离退休的占到了一半，医保因属中央单位，地方并没有纳入，出现一个重病，这点存款就是保命钱。他们拼死拼活地打水井，搞工勘（工程勘探）弄点钱，产值也不过400万元。

穷则思变，要干，要革命。到了第二年，蔡玉良说不能坐以待毙，带着队伍上了木里。4000米海拔的木里让外面进来的施工队望而却步，有的在木里呆上几天就匆匆下山。那时木里，只知富藏煤田，因为开采艰辛一直没有形成规模。从山脚下的天峻县城到木里只有150公里，小车最快速度也要跑上近10个小时，大车足足走上3天，到处坑坑凹凹，没有路，走过的车辙依稀可辩就是路。在一次上山时遇到了暴风雪，他们的一辆大卡车在这段路上走了整整一周，人到驻地骨头都累得散了架。但是，105队留下来了，而且扎下了根，并在木里创造了中国煤炭勘探史上的奇迹。

抓住每一个机会

无锡新加坡工业园区喜来登大酒店施工，是宋金栋任工程处长后最艰难的一段时光，国家经济体制改革已经让吃惯皇粮的煤田地质勘探队陷入无力自拔的困境。所以，每接手一单项目，不管多难，他们都不敢出任何一点差错。

这次施工工期短，几个单位交叉施工，几十台机器昼夜不停地在轰响，工地上一片混乱，到处都是电线和电缆，危险随时可能发生。

施工都是两班倒，早8点到晚8点。工人工作12个小时，宋金栋却要工作16个小时。夜里最容易出事故，出了事故就不会是小事。为此，他整整值了4个月的夜班。

一天夜里凌晨两三点的时候，工地上还是一片轰隆巨响，跟平常一样，他整晚都在不停的巡视、检查、调度。有人跑来焦急地告诉他，钻头掉到孔内了。这是钻井最严重的事故。钻机一开动就不能停止，停了很容易造成孔内塌方，塌方的孔就是报废的孔，几十天的施工就白忙碌了。

"赶紧处理事故。"他精神高度紧张，虎着脸让经验丰富的班长亲自上手。

这钻头半吨多重，只能用钢丝绳牵引，里面都是泥浆，怎么能把它弄上来，全靠经验和技术摸索着去干。折腾了整整一夜，快出来时工人操作不当，装机上的卡瓦，一个三四十斤的铁疙瘩，直接砸到了他左脚的大脚指上。疼啊！钻心的疼！脱了鞋一看，脚趾骨砸裂了。另一处施工点也出了问题，喊他去处理，他顾不上疼痛，一瘸一拐的走进黑影里。第二天上午11点，脚疼得难以忍受才去医院。他不敢住院，包扎一下，开些药，又一拐一瘸地回到工地。脚上的淤青退干净，是15年后的事儿了。

现在正好赶上梅雨季节，衣服被子都没干过。工地上到处是泥泞，要是赶上太湖涨水，雨鞋也不挡用。南方的三伏天，工棚里像个蒸笼，床铺上湿漉漉的。吃的不好，住的也不好，水土不服，很多人扛不住劲病倒了。一个地质大学毕业的大学生刚来一个星期不辞而别走了，留下口信：他实在是受不了。谁走他宋金栋不能走，他要挺下去，挺出成绩了，"全国劳模"宋崇文的言传身教发挥了作用。

无锡，繁华的都市。满身泥浆的地质队员与鲜亮的城市格格不入。勘探队经济困难，职工兜里也没钱，连下饭馆的钱都没有。落寞，彷徨，没有活思想反倒不正常。7个月施工结束了，所有工人和设备走了，他要留下来等着甲方的验收合格。离开无锡时，已经是南方阴冷的冬季了。

工资没保障，单位没钱支持项目，人心不稳定，单位里能调走的调走了，能自谋职业的停薪留职了。像他这样父母、兄弟、妻子甚至妻嫂家人都是119队的人，他哪也去不了，只能留在这儿。他就是119队的人，他能去哪呢！整个119队的人绑在了一起。其实他也不能走，因为他是处长，他有技术，领导器重他，信任他，年轻人被尊重、重用，有什么能比这个更重要？

他向领导讨教改变勘探队目前处境的思路，领导只把一个写着"米"字的纸条给了他。"米"字象征着119队的四通八达，这个字寓意很深。他不怕苦，他带着队伍又去打工了。

从1994年开始队里不再有勘探任务。他们只能去做桩基项目，从南到北，从楼房到桥梁，风餐露宿，他都是亲自组织参与者。那时队里就一句话：养职工，稳队伍，再发展。也就是在这一年，他被提拔成了副队长，其实他不在意当不当官，最在意的是被尊重，是脸面，就像别人提到自己父亲时的那种尊重一样。父亲退休了，但父亲的精神光环还在，父亲的理想还在。父亲愿意看到钻井顶上红旗飘舞，那是钻井常态工作的标志。他希望儿子们坚守钻井，打出更优质的进尺。

父亲的隐忍和他的坚持都是人性中最质朴的品格，品格决定了他们一生走的路，是那么的相同却又那么不同。父亲只会将所有荣誉放在心中，默默埋藏，而作为第二代勘探队员的宋金栋却将荣誉变成了自信，变成了勇往直前的动力。

2004年，宋金栋接任119队队长职务，这个新任命对他来说意味着沉重的责任。119队的经济形势非常严峻。队伍落后，管理粗放，成本控制不住，辛苦不挣钱。队上没有积累就不能在新的项目上投钱，如此恶性循环，119队何谈发展，又怎么能保证职工的待遇？

改革势在必行。

"这是被逼的没办法了。"宋金栋说。

首先他进行了长达10个月的摸底，了解每个部门管理模式的存在的弊端。现行制度不健全，核算的部门太多，每个核算的部门对资金都有支配权，队上对资金成本控制不住，浪费是必然的。

减少核算程序，取消了4个工程处成立勘探院，下设项目部。而且就从现行的项目开始改革。因为地域、地层、外界条件不同，承包制度很难制定，但不搞承包制，效益、效率低下，队里就不能发展。宋金栋提出精细化成本管理运作方法，将施工地所在的情况都考虑在内，比如经济条件，地质地层、钻口、材料等细分，做出成本预测并以此决定核算内容。制定了人员岗位系数标准，不同岗位拿不同工资，各个项目部以"米"算工资的承包办法，多劳多得，并将此形成一套施行机制和体系。国资委下达文件要求所有国有企事业必须取消4级核算单位，而119队在两年前的2004年时就已经取消了4级核算单位。国有企事业必须对人、财、物集中管理，只有这样才能做大做强。

在提出新的管理规定后，矛盾冲突全出来了，有人观望，有人反对，有人到上级部门反应，还有人直接到办公室闹。宋金栋能解释的解释，该劝的劝，碰到不讲理的该吵就吵。他说："如果我有私心被聪明人发现了，你觉得我的工作能进行下去？"

那段时间他每天的神经都是紧绷着的。改革的未来无人能预知，但不改革，119队面临的却是一种毁灭。什么是一把手，一把手就是破釜沉舟勇于面对挑战的人。

他的改革引起了全局重视，总局还在119队开现场会，现场会上肯定他的作法，让全系统勘探队来学习他们的改革经验。

明天的日子还要过

鸡西108地质勘探队党委书记谢京城告诉我："即使国家的任务不给我们，我们也会活得很好。东北有句老话儿叫'有山靠山，无山独立。'我们没了靠山，就想办法寻找生存的方向，这是每个领导者的责任。"

中国煤炭地质总局原副局长王文寿说："从1992年开始就没有攀升上来经济形势，一直在低谷中徘徊。省煤地局属地化管理现在暴露一些宏观上的问题，当年下放机构也是无奈的选择。"

西方的托拉斯企业有很多经验值得中国学习，但西方的各方面的条件与中国的国情是不同的，而且每个托拉斯企业是在经济发展过程中自然形成的，有着一整套的管理方法及经营理念。而中国以"拉郎配"的方式组建的托拉斯想法是好的，缺少了一个磨合的过程，再加上当时整个煤炭行业效益整体下滑，根本没有给东北内蒙煤田管理局成长的机会。

历经数年的拼搏，东北煤田管理局最终无法战胜内外各种不利因素而停止了运行。这也算是中国走向世界，交的又一笔昂贵学费吧！

蒋维平局长回忆说："东北煤炭地质局最后黯淡地退出市场，原有18个下属公司归属驻地省市政府管理，受到冲击最大的是东北煤炭地质勘探局。

地质单位在计划经济下只负责找矿，写出相应报告交给相关部门，剩下的开矿、生产经营就与地勘单位无关了。

黑龙江省煤炭地质局成立前，还有一段艰难曲折的故事。驻地在黑龙江省的煤炭地质单位在东北三省煤地系统占主导地位，东北煤炭地质局在哈尔滨却只有一个办事处负责管理。吉林、内蒙顺利地归属了省局，东煤撤销后剩下的人马重组煤田地勘局，名份没变，权力小了，归辽宁省政府直属领导。

黑龙江省地勘管理原来只有一个办事处，负责地质管理工作日常事务，原则上还没有行政执法权力，为上情下达，下情上传的派出机构。一个办事处怎么变成局呢？国家不会再给编制，东北局驻黑龙江办事处面临成为"黑户"的危险。经过长时间与省里协调，黑龙江省同意成立地勘局。随之而来的是干部任命主导权问题，省政府要安排任命干部，可在技术要求高的地勘单位，如何安排一个不懂业务的领导，干外行领导内行的事情呢？

这里的纠结，我们想象是很多的。

直到1999年12月8日，黑龙江省煤炭地质局才正式成立。这是在东煤解体一年半后，可见其中的纠葛有多复杂。

这样的日子不能持续太久。

1999年，黑龙江省煤炭地质局成立后，向所属发出指令，只要你不违法能挣钱，不管你能干什么。不拘一格降人才。曾经开钻机的劳动能手开起了打字复印社，做起了贸易。干得最好的是从建筑公司拿活儿，虽然利润不高，总能找到活儿干。勘探打井的技术高手不在干本行，那么多的设备窝在城市里为楼房打桩基。

适者生存，这也是当下最好的选择。黑龙江省煤炭地质局统计有70%的人员在干与本专业无关的事情。有10%的人在干本专业，有20%的人退休。

蒋维平理解，这是对员工的另一种的人生历练。

10年后，煤炭地质人用他们平常的心接受每个计划内和突然决定的项目，他们脚踏实地做好每项工程，他们不用语言，而是用行动让工程划上完整的句号。不与梅争春，只等春来报。现在，中国煤炭地质人经过艰辛努力，最大的成功，笔者以为不是获得利润上的多寡，而是使他们的名字成为行业的技术精湛、作风过硬的特殊符号。

来了就不会走

1

因为是初夏，青海煤田地质局的一线人马全部上了高原，这使我的采访受挫。局党委书记纪仁群说，每年的9月，钻井几乎全部上到了江仓、木里、海西几个重点地质勘探地区。这几年随着国家西部大开发的政策落实，青海局的工作量大增，自己在青海的钻机不够用，还会把勘探任务交给兄弟局一部分，这也是共谋发展，共同繁荣。

我在105队楼上巧遇到副队长，他向我介绍了邓生义。邓生义是105队勘探处副主任，到木里基地两个月，头一次回西宁，为工区采购钻机上的零配件，更主要任务是采购蔬菜。木里离西宁400公里，海拔却有4000米，属于高寒永冻层地区，那里没有森林、也不种庄稼，蔬菜成了稀罕物。后来成为小镇的木里有了倒腾蔬菜的生意人，那价格贵得超过了牛羊肉价格。木里工区过一段时间派一个人到驻地西宁向队上汇报工作，买上半车蔬菜，一举两得。

邓生义是个黑脸膛（在青藏高原上生活的人白净脸的很少，况且又是在上高原野外作业的煤炭地质人呢），少言。我推门进来时，他正拉门要回木里，被我请求留了下来。

邓生义是湟中县人，湟中属西宁市郊的小县，娶的媳妇是当地人，都是土生土长的青海当地人。

邓生义的履历很简单，1987年从陕西煤炭地质中专学校毕业，分配到了105队钻井队，后来他到了木里工区，在那里一干就是十年，而且再没离开木里，只是在进入隆冬，钻井停钻，全队下了高原，他才随大家一块回到西宁休整。

他对第一次到木里的记忆不能用深刻来形容，用他的话说是太深刻了，深刻到闭上眼睛，那情景就会浮上脑海。

邓生义到木里是在2003年春末，一块去了七八个人。他们的理想就是让105队迅速走出勘探业低谷。那时木里镇还只是省城地图标示的一个圆点，除了偶尔出现的牧民赶场在那里放牧，几百里沼泽最显眼的就是竖在草甸里的钻井。他自恃在高原长大，却不知道4000米高原反应如此强烈。一个星期里，他干不了活儿，头痛欲裂，气短得好像随时呼吸停止，到了晚上肯定不是睡到天明，而是傻傻地坐到天明。这时他真真切切地感到在这里生命如此的脆弱。比他严重的一位同事，不能吃饭，不敢睡觉，走路没了脚跟，随时都会摔倒，只能被送回西宁。

邓生义留了下来，他学的是勘探专业，他的工作岗位必须与钻井在一起。因为每个上高原的人几乎都会面对同样的困境。

我在西宁住了四天，已经体会出高原反应的种种不适，不能快步行走，也不能跳跃，到了塔尔寺行走不足千米还要大口喘气。而西宁只有海拔2700米就有如此反应，那么到了海拔4000米以上地区又会怎样呢？他们去那里不是旅行，而是投入重体力的钻机施工。在被邀请到木里钻机现场采访时，我自己胆怯了。是邓生义救了我的"驾"。

2003年，木里还是乡政府所在地，一排砖瓦房，十几个人在办公。街中一条灰啾啾的土路，也许是水泥路。街上平时见不到几个人。他们从西宁出发走天赐县城，从天赐县城向木里工区出发大约150公里土路。一般进木里都在四五月份间，冰雪消融，大地解冻，道路泥泞，汽车在泥浆里行进，遇到融化了的水坑，车会在这里捂上半天。运气好的话，遇上有汽车进山来，帮趁着拉出水坑，运气不济，在水坑里等上两三天才会有救援的车辆过来。他们的汽车有一次进入木里竟然用了八天时间。三五天走完150公里路程是再正常不过的事。

后来，进山的人掌握了行驶规律，白天睡觉，后半夜路面又结成冰时再开车出发，虽然车也难免被捂住，行驶速度快多了。

邓生义进木里那年，木里勘探工区可以说是个无人区。放眼四望，到处是沼泽，属于水鸟、野驴、羚羊的天下。到了夏天，植被们约好了似的在一夜间盛开出了花蕾，竞争地结出果实，繁衍后代。而在乡政府所在地的木里，那时还不能称其为镇，也就是在十几间平房的某一间的墙壁上挂着政府办公字样的牌子。但是，随着第一代到高原勘探的105队前辈们几十年的努力，勘探出了丰富的可供开采的矿源，这时已经有了几个矿务局的办事处落户在木里的帐篷里，与105队工区的帐篷比邻。

小镇木里离105队作业场地还有一段距离。这里是高原湿地，一望无际的是沼泽。他们的作业场车辆无法进入，运输成了困难，像内地那样人拉肩扛是不可能的，先不说壮汉在这里只能用上三分力气，汽车动力不足一半，草墩下面是沼泽，稍有闪失就被陷进两条腿，这场景只有在中国工农红军爬雪山过草地的电影里才能看到，在当年亲历者的叙述中才能听到，而现在他们身在其中。

105队是上世纪60年代整建制从吉林进驻青海，老勘探队面对鲜花下面的陷阱，东北籍的老钻工们想到东北人冬天用的爬犁。木里的爬犁是由两块宽宽的铁板焊接而成，增强了受力面积，果然适用。这一用就是30年。现在他们正用前辈们施工方法运送物料，解决了无法人扛车拉的困难。他们也不能在一天内转场成功，一个钻场移到另一个钻场，大约需要一星期。曾经在内地大跃进时代当天转场当天开钻的记录，在这里根本无法实现。人定胜天的口号在这里从来没有响亮地发出过。

在木里生活的人，只知道适应环境是生存的重要方式。

2

青海煤炭地质局的勘探队设在省城西宁郊区，当然现在已经成为城区的一部分了。冬天是休整、检修机械的季节。到了来年春末的四五月间，大部人马开到工区。木里是局属勘探重点区域，从1965年，第一支勘探队上了木里，除了在文革闹派性最激烈的那一年停井搞运动，在木里广大地区的作业一直没有停歇过。

4月份进木里，这里还是天寒地冻。勘探队工区两顶帐篷搭在一块高地上，组成了勘探新工区。按照以往经验，高处是干燥的，远离沼泽污水的侵扰。木里则不同，水源极其丰富，即便被大家一致认定是高岗的地方，可以搭建帐篷。先是地面还干爽，住着住着，地上冒出了泉水，泉水还挺旺，他们连忙挖沟驻渠排水，泉水却是日夜一刻也不停地汩汩流出来，只好另栖他处。

六月飞雪，是戏剧里描绘的天助窦娥申诉冤情的情景。邓生义说，六月飞雪，在木里几乎成了常态。就在他回西宁的前两天早上，他推不动房门，从门缝向外一瞅，大片大片的雪花正漫天飞舞。雪从半夜下的，他目测了一下，大概有半尺厚。有一顶帐篷旧了，被大雪压开了顶上缝合处，整个塌陷下来了，好在那是仓库，装着机械零件，没有人员受伤。

他们从西宁出发时，西宁还没有过渡到夏季，人们还穿着厚厚的毛衣，街上的杨树还在冬眠的睡梦里。到了木里干到七八月，木里沼泽地被鲜花包裹着，那是一片让人陶醉的花的自然风景区域。而西宁已是绿树成荫，飞鸟唱歌。九月，草地上的鲜花同一天盛开又同一天枯萎。

十月底，勘探大部队回到西宁时，西宁的杨树叶已经落空，偶尔有几片黄叶在空中飘零。邓生义说，在高原野外作业的勘探队员几年都看不到属于盎然生命的绿树，即使在木里野外施工。还有一件困难的事：走路。钻井一般离驻地帐篷有一段路程，钻井要转场，而驻地是不能随时搬移的。这段上下班走路对刚来的钻工是困难的。许多人走一段路都会停下来"呼哧"一阵子才能接着赶路。不管是谁，刚上去一段时间，脸浮肿，脸发青，嘴唇发紫，这是高原缺氧最典型的表现。他们就每天喝"红景天"茶。"红景天"是高原上生长的一种珍贵野生植物，也是被捧为上品的中药材，对缺氧状态有极好补充作用，为施工勘探工人解决缺氧困难的首选。

痛风，是野外侧高原人多发病、常见病。我在西宁五天里就遇到几个痛风的人：党委书记纪仁群、办公室副主任张景平。邓生义的痛风让他每天吃喝都小心翼翼，绝对不敢"乱吃乱喝"。他不敢着凉，可在沼泽地里施工你又怎么能不着凉？邓生义说："没有别的办法，只有自己小心点。"

邓生义的小心就是不管雪天雨天都不能穿水靴，一双棉大头鞋穿上脚就不再脱下来。

邓生义在十年间亲眼见到他的两个同伴死于高原反应。让他记忆最深的叫张青海，2007年时任105队管材加工厂厂长。他带着物资上到木里途中感冒了。感冒在高原是最危险的疾病，在内陆吃上两片感冒药就会减轻，在木里却是谈其色变的杀手。张青海是青海人，他不能不知道感冒带来的致命的危险。但是，这个责任心极强的厂长回绝同伴的劝说，坚持要把设备运到木里，放进仓库。到了木里，张青海的感冒严重了，工区领导劝他马上返回西宁。他还是不肯："人手少，再有一两天完了事就走。"

在这一天里，可怕的感冒并发肺水肿。木里，没有医院，也没有医生，105队张队长那时还是勘探处主任，他给张青海鼻子里插上氧气管，马上安排车辆往山下送。张主任在汽车走后，迅速联系了县医院，让他们的救护车从山下往山上接，山上的皮卡车往下走。张青海病情发展迅速，在车里出现了昏迷症状，与县上赶来的救护车相遇时，张青海已经不能呼吸了。这年张青海只有40岁，医院最后诊断结果是肺水肿引发心脏病。

后来，在木里工区只要是发现呕吐、胸闷尤其是得了感冒，就连夜速往山下的天赐县城送。

木里，藏语是"有煤炭的地方"。105队初到木里时，这里连个人影也见不到，偶尔有赶季放牧的牧民停驻，季节一过就搬走了。在恶劣的自然条件下，只有105队留了下来，30年的发展，这个曾经只有几十个人的小镇如今也有了上万人，开矿的，修铁路的，开采石油的，形成了一个高原上的繁荣小镇。但是，能像105队留下来的，而且一干就是30年的队伍几乎没有。西部大开发鼎盛时期，上来了一些勘探队，却因无法适应恶劣自然环境而全线撤离了。邓生义上来那年，领到的任务是三年，如今，三个三年过去，105队还在木里没有离开。走了的不再来了，来了的又走了。只有105队的勘探队伍没有走。他们对木里的贡献早已记载在青海大开发的史册里，他们在这里提取到第一块"可燃冰"，让他们名字列入国家"五一劳动奖状"的队伍里。

迎着雪雾出发

领导者也是践行者。市场意识在每个煤炭地质人身上都能体会出。在邯郸，中国煤炭地质水文局局长何先涛给我留下了这样印象。

因为有了邯（郸）邢（台）煤田地质大会战，诞生了中国煤炭水文地质局。他们自誉为"中国第一支煤田地质水文野战军"，这个光荣的称号也被行业认可。

2011初冬，我来到邯郸开发区的中国煤炭地质水文局采访时，天正好飞扬着大片的雪花，何先涛给在京的党委书记赵军打电话，让他从北京赶飞机先去内蒙古呼河浩特。他从邯郸起程，开车直奔呼市，两人在呼市碰面。今年的任务完成的不错，老何的脸上一片阳光，而明年的任务也是多多益善。4个水文队都有了自己的安排，他们还是像猎犬一样捕到了神华集团在内蒙首府招商的信息，两人商量着从邯郸、北京两地出发，约定到达呼市会面的时间。

老何匆匆穿上外套，站在落地窗前观看阴暗的天空。雪花扑打着窗棂，他焦虑地盯着远方："再大也得去。"

老何一边吩咐办公室给他安排车辆，一边和我说着话："体制改革让我们必须改进服务意识。过去我们都是找上门求人帮忙。这永远都是打工仔形象。我们改变了方式，求人给工程改为上门送服务。我们组织技术人员到各煤矿免费帮他们解决水的问题，给他们做顾问，提出设计。我们的视野一下子宽敞了，因为我们是专业水文地质局，对他们难以解决的问题会有一个很好的处理方案，赢得了信誉，也赢得尊重。服务过的企业，有了水文工程主动找我们投标，这叫投之以李，报之以桃。"

老何内心是喜悦的。说到十年前体制改革后面临的困境，老何说："总局领导提出让两个车轮向前滚动的工作思路，我们没有辜负总局的希望。这两个车轮一个是地质水文，另一个是其它项目的引入。我们加快了市场运作，而且初见了成效。明年也许再长一点时间，市场会成为必然选择。"

神华的几个在内蒙境内的煤田公司集中到呼市，邀请何先涛的水文局一块来洽谈。多年来，水文局几支队伍承接他们的项目，许多项目施工难度大、技术程度高且是许多专业公司不敢承担的。水文局勘探队不仅签约了，而且完成了任务，不少项目有突破性的技术创新，为煤矿尽早投入生产创造了条件。

中国煤田地质水文局在内蒙有着一致的好口碑。凡是水文局施工过的煤炭企业，大都愿意再次找他们合作。这让何先涛不管多忙，也要放下手边的事儿，参予这些煤田"大亨们"的计划论证。不能只把这看到成是2012年的任务、效益，也是全局战略的重要内容。也许一个签约项目会让一个勘探队几年的施工量饱和。

何先涛和我说着话，却再一次走到窗前看外面。天阴刺刺的，先是雨变成雪，后雪又变成了雾。很快雾从远处缓慢地向眼前推来。他让赵军先走就是怕自己去晚了，赶不上会议影响了信誉。

何先涛给我的采访限定在一个小时内，他说下午3点准时出发。这是逐客令，我能理解。看着雨、雪、雾，我为他的出行安全暗暗担忧。他却坚定地说："多危险也要走。让书记坐飞机分着走，也是怕封高速路都窝在半路上。总会有一个人先期到达。却没想到大雾天，飞机出行更严格。

微笑也是一种动力

　　何先涛是四川人，说话办事都像辣椒一样干脆、火爆、不拖泥带水。这使他领导的水文局在完成总局许多指标上都走在前面。这是他的风格，干则干好，不干拉球倒。什么事都要争第一，能不能成为第一不重要，重要的是你必须努力做好每一件工作。

　　何先涛任局长的水文一队、二队、三队，物测队，在职职工4千多人，这使得他和赵军书记屁股很少粘在办公室，更多时间周游列国，打通所有能够打通的信息渠道，获得相应的煤田水文工程项目。

　　"有水要治水，没水要找水，这就是煤田地质人的任务。"水文局局长何先涛对自己的责任如是说。

　　煤田地质行业被推到市场后，经历了从计划经济到市场经济的阵痛。物择天成，市场经济的核心就是竞争，优秀的留下来，落后就会被市场淘汰。面对市场，两轮并进，中国水文地质局显然处于劣势，甚至有些力不从心。面对一个项目就会有10个水文队来竞标，私企水文队有着无法与之相比的价格优势，私人企业的成本假如能挣1元钱，获得百分之三十的利润，而何先涛的队伍可能要挣2元钱才能保成本，弄不好还会亏损。在价格上，国企没有竞争优势。

　　"水文局不和他们比价格优势。"何先涛得意地笑道。

"比什么？"我不解地疑问。

"你想打一口水井，你最关心什么？"何先涛反问我。

"肯定是能不能出水。"我脱口而出。

"对呀，不出水的水井，施工队再少要钱你也不会用他对不对？"

"煤矿水文工程绝不会是家用一口水井那么简单，煤矿能不能开采，很大程度上取决水文地质勘探报告。"

一个大煤矿水文工程，质量是需要保证的，没用过我们水文队的项目看起来少花了钱，一旦出现工程质量问题那就不是钱的问题了，主管部门会查你在招标中有没有别的问题。何先涛自豪地说："我们水文队是比别人的投标价格高些，可技术过硬，质量有保证，你用哪一个队呢？"

这话虽然会让对方权衡利弊。竞争成为每个项目必然要履行的程序。竞争的程度，何先涛用了一个字眼"惨烈"。有时一个项目被压价很低，低到你稍不留神就会赔本挣叫喝。

水文局在惨烈的竞争中树立了自己的知名品牌，在煤田水文地质行业，"中国煤炭水文地质局"有了好名声。

雪停了，清雾缓缓升上来了。何先涛站起来要走，回头对我说："周五，我回来，咱们接着聊。"

果然，被大雾隔在首都机场的赵军书记滞留一段时间，出行无望，只好返回北京，而何先涛连夜开车奔赴去呼市的高速公路上，不仅赶上了招标会，而且还有新收获，一些煤矿不让他走，留下来谈谈细节。

何先涛失言了，周五并没有回来，因为内蒙那边有了"动静"。

这是大地质、大市场给予老何们的启示。

第十三章　突出重围

　　10年间，中国煤炭地质业发生了天翻地覆的沧桑巨变，大地质、大市场战略凸显决策者的成熟思考。改革让煤炭地质人冲破原有思想格局，煤田地质不再是束缚手脚的绳索，他们进入第三产业链条并取得卓实成效。煤地业是他们的千千心结，也会大踏步前行，甚至把触角伸向了东南亚、非洲、欧洲、美洲，哪里有市场，哪里就有煤炭地质人的勤劳脚印。

异军突起的青海局

青海煤炭地质局并没有被交给地方，而是又划给总局。原因很简单，这个1956年就进驻青海勘探的队伍有2000多人已经成为了财政巨大负担，他们虽然在40年间探明储量达40亿吨煤炭，却因为环境恶劣、开采困难、运输难度大而没有建矿上马。总局与省政府商量，由总局多拨给省政府200万元作为补贴，省政府仍然拒绝接受，本来是由地方省管理煤地局现在只能而且必须归属总局管辖。

1956年，132勘探队从陕西进入青海，在青海的高原上打下了第一钻；10年后，105勘探队从吉林整队进入青海木里，成为4000米以上高原的又一只煤田地质劲旅。两只专业劲旅在木里、鱼卡、柴达木、祁连山无人区找到了一个又一个丰富大煤田。队员们来时都还年轻，还属于风华正茂的青年，现在他们的家安在青海，他们的子孙生活在青海，他们把青春都注入到青海经济的发展中去，人却已经到了中年、暮年。如今，他们却被边缘化了，他们不再是青海的人民群众中的一份子，他们成为了这个省区的负担，他们成为了外来的打工者。

上世纪80年代末，青海局也未能逃脱全国地勘形势明显下滑的影响，现任局长郭晋宁那时还是岩芯鉴定员，钻探任务没有了，也就没有岩芯可鉴定的了，他随大拨人进入下岗的队伍里。不仅仅是刚分配来的大学生，就是那些干了几十年的老钻工、技术能手都未能逃出此劫，他们被迫下岗、转行、离开。总局领导也在倡导"大路朝天，各走一边。八仙过海，各显其能"。心眼活泛的看到煤地行业这么低迷，开始了自己的创业之路。那些没条件的就打零工、做小买卖维持生计。局里也要求各勘探队需要转产找项目。握钻杆运作自如，动起

徐水师会见青海省委副书记王建军，省委常委、省人大常委会副主任穆东升，省委常委、常务副省长徐福顺，省政协副主席陈资全，青海省煤炭地质局局长郭晋宁（左一）

生意上的脑筋还真是难事，办学校、做生意倒贴，办了几个厂也是举步维艰。

　　青海局在寻找突破口，突出地勘业的围栏，在经历了尝试其它行业的失败后，发现自己的优势还在勘探领域。90年代末期，青海的三个勘探队全部搞起延伸产业，走进烽火连城的建筑市场做配套服务。他们学习广东煤田地质人的经验，专职给盖大楼的施工队打桩基，显然是被施工方剥削得只剩下点工钱，利润少得可怜，但总算是有活干。青海省内的房地产建设比内地慢半拍，没有那么大的工程量了。他们队伍就拉到江浙一带的腹地，在南京辛辛苦苦干了一年，年终结算时还是没有斗过精明的江南人而亏损了。他们又全线撤回西宁，寻找再度进入地勘业的机会。

　　青海局做了一件了不起的事。在地勘举步维时，他们坚定地相信困难只是暂时的，煤炭地质业的复兴一定会到来。他们意识到了，大量技术骨干的流失，才是煤炭地质业的灭顶之灾。留下了他们就留下煤炭地质业的财富，不能让他们失散了，失散了再也拢不回来了。这批人中包括现任局长郭晋宁。郭晋宁下岗3个月后，又和他们这批专业院校分配来的大学生被招回到勘探队，一些上级拨下来的小项目让他们干。十年后，这些青年学生成为青海煤炭地质局的技术骨干，支撑着今天青海的煤炭地质业半壁江山。数年后郭晋宁被任命为132队副队长，主管技术、生产，说明白了就是承担寻找挣钱的项目。

132队经济条件开始好些，他们成功地对所属的沿街两侧土地进行开发。一个沿街的小四层楼，是70年代建起的宿舍，破烂得一塌糊涂。他们从上级那里申请点经费把它维修一新，对外搞起租赁，而且有了眼见的收入。这无疑是个希望。局属勘探队都驻西宁，沿街沿路的房屋不少，被132队给盘活了，他们每年竟然有了200多万元的收入，让艰难的日子能够过下去。

132队沿路沿街搞土地利用、开发，搞好多种经营；勘探技术力量强的105队搞勘探主业项目。青海煤炭地质人的日子渐渐有了好转。

因为煤地业依然处在低谷，局里又对主业重组，成立"青海岩土工程公司"适应青海大开发的有利环境，郭晋宁的能力在局党委会议上受到一致肯定，决定调郭晋宁出任公司经理，明确他可以进行全面改革试点，第一批30人，只给10万元起步费，再也别指望拿出资金来支持你。局里说得也明白，人员你随便调动，费用要你想办法来解决。抓住西部大开发的机遇吧，看你郭晋宁能不能打造出一支在市场上制造亮点的队伍来。

郭晋宁感到了难度，这么多人要吃饭，马要喂草，10万元用起来是三五天的事儿，纯属杯水车薪。领导说得很明白了，看你郭晋宁是个人物，不难能选你吗？现在摆在郭晋宁面前的是如何让他的团队融入青海的大市场，使之生根、开花、结果。郭晋宁没有退路。他必须审时度势，对青海整个大的经济形势进行分析研究。他选择信誉好的一块地产项目，借助项目预付款来解决前期费用，这个方法很管用，一下子有近百万元前期费用进账，启动了项目工程开工。如此炮制，他所领导的工程公司如同滚雪球般越滚越大，成为局属主流产业的有力的延伸。而且，他们承担的项目工程获得了省级"项目优质报告奖"。

1994年，青海省出台高海拔地区补贴政策，煤地局属中央单位，不在补贴之内，发生了几百人大规模的上访事件。煤炭地质员工诉求不过分，同样在艰苦地区工作，却是两种生活待遇。总局领导亲自来做解释工作。解释是苍白的，别人有的为什么我们没有？

2000年以后，煤炭地质局的日子更难了，矛盾进一步激化。中央有限的拨款满足不了需要。煤炭地质局想办法出去挣钱，累死累活年产值也不过三四百万，利润更是杯水车薪。随着时间的推移，一些老地质队员进入离退休人员行列，形成在岗和离退休人员比例倒挂，员工2000人，在岗700人，退离人员则是1300人，也就700人挣钱养活1300人，每年补贴缺口达700多万元。

上访人员增加、次数增加，总局无法解决历史遗留下来问题，上访人员述求也不是煤炭地质系统能够承担得了的。煤炭地质局曾上书财政部，得到的答复是："国家政策体制上的事，你们没有，能理解你们，问题是其它中央企事单位也没有。闹得总局大小干部都不敢到青海来。只要知道上面下来人，就会集体堵在办公楼门口别想下楼，上百人围住驻地讨要说法。政策不是青海局制定的，也不是总局制定的，哪里讨得来说法？矛盾突出，队伍不稳定，从这年开始，上访人数成了全系统之最。

青海局基础差，底子薄，矛盾突出，在职的觉得难干。这样的压力让党委书记兼局长的纪仁群喘不过气来。这种压力如果不是有坚强意志会很快被压垮而且再也爬不起来。划归总局时，青海局只有纪仁群和另一个副局长主持日常工作。总局下决心要解决青海问题，他们先是完善领导班子成员，在全局民主推荐，尊重民选结果。他们相中郭晋宁就是看中他成长的过程：稳健，有思路，脚踏实地。那时，郭晋宁还只是副处级，一下子越位三级跳担任局长难度很大，省委组织部门也不同意。

总局领导决定，那就先提副局长，在担任代理局长吧。

新任代理局长郭晋宁面临的第一个突出问题，是下岗职工占到一半，脑袋活泛的另起了生存炉灶，大部分人要求局里提供上岗的机会，解决工资待遇。上面有政策50岁、30年工龄可以提前退休，退休了政策明确保证基本工资，生活有了保障。实际上一些45岁左右的钻上一线员工只要有了医院证明都可以提前退休，但是50岁以下的依然是勘探队的主体。没有工作干不是他们自己造成的，有些人堵在纪仁群办公室门口讨要说法，纪仁群不是三头六臂的神仙，给不出说法。

第二个突出问题是离退人员要求同城待遇，他们要求并不过分，同样都在地质部门工作数载，留在省上的地勘部门离退人员就有各种补贴，同宗同门的师兄弟只因煤田地质划到国资委管理就没了这样的待遇，心里不平衡。局里找过，国家财政部答复是肯定的，不承认地方政策。一省两种政策，同城待遇年相差1万元。

第三个难题，人才流失严重。因为好长时间没活干，接到的项目只能二手、三手，技术含量不高。技术人员快走完了，中间许多年没有引入人才，技术人员中间断档，春黄不接。而地勘系统又属于技术经营性的企业，技术占据了重要比重。

郭晋宁上任后，意识到了这些问题的紧迫性，他决定抓住西部大开发的有利契机，目标仍然是煤炭地质业，果然他选重了。青海要大力发展，煤炭资源必然要大干快上。内地纷纷而至的勘探队满怀信心而来，又被高原恶劣环境吓住了，放弃项目打道回府，再也不肯重上高原。这给了青海煤炭地质人带来更多的商机。仅仅高原木里项目就不得不动用大部队上去作战。

青海煤炭地质业有了转机，郭晋宁对班子成员说："他们在边疆干了一辈子，他们受得苦很多。我们不能让他们吃亏。"

郭晋宁指示每年从有限的利润中补贴离退人员。到了2009年，青海煤炭地质局走出了经济低谷，产值也上升到了10年前的10倍，发展上了一个大台阶，利润达到了4千万。他们决定拿出两千万元补齐多年离退人员的亏空。这样会出现两个不利于他们的结果：一是因为利润减少，所有领导成员年薪奖励没有了，这一点他们能够接受，解决了上千人的亏空费用，牺牲的只是别人利益。最纠结的是按照4千万元纯利润上报，他们会保持A级企业等级，而只有两千万利润上报，"国资委"会下调企业等级为D级，也就是不合格企业，不合格企业的领导班子应调整。有人不同意这样做，说我们不拿年薪可以，这笔钱应当国家承担的，全民承担的，现在由企业承担，这本身就是对国家的贡献。我们为国家分担责任，这要下调等级，甚至失去工作，这不公平。郭晋宁说，这是"国资委"的硬性规定，我们应当遵守。至于调整班子或处分，我们可以上报总局申诉，说明原因，总局会做出妥当处理的。

郭晋宁的做法得到总局领导的肯定，也得到离退人员的理解。上访人数减少了，甚至两三年没有出现一例上访事件。随着矿权运作，青海局又把目光放在改善职工住房上。青海煤炭地质局所有的勘探队都在西宁市有固定驻地，但因多年来经济条件不好，住房条件很差，有的一家两代人还住在70年代筒子楼，大都四五十平米，住宅狭小。局长郭晋宁、党委书记纪仁群、决心在任期间改善职工居住条件。但是新住宅建起来的时候，符合条件的离退人员都高高兴兴搬进了新居，而局领导成员却还住在原地，党委副书记王青平住的是70年建筑老房子里，只有76平方米，党委书记纪仁群住在同一栋楼里，也只有60平米。青海局领导班子成员都说，这很值得。

被关注的江苏速度

1

邱老板，是江苏局职工对局长邱增果的昵称。邱增果，山东籍人，父亲邱灿偶是煤田勘探队伍中的老钻工，官拜江苏勘探二队、前身陶枣勘探队队长。邱增果高中毕业那年，按照约定俗成的分配原则进入勘探队工作，不过他没有进入二队，父亲是二队队长，父亲说是为了避嫌。父亲光荣退出岗位后，邱增果受组织派遣，去二队报到，很快升任副队长、队长。不过这时的勘探二队已提不起昨日辉煌，没有了工程量，也就没有经济效益。为了寻找出路，适应市场经济的变化，逐步实现规模经营，全队的经济实体越来越多，有基础公司、输运机械厂、物资公司、商场、汽修厂、车队、加油站、饭店、招待所、商店、测桩队，上马环保节能型产品多功能清洁器，名目繁多，大大小小十多个。后勤人员清晨去卖馄饨，做小买卖，为生存而奋斗，所有的经济行为都被认定是正确行为。"十亿人民九亿商，还有一亿在观望"。作为队长的邱增果，当然不会有时间开商店卖馄饨，他必须驾驶勘探二队这只重载千人的大船，乘风破浪前行，寻找属于全体船员的生存空间。左冲右突，发现路就在自己脚下。

微山湖曾是勘探二队前身陶枣勘探队的所在地，现在这里的勘探又被提到所在省区的开发日程，湖中勘探之难，让一些勘探队望而怯步。在平原勘查，远不比山区那样来的直观，山的高低错落间隙中会发现煤的露头，由此判断出煤层的走向。陶枣队第一代老勘探工邱灿

江苏局创造的产值占据总局的半壁江山

倜却有另外一种解释：翻开上面的土下面也是山，河流冲击着平原形成新的土层，平原勘探队是在新土层隐覆下找煤。在平原找煤困难，在平原湖泊里找煤更困难。他们看到还在那里施工的一个机组工作现场，想起二队数十年对微山湖的贡献，就觉得微山湖的勘探非二队莫属。微山湖煤炭地质勘探业的觉醒给了二队伸展自己筋骨的机会，所以停歇下来的钻机被重新检测送到省内外工地。钻机不够了，他们还要购置。

二队重振齐鼓又杀回来了。微山湖周边方圆数百公里煤炭储存地带就从湖底穿过。我们的煤炭地质勘探队就是要摸清煤炭的走向、储量、地质结构。他们在平静的湖面放上了浮漂架，用小船运来勘探设备。勘探最好的季节是夏季、初秋，这季节也是蚊虫的繁殖期。蚊虫们找到进攻的目标，会成军团向勘探平台涌来，地质队员的防护一旦被攻破，身上脸上就会留下被蚊虫叮咬的痕印，而且层层叠印，直到回归驻地，经历了整个冬天才能消失。一年又一年，二队主业队伍完整，业绩突出。

"乱世"中成立的企业大都亏损，有的连工资都发不出来，邱增果对实体进行了改制，买断经营，实体股份合作制改造，一企一策。人造石英晶体加工厂，技术、管理、销路上不去，停办了，设备转卖。那些亏损的商店、小厂要么归属个人，要么关门。无债一身轻，二队恢复了元气。邱增果带领二队打出了一片红彤彤的世界来。二队先后出现在"中国青年安全生产示范岗"、"首届中央先进集体"的名单里，党委书记孟金钟还专程到京领奖。

人们开始重新审视队长邱增果了。

2002年，邱增果任江苏局副局长兼任二队队长，他的眼光就不能只盯着二队了，他应该站在二队，眼盯全局。

2

改革大潮来临时，江苏局面临与其它局相同的进退两难的境地。

老局长沈敖祥说，我们地处江苏，江苏的乡镇企业在全国发展最快。我们要改变现状，寻找适合与我们合作的企业或者项目。地勘专业队伍没了任务，就没有了经济来源。上级财政拨下来的"人头费"实在是杯水车薪，解决不了实际问题。面包会有的，牛奶也会有的。握惯了操纵杆的手去弹棉花，实在不知从何处下手。能干的事大都别人正在干着，如饭店、招待所等等。勘探一队一下子办起了十多个小企业，暂时缓解了离职高潮。用几十年时间组建的队伍却不能在一夜间垮掉。建队不易，垮队不难，再恢复起来就不是一天两天、一年两年那么简单。江苏局很快就发现这种小打小闹的经营规模根本没有竞争力，科技含量几乎没有，越简单越好干的企业，血拼的概率越高。必须审时度势，找到能承载未来的发展模式。这个模式也就是道路，把自己放在江苏经济环境的大背景里，跟着江苏人学习经营。傻子过年看隔壁吧。沈敖祥局长提出了"一队一厂"的理念。"一队"就是一个勘探队，"一厂"就是一个勘探队有一个支柱企业。什么叫支柱产业，局里领导坐在一起研究。结果就是虽有风险，但在未来市场竞争中能出奇制胜，并且这个产业有无限发展的空间。"一队一厂"的思想见到结果，沈敖祥退休时，江苏局的产值达到了4.5亿，现在看来这不是个让人惊喜的数字，十年前那是可望不可及的天文数字，列在总局十多个厅局级单位第一名。

3

老局长沈敖祥1983年就担任江苏局的当家人，是煤田地质界担任厅局长时间最长的人，而且在江苏一干就是20多年。大家对他记忆最深刻的是他有一辆自行车，风雨无阻，上班下班。这辆自行车，局机关人员都认得。骑了多少年不知道，至少在他还能骑着走时，已是伤痕累累看不清模样了。办公室的人商量给他配车，他不同意。同城住着，相距也不远，摆那谱干啥！自行车一骑上就到家了，用不上汽车。有一天，他的大腿根疼，而且越来越严重，有时连站起来的力气都没有了，一定要扶着墙什么的才能挺直站立。到医院一检查，股骨头坏死，而且极其严重。大家都发蒙，病来非一日积累，他怎么坚持过来的？自行车不能骑了，上下班只能坐进小车里。医院说，要尽快做手术，他说等等。这时江苏局已经从低谷中走了出来，但是还没有脱离危险。他在考虑能够接任带领江苏局走向美好前程的那个人。他的提议与总局干部部门考察的结果一致：邱增果。他对邱增果的评价是务实、喜欢动脑筋。邱增果当了江苏局局长，他还要扶上马再送一程，直到他住进医院。

这时老局长提出"一队一厂"为江苏局发展指明了思维方向，地质人应该向他致敬。但四五亿产值不是邱增果的目标，邱增果兼任副局长时参与制订了"一队一厂"改革模式，也是这一模式的践行者。现在，他要和他的团队冷静分析每个队的实际情况，任何事情都不能一刀切，犯经验主义。他是勘探工出身，从心里说他更愿意看到全局上百台钻井一夜轰鸣起来，那是主业，代表着国家的一个行业的兴衰。在主业还在低谷中，必须开展经营活动用以生产自救，不可能坐吃山空，人心一涣散，再想把这支队伍拢到一块可就难了，他对地质业有不可割舍的情缘。他和他的团队在分析每个勘探队的经营形势时，一定要先分析勘探项目实施的情况。大家几乎一致地同意关、停、并、转小企业、不挣钱的企业，利润点低的企业，没有竞争能力的企业，没有科技含量的企业。"一队一厂"就是让更多人，更多资金集中起来干大事。

总局财政下放扶植第三产业资金。资金有限，所属局都有份额。这些资金到了江苏局一分配就成了蜻蜓点水。邱增果大胆地做出决定，扶植资金不做分配，再把财政下拨的人头费集中起来，集中扶植一个有潜力的企业，让这个企业有足够的资金来做大做强。他做的是风险投资，一旦投资失败他理应承担全部责任，成功了是江苏局选项准确。有班子成员提醒他把扶植资金集中起来不做分配可以，留在财务的人头费可是给工人买米的钱，言下之意，集中资金干不成大事，钱打了水漂可要他承担责任。邱增果分析说，我们投资厂都是科技含量高的企业，不可能投资失败，即便是一两年回收不来，后期也不会损失。这些人头费都是年底发，这里有个时间差。人头费发到每个人头上也是杯水车薪，改善不了家庭生活状况。资金集中起来扶持一个厂，这个厂就能盘活起来，明年再扶持另一个厂，用不了10年我们就会有很多科技型企业，到那时，我们还会愁资金吗？离退休人员费用不能动，其他在职职工一律向市场要效益。

邱增果不是盲目投资，他是通过相关部门调研，反复证论才做出决定。比如勘探五队，驻地在扬中，扬中是全国焊条集散地，全国70%的焊条都是扬中生产的。局要求五队抓住扬中有利条件，处理掉其它小企业，成立专门机构研究焊条生产，并给予他们注入资金用以研发。银铜焊条，科技含量高，用在高精企业产品部件上，市场需求空缺较大。邱增果果断要求五队上马特种焊条，实现规模化生产。五队人把煤炭地质人创业精神融进了焊条厂，很快特种焊条厂在当地露出了头角，成为扬中焊条业知名企业。到了2011年，五队焊条厂年产值达到了5千万元，2012年产值目标向前推进一大步：过亿。

4

现在江苏局处于鼎盛时期，经济指数确定了江苏局在总局10多厅局单位的主导地位。所有人都不能不承认江苏局是干出来，是全体江苏煤炭地质人共同奋斗的结果。但是，江苏煤炭地质人勤俭过日子的作风让人发自内心的尊敬。因为商量去徐州二队、147队、生物公司采访日程，办公室主任说还是开车去方便，也节省时间，大家都表示认可。这时又有工程师进来问有没有便车去徐州，主任回答说正好有车去徐州一同前往。主任见我不解，解释说江苏局机关只有5辆小车，处室没有配备专车。我还是不解：除了局长、书记专车，别人就无车可坐了？主任说书记、局长、副局长都没配备专车，那么其他官员自然也不能配专车。某车向某地出发，办公室人员就会问，谁向某地公干？局领导常常搭乘车。我笑了："做秀吧？"党委副书记胡来旺解释说，这不是做"秀"。局里困难那几年养成的习惯，搭乘车的有局长、专家，也有普通工作人员，大家都觉得这并不失局领导的身价。他们务实地这样做，坚持不改初衷。我问起原因，胡书记一番话让我深受感动："局领导大都从基层上来的，知道挣钱不易，挣的都是'血汗钱'，花销起来格外珍惜。勘探队员年复一年地在平原下面找煤，找了60年，在地图上已经标明找到了135亿吨。这个可观的勘探量只属于今天富得流油的煤矿开采业，与最初探得储量的勘探队无关，因为我们没有矿权。所以在上世纪末勘探业走入低谷时，勘探队一无所有。只能凭着一身'绝艺'干活儿。整个地勘业惨淡经营，空有'绝艺'而得不到施展。能挣到钱了，也是近几年的事。你到工地看看他们环境艰苦，工作强度大，就更要能省则省，这成了局机关干部的共识，没觉得这有什么不好，有什么面子下不来。"

5

邱增果思考时间最长的是勘探及延伸业。向哪儿延伸？他提出这个问题让大家思考。江苏局必须要有一个未来十年发展的大战略。勘探资源总有一天会停止它的脚步。那时我们的勘探队干什么？谁都知道，在计划经济时代，条块分割，探矿的不能开矿，卖粮食的不能开旅店，煤炭地质人探出上百亿地矿，却没有一寸矿权归其所有。邱增果思考最多的是矿权问题。江苏没有煤炭资源，勘探队伍都是向外省投标，常常受辖于人。干完地勘，那边轰轰烈烈上马与勘探队再无半点瓜葛。邱增果说，要改变打工仔形象，既是楼房建筑队，还应该是房地产商，拥有自己的房地产权。

三年前，邱增果提出在"一队一厂"的基础上发展"一队一矿"。这显然是个目标，执行起来还有一段距离。他说，有了目标才会有未来，寅吃卯粮的年代已经过去，吃不穷，穿不穷，计划不到才是穷。

采访时，邱增果告诉我，"一队一矿"已经有了结果。他说这

不断加强"事转企"的步伐，在二级局全面建立现代企业公司制度

话时，内心充满着喜悦。在此之前，江苏局成立了一个"发改处"，这和国家"发改委"职能相似，只不过是站得角度不同罢了。"发改处"的任务很明确，寻找江苏局发展改革的项目，或对某个项目给予界定，权力也是大无边。最为重要的是寻找矿权。他们的触角很灵醒，寻找着哪怕一丁点有利的信息，进行分析研究、选择拿出方案上交办公会议。为此，我看到"发改处"人的脚印行走在新疆的戈壁、青海的高原、内蒙的草原，每到一处都会把他们的思考变成文字。潘树仁副局长是江苏局厅局级领导干部中，为数不多的大学毕业后很快升任高管的人。他在与我交流中，给我看了他们在蒙古荒原、印度尼西亚沼泽地里考察时的照片。他说，印尼是个拥有丰富热带雨林的国家。他们在那里考察，每天都要趟过十几道浸过膝盖的河流，许多河流还没过腰深，数月中有了他们期待的成果。我关注他们行走在蒙古国戈壁滩上的脚步，一道铁丝网划分国界。有一张人困马乏堆挤在吉普车里的照片，一定是哪个淘气的年轻人恶作剧拍下他们车中酣睡的镜头，我却在这张照片里看到潘副局长和他的战友们在怎样艰苦条件下作战。这种战略思考，让江苏局有了发展后劲，而且显示出了它的

独特魄力来。

另辟蹊径的"华辰"

1

浙江没有煤炭资源早年就有了结论，这是地壳运动的错，不是浙江局的错。在计划经济时代，浙江局可以按照上级指示或者坚守或者打援，一切听从党安排。改革开放了，没有煤的浙江局形势很微妙。人头费是国家财政对国有单位的政策补贴，不可能会让你拥有千人的单位不干活还富得流油。真正让浙江局人心灵受到极大触动的是在上世纪末，中央明令，所有煤炭地勘业从中央地勘队伍中剥离，归属地方管辖。浙江局没有资源，人心也不稳定，已列入中央财政的亏损单位，省里拒绝接受这支人马，浙江煤炭地质人被留在总局系列里。被拒绝接受真不是一件让人绽放笑容的光彩事儿，这让他们必须思考未来，寻找更适合自己发展的空间。

浙江是个使用资源的大省，却又是资源极度匮乏而经济高速发展的大省。当地没有煤炭已成定论，所有的煤炭都从外省调入，仅经营煤炭的企业就有上千家。煤田地勘队伍建国初年就进入浙江地界，领导者不相信地质学家们的结论，同样拥有高山、平原、河流的浙江怎么可能没有煤炭藏储呢？还是因为没有发现或是没有走到那地方。于是找煤队伍从东北、山东等产煤大省调来，开始了浙江省内艰苦卓绝的找煤大会战。浙江省革命委员会为扭转北煤南运的形势，决心加快煤炭开发，他们提出的口号是，力争二三年内做到煤炭自给或者基本自给。1969年12月28日，省"革命委员会"第11次常委（扩大）会议通过了《关于立即行动起来，开展夺煤大会战的决定》的文件。掌握权力的浙江省革命委员会核心小组决定：建立省夺煤大会战指挥部，成立了临时党委会，要求各地、市、县根据实际情况建立相应的夺煤大会战指挥机构。四海翻腾，五洲震荡，每个地质队员都被革命召唤得热血沸腾，他们发誓要把浙江地下翻腾一遍。《中国煤田地质勘探史》中有过这样一段评述：

"轰动浙江的夺煤大会战的群众运动在全省展开。省重工业厅地质大队承担全省煤田地质勘探任务，从1969年底起，购置千米钻机10台，700米钻机8台，300米钻机3台……。同时，还积极扩建地质队伍，把原来亦工亦农的合同工，全部转为固定工。省重工业厅地质大队开动的钻机由1969年的11台猛增至1970年的22台，职工人数由1969年的728人，骤增至1970年的2086人，施工力量集中在安徽省广德的新杭、棋盘山和浙江北部的长兴煤山、泗安等地。浙江省地质局也逐步抽调力量转入煤田普查，抽调了8个地质队投入夺煤大战。1971年省革命委员会认为在全省开展的夺煤大会战，单靠省属地质队找煤，尚感力量不足，决定在一些地区、县相应成立地质队，开展找煤工作。从而将'大跃进'以后已取消地、县属地质队又重新建立起来，连各县下属的公社、大队、生产队也都组织了找煤队伍，声势甚为浩大。当时是吃住在山上，见黑就探槽、探井遍地开花。据统计，夺煤高潮期间，仅找煤的专业地质人员就达1万人；最高开动钻机44台。有10万群众上山找煤、挖煤，出现社办小煤窑2000多个，县办小煤矿50多个。1972年2月，浙江省燃料化学工业局煤炭地质大队承担全省找煤任务后，其余省属地质队伍均都撤出，宣告了夺煤大会战的结束。"

从1959年开始，找煤队伍把整个浙江翻了一遍，除非从周围的海洋里寻找，内陆两千米以上的地方都探过了。大规模的夺煤大会战中尽管也发现和查明了一批煤点。例如，以较快速度查明长兴煤矿的煤炭储量，在吴兴县平原地区找到晚二叠世龙潭期的隐伏煤田，以及在浙东晚第三纪玄武岩下找到褐煤等，都应予以肯定。然而，这场持续两年之久的夺煤大会战，是浙江省煤炭发展史和煤田勘探历史上又一次"左"的思想的反映，重蹈了"大跃进"的复辙，它不从煤田地质的客观实际出发，光凭主观愿望，领导意图，盲目开展群众运动，所造成的人力、物力、财力的损失远远大于所得，可谓劳民伤财。

唯一兴办的长兴矿也因为开采困难，储量太薄而在改革开方之后关掉了，浙江地界再也没有煤矿的存在。

上世纪80年末，其它局或多或寡还有地勘任务，而浙江局则成了清水衙门，任务没有，经费受限。总局提出了发展多种经营的思路。多种经营就是不在"煤地"这一棵树吊死，跨行业寻找突破口。从计划经济到市场经济这不仅仅是个时间上跨跃，更是思想上的转变。这是在否定自己过去数十年的劳动成果，否定自己需要勇气。不管浙江局是否愿意，都必须停掉煤炭地质勘探主业。他们溶进了浙商人遍地开发的小企业。浙江人的经营理念也在他们思想上打上了烙印。

到90年代初，挣扎了十多年，设备锈了，主业基本丢掉了，有路子的人都跳进商海里去了，全局净资产因为不断的企业亏损，已经剩下的不到三千万。三千万对于千人大企业意味着没有财产可以"典当"了。而每年的多种经营收入只有三千万产值，哪里会有利润？

多种经营是必然选择。浙江人明白，不管他们有多少难以割舍的情绪，都必须为生存而斗争。高喊口号没有大米吃，脚踏实地趟出自己的一片天地才是正路。

1993年，浙江煤炭地质人开始思考，多种经营方向有什么问题，为什么也努力了，奋斗了，却只是缓缓发展甚至有的年份还停滞不前。讨论可以论得面红耳赤，却能擦出思想的火花。局属勘探队伍大都集中在杭州。杭州在改革开放年代后，旅游业如火如荼，让那些开着宾馆饭店的企业和个人挣得金银满盆。尽管这样，吃住仍然是旅游者最为苦恼的事，尤其是盛夏旺季，就连他们在郊区开办的招待所都是天天爆满。

发挥地理优势，进军旅游业，成为浙江煤炭地质人新的定位。他们还预测到随着人们生活水平的提高，高档酒店会成为"富裕起来"的人们首选。

浙江局没有地产，搞大酒店还是个"传说"。许建华局长还不敢也没有经济能力来决定拍板。虽然总局提出多种经营的思路，浙江局也办起了大大小小十多个企业，如泡沫厂、饲料厂等等，它们都是一个命运：亏损。

机会来了。

省农业局计划在郊外搞了个大酒店，这对许建华局长启发很大。农业局能搞酒店我们也能搞，他让人参与酒店的可行性研究。农业局的计划被上级机关毫无留情地枪毙掉，却坚定了许局长的信念。他坚定地认为在煤炭地质业四面楚歌的时候，上大酒店是个不可或多的选择。他用战略的眼光盯着酒店业的未来发展。

他们选中了局属地一片叫新塘村的荒塘地，许局长让人提出可行性报告来。一个信息被基建办发现了：规化图纸上，新塘村附近标有计划建设中的汽车站、高速公里通过线，表明这里很快会成为人流的聚集地。而且荒塘地边没有农民的屋宅。新塘村归属杭州市管辖，这里农业依然是农民的主要经济来源。新塘村连片的大池塘也不挣钱。农民养鱼、栽藕的积极性也不高，处于半荒状态。他们找村里领导一次次谈话，村里人也愿意合作。荒塘地实际上也是一块废地，闲着也是闲着。浙江煤炭地质人确定这个酒店叫做培训中心，并以村办茶舍立项。万事齐备，只欠东风。

说得热闹，钱哪里来？主管的煤炭厅明确表示不支持："七八千万，这不是小数字，亏损了谁承担责任？"思考中的许建华局长调其它厅局工作，蒋尧荣接任局长。蒋尧荣局长说，柳岸花明总会等来春天。厅里不支持，我们求助总局。

张世奎局长来了，他是专程为酒店而来。他对蒋尧荣局长说，我先表态支持你，但你要拿出可行性报告来说服我。蒋尧荣乐了，还是娘家人能理解我们的困顿。

那个晚上，张世奎局长和蒋尧荣局长在一个房间里谈话。谁都知道这次谈话决定着浙江局的未来。两个人都是烟民，在烟雾缭绕的夜晚，两个人敞开了心扉。

蒋："杭州是旅游城市，大酒店虽然在郊区，眼前看是不利，但那里很快会成为这个城市的中心地带，这是天赐机会。"

张："你有多大把握？"

蒋："没有多大把握。但是，我坚定认为大酒店是浙江局两千人的饭碗。"

张："总局支持你。我也有条件，你不能给我亏损。"

蒋："我们没有退路。我知道这是国家的钱，人民的血汗钱。我是党员，我愿意承担这个责任。"

天亮了，张世奎告诉蒋尧荣他马上回北京。他也没钱，他去张罗这样一笔钱，是一部分不可能是全部，大部分还要自己来张罗。蒋尧荣说出他的心里话，浙江局也能凑些钱。他也赔不起了，赔了只有跳楼的份了。两个老共产党员在交谈的是一种责任，承担别人无法体会出的压力。但是他们坚持这样做。多年来，他们在左突右冲，就是要寻找一条煤炭地质人的生存之路。他们要为两千浙江煤炭地质人的未来负责。这责任让他们不能退却，只能一无反顾地前行。

大酒店那时还是以新塘村茶舍名义上报，因为是废地，与村里合作，土地是租用性质，写明了酒店开业以后才给租金。1996年动工时，现任局长田国华还是副局长，被蒋局长指定进入筹建。田国华回忆说：

"实际上我们也是背水一战。蒋局长一直在第一线上。我的主要工作是凑钱。尽管我们知道，做酒店业在杭州是个趋势，但我们心中没有多大把握。只是觉得，浙江局必须走出一条适合自己发展的道路来。对于酒店的可行性发展也做过不少于10次的分析，参会的许多人都是省内大专家。我们把基础做了20层，计划做到12层就封顶，有了钱再增加。问题是正在盖着的楼基费用就不足。我的任务就是保证费用不停工。1999年大酒店封顶了，现在我们要做的是如何经营，'华辰'的名字这时进入了我们的话题。"

3

筹建"华辰"，实际就是确定"华辰"未来的主体地位。封顶那天，田国华请来酒店业管理公司专家指导。精明的田国华清楚，隔行如隔山，要越过这道山，必须请专业人员参与。一年后，"华辰旅业"就上了市旅游业的榜单，而且实现了当年开业当年授予三星级标准，这肯定是"华辰旅业"的荣誉，这个荣誉带来了客员。而田国华要求所有酒店员工从细微做起，别家有的服务自家必须有，别家没有的自家要增色：比如客人进到房间，会有一杯热茶泡好了端过来；夜幕降临，上床的脚垫铺好了，一双拖鞋摆在上面。他们瞄准的是世界顶尖酒店管理的高标准，他们用五星级的软件管理三星、四星级酒店。来过的人还会再来，没有住过的也想来体验一下做"上帝"的味道。"宾至如归"是客人的感觉，而不是高悬在墙上的摆设。国家某部长来杭州考察，接待单位已经安排在西湖边上一家高档五星级酒店。部长却坚持住进四星级的"华辰"。他说，我喜欢"华辰"，我就住"华辰"了。像这样的客人很多。

"华辰"成为杭州东部城乡结合处最好的宾馆，当地政府给予认可。到了2002年，华辰对外营业仅有两年时间，就有了明显的品牌效应。一些经营不好的酒店来找华辰谈联合经营，他们看中"华辰"的这块牌子。牌子就是效益，这是谁都清楚的道理。田国华却有他的另一番打算。随着旅游业兴起，杭州的土地成本也是极度扩张，盖大楼不符合浙江局的实际，与其它民营酒店合作会因为经营理念的不相融而砸了"华辰"的牌子。他的眼光盯在政府闲置的房屋用来租赁，都姓一个"公"字，沟通起来就容易些。恰巧，市总工会一栋大楼对外公开招标。这栋大楼地段好，离西湖走路只有几分钟。站在高处，西湖美景尽收眼底。自然是众家必争一块可以做酒店的宝地。"华辰"填写完标书时， 50家已经榜上有名，可谓竞争激烈。"华辰"的优势很快就突显出来了：央企，政府放心；考察"华辰"两年多的酒店管理，软实业为五星级；管理干部素质高。"华辰"顺利拿下这块宝地，挂上"华辰国际饭店"的牌子。市总工会与"华辰"签定了10年合作协议。总工会给他们的评价很高："你们不仅做好了酒店，也为我们做好了服务。"

思路决定出路。

"华辰"的牌子成为当地中央单位学习的模式。

2007年，"华辰"同样进入老年活动中心宾馆的招标，中标后改为"华辰假日宾馆"。

品牌效应让"华辰大酒店"挂上了四星的标识，他们在原12层的基础上，加盖到了20层，成为名副其实的东郊酒店业的一颗璀璨的明珠。2012年初，我在杭州采访时，田国华局长充满喜悦地告诉我，"华辰"被评为杭州市著名品牌商标，他们刚刚拿到了文件。这是"华辰"10年努力的结果，也是市府对他们成就的肯定。

4

"华辰"酒店业的发展的意义不仅仅是安置了部分下岗职工，让更多远离了煤炭地质业的人们有了归宿。它是一张名片，书写着"华辰"旅业的有效单元，它的成功标示着所有央企都可以寻找一条适合自己发展的道路。如果我们说，"华辰"经验可以上升为模式的话，"华辰"是总局的窗口，总局的形象，更多的我以为"华辰"是一缕清新的风，吹绿千万条茵茵绿意的杨柳。华辰品牌、华辰效益在总局所属各单位推广开来，他们希望加盟"华辰"，在"华辰"的旗帜下，进军酒店业，形成另一条产业链条。青海、江苏等局加盟进入了"华辰"。2005年，田国华在杭州成立"华辰"旅业集团，其实这个集团是虚拟的，不具备法律上的领导作用，由浙江局牵头成立了理事会，每年召开一次理事会研究探讨旅业的趋势和发展。田国华解释说，都是兄弟单位，在总局的一面大旗下，都姓煤田地质，都曾有过突出低迷重围的艰难经历，现在我们能在酒店管理上给予他们帮助，也很自豪。"华辰"的帮助是发自内心的，他们从投资开始，选址、土建工程、装修、运营、创星，进入团队都在那里指导，有效益了，扶上马还要送一程，现在全国叫"华辰"的酒店已经有了20多家。说到这儿，田国华脸上露出轻松的微笑。

酒店业不会是高回报的产业，成本高，利润也不大，"华辰"年产值1.2亿，而利润只有600万元，占产值5%，如因环境影响还会大起大落。浙江局却把可能出现的风险压到底线，不会盲目上马一个酒店。他们的说法叫低成本扩张，田国华说，"华辰"酒店增加浙江局对外的影响，这是看不见的效应。比如，总局把重要的会议放在"华辰"，"华辰"五星级的服务水平让入会者记忆犹新。"没想到"是煤炭地质业代表说的最多词句。"没想到"之后就是合作。省里领导知道了"华辰"，找时间来这里看看，"华辰"的管理让领导们满意，都称赞"华辰"名不虚传。

"华辰"的影响又带来其它产业的发展。浙江局闲置多年的钻井又轰鸣起来，这是他们的梦想。他们不仅重新走进煤勘业，而且因为酒店的联姻，已经取得二处矿权。田国华的计划是在两三年内，如果可能，会为每个勘探队或相当勘探队级别单位至少取得一处矿权。田国华的意识很清晰，未来地勘业再有什么"风吹草动"，也不会在浙江局掀起狂风暴雨式的波澜。

第十四章　繁荣背后的故事

现在，我们站在2012年的门坎外，等待新年钟声的响起。煤炭地质人端上一杯好酒，酒的浓浓香味已经让他们陶醉。一年的辛苦得到了肯定，上级的，自己的，用户的，这是他们快乐的理由。在连续10年快速增长的背后，我们拾零了煤炭地质人工作、生活中的花絮，在快乐的背后，我们纪录了煤炭地质人那些难以忘怀的故事。

上篇： 酒，酒，酒

　　从北到南，我所到之处，酒成为勘探队对外交流的重要一部分，这对于喝酒成为苦差事的我也能深深理解，在无酒不成席的社会大环境中，这些融入社会大市场的人们又如何能脱俗呢？但是，在勘探队上喝酒就有了另外一层意义。

这酒还要喝

——酒的故事之一

　　于文罡主任陪我到北疆煤炭重要生产基地鸡西采访煤炭地质的根据地108勘探队。从哈市出发到鸡西已是傍晚。办公室主任说，队长、书记有重要客户来不了，表示歉意，队领导已经安排为远道而来的客人接风。正说着话，谢京城从屋外进来。谢京城是108队党委书记。典型的北疆人，膀大腰圆，个头却不高；声音宏亮，快人又快语。一落座就道歉："中午喝多了，本来来不了，你和于主任是老朋友，你终于来108队了，可把你盼来，我能不来吗？"我发现老谢中午的酒喝得有点高了。因为陌生，又是第一次见面，寒暄几句，就剩下静静地聆听了。我是北方人，知道喝酒是北疆人御寒的重要方式，尽管有健康专家指出，喝酒只能加快血液流通，并不能提高身体热量，达到御寒作用，健康专家的结论改变不了北方人喝酒的生活习惯。

　　"你们从京城来，我能不翘首期盼吗？可中午这酒我还真不敢不喝，谈明年队上一个大工程，那帮家伙坏透了。端起酒杯就坏笑说：'喝了有活儿，不喝别想'。咱是东北山沟里人，是被吓唬长大的吗？"谢京城讲述中午喝酒的原因。

山高、蚊多，战斗在热带雨林不是一首儿时歌谣

老谢说，他明年就到点了。到点就是退休的意思。一般情况下，到点的人都会慢慢地后退一步，让自己紧张几十年的步伐慢下来，适应随之而来的退休生活。可谢京城想到的却是，当一天和尚都要撞一天钟，况且，他是上千人单位的书记，不能不如一个尽职尽责的和尚。

"咱还得站好最后一班岗不是？刘作家，你不要以为我们都是酒鬼，好这一口，这酒倒在肚子里也不好受。为了项目到手，不好受也得喝，你不喝，这项目你就弄不来。明年施工任务不足，队长整天往外跑揽活儿，我也要跑，跑什么，跑的就是熟人。"

谢京城点燃一支烟，烟夹在手指间燃烧着，他并没有抽，许是成了习惯。烟雾袅袅地从眼前散开，我在他低头的瞬间，看见藏在黑发中的白头发，眼角也有了深深的皱纹。想到这10年来，正是老谢这样爱岗敬业的煤炭地质人坚持不懈地努力，才为国家保存下来这支队伍，经济效益也有了明显提升，心里头升腾起一种感动。

政工科长告诉我，谢书记中午请了10多个煤矿领导，希望他们手指缝里下点毛毛雨，分点工程给队上。有一个矿长说，他有一个800万元项目，明年准备上马，问谢书记要不要。谢书记一听有地勘项目，眼睛立刻瞪圆了说，你们吃肉，让我们喝汤就行。我那几千号人吃马喂的工程量不足，太让我发愁了。到了中午饭点，肯定要尽地主之谊。谢书记心脏出了问题，好长时间不动酒瓶。席间，熟人突然说："肉烂在汤里，我不能让你这么轻松拿到项目。这样吧，你谢书记喝一杯，我给一百万项目，二杯二百万项目……"

人家看着他谢书记呢！

谢京城有些为难地说："我有好一段不喝酒了。"

人家盯着谢书记说："所以你要拿出诚意来。"

老谢笑点："项目是队上的，身体是自己的，大我忘小我吧。我就一道喝了8杯，那可是一两一杯的。"

熟人无非是逗老谢，让他说几句软话，哪知道，实成的老谢拿起棍棒认了针。熟人抢都抢不来，连连说："工程给你们队，给你们队还不行吗？"

你说，老谢能不醉吗？

我想起东北酒桌上有句流行语："出门在外，老婆交待，别喝酒了，多吃菜。"

谢京城说："我心脏不大好，老婆出门千叮咛万嘱咐，别喝酒了，身体第一，友情第二。可有时这酒你还真不能不喝。"

我站起来，端起一杯酒，怀有深深的敬意地说："谢书记，这酒该喝。"

我也开戒了。

徐老大醉酒
——酒故事之二

徐老大是水文局一队的机长，只知道他姓徐，忘记了他的名字，这并不是影响我对他的敬意。这机长是多大的官呢？这官还真不小，领导一个生产施工单位，再通俗一点就是一个钻探井的机组，手下管理三班倒的地质队员少则20人，多则30人。头些年，社会风气顺溜，钻探队在哪里施工占地都不是难事，只要和生产队长说一声就行了，最多请生产队长吃顿饭。钻井塔上红旗招展，村里人还会送烟送水。这些年土地承包给了个人，情况就变得复杂起来。地质队占农民土地，一般都是每年4月至10月，正好是农民种地到秋收的季节。农民以土地为天，没了土地这一年就没收成，定会严重地影响家庭生活，所以，凡是占用农民土地，国家都会拨青苗补偿费。一般情况下占地一年给两年土地收入的补偿，一亩地约有两千多元。

头些年，农民大哥说："行行行，没问题。"

这几年，农民大叔不干了："现在是市场经济，咱得谈谈价吧。一亩地你不能低了5千元。"

5千就5千吧，农民也不容易，你占了人家土地了嘛。这是好说话的。某个农村大爷以为捡个大元宝似的，一张口吓得你都不想活了。多少？一亩地5万元。我是临时占地呀，这不是明显讹人嘛。还有一张口要10万元。你不给，他就不让你进现场。未经地主同意进场施工那是违反土地法的。

与农民谈判的任务最难缠了。徐老大是机长责无旁贷。问题是，近年随着钻井技术的提高，转场频率也在加快，过去总要用上几个月或半年，现在有的施工点二十天就要搬家。徐老大一提搬家转场头都被憋大了。头再大，徐老大也要硬着头皮顶上去，他常说一句话："我不下地狱，你下呀！"

实践出真知。经过一次次口干舌燥的交涉，徐老大学聪明了，他对付形形色色的地主们也有自己的经验，先是不能让老实人吃亏。对于狮子大开口的地主，他搞"曲线救国"。要搞定地主们，先搞定村长或者书记，这就看村里是村长当家还是书记当家了。徐老大搞定的办法是请管事的村长或书记喝酒，酒桌上推杯换盏时，兄弟情谊也就出来。那村长或书记留有一半清醒一半醉时就会说："兄弟，谁谁想法多了，让他来找我。"

这一句话就定了乾坤，施工队就会顺利地进驻开钻。

徐老大用此法屡试畅通。自恃嘴皮子不错，酒量也可以，足可以应付来自不同酒量不同性格的村长或书记们。没曾想到，自认为成功案例，却在一次同样的谈判中翻了船。徐老大后来说："就咱那点酒量还叫喝酒吗？"

徐老大讲的这个故事发生在山西晋中某地山区。因为徐老大再三强调还要和那个书记打交道，不能指名道姓，我尊重徐老大的意见，称其为"王书记"吧。

徐老大带队的钻机组一直在晋中地区施工，有十多年的历史，摸清了这个地区人的处事方式。他坚定认为自己有能力搞定修理地主的村长或书记们。前两年一个初春，他们转场到一个丘陵地带的村子。一大早就去了村书记家。早上8点钟刚过。徐老大和随员就进了院子。王书记听到狗吠陌生人，让婆姨喊住狗，请徐老大们进屋。徐老大刚开口说："拜访王书记，中午请王书记喝酒。"

那王书记很幽默："哦，这是紧急公事，咱们就开始办公吧。"随即让婆姨增添酒杯上来。

早上空腹喝酒一天醉。徐老大暗想，这回可是走麦城了，遇上了高人。王书记的话很明确，你找我办事先从酒杯开始，而且还不喝你的酒。这顿酒喝的徐老大不知道怎么被弄回驻地的。只记得王书记拍着他肩膀说："行了，这朋友算交上了，有什么事你尽管来找我。"

这酒让徐老大一醉三天才半醒过来，而且不敢看酒瓶了，见酒瓶都反胃。可这酒让徐老大钻井组与村民平和地相处了两年多。

徐老大笑着问我："这酒醉得值不？"

我非常肯定又必须坚定地回答："值！真的。"

最好的酒
——酒故事之三

水文局一支钻井队在山西阳泉山沟里勘探。施工工期长，工程紧，半年多了也没有放假。中秋节快到了，局里惦记着远在山沟沟找水的地质队员们。局长何先涛、党委书记赵军就委派副书记成立新代表局领导去慰问。这慰问没更多讲究，除带上局领导的"亲切问候"，自然也要带去肉和酒。在人烟稀少、交通不便的山沟沟里，副食品极度馈乏，连买包手纸都要走好几公里，下山到村里的小卖铺解决。如此看来，没有任何礼物比肉和酒更厚重了。

钻井队在山沟沟的一面坡地上，离村里还有一段路程。成立新他们车开到山角下就要徒步了。因为是深秋，树叶改变了颜色。季节变换，城里来的人感到新鲜，天天看就没了新鲜感，剩下的就是寂寞了。因为是山里，手机没有信号，连看电视的"小锅盖"都接受不到电视信号。成立新一干人马到了帐篷里，钻工才发现是娘家来人了，非常激动。原来成立新他们是准备留下来和钻工们一道会餐。以示局领导与民共庆中秋佳节。刚巧这几天，施工人手太紧，没人下山买菜，大家每天吃饭都是凑和着。局领导来了，连把像样的板凳都没有。机长是个年轻人，脑动一灵活说："成书记酒今天不能喝，施工时禁止喝酒，饭也别在这吃了，你们送的肉红烧每人一碗正好。我陪书记下山去村里的'香格里拉'吃饭。"

成立新当然明白年轻机长的心意，这里实在太艰苦了。除了他们带来的副食，只剩下面粉了。晚上住也是问题，每人一张床板，他们住习惯了，怕领导们适应不了。可成立新又怎么能拂年轻机长的"美意"呢？

机长陪局领导来到公路边上一家小饭店，这就是山上钻井队员们的"香格里拉"。这个小店很破烂，酒也是自酿的老酒。机长盯着成书记说："让书记委屈了，这是我们这里最好的饭店，即便是中央领导来了，也只能这条件。我敬局领导一杯。"机长告诉成书记下山的原因，这两天不但没有蔬菜，米也快断顿了。书记跑了大半天来慰问，总不能饿着肚子下山吧。是大家一致决定让机长带书记一行到山下吃饭，不能让书记看到钻探机组的困难。

这顿酒成书记喝大了。

慰问者反被慰问，自己在吃苦却怕领导知道他们的困难，这就是我们的煤炭地质人。成立新反问我："这酒我能不喝吗？"

我心存感动地说："不能不喝。"

晋中小山村里的酒让成立新一直难以忘怀，以后在城里喝了多少酒也没有这次酒给他留下的印象深刻。

中篇：现场实录

204勘探队宣传部部长冯贺君提供给我几篇小文，原本是给我做参考的，读过数遍，每一遍都有新的感受。文字朴实无华，却都是来自勘探现场的真情实录，很抱歉忘记了作者的名字。这不影响我的摘录：

搬　迁

春天的天气如小孩子的脸，早上还是晴空万里，此时却渐渐沥沥地下起雨来，烟雨迷蒙，正赶上达连河404钻井队在搬迁。404钻井队克服达连河地区地质环境恶劣、气候变化无常等诸多困难，团结一心，顽强拼搏，创造了该队建队以来80mm井径孔深1288.7米最深的纪录，面对这一季度的开门红，他们乘胜而进，正往距此孔300多米的地方搬迁。此时，地面刚刚结冻，所处的耕地附近的小径十分泥泞，前驱四轮车拉30根钻杆加10多人推着都很吃力，一同来的党委副书记刘少军和科长冯贺宾也一同穿上靴子跟着推车，车行100多米就无法前进，只好用人工钻杆辅助艰难前行，汗水顺着他们的脸颊往下淌，泥水打湿了他们的裤脚。机长辛忠波说，这样的搬迁得持续八、九天才能搬完……

柳林之暮

风突然间大了起来，吹得固定井架子的钢缆"呜呜"作响，声如牛吼。这声音忽然让我想起了家乡冬夜里的电线，身上不禁一哆嗦。只见西北面的天上，有一片灰蒙蒙的云压了过来，一边灰黄，一边湛蓝，颇为壮观。随着封隔器的落地，大家的心情放松了。很快天空已是漫天的黄沙，风越刮越凶，卷起的沙石打在脸上就是一道青痕。天上只有西下的太阳还在做着无谓的挣扎，一会被沙土推走，一会又挤进来。在灰黄的天上，太阳只是一个悬着的忽强忽弱的光点。井队的人们陆续地撤回了被风吹偏的帐篷，可我们还不能休息，要趁着暮色把设备装车固定，夜间还要向下一个目的地进发。据说这只是黄土高原春天里最普通的一次沙尘暴。

三月之晨

又飘了一夜的雪花，把这即将化开的三月涂成了一片白。8个小时的下放管柱终于快要接近尾声。手上的手套不知道湿了多久，汗水和冰水早已混合在一起，里外冒着凉气。地上浅浅的积雪化了又冻，冻了又化，几经反复，泥泞的黄土地早已结上了一层薄薄的冰壳，减少了管柱和滑道间的摩擦，但苦了我们，一不小心就是一个跟头。天光渐明，风雪也渐渐住了，夜色还不想离去，趴在西边的山头赖着，但早起的麻雀已经唱起了欢快的歌声迎接清晨的降临，麻木了一宿的手脚也渐渐地热了起来。抬管、挂吊卡、刷丝扣油，工作在有条不紊地进行，滑溜溜像泥鳅的油管就这样一根根接到井下。不时有不知名的鸟儿飞过，停留在不远的树上悄悄地注视着这里发生的一切。朝阳冲出云层的那一刻，光芒四射。透过帐篷，一缕阳光静静地洒在压力表上。

这是一线的队员的文字，我们或许说没有华丽的语言，太过于平白直叙。其实，短文里所表现的是他们沸腾的劳动场景和爱岗敬业的主人翁无私奉献精神。每天都会遇到各式各样的问题、困难，他们不去埋怨天，不去诅咒地，而是积极地去克服，去解决，去面对，保质保量地完成上级下达的任务。

在108勘探队，我第一次站在高高的钻井架前，第一次感受着荒野煤炭地质人艰苦的工作环境。一个姓李的机长却告诉我，你们看到的条件好多了，现在在附近屯子里，队上派来专职炊事员，还能吃上新鲜蔬菜。因为临近中秋节，队上领导亲自送来了酒和肉。还有什么不满意呢？过去在山里勘探，若是前不着村后不着店，那才叫苦，别说吃肉，吃点青菜都困难。

"不是我们不苦，是我们更愿意把这份苦留在心里。工作长年在外，吃住的不如家里，工作还是要有人去做，单位既然选择了我们去完成它，是对我们的信任和能力的肯定，再苦再难我们也要坚持。"

这就是我们的地质队员，他们用朴实的语言诠释他们的幸福指数。

下篇：青春的声音

一位老地质勘探队员，退休之后在互联网络上写下了这样一段话："我的地质勘探生涯延续了20年，经历了不下数百次可能危及到生命的情况，但在我早年的记忆中，最致命的东西，不是天堑激流，而是那无法用言语表述的枯燥，我看到连绵不绝的大山和丛林，都会有一种窒息的感觉，想到还要在那里面穿行几十年，那种痛苦，不是亲身经历的人，真的很难理解。"

这是生命的记录，也是地质人发自内心的感受，这种感受是真切的。

面对空旷的大山时间长了，所有的美好变成了现实，你想大声地唱歌，回答你的是连绵大山久久的回声。你很寂寞，想与人交流，但这大山里除了花香鸟语，就是野兽森林。多美的图画看久了就没有的新鲜和感动。寂寞才是煤田地质人最大的敌人。

接受寂寞

20年前，我还是部队的一名干事，参加了著名作家王宗仁组织的赴青藏兵站部作家采访团。一位团长告诉我，部队的辛苦大家都能接受，最大的问题是上万人部队的清一色的性别。性别失调、寂寞才是影响新时期官兵思想的最大问题。在青海兵站部流传一句话："过了日月山，母猪赛貂蝉。"日月山是汽车兵从西宁出发进藏的第一站，过了日月山，人烟稀少，有时车行半天才能看到路边的几间小屋，那是进藏公路道班；而貂蝉则是中国古代传说中的四大美女之一。这句话的意思是，过了日月山连一个女性都难遇到。我们的汽车兵成年累月地行使在荒漠道路上，寂寞是兵们最大敌人。团长说，有一次，一个兵恶作剧地把给媳妇买的衣服穿上，扎上一块红头巾故作扭怩地出现在兵营里，他发现几乎所有的朝大院的窗口都有人张望。团长说这话时，并没有笑，而是陷入了沉思。

黑龙江省煤田地质局物测队队长屈绍忠也讲过相似的一件事。

"有一次，测量组长李勇钢对我说：'我在大山里呆的时间长了，经常有一种担心，就这样天天守着仪器，望着大山，一个人影都看不着，我真害怕有一天，我会变得无法和人交流。'听着这些话，让坐在对面的我，感到苦涩与无言。"

物测队党委书记刘吉才也想起一件很辛酸的事："物测队在绥滨参加会战。夏天放假，野外留人看点。我去点上看望他们。院子是用活动房围成的。六七月份，院子里长满了蒿草，有一人多高，一种凄凉的感觉，扑面而来。他们就是在这样条件下工作和生活。"

人是群聚动物。失去了语言的交流，是最大的痛苦。早些年也听说过在西方某国家，试验在废止死刑后的一种刑罚，就是在一个没有人烟的地方设有服刑监狱。这个监狱与众不同的，房间是白墙，而且完全封闭，没有人与之交流，甚至没有声音，看不见任何色彩。试验的结果是与外界隔绝后没多久，人则因精神崩溃而死亡。

我们今天讨论的不是法律层面的有无意义和价值，是用以说明煤田地质勘探队员们所承受的不仅仅是工作上的重负，更是寂寞、孤独带给他们心理上的挑战。

这是煤炭地质人的现实生活，一点没有诗人笔下的浪漫、美好，心中曾有过的春意盎然的春天很快就如潮水一般褪去。

家是地质队员揣在怀里最温馨的港湾。大都是年轻人，那种思念是强烈的，是任何形式也代替不了的。只因为他们是地质队员，他们就必须以旷野为自己的工作空间，许是大川，许是河谷，许是沙漠，他们记得自己干的是事业。在沙漠的一个荒野夜晚的帐篷里，应该是黄沙飞扬的初春，高高钻机尖上那面红旗被风撕扯的哗哗响着，雪却悄然地落下，掩盖原野，探照灯射出炽眼的白光，伸向了原野，这时帐篷里人更显得孤独。

在大山里久了，多鲜亮的风景也会看腻

两个地质队员围着取暖的电炉有如下的对话：

"你多久没回家了？"

"出来3个月，还没回去一趟。"

"你媳妇不催你回家？"

"她不催，也就是一天一个电话，报报平安就行。"

"你刚结婚没几天就跑出来工作，不怕你媳妇跟人跑了？"

"我媳妇说了，你干得的是辛苦活儿，赚得是辛苦钱，你一个月不回等一个月，一年不回等你一年。"

对话之后，是很长很长的空白，听得见电炉烧水时喇喇的声音，整个帐篷里安静下来，听着帐篷外风的声音，好像也听到雪落在帐篷上的声音，都是年轻人谁能不想家呢？

装在心里的家不仅仅是年轻的妻子，还有渐渐变老的父母。一年中离得多，聚得少，他们最盼望的是赶年回家的日子。父母唠叨，妻子责怪，儿子的调皮捣蛋，他们是最好的听众，幸福地享受着亲情带来的一份惬意。然而，这样的幸福随着年的过去，又会成为新的思念。

父母无论如何是放不下的牵挂，感谢他们含辛茹苦地把自己养大了。父母老了，他们不在乎儿子挣钱多少，只希望能在晚年与子女多相聚些时日。这样的要求却很难满足，留在心里也是一段长长的痛。

屈绍忠有两句豪言壮语在当年很响亮："雄鹰选择蓝天，必与狂风为邻；海鸥选择大海，定与风浪共舞；我们选择了奋斗，必将与挑战为伴！"。我知道，这一定是屈绍忠们在身临其境时写出的真实感受。

在写作此文的前10年间，仅屈绍忠领导的黑龙江省煤田地质局物测队生产物理点超过60万个，是过去50年生产任务总和的将近3倍。他们的勘探足迹远跨黑龙江、内蒙古东部78万平方公里的范围，从西南到四川，西北到新疆、甘肃、宁夏等省区如此广阔范围的山川大地上，都留下了黑龙江煤田物测人忙碌的身影。我们把这段距离摊开来晒出数字，却计算不出地质队员爬过多少座大山，趟过多少条大河，历经多少次危险，有过多少次野。

青春的声音

煤炭地质人对国家的贡献是巨大的。60年过去，老一辈地质队员早已退休，安享幸福晚年生活，现在在前沿的是他们的儿子、孙子，今日非昔日，此时非彼时，工作条件有所改变，但是他们的工作性质没有改变，他们依然要靠原始勘探方法寻找新的煤田。白云朵朵，绿树成荫，这是旅行者的评语。在地质队员生活里，这些诗人的美好词句都变成了挑战。当他们从理想走向现实，他们对自己的工作有了更深层的理解。他们热爱自己的工作，莽莽林海，荒原沙漠，就会让他们心里涌动另外一种豪情。与父辈不同的是，年轻一代有着深层次的思考，参加地质队伍是被理想所召唤，他们相信好男儿志在四方。

几个年轻地质队员对煤炭地质人的理解，让我们看到煤田地质勘探队伍的希望。他们对苦的理解是轻松的，是诙谐的，也是真实的。听听他们的心音吧。

1

魏文亮豪情满怀地回到了自己熟悉的城市哈尔滨，接续父亲曾经为之奋斗一生的工作。做为年轻人，他有更多的梦想，现在他想成为一名光荣的地质工作者。他用心感受这份工作的意义：

"最初对地质工作的性质不甚了解，只感觉天南地北哪都跑，上山过河草原飞，这和小时候父亲带给我的感受是一样的。记得从前爸爸总不在家，一回来就买好多的礼物，也给我讲好多外面的新鲜事儿，我很好奇，今天我也成了一名地质人。刚参加工作，就背着行李包"出野外"。我有了以"同事"相称的朋友们，眼前的工作从大家疲劳的表情和眼神中可以看得出来是很艰苦的。他们身上不怕苦不怕累、敢打敢拼的精神感染了我。"

魏文亮愿意接受眼前的挑战。参加工作后这段时间，他走过平原、高山、沙漠、沼泽，在学习中充实自己，在实践中懂得了单有吃苦耐劳是不够的，还要有团结协作的精神。

"朋友问我幸福是什么？作为一名地质人，我的回答是：幸福就是在野外经过千辛万苦爬上最高山峰的那一刻；就是在深山老林施工中完成领导交给任务的那一刻；幸福就是经过艰苦的创造后有了收获的那一刻。"

2

110队舒波很会讲故事，这些故事发生在深秋或隆冬，躲在暖暖机房里偷懒，不时地提醒哥几个，只一会儿，别睡着了；或是在钻机塔里看见有一轮皎月，在探头探脑窥视，冲动地跑到外面去追月，就想问问那儿真的有嫦娥、白兔、捣药的老爷爷吗？

主角们只有自己。

"钻机轰鸣着，隆隆的声音震落下几片挂在树上的秋叶，机房内荡出的股股热流把我们偷偷的吸引过去，能在暖暖的机房偷会懒儿暖和暖和，是野外工人冬天里一件惬意的事。坐在里面，轰鸣声掩住了一切，我们之间的交流只用一个小小的动作，或是一个表情就能完成，或是在轰鸣声里傻傻地笑。"

舒波说，坐在机房里抬起头看，房盖上的缝隙间能看到树枝的影子，影子挂着一轮明晃的月，月不时被树影切剪成碎片，无风时又成一轮完整的月。忽然有种看看月亮的冲动。跑出机房，大地空旷、悄然无声，远处可见群山的轮廓。月把它的光毫无保留地铺洒了下来。想起小时母亲讲起的嫦娥姐姐。她还没有睡觉吧，一定很忙，不然十六的月亮也不会这么圆。

"这个中秋和以往并没有太多的不同，已经习惯了野外生活的我早以不在意节日的重要了。队领导依旧是行迹匆匆的送来节日慰问品，又匆匆地奔赴下一个施工现场。留下的绝非只是水果佳肴，那只与慰问组领导握过的手仍有些发烫，那句'你们辛苦了'仍然在耳边回荡，在我们举杯默默庆祝节日时，他们或许仍奔波在路上，他们何尝又不辛苦呢，又有谁在慰问他们呢？"

月光是冷的，心是暖的。

3

物测队宋锦和他的同伴，到达了乌鲁木齐，又经过2小时的颠簸，终于到达目的地巴里坤县博尔羌吉镇。他眼里看到不是雪山、烈日、沙漠带给施工三队地质人员野外艰苦的烦恼，而是年轻队员挂在脸上的笑容，与他们相处只有20天，宋锦受到一次心灵的历练。他就想，还有什么样的困难能够不被征服呢？

三队的野外工作条件与别处大同小异。从远处望去，高高的钻塔耸立在半山坡上，塔顶上一面鲜红的旗帜随风飞舞。沿着沙漠中的车辙向测区走去，还没有走到就看见远处山上的冰雪。问过才知道，那是天山。

"首先迎接我们的是狗叫声，两只威武的狼狗不时向'闯入者'发出警告。值班的几名队友见有人来了，露出憨厚的微笑，自然淳朴，与身后的雪山浑然一体。住宿条件不错，队员们很满意。由于测区与民宅很近，队员省去搭帐篷的艰苦，租住了一个小学。几个人一个房间，没事在院子里打乒乓球。房门口摆着好多水盆，是队员们洗手用的。小院充满集体的温馨。"

进入测区，与猜测的戈壁滩相差甚远，漫漫黄沙，车辆一过，扬起漫天尘土，沙漠独有的矮小带刺的草丛，就像天山的云彩一样点缀在沙漠上。

"九点钟了，太阳才露出笑脸。沙漠日出是多彩的，当太阳在无际的天边冉冉升起的时候，它给大地带来了生机，给起伏沙丘抹上一缕暖阳，给沙漠胡杨送来了金黄，给轻轻红柳染红了衣裳。而胡杨和红柳同时点缀了沙漠，为沙漠带来了生命。"

野外的工作都是一样枯燥，但其中也充满了无限的乐趣。

"沙漠上不时能看见四脚蛇，偶尔也能看见蛇，骆驼随处可见，就连稀少的藏羚羊也能看见。沙漠的气候就如同儿童的脾气那样多变，时而烈日炎炎，时而雪花飘飘。走在烈日下，感受就如同那句歇后语所说的——热锅上的蚂蚁，不时的喝上一口水，否则嘴唇就会像干枯的河床一样布满了裂口。"

打开笔记本记录下一天发生的故事，宋锦说，此时只有自己才能读懂那份心情：沙漠，我们，地质队员。

4

曲鹏程有一段文字让我记忆犹深，这是个有思想的新一代地质队员，他们在向为煤炭地质事业做出贡献的父辈致意，肩负起老一辈人的期盼、嘱托，为实现煤田地质经济的跨越式发展贡献青春和力量：

"每天早晨，我们背上地质包，拿上地质锤，带上所需的各种图件，迎着朝阳出发了。在崇山峻岭中穿行，全没有了想象中的浪漫，取而代之的是寒冷与疲惫。每当爬到峰顶，身上的衣服被汗水湿透了，凉风一吹，冷颤连连，但俯视着远处起伏的山峦，便在心中油然升起一种成就感：群山被踩在了自己的脚下，纵横的沟壑尽收眼底，自己仿佛也有了指点江山、壮怀激烈的气概。在叹服大自然博大宽广的同时，疲劳与彷徨也被统统抛到九宵云外，心灵也仿佛经受了洗礼，得到了升华。正是在这里，不但使我学到了许多专业的知识，更使我学到了在困难环境下做人的基本道理，使我的世界观、人生观发生了重大变化，得到了人生最大的收益。没有了城市中的喧嚣，陪伴我们的是山谷的风、狂暴的雨、天上的星、林中的鸟以及随风而舞的沙棘，但我们就是凭借着火焰般的热情，战胜了一切困难，一步步的走向成功。"

随着时间一天天过去，他们脚下走过的路慢慢变成了眼前图纸上一条条圆滑、流畅的曲线……

我选用204队年轻的地质队员朱成浩一段话做为本章的结束：

"地质人走过了一个又一个四季，从未改变的是，他们一直在斗转星移中发掘希望；地质人趟过了一道又一道年轮，没有停歇的是，他们始终在苍茫大地上勘探曙光。他们没有慷慨激昂的口号，他们只是默默无闻地把青春年华奉献给地勘事业；他们不曾流连城市里的华灯闪烁，但祖国大地上，却到处都回荡着地质工作者爱岗敬业之歌。"

第十五章 航测遥感方队

砖瓦结构的小楼，座落在建华街狭窄的路边，墙的外沿被伸展过来的浓密的梧桐树掩蔽着，如同西安旧城里被忽略的普通民房。墙皮斑驳，窗棂陈旧，现在被街道办事处使用着。匆匆人流没谁刻意地多看它一眼。就是这座小楼40年前驻进操着南腔北调的一群人，他们从北京、河南、武汉被抽调来这里组建煤田地质航测试验室。因为是试验，就没与外界联系的必要，门口挂着上个世纪五六十年代特有的保密符号：145厂。没人知道145厂是干什么的，只知道他们中戴眼镜的人多，应该是个研究机构，直到文化大革命的前一年，145厂牌子被摘掉了，变成很长一串名字：国家煤炭部航测地质大队。之后才逐渐演变为中国煤炭地质总局航测遥感局。

从此，这个响亮的名字走出西安，在中国、在世界留下了他们的脚印，成为煤炭地质业唯一一支高科技航测遥感方队。

人才济济的试航室

煤炭部建煤田航测专业队，是受了前苏联地质专业航空摄影测量技术建制的启示。大约是在上世纪的50年代中期，煤炭部组织矿业专家考察团学习老大哥的煤炭业管理经验。做为中苏友好合作项目，苏联煤田地质专家参与了中国煤田建设的多个领域。考察团专家们发现了苏联煤田地质勘探队伍中还有一支让他们惊异的航测队。了解了才发现苏联煤田地质航测队已成为苏联煤田勘探一支生力军，他们通过航空摄影为新矿建设提供了大比例尺的测绘图纸。而这张图纸上先由航空测量拍摄照片在室内进行综合分析绘制，再派出一支野外作业队到航测的区域，把航测出来的河流、山坡、村庄、田畴及所需要的地貌、地表物体标明名字，为建设的矿区提供了依据。那时，中国的地理航测一般由空军承担，都是1：5万的小比例地面地图，而苏联的煤田航测已经能完成1：1万大比例。我们的煤田地质能不能也成立一支这样的航测队呢？能不能也有1：1万的大比例尺的测绘用的航测图呢？那会大大缩短地质勘探的时间。这符合新中国社会主义生产高潮的需要。有着前卫意识的领导者决定学习苏联人的经验，筹建部属航测队伍。他们很快向苏联和民主德国订购了航测仪器，我们知道的有：多倍仪、立体量测仪、纠正仪和立体坐标量测仪。如今这些仪器早已成为了历史尘埃，在那个年代可是瞄准了世界这个领域里的先进装备。又在辽宁、郑州专科学校调进非航测专业的测量、制印技术人员在煤炭科学院内建立试航室。

这是中国煤田地质探测前沿科技，这个决定在50年后给予的评价一定是最为正确的判断和选择。

我们知道了最早成立试航室研究的内容是对航测这项技术的初期摸索，并作为研究体制进入煤炭科学院的编制。

试航制图还没得到发展、壮大，就在1960年的那次部属精减机构被撤销了，人员也同时被下放。陕西煤田地质局局长冯秉清那时管理着西北5省的勘探找煤任务。他接受了煤炭部地质司领导的建议，把试航室一干17人中的14人包括航测设备随批文一块弄到了西安。

冯秉清是个有思想、有主见、有未来思考的人，他听说过苏联老大哥的煤田地质航测队的故事，认定这14个人"星星之火，可以燎原"。仅此还不够，要扩大，要发展，14个人还显得单薄。那段日子，他对航测字眼特别关注。听说国家测绘局要撤销，而一部分人已分流到了非专业里，他就赶紧把没走的专家招纳进自己的航测队伍。中央军委测绘局有一批干部要转业，问他要不要？他激动地答复："那都是宝贝，我要，要，要！"

冯秉清局长把这些测绘专业人员组成独立单位。刚好有一个代号145的保密厂要撤番号，他就把145代号挂在了试航室的大门口。

几批专业测绘人员的引进，一下子提高了试航室的技术含量，把还在研究初级阶段的航测变成了可能。这让冯秉清很为自己的抉择得意。他一不做二不休，又从郑州军事航测学院引进了转业的航测专家，从武汉测绘学院招来15个应届毕业生。一下子，西北煤炭地质局试航室成了全国煤田地质行业知识分子最多、科技含量最高的煤田地质勘探部门了。

77岁的测绘专家、煤航原总工程师陈光裕对当年来到试航室的情景历历在目。

1965年初，陈光裕还是中央军委总参测绘学院的讲师，不到30岁，年轻有为。有一天，校领导找他谈话，决定让他转业到地方工作。这是组织的决定，他不能说不。在以阶级斗争为纲的年代，他知道转业的原因是有海外关系。虽然父母还只是加拿大的华侨，在把"阶级"划分得很清楚时代，这显然是不被信任的理由。陕西煤炭地质局派人来了，表示愿意接收他和他的两个战友。

　　陈光裕到建华路这个3层小楼报到时，小楼还是这个城市近郊刚刚建成的高档建筑。如今小楼风光不再，淹没在钢铁与水泥浇灌的高楼大厦的背影里。

　　"我们那时还叫试验室，显然航测还在试验阶段。那几年，水利水电部门、铁道、冶金部门都有了自己的航测局，甚至在各省还建立了航测队。煤炭部要求尽快走出试航，使航测成为煤田地质勘探的手段。煤炭是燃料的主体部分，而煤炭生产决定了国民经济发展的程度。生产出多少煤炭才能决定建多少座钢厂、生产多少台机械。面对这样的形势，试航室背负着沉重的压力。"

　　试航室遇到了很好的发展机遇。部委、军队单位精减下放的专家到了西安，他们不需要再研究，直接用于航测队伍的培训和交流，这些专家包括从总参测绘局转业过来的藩传薪，那年还不到50岁，国民党统治时期就是军队中少将级专家。

　　人才济济的试航队伍耐不住办公室里的纸上谈兵，他们要展翅高飞了。煤炭部支持他们的飞翔计划，与其它部委的航测能力的差距要尽快追赶上。煤炭部主管部门询问："你们还要什么支持？"

　　测绘专家们小心翼翼地回答："引进国外先进设备"。

　　煤炭部领导看到这支长满羽毛的鹰要高飞了，当然要助他们一臂之力。谁都知造国家外汇很匮乏，尤其显得珍贵，每花一块美元不知要用多少粮食、木材来兑换呢。但是他们还是责令引进司派人带145厂人出国考察。已有航测的部委大都到处开花，在各省建立分队或局，引进的设备也搞了相对平均主义，而煤炭部却攥紧了拳头，把有限的外汇都集中给了145厂。这使145厂不仅专家众多，拥有的航测设备也是全国同行中最好的。

　　拥有了专家学者，拥有了先进设备，试航室不能再叫试航室了，也不能叫145厂了，改名为煤炭地质航测大队。航测大队如虎添翼，腾飞有了条件。先胖不算胖，后来者居上。

1965年是航测试验室与航测大队的分水岭，就从这年7月1日起，煤航人不再是给人家端碟子的临时工，他在国家行政系列里有了自己的正式编号：145。

　　这是个吉祥物数字，很快让煤航人有了归属感，并且渐渐地从幕后站到了前台，成为煤勘地质界里耀眼的明星，一花乃大的独生子。在"文革"后煤田地质第一次大发展、大繁荣时期，航测的优势显示出来了。煤炭部也发现了煤航是部里的"应梦贤臣"，在地质依然靠野外作业的时代，要求航测带来更精准、更快捷的航测手段，完成矿井建设前地形图纸提供，而且是大比例尺的图形如1：2千、1：5千的地形图，这是对苏联煤航只能提供1：1万地形图的挑战。大比例地形图要求航测出每一条河流的走向，每一个村庄的位置，每一块田畴的长势，甚至每一棵古树的占地、每一棵电线杆的高度。

"文革"来了

　　煤航人走在社会主义建设的春天里，他们用现代的、科学的手段

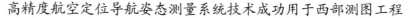
高精度航空定位导航姿态测量系统技术成功用于西部测图工程

检验自己的能力，为一个行业的腾飞积累必要的经验。

早先，航测在中国还是鲜为人知的科学前沿，更多地用于军事防御，军事上的小比例航测不适用煤田开采业。初出茅庐的煤航优势就这样显现出来了。

我们记得那个叫冯秉清的人，他接过航测试验室时并没有想很多，他的决定成就了今天煤田地质业一支高科技遥测队伍。航测开拓了煤田地质勘探中一个崭新的领域，仅此我们还不能说明煤航人对他的怀念之情。他的另一个贡献是拍板接收下放的专业技术人员、转业干部、刚毕业大学生，他们中一部分在来西安前就是专家，更多的是在后来的工作实践中成为行业精英和专家，也成就了他们人生的辉煌。

航测遥感局志中这样写道：

"1965年7月1日，145厂成立，单广田任副厂长，王成信、赵延伦随航测制图室和印刷厂调任领导工作。随后，煤炭部分配总参测绘局和解放军测绘学院航测、制图、印刷转业技术人员藩传薪、石玉臣、柴明远和先期到达的马训良等23人陆续到航测、制图和印刷各作业工序、技术管理和领导岗位。从1960年起，陆续从国家测绘一分局调进航测技术人员尹民、刘永连等人，从武汉测绘学院直接分配来马进、赵培洲等15名毕业生。所有工序和技术管理、领导岗位都有了经过院校培养，有特强作业能力和经验的技术骨干。"

在那个急需知识的时代，仅仅是15名专科大学毕业生来到这个名不见经传的单位就能使其"蓬荜生辉"。测绘专家、原航测遥感局总工程师，也就是局志中提到的1962年招进的大学生马进回忆说：

"煤炭部从航测室提供的成果看到了它未来在煤田地质勘探中发展的巨大作用，很快进行机构调整，成为部属的航测大队，也就是从归属西安煤炭地质局所属的一个科室成为部属企业，如果不是'文革'的来临，煤田航测的发展会是另外一个样子。"

"文革"排山倒海般地涌来，不是马进们所能阻挡得住的，也不是煤炭部所能阻挡得住的。在1966年2月18日煤炭部（66）煤字第025号文中我们还能看到煤炭部对煤航的期待：

"为使航空测量在煤田地质勘探中发挥更大作用，航测和制图厂改由西安研究所领导，继续承担全国范围的航空测量制图和报告印刷任务，其生产计划由基建办公室审定后执行。领导关系转移后，研究所对航测工作只能从各方面继续加强，不得以任何籍口予以削弱"。

这与其说是部级文件，不如说是给管理航测的西安煤田地质研究所的指令。这个指令保证了煤航健康发展，也使我们看到了煤航有了成果并得到煤炭部领导的认可。

这一年，煤航发展迅速，可谓是粮草齐备，但吹来的不是东风，而是"文革"的歪风。很快各级党的组织受到冲击而陷入瘫痪、半瘫痪状态，正常的生产、生活秩序遭到了破坏。两大派别的造反者为夺取那个向征权力的章子打得你死我活。大部分职工离队回乡避乱。著名航测技术专家、就是那个从部队转业过来的老军人藩传薪还没有很快地把他的科研成果全部用于他钟爱的航测事业上，就陷入了"群众专政"的囹圄批斗中。在一次连续批斗后，心脏病突发含冤去世；另外一个制印技术专家赵延伦则被关在冤狱里两年，倍受摧残。

一支高科技的煤田地质航测队伍处在风雨飘摇中。

继续未完成的研究课题

煤炭部一直关注着煤田航测遥感队伍的发展。1970年1月，煤炭部执行关于企事业单位下放的指示，将部属企事业单位分别划为部地共管，以部为主；部地共管，以地方为主；地方管理；部里直管四类。航空测绘大队被划为部直管不下放的事业单位。以煤炭部这一重要决定为标志，煤航开始以煤炭部直属事业单位身份走上了全面协调可持续发展的轨道。这个决定，对煤航人来说是重要的，他们感受到了来自上级领导的关怀。这时"文革"还没有结束，但是煤航人可以"抓革命，促生产"了。促生产不再是一件被批判的的罪状。按照中国煤炭地质总局局长徐水师的话说："这实际已经从试航阶段上升到了用于航测作业。这是个突破性的进展。"

这年底，煤炭部调来了邢二白、白子延，陕西省煤炭指挥部调入了卢炳午到煤航工作，很快又有军代表舒锦富进驻煤航"支左"，形成煤航"文革"后期的领导核心。失势的"闹派"们也不得烟抽，自然灰溜溜地靠边站了，那些被"造反派"打倒的"臭老九们"重新回到技术岗位，继续他们未完的课题的研究。

"文革"没有留下空白。已是测绘专家的马进这样告诉我：

"1974年10月，制订航测技术改造规划。根据煤田地质勘探对1：5千比例尺地形图和煤矿建设对1：2千、1：1千比例尺地形图的需求，煤航申请进口精密主体航测仪器23台（套），以提高煤炭航测生产能力，扩大航测功能。两年后，第一批进口精密航测仪器到货，实现了煤炭航测设备的大换装，到了1980年又进口30多台，设备技术达到了国际先进水平。"

马进说，那一时期有两个人在这里做出了重要贡献。

一个是从部里调来的任大队"革委会"副主任的邢二白。邢二白是个转业军人，爱岗敬业，不摆官架子，喜欢琢磨事儿。他到航测大队是肩负部里领导的嘱托，一定要把煤航打造成煤田地质行业一支高科技的野战队伍。高科技队伍的条件成熟，有那么多测绘专家，又有他们10多年试航研究取得的成果，现在需要更多的是了解国际前沿的航测技术。邢二白的用心得到部领导支持。

还有一个人也是转业军人，他就是领导成员石玉臣。石玉臣是个航测专家，是参与了试航室时期航测研究的成员。

有了邢二白的汇报，部里对引进航测先进设备很重视。责成进口设备处全盘考虑。航测在那个时期还是新生事物，就让煤航大队派人来帮助工作。邢二白就推荐石玉臣到部里帮助引进设备。石玉臣后来被煤航人一致肯定是为煤航发展做出过重要贡献的人。石玉臣的贡献就从负责精密航测仪器引进开始了。

那时，国家还没有改革开放，经济还很落后，物资还很匮乏，外汇还是用一车车大米白面，一车车木材，一车车煤炭换来的。批复可以使用，领导笔提起来沉甸甸的。他们慎重，是他们知道外汇得来不易。石玉臣提出的方案就必须是深思熟虑的，是可行的。石玉臣这个人身上有着军人的果断、坚定，也有知识分子的认真、精细，部里同事都很相信他，石玉臣提出的采购计划得到认可和通过。

可以肯定，精密仪器引进为煤航的后继勃发做好了准备。

1977年"文革"结束后，煤航做出了一个大胆的决定：集中了一批有科技创新和研发能力的技术人员专门从事研发。研发人员要有"官衔"。一把手石玉臣胆儿挺肥，在全国率先进行职称评聘，任命顾云芬、管海晏为队、厂工程师，陈光裕、利居仁、孟庆俊等12人为工程师、会计师，让专业造旨较深的知识分子在科技研发、管理中发挥优势，虽然也有些风言风语，很快被煤航人"用科学"的热潮淹没了。

50年太久，只争朝夕

煤田地质测量是繁重的、艰苦的。煤航工种分为野外、野内。野外是野外测量，野内则是把野外测量的数据、坐标标注在煤矿设计图纸上。怎样加快地质勘探队把煤田储藏成果标注在平面地图上，已成为制约煤炭生产发展的瓶颈。测绘专家陈光裕告诉我，50年代，国家航测都由空军完成，这是国家安全需要。60年代，中国民航有了通用航空进入航空测绘领域，用于森林防火、防灾、航测摄影。随着煤炭业的急剧扩张，国家要求尽快完成大部分地下储藏量的评查。地下部分由勘探钻井队完成，地上部分是由勘探队员一步步量出来的。煤矿设计开采必须依据野外队员常规平板绘制的矿区周边河流、村庄、山坡、甚至坟墓、树林图纸，这样的图纸需要大量的人力物力，而且一年也只能完成三四十平方公里的勘查才能提供平面精准的地质报告

航测局积极整合内部资源和社会资源，中煤地航测遥感局已成为我国地理信息产业界的领军企业和国际知名企业

用图，这个图为煤矿建井、生活区设计提供了依据。在每年煤炭部的计划工作会上，各地煤炭管理局询问最多的问题，是什么时间才能把精准地质报告图交给他们用于设计。实际上，一个矿区建立从详查、精查到矿区设计、生产一般要在10年左右，再想提前各种条件无法满足。按照当时工作速度计划，把已经发现的全国大煤田精准地质报告图全部完成要用50年时间。

显然，这一结果不能令人满意。

50年太久，只争朝夕。

陈光裕认为，这时航测提供的都是1：5万比例尺的航图，显然跟不上煤炭生产需要。这也是煤炭部对航煤大队给予关注的理由。

国家现有的地理地图都是1：5万的小比例地图，开采煤田需要的是1：1万，甚至是1：5千，精准的还要到1：2千。1：2千大比例的概念是地面上的物体你能看到一棵树，一个电线杆，一辆奔跑的小轿车，就连小轿车上的车牌号都能看得清。大多数专家反对这样的设计，认为中国目前的科技能力、科学手段达不到，航测领域领先的国家苏联都没能达到。理由很简单，苏联最大比例尺只有1：1万，我们怎么可能达到1：5千甚至1：2千呢？这是天方夜谭。

航测大队的主要领导被调入京。煤炭部领导交待了任务：不可能也好，做不到也罢，你们回西安就是要锁定这样的目标。

其实，航测大队从60年代开始走出试验室，就向1：5千大比例尺挺进了。这需要集体智慧，多部门的完美配合：先是航拍下来的图片在内野进行技术处理，也就是航拍出来的大比例图像交给室内野调队，室内野调队要把航拍图像编辑、分析还原成视觉图；野外作业队背着仪器到航拍不清楚的实地进行测量，再把地标标在航拍图上，这个图就是指导矿区建设的图纸。

煤航人已经对大比例尺的航测图研究有了实质性的突破，这一技术应用走在了世界同行业的前列。因为"文革"的来临，减缓了他们的研究进程。

"文革"结束时，铁道航测解散了，水电航测解散了，煤炭航测队伍在部里的支持下还存在着，虽然科研受到了破坏性的冲击，却没有中断，"文革"后期，他们在很短的时间内就恢复了科研。在这之后的5年里，煤航人骄傲地宣布，他们完成了常规测绘50年才能完成的任务。这使行业人大吃一惊，随后为这一成果三呼万岁。

航测专家陈光裕分析道：

"有这样的结果，一是得益于专家的贡献。'文革'前后，国家测绘局解散了，煤航接受了大批专业人员，他们中许多人是国内航测方面的专家，他们代表着当下航测的先进技术和理念；尽管'文革'中被批判、被冲击，大部分人都在坚持自己的研究；二是煤炭部从成立航测试验室时，政策就向试验室倾斜。在外汇如此珍贵的年代里，煤炭部引进司还是派145厂的人出国考察。而其它部委大多是一笔资金分配多处，煤炭部却攥紧了拳头，把有限的外汇集中给了145厂，这使145厂的航测拥有世界一流的设备。有了那么多专家学者，又有国外先进设备，145厂如虎添翼，为腾飞创造了条件。"

到了1976年，国家测绘局恢复了建制，测绘专家王尔琢到国外考察回来，又来到煤航考察。这时的煤航在国内有了很好的名声，在航测技术上有了明显的突破，并且运用到了煤田制图上，减轻了野外队的负担。"文革"复出后的王尔琢心头一振：我们千里万里到国外去考察，一拨拨人，需要花费多少国家外汇，我们是在舍近求远。煤航的设备是行业中最好的，他的科研成果一点不比国外差。回到北京，他告诉要求到国外考察的单位领导："你们到国外考察，不如到煤航去看一看，他们拥有国外最好的设备，他们的航测技术也是一流的。"

煤航的航测成果引起行业专家高度关注，煤航大比例地质图做到1：2千，1：1千，那些原先根本不相信的专家到煤航转悠一圈，回来也都认可了王尔琢的评价，后来出台的大比例图的国家标准就是参考了煤航的经验。

煤航也迎来了属于自己的科技春天，就在这一年，煤航的大比例地质图获得国家最高科学技术一等奖。这一奖项代表着大比例地质图成为前沿科技的成就。在煤航采访时，我看到了这张并不精美的奖状被精心保存在他们的荣誉室里，我以为它更深层次的价值是留在煤航人的心里，他们引以为骄傲，同时也是他们向更高目标冲刺的起点。

在西安的碑林区我们感受到了他们的努力，看到了他们的丰硕成果。可以肯定地说，煤航一直在领跑着行业向更高标准奔跑，不管你赞成也好，反对也好，煤航以它的软实力为煤田地质的发展做出世人肯定的成就，从常规测绘到影像制图、数字化制图走在了全国同行业的前面。

现在，他们每年完成几百平方公里甚至上千平方公里的航测，把大比例尺的地形图随时提供给用户。他们的目光不仅仅锁定在煤田系统，还在更大范围内搜索目标。他们相信铁路、城市规划、建筑业规划都会给他们提供更为广大的发展空间。

煤航同样在上世纪90年代末，随着煤田地勘业的萧条而走到低谷，长时间看不到上升的迹象，相对而言，煤航的低谷可以用发展缓慢来形容，而不同煤田地勘的低谷，已经到了无米下锅的困境。按照张文若局长的话说："煤航的发展虽然相对平稳，而且也有了被同业人认为有较好的业绩。但是，煤航的产值来自煤田地勘业的几乎没有一单，都是跳出煤勘在其它领域开辟市场获得。老局长徐水师上任后，推波助澜地把煤航大跨步向前推进了，没有被煤田地勘业现实所连累。"

走出来，缩短与西方之间的距离

走出去，煤田地勘人把目光瞄准了境外市场，他们要检阅自己队伍的能力，他们要缩短与西方大国之间的距离。

很快有一个信息传递给了中国煤田航测遥感局：巴西航测工程，联合国项目在世界范围内公开招标。

这个信息打动了煤航人。

他们很快注意到了项目难度，是国内没有遇到过的。巴西地处大西洋彼岸，是世界上离我国最远的国家之一。中标的工程又分布在距圣保罗千余公里的巴西东北部尽头，位于南纬3°～12°之间，有干旱炎热的荒芜地带，也有崇山峻岭和原始森林区域，测量基础极为薄弱。还有一个难题：缴纳75万美元的履约保证金。200余人的旅差费和生活费全部自筹。没有200万美元别想签约、履约。按国际惯例，这类工程的赢利一般只有12-15%。在如此艰难困苦的条件下，谁能保证不赔？

在国际大市场上中标，固然是件好事，但决策者们不能不反复论证。煤航人把他们的思考向主管上级国家科委、中煤总公司和中国煤田地质总局领导做了汇报，得到的是支持和肯定答复。最后的决策是：投标！

巴西、美国、加拿大、澳大利亚、荷兰，中国国家测绘总局、中国煤田航测遥感局15家报入竞标行列，国外参加竞标的都是世界知名的地质勘探大公司，足以吸引地质界的眼球。

煤航人怀着投者必得的信心参予了1990年10月确定的国际间竞争。经过第一轮激烈角逐，巴西工程业主和世界银行组织授于7家最终投资投标资格，煤田航测遥感局和国家测绘总局名列其中。

获得投标资格后，要熟悉招标环境，适应国际投标方式，保证投标质量，提高中标机率。煤航局专门成立了投标工作组，组团赶赴巴西招标现场考察，跋涉9600公里，踏勘全部招标的测区，酝酿施工技术和作业方案，选择争标区域和计算工程造价等。在此基础上，分专业对口研究标书诸项条款，制订施工方案，核定工时，计算标价等，在短短一个月里，先后编制出便于选择的三套标书方案，封递巴西首都巴西利亚。

标书发出不久，在巴西利亚公开招标，当场进行标书答辩，排定标书顺序。结果出来了，中国煤田航测遥感局、美国芝加哥公司和巴西联合公司各中2个单元。煤航局中标价与国际工程经验丰富的美国芝加哥公司极其接近，差价均在5%左右，最小的只差0.15%。

在国际大型航测工程投标中标，以往连作梦都不曾想到过，而今却成为现实，怎么不让煤航人兴高采烈呢！大批工程技术人员将走出国门，到巴西那片蓝天下，去测绘异国大地的蓝图。

1990年12月初，第一批7名赴巴西人员，登上飞往香港的飞机然后转航飞向巴西。他们没有西服革履，为省下国家不富裕的外汇，能携带的不再托运，副主任工程师李河舟自嘲是"国际民工"。

在之后出国的20多批人员中，因海湾战争途中停飞、日航的百般刁难和仪器被检查、被扣留，途中吃不上饭，喝不上水，倒是大家始料不及的。

巴西全国没有正规铁路网，煤航人赶乘"大巴"昼夜不停地行驶52个小时才到达目的地，眼红，腿肿，才知道这出国也非易事。

赴巴西的工程技术人员185人，以煤航局为主体，邀请加盟的陕、川、黔、苏、鲁、皖、湘煤田地质系统测量人员以及武汉测地所的部分技术专家，组建成巴西工程野外作业的第二、第四工程处。就从这年11月开始，陆续到达巴西的两个集合地：巴依亚洲的萨尔瓦多和伯南布哥州的累西菲。巴西测量工程业主INCRA按标书约定，审确合格后，下达了开工指令。

施工环境十分恶劣。放眼望去，山峦起伏，千沟万壑，在原始森林和草丛中，生长着比树还高的"仙人掌"，碰上去便被扎得皮破血流；马蜂巢挂在树干上像小磨盘；毒蚂蚁窝大的象小土堆；碗口大的毒蜘蛛到处爬来爬去；跟墨林绿草一色的毒蛇常盘在树于上、趴在草丛中，如果有谁"侵犯"了它们，便会疯狂地向你扑来，让人望而生畏。若不是煤炭地质人踏遍无数山川荒野，身经百战，一定是望山兴叹，寸步难行。

陌生的国家，陌生的山林，陌生的人群，陌生的语言。在陌生的土地上，在200天的时间里，测出67000平方公里的指定数据，需要付出怎样艰难的努力。

1991年5月，正是地处南半球赤道线附近巴西的雨季，时而大雨滂沱，时而阴雨连绵，一连几天不开晴，让施工的中国煤航人员体会出了什么叫"峥嵘岁月"。

清晨，驻在累西菲市区第四工程处人员集中在办公室等不及大雨的停歇。主任工程师吕和平看了看窗外，又在每个人脸上打量一遍，无奈地说："各位，没办法了。"陕西煤田物测队来的赵同生、陈新彬背起仪器包，毫不犹豫地钻进了雨中。测完各预定测点时，天色已黑。他们用对讲机，不断与山下汽车取得联系，连滚带爬地下山钻进汽车时，夜幕降临了。汽车在山间小路爬行，凌晨4时才回到住地。赵同生大腿根里侧，已经被湿裤子腌肿、磨烂了。他还要向往常一样去整理测量记录，检修仪器。打个盹儿，跟大家一起吃早饭，早上6时又准时出发了。

二处要到一座山上做水准测量，又是细雨绵绵的天气。贵州煤田地测队的裴传辉处长，要求参加这场突击战。他说："我正年轻，跋山涉水是我的特长，我怎能不上去呢！"

山并不高，沟岔被原始灌木林覆盖了，人只能在灌木林间穿行。一条6公里的山路，竟然爬了3个多小时。雨衣早已不管事了，浑身上下都湿透了，没谁叫一声苦，坚持测完最后一个点才走回山下。

一件意外发生了：余建平处长带领一支分队，来到巴依亚州的一农场进行控制测量，突然跑来几条彪形大汉，不由分说地将余处长拉走，并抢夺作业员手里的仪器，说什么也不让他们埋设测量标志，强硬地阻止施工。余处长也不知底细，只能操着临出发前学的几句葡语，并反复地打着手势，说明是来给他们找水源的。农场是农场主的私有土地，因为15年前巴西搞土改，分过他的农场，现在有人在他土地上埋设标志，以为是又来分他的土地了。几个彪形大汉闹明白后，才放了人，还了仪器。

在整个外业工程接近尾声的时候，二处决定联测巴西国家D.V"大地点"，以确保最后成图的精度。"大地点"埋设在海拔1200米高的一座M状山的主峰上，相对高差800米。

整个山脉被原始森林覆盖，连一条上山的小路也没有，原有的那个"大地点"，是巴西军方在1969年动用直升机将人和仪器吊到山头

航测遥感局拥有世界上最先进的数字地图生产设备和软件，图为该局中标北京数字奥运工程项目图

测设的。

这个被称为"绝顶"的山峰，他们多次组织突击攀登未果。大家一合计，遂决定赖百炼、张培宏、赵宏、吕亚军、庞玉哲等年轻的工程技术人员，组成青年突击队进行攻坚。

凌晨4点，突击队借着朦胧的月色，沿着崎岖的山沟进发了。3个小时后到达主峰脚下。抬头仰望，山峰插入云霄，一群老鹰在山坡上空盘旋，树林里不时传来的兽叫鸟鸣，胆小的人不由得毛骨悚然。

当年的年轻地质队员赖百炼回忆道："为赶上在中午12时接收到卫星信号，突击队员们不敢懈怠，各自背起10多公斤重的行囊进入森林。遇有绝壁拦路，队员就组成人梯，先把身手灵巧的队友举上去，解下腰带接在一起，把仪器一件件吊上去，再一个个地攀着那条长链翻过绝壁。 经近8个小时的艰难跋涉，终于在指定时间登上了主峰找到'大地点'。队员放下行囊，架起仪器，紧张地进行观测，又在'大地点'的两公里处加测了两个像控点。拿下了巴西野外测量工程的最难点。"

下午5点钟，森林里已是漆黑一片了。他们借着透过林木的惨淡的月光，摸索着走下山来。每走一段路，还要爬上树梢，观察一次山脚下的"灯塔"，确定行进方向，直至晚上9时，方才返回到山底。驻地市长罗伯特先生，得知此事，感到十分惊讶："我们巴西人用飞机才能上去的山峰，你们中国人居然徒步上去了，中国人真了不起啊！"

前后一年多时间，这支两百名的中国遥感测绘队伍，踏遍了巴西东北部五个州域的山山水水，为巴西绘制出2300多幅大地蓝图，倾注了他们无以计数的智慧、辛劳和汗水，也播下了中巴人民友谊的种子。

走出去，是煤炭地质人的必然选择。煤航人走在了前面。巴西测绘工程中标只是他们走出去的开始，以此为出发点，把队伍融入"国际化"的地质大市场中去。前车有鉴，后车有辙，这是煤航人的贡献。

在煤航局送我的文件中，一份关于1997年香港行政区的航测项目总结引起我的关注。这个工程是香港回归后跨世纪的重要建设项目之一，煤航人以其自身的高科技优势和雄厚的技术实力，力挫英、日等国际强手，一举中标香港西北铁路航测工程。

香港西北铁路航测工程线路全长53．5公里，面积约40平方公里，在这看来并不算大的测区范围内，却需要埋下250多个铁路施工所必需的基础控制标志，施工测量达到一等精密水准高程。测区内需布设1200多个平高全野外像片控制点，461幅1：500三维多功能电子地形图，用DPS进行航空数字影象制作，通过GIS工作站严格精心地进行图形、图像的编辑处理。这些在国内外大比例尺航测史上是前所未有的，只有采用现代测绘高新技术手段和设备才能完成。

他们来了，住在一个叫元朗元岗新村不足160平米的三层旧宅中。煤航20多个工程技术人员，包括煤航集团总工宋德闻、测量专家任为民、高工马进、孙存平、姚思汗、刘玉奇、电算加密专家张世远、沈祖敬，我敢说世界上不会有这么狭小空间里集中了这么多专家的住房。早晨，野外工作队员就从这里出征，带着沉重的测量用具，进入作业现场；华灯初上，拖着一身疲劳和汗水，又回到这个三层楼的旧宅中，他们要完成的是香港西北铁路航测工程。

基础控制点的前期选点埋石是工程的首要环节。年过半百的测量老专家、年轻高工一起对测区地形条件仔细调研后，确定了合理高效的布点埋石技术方案，按期把250多个基础控制测量标志埋设在一栋栋高楼顶，一座座山头上，一条条道路边。这是煤航人精心镶嵌在香港西北铁路上三维空间中永不消失的路标！

10月本应是秋高气爽，1997年的秋天却是阴雨连绵。由于天气和空中管制等多种不利因素的影响，航空摄影工作迟迟无法完成。煤航队员一次次把GPS导航系统架设在高高的大帽山上，期盼天空出现奇迹，却一次次被变幻无常的乌云暴雨赶下山来。航摄机组在深圳机场待机长达两个半月之久，航测工程最急需的基础资料——航空像片到年底才送到香港外业现场，比计划时间晚了两个多月，只有及时调整工作计划才保证了外业测量工作的顺利开展。

　　九龙、荃湾、元朗、屯门、上水，高楼林立，遮风蔽日；石岗、锦田、粉岭，山峦起伏，深草密灌，有限的平坦地带又挤满了大大小小的屯围乡村。测区成带状跨越密集的都市乡村、山岭沟谷，测量队员整天在高楼大厦、野草灌木中穿梭。尤其精密水准路线大多沿道路布设，滚滚车流给水准测量带来极大困难，队员不得不穿上黄红条纹标志服。精确的观测数据几乎从车流缝隙中去确定。高工刘玉奇每天都得为此做周密细致的施测计划。水准测量队员们配合默契、团结协作，一尺尺、一步步在三百多公里的水准观测路线上，把二百多个水准点连成了串，串成了网。

　　GPS大地测量点位大多分布在高楼或山顶上，每天每台GPS接收机组都要进行四至五个时间段的卫星观测，多数点位要重复观测三四次。为了精心部署最困难点位的观测作业，GPS总指挥孙存平，白天在野外作业，第二天的工作要安排到深夜。大早，带上几片药，背上一壶水，和年轻队员登上了50层高楼顶上。队员惠京海背着仪器，沿着山边的铁丝网前进了100多米，找到一个小小突破口爬过铁丝网。他穿过一片密林，展开手中的图纸，对照周围被高高灌木和密密杂草覆盖的严严买实的地貌，仔细判读某点位所在的山头。这里本无路，他顺着灌木稍显稀疏的地带往上爬，灌木深密，遮住了太阳，他用双臂豁开灌木为自己开出一条通道。两个小时过去了，前方终于出现了熟悉的目标。再看自已半截裤腿没有了，膝盖处血肉模糊，衣服袖子撕开几道口子，胳膊、腿上和脸上一条条血痕，拿起报话机，呼叫远方山峰上的同伴，得到总指挥孙存平发出开机的指令，4台机组同时锁定了卫星信号。

　　在香港西部乡村中一座座高墙深院架设着蓠栅、铁丝网，一群群狂吠吼叫的恶犬，构筑成了一个个神圣不可侵犯的私家堡垒，为测量队员的野外工作布下了一道道难以逾越的障碍。在城区，一栋戒备森严的私家大镂，不得内进的私家地盘，把测量队员拒之门外，难以听懂的地方方言也给大家工作带来诸多不便，测绘和野外数据采集工作常常因此受阻。曾有一次，在私家酿造厂院前作业时，高工张世远险被投入酱醋缸溺死。他们还要常常花费大量的时间，三番五次地通过电话、文件传真与地方政府和居民协商、交涉、预约。

雨季到来，野外测量最是艰苦。一天经常下五六次大雨，两个控制测量组常是听着雷声出工。出测时，云层间还许露着太阳，刚架好仪器却是大雨瓢泼，仅有的几把雨伞都用来保护仪器，而队员们的衣服干了又湿、湿了又干，不知被雨水浇透过多少遍。晚上归来，队员换下湿衣就分头检查观测手薄、计算观测成果。

九广铁路公司西铁部对煤航人在香港西北铁路航测工程中每一阶段的工作进展、每个环节的质量管理，都进行了严格的监控。西铁部曾先后两次组织技术总监、质量管理专家对煤航人航测工程的各个工作环节进行检查，均表示满意并给予了很高的评价。

经过十多个月艰苦紧张的工作，煤航人完成一、二等GPS大地定位测量点位、精密水准网、平高全野外像片控制点、高精度地形特征高程点、全区DPS航空数字影像、三维综台电子地形图、三维DTM基础数据文件和数十份综合技术报告。

外国技术专家对煤航人的成果感到惊讶，他们认为煤炭地质人能制作0．25米等高距的三维电子地形图就是个奇迹。

煤航人在1997年的香港，创造了这个奇迹！

借壳上市

在煤田业四面楚歌声中，煤航"异军突起"，成为经济转型中成功的案例，创造了不多见的成功模式，但是煤航的成功具有不可复制性。除了煤航人舵手徐水师和徐水师的继任者张文若精准地把握这只同样被计划经济所累的大船的方向，还有他们多年积累下来的经验，两个原因熔合发酵产生出了结果。

煤航的成果被中国煤炭地质总局高度关注，它是"黑暗"中一颗闪闪的明星。但是，徐水师们看到的是更远前景。他们知道，只凭目前的资金还难有更大的运作。他们想到了资本，有了资本你才可能有更大发展空间。资本运作是个大思路，得到总局领导支持和肯定，这个想法也得到了省长程安东的支持。煤航属中央驻陕单位，发展步伐快了，对省属企业也会是一种良性的拉动、提升。

程安东省长是煤航资本运作的积极推手。但是，当年国家对资本运作管理很严格，对每个省企的上市都有若干条件和限制。煤航没有独立上市条件，必须"借壳上市"。"借壳"是当年流行很泛滥的经济领域里的一种经济运行的形式。也就是说，利用现已有上市条件或已经上市的企业，与之联姻，实现企业联营，资产重组，形成新的上市公司。陕西省人民政府促成的是煤航与当时省内最大的百货公司百隆联姻组成新的集团公司。煤航在退市后的报告中这样写道：

"为了做强做大煤航地理信息产业，1997年煤航集团成立伊始，就着手实施股份制改造及上市筹备工作，目的是通过上市转换企业经营机制，实施规模化经营，以及利用资本市场拓展企业融资渠道。为此，先后多次向中国煤田地质总局、原煤炭工业部和陕西省体改委汇报直接上市的设想，尽管当煤炭部和陕西省政府为此专门在西安召开协调会，但最终由于上市指标所限双方都没有给煤航集团上市指标。后来，在煤炭部和陕西省体改委的建议下煤航开始探索'借壳上市'的路径，经过反复调研和论证，最终选定了陕西百隆（集团）股份有限公司。"

"百隆"是我国较早进行股份制改造的国有企业，1996年4月30日在上海证券交易所上市，主营商业，兼营外贸、旅游、餐饮、房地产等，属商业板块。由于是国有企业整体改制包装上市，百隆内部遗留问题很多，加之九十年代末，商业普遍不景气，导致公司效益连年下滑，他们也正在寻求能够使经济效益得到扭转的路子，有强烈的重组意愿。选定"壳"资源后，1998年初聘请了财务、证券方面的专家和律师通过与百隆集团原多家股东协商，采用协议转让的方式，先后于1998年4月15日，受让了长安信息、深圳莱英达、西安解放等17家公司持有的百隆集团1432万股法人股；4月23日，受让了浙江中联、陕西证券等4家单位持有的1073万股法人股，以累计占百隆集团总股本28.17的持股数成为百隆集团第一大股东。

改制上市作法是正确的，改制上市也是成功的。这是煤田地勘业摆脱计划经济体制的一次尝试，它使整个煤田地勘业为之一振，中国煤炭勘探总局领导在低谷的煤田地勘业看到了希望，他们也在想借着煤航上市的星星之火，在本行业形成燎原之势。但是上市的百隆公司虽然运作了，经济形式依然是缓慢的增长，这是在账目上我们可以看到的。而这样的增长，或因为经营模式的缺陷，或因为经验严重不足，虽然引来先进的资本运作方式，却未能掌握西方人用了数十年打磨出的上市公司的管理模式，美好的愿望被存在着的巨大的经济风险中包裹着，发酵着，只是还没能力来解决它而已。当煤航的那只脚踏进联姻整合上市的时候，煤航的危机就已经开始出现了，这时想拔出陷入泥潭中的双脚已经不可能了。最为明显的是，百隆公司在与煤航资产重组时，把趴在账面上实际上是等着发放的养老金三千万归类百隆的库存资金，而百隆公司非常清楚这笔资金的用途，也不敢随意挪用。仅此还不是煤航黑夜的来临。做为大股东的百隆没有做好上市的心理准备，也没有演习好上市管理上的操盘，在他们得到上市募集5千万的资金后，对这笔天降下来的资金，并没有进行资本运作，而是四处开花，发展了一百多家分公司，每个公司都注入相当的资金，当二股东的煤航发现这一严重的违约运作时，这些公司大都消失得无影无踪，再查下去有的纯属子虚乌有。还有一个致命的上市公司的大忌，为多家公司担保。担保是一种信任，更是一种责任，这又使百隆的担保成为巨大的债务负担。

百隆的优势看到了，百隆的问题也暴露出来了。煤航人冷静地分析对策，决定不能再背着这个沉重包袱腾飞。他们实行上市公司的重组，拨离不良资产，使煤航专业公司能不受其累及而建立自己的一条宽广的大道来。

由于连续三年亏损，按上市公司规则，于2005年9月20日退市。

大船，开足马力前行

大彻才能大悟，煤航人经过了长长一段深层次的思考，这样的思考是艰难，他们必定是在现实的基础上进行决断和考量，必须有否定之否定这样一个哲学论断的过程，进入21世纪的门坎，张文若和他团队领导煤航东山再起，历史在这个时间里划出了圆弧。张文若看到了发展的高潮即将到来，已成为海岸线上升起的一轮红日。但是他却冷静地思考，煤航面临着今非昔比市场环境，不是一家独大，而是百船争流。过去的光环永远不会光临，现实需要做出的每个决策都可能要么成功，要么落在井里。

张文若见证和参与了航测遥感局文革后期发展的整个过程。现在，他掌握着这个方队的命运。他心中那团期待和传承的火在燃烧，他必须让它越烧越旺。人生总要做出些可以留下回味的地方。他不苛求自己获得了什么，他的全部心劲都在打造着航测遥感方队这条大船，让它开足马力向前航行，并自由地在这个充满暗礁险滩的大市场海洋里游弋。

每天，张文若的神经都像是上紧了发条，在高速地运转着，各种数据、每个信息、不同方略交融在一起，等着他做出抉择。有人说，他反应快，快到连秘书、行管人员每天必须跟随他快捷的脚步。他对工作充满着自信。他坚信，自信是对自己能力的肯定，是对未来充满希望。鲁建伟干事说，他会把一个月里的思考用半天时间传递给中层领导者，让他们跟上时代的步伐，也会随时给自己把把脉搏。他不允许中层领导者的思想停落在昨天的浅滩上。他要他们知道逆水行舟，不进则退的道理。

张文若把他领导的遥感测绘局比做一个绿洲，你无论从哪个角度看到它都是朝气勃勃，绿意葱茏，每个人都是园丁，都在执行着自己编制的计划，这一个个小计划汇成方队计划，千条小溪归大海，他掌握着方向。

张文若面对滚滚袭来的大潮，保持高度的警惕，他过滤每一条信息，他关注着行业的前沿，他订阅了十几本杂志，什么时候静下心来，他就翻一翻，他无暇也做不到通读，他会先看题目，只要让他眼睛闪亮的文字，他就会细细地品读，提升自己对感兴趣的问题深层次的理解。

张文若在总结上市公司得失成败时坚定地告诉我，至今他不认为公司上市是个错误。在那个年代，资本运作对所有经济实体来说都是新鲜的，通过资本运作，聚拢闲置资金做更大的项目，促进公司向高科技领域发展。今天，我认为借壳上市给我们提供上积极意义，给煤航带来发展的机遇，通过上市锻炼参与社会经济活动的能力，交了一笔学费，培养一批人才，现在我们已经平稳地退市，减少股民的冲击。

张文若告诉我，随着航煤的发展，他将在他的任期内完成航煤集团重组上市。

"当然了，我们的重组是全新的，不可能是十年前与百隆公司联姻上市的重复。其实，我有时会更多地接触资本运作专家，规范运作。目前已经有了多家合作的意项。"

煤航没有放弃独立上市的机会。张文若的信心来自煤航大踏步地发展。他要为煤航发展提供空间和机会。国资委领导也鼓励他："亏损不怕，资本运作总有亏盈。"

第十六章　社会责任

生命大于天，这是写在中国煤炭地质总局述职报告中的内容。他们组建的灾害抢险队以大无畏的勇敢精神、高超的勘探技术，成为国家安检局抢险救灾的一支重要力量，并逐渐被业内所认识。我们讲述的则是中国煤炭工程总公司大地抢险队的故事，它仅仅是中国煤炭地质各路人马的一支队伍。

这是一种不能推卸的社会责任

杜兵建，中国煤炭地质专家，因为多次做客中央电视台阐述地质灾害而逐渐被人们所认识。临近冬末，我在中煤地质工程总公司采访时，王真奉董事长对他赞誉有加，称"杜兄"是总公司的"大熊猫"，国宝级的。杜兵建的官衔是"北京大地特勘分公司"副总经理，微胖，戴着一副高度近视镜，温文尔雅。这样的形象让我无法与一次次救灾现场那个严肃的总指挥挂上钩来。王真奉告诉我，那时，眼前这个人是另外一副样子，惜言如金，每句话都是不容更改的指令，坚定，严厉，甚至有些霸道。只有在抢险结束，脸上才会恢复他的经典式的微笑。在一份资料里对"大地"有过这样的评语：

"'大地'是中国煤炭地质总局系统具有较强综合勘探实力的特种技术勘探施工企业，自2003年以来，北京大地特勘分公司发挥专业技术优势，在积极开展资源勘探和钻探施工的同时，认真履行中央企业的社会责任，先后参与了邢台东庞煤矿重大突水事故、宁夏白芨沟煤矿瓦斯爆炸事故、郑煤集团超化煤矿透水事故、陕西铜川陈家山矿难、包头壕赖沟铁矿、湖北利川马鹿箐隧道塌方和神华集团骆驼山煤矿透水事故等15次抢险救灾工作，精湛的技术、严明的纪律得到了铁道部、国家安全生产监督管理总局的肯定。"

1

这样的肯定是煤炭地质人引以为自豪的殊荣，表明他们在履行社会责任过程中做出了无可比拟的贡献。随着互联网络的普及，煤矿事故被推上了前沿。其实，在此之前我国煤矿发生的事故并不少，只是由于信息渠道的不通畅，传到社会上时已是昨天。现在事故发生时，新闻记者很快出现在前沿，他们推助社会救援过程浮出水面。任何懈怠、滞后行为都将被社会舆论所谴责，这要求国家安监系统必须组成数支随时能调动并进入灾害现场抢险的地质救援队伍，显然这样的抢险队伍必须招之必来，来之能战，战之则胜。国家安监局在数百支地质勘探队中物色、寻找。

"中煤大地"最早浮出了水面。

它真正引起国家安监部门注意的是在2003年。

2002年大地特勘分公司引进了我国第一台用于商业运营的雪姆公司T685WS顶驱车载钻机，经过技术人员的悉心研究，成功地掌握了这种设备的优势是定项钻井技术。当钻头向下伸去时，不是传统的灌进泥浆而是用风吹带出岩尘。这种钻井技术比常规钻进速度快10倍，过去十日打一口井，现在却能打出三口井。现代先进勘探技术在当年12月山西雁门关太大高速公路隧道首次施工超直井（从山顶定向钻通隧道）钻进中获得成功，从此在特种勘探的高端市场中占有了一席之地。

仅此"中煤大地"还不能引起国家安监领导高度重视，并被定为国家抢险救灾的专业队伍。

"大地"抢险救灾综合能力在2003年4月邢台矿务局东庞煤矿发生重大突水事故中得到了检验。

事故起因是，掘进机水平推进，竟然把一个地上储水池掘透了。储水以1450立方米/小时的流量灌进巷道。在巷道里施工的人向外逃生来不及了，刚好有一个上山的通道，有经验的采煤工人向高处撤离。地上通讯与地下通讯中断，地面立刻组织人进入采掘面救援。由于透水冲进采掘面，支撑巷面的支柱被冲倒。巷道塌陷，无法进入事故现场。半个小时后，国家安监局得到了事故报告，并要求东庞煤矿不惜一切代价救出被困矿工。东庞救援人员分析被困人员一定是在巷道一个采空地方，他们认定90%可能会在某处。现在，他们急需外援，打通与地下的联系，了解被困人员情况以及塌陷面积。那次事故有12个人被捂在矿道里。

接到命令的王忠勤经理正率领勘探队在山西泌水煤气田施工。王忠勤被总局要求放弃正在施工的项目，赶赴事故现场。顶驱车载钻机是可以移动的，灵活是被选中抢险的条件。施工一半的钻井撤离设备就是报废井，经济损失是巨大的。生命诚可贵，一切皆可抛。随着王忠勤一声严厉的"启钻"的吼声，车载钻机驶离现场。日夜星辰，在规定的24小时内赶到事故现场。

安监局领导到达现场时，"大地"抢险队也几乎同时到达了现场。

72小时是抢险的最佳时间，大地抢险队很快投入作业。

大家都把希望的目光盯在"大地"抢险队队员们身上。他们知道"大地"抢险队是中国煤炭地质总局勘探队伍里一支作风硬、技术力量强、设备先进的劲旅，他们在全国首创过地下水平钻头对接成果。

杜兵建随抢险队到达事故现场。他回忆说，技术人员面对的难题是井底巷宽只有3米，井深580米，这就要求施工人员从地面打进巷道的井孔不能偏离巷道宽度，这个精准度早以超过国家钻孔误差标准的

中煤地质工程总公司在矿山抢险工程——骆驼山煤矿救援施工现场。

数倍，最先到达的某著名救援队钻头并没打到指定位置。"大地"抢险队队员压力很大，不敢有哪怕是半米的偏离。

王忠勤、杜兵建和他们的团队在很短时间内讨论出以定向钻进技术解决快速探查及时治理新方案，因为他们知道哪怕延误一分钟，对矿工兄弟的生命都可能带来威胁。

地下水平钻头对接成果显然在这里发挥了作用。顶驱车载钻机启动，它以强大的力量向地下掘进。钻头掘到400米时碰到了中空的声音，这是采空巷道的回声，并且很快从地下传上来敲击钻杆的声音。巷道里的人还活着，上面的抢险人员紧张的脸上轻松了许多。他们从钻孔放下一支电线，用以与地下被困矿工的通话，麦克风却传不上来声音。他们换了一种方式，用一个香烟盒大小盒子装进纸条传递，了解被困人员现状。地下有人饿昏了，地面上输送了牛奶，沿钻孔徐徐送进巷道。安监局领导对"中煤大地"快速、准确的钻进质量给予表扬。后来证实，"中煤大地"钻头伸到井底偏移小于半米。与同在一处施工的兄弟单位相比无论在质量、工期、还是在技术上都遥遥领先，抢救了生命，为国家挽回了巨大的财产损失。

在这场没有硝烟的战场上，时间是抢救生命的重要保证。我们看到煤炭地质人的社会责任感，他们不问代价，不求回报。更有甚者，是"中煤大地"人打通了生命通道，而在新闻播报中却被改成了另一个单位。煤炭地质人很是惊愕，但是他们没有争功，也没有愤怒，默默收拾好设备、行囊离开现场，奔赴未完工的施工工地。

煤炭地质人解释说，看到矿工兄弟能够活着走出巷道，难道还有什么比这更让人欣慰的事吗？他们用自己的社会责任感完成了一次事故救援，不辱使命，谱写了一个个感人的篇章。

2

2007年1月，勘探施工队进入冬季休整期，"中煤大地"各施工队都回到了涿州驻地，他们要洗去一年的疲惫，设备也要进行检修。开完总结会，新年即将到来了，队员们纷纷踏上回乡的路程。公司领导还没有放假，他们要抓住岁末尾巴，制定新一年的规划。张福强经理最先接到国家安全监督管理局的电话，让他们派出抢险队火速赶往包头，一个叫壕赖沟的铁矿发生了透水事故，此时井下有30多个矿工在作业面里，生死不明。

张福强最先把这个情况通报给了杜兵建、黄恒义。大家沉默了。因为过年，队上给员工放了假，路远的还在车上没有到家。即便让他们连夜赶回涿州，也是在一天以后。

张福强说，矿工兄弟的生命危在旦夕，抢救他们的生命是每个煤炭地质队员的责任，我们没有任何理由拒绝。但是，围绕钻机人员怎么调动，大家意见不一。队员大都分散在江苏、陕西两地。最后决定，所有参加抢险人员从不同的地方齐聚包头，减少集合时间，杜兵建率队运载抢险设备从涿州出发连夜赶往包头。争分夺秒，多一分钟，被困矿工的生命就多一份保障。

杜兵建带队赶到包头壕赖沟铁矿后，人不脱衣，马不卸鞍，立即投入抢险准备。"大地"抢险队队员也从各地相继赶到，他们中许多人是在火车上接到抢险指令的，没人埋怨，也没人骂娘。收拾行囊立马下车，转换去内蒙的火车，只用了11个小时，抢险队员全部到达指定位置。

安监部门领导很惊讶，看着队员们身上背着、肩上扛着大包小裹地站在面前，心里很受感动："你们辛苦了。"

队员们说："抢救矿工兄弟生命比什么都重要！"

此时，已有数支抢险队在作业，却因为地下情况不明而没有取得任何进展。

杜兵建了解到，壕赖沟铁矿是一家民营企业，他们在开采完第一层矿石后，又开采15米深处的第二层。开采铁矿与煤矿不一样，煤矿掘进面是严禁明火的，而铁矿可以用放炮作业开采。壕赖沟铁矿工人在放置炸点时忽略了上层采空区会形成为积水池。因放炮震漏的积水倾力而下，灌进了采掘面。因为地质资料的不准确，给施工带来相当大的困难。指挥部专家分析认为，水往低处流，人往高处跑，很快水的冲力就把支架冲塌，整个采掘面被截成几段，没来的及躲过急流的矿工被冲到下游没有逃脱劫难。放炮的七八个人在高处，他们唯一的选择是向高处转移，水头也会快速尾随逼上来，把他们逼进巷道头。水一定在向活着的矿工步步逼近，巷道面上的矿工没有力量自救，他们唯一的希望就是等待地面的救援。

因为地层破碎，第一钻打到270米没有任何动静，现场救援指挥部又布置打了第二个孔，这次准确地打到了巷道采勘面。地面喊话，地下没有任何回声。一般情况下，被困矿工听到钻机声音，会敲击钻杆通知上面，实现地上地下信息沟通，但是地下音讯皆无。指挥部判断地下矿工全部遇难。

"中煤大地"地质队员依然没有放弃抢救，他们请求指挥部在另一个地方打孔，果然有水从钻孔往上窜。这表明巷道里已经灌满了水，即便有生还者，也会在很短时间内被巨大的气压压死。7天后，抽干了地下水，果然如杜兵建的分析，许多人不是死于呛水，而是被巷道气压压破内脏。

中煤地质抢险队在壕赖沟铁矿整整干了7天。收拾完设备，队员们身体一下子垮下来了。7天里，所有参加抢险队员没有脱过衣服，身体没有沾过床板，脸上有了冻疮，嘴唇被寒风扯开了一个个小口子。他们心里很愧疚，没有抢救出被困的矿工兄弟。

但是在安监局的记录里，对中煤抢险队在壕赖沟铁矿抢险的表现给予高度评价：

"T685WS美1井队赶赴事故现场，施工现场的全体人员连续工作7天没有打开行李，钻机人员稳、准、快地参与了抢险井的施工。施工期间，队员们克服零下30度严寒的困难，累了，躺在地上休息一下；饿了，吃口盒饭。他们的行动深深感动了包头市以及国家安全局的领导，大家一致称赞他们是技术精、作风硬、纪律严的好队伍。中央电

湖北地勘倾情用心为北川地震遗址铸造安全大坝

完成的"北川老县城保护工作"重要区域"绵阳市北川羌族自治县西山沟滑坡群（泥石流）地质灾害治理工程项目"

视台焦点访谈栏目邀请杜兵建作客直播间。"

3

"中煤大地"在业内有了好名声，他们精诚团结、乐于奉献优秀品质在每一次灾难现场表现出来。这是一支被称为铁军的抢救队伍，也是一支以施工生产、创造效益为主体的勘探队伍，当灾难来临时，他们不计成本、不计报酬，体现了中国煤炭地质人的无私奉献精神。有人把这归功于引进国际一流的钻探设备，如车载顶驱钻机、无线随钻定向钻进、水平井对接，我更认为是由于人熟练地运用了新技术、新工艺，才能充分发挥设备的作用。

在杜兵建的日志里记录了2010年3月1日7时29分，神华集团有限责任公司乌海能源有限公司骆驼山煤矿发生透水事故抢险的全过程。骆驼山煤矿发生的透水事故惊动了中央高层，要求不惜代价投入抢险救灾。很快，全国各地的优秀施工救援队伍、先进的机器设备、各路专家从四面八方、甚至从国外赶赴救援现场。《经济参考报》称之为

"新中国成立以来最大规模的矿难营救"，这无疑也是一次空前的行业技术较量。

中煤大地特勘分公司接到国家安全生产监督管理总局的救援指令后，迅速组织精兵强将，立即从河北涿州、邯郸和山西寿阳等地紧急调运2台大口径车载顶驱钻机及配套设备，连夜顶风冒雪奔赴救灾现场。中国煤炭地质总局局长、党委书记徐水师亲自致电救援队要"不惜成本，全力抢险"，总经理王真奉、副总经理尚红林亲临一线指挥抢险。3月2日晚10时许，公司副经理刘永彬、杜兵建率抢险人员到达现场，连夜进行抢险设备安装调试。

这是个新煤矿，刚刚打出主巷道。煤层倾斜角度较大。按照煤层开采规律，先打出主巷道，一支由此向下山采掘，另一支向上山采掘。上山的矿工采掘到300米时挖塌了陷落柱地层。我查到采掘业界对陷落柱的解释是："陷落柱是地表通过到地下煤层处的熔洞，形成一个巨大的熔漏，一旦这个熔漏被捅破，陷落柱里面储蓄的水就会倾盆而出。" 分析骆驼山煤矿的陷落柱里面蓄水情况，是以每小时6千方米涌出。水涌来时，人必往高处走，有水就会有氧气，有氧气人的生命就不会戛然而止。"中煤大地"抢险队人机到位时，长庆石油钻井队、准格尔钻井队、解放军给水团等抢险队已经在骆驼山煤矿摆下了抢救现场。

摆在"大地"救援队员面前的困难是巷道600米深，巷宽5米。地质勘探标准在这里不适用了：钻头每伸下100米打偏在5米内为允许，按此标准打到地下600米处根本无法找到巷面。这是对地质队员精准技能提出的严峻考验。先到的一支钻井队一连打了6个孔也没有找到准确位置。所有的抢救队把希望眼光投到刚刚到达的"中煤大地"抢险队员身上。因为在此前多次联合抢险战斗中，都是他们化险为夷，被困矿工转危为安。

老杜们心里有底数，在多次抢险中，他们的钻机都像有固定盘星似的，都会打到指定位置，甚至没有失误过。因为老杜们在数年前就

361

山河作证

掌握了地下千米双项钻头对接技术，这个技术要求相差数百米距离两个钻头在地下实现对接，相差10厘米对接就会失败。

"中煤大地"抢险队果然不辱使命，于3月6日下午15时55分，采用口径为300毫米的车载顶驱钻机施工，最终在参加钻探的四支队伍中，第一个精确、成功地打到了巷道中心预定位置。神华乌海能源有限责任公司领导亲自到大地特勘救援队施工现场慰问全体员工，并赠送了"抢险救援，无私奉献"的锦旗。在转入实施井下涌水点堵水工程时，大地特勘救援队再一次成功地打入了地下412米深处的突水巷道预定位置，给抢险救灾赢得了时间，引起业界的极大关注。

在中煤总公司抢险救灾的档案里，我还查到以下部分记录：

2004年1月宁夏白芨沟煤矿瓦斯爆炸抢险救灾项目，全体职工冒着零下30度的严寒，在海拔2000米的贺兰山脉，创造井深304米当天开钻，当天完井（并保证井底位移质量）的单井钻进记录。在施工该项目时，创新应用了套管跟管技术，克服了地表回填虚渣无法成孔的技术难题。

2004年4月接到国家安全监督管理局郑煤集团超化煤矿透水事故抢险通知后，T685WS美1井队赶赴事故现场，全体人员连续工作82小时没有休息，钻机人员稳、准、快地完成了抢险井的施工，成功挽救了井下12名被困矿工的生命。他们的行动深深感动了抢险现场的全体人员，该项抢险被中央电视台新闻联播播放。

2004年4月接到国家安全监督管理局峰峰集团牛儿庄煤矿透水事故抢险通知后，美1井队迅速从山西晋城町店工地赶往事故现场，在小煤窑不能提供准确资料的情况下，利用定向多井底技术成功的打入2米宽的巷道，为堵水提供了有利的先决条件。在此次抢险救灾过程中，利用套管隔离方法和强行钻进的工艺实现了单井过4层采空区成孔。快速高质量的施工得到了峰峰集团领导的赞同和表彰。

2005年春节期间先后两次到陈家山煤矿进行抢险救灾，此次灾难得到了温总理的高度关注。全体职工克服了极度严寒和恶劣的瓦斯侵害，顺利施工了3口注浆灭火孔。使得国家财产损失降到最低。保护了井下救灾人员的生命安全。

2006年大年初二接到铁道部通知，美1井队迅速赶往湖北利川马鹿箐隧道事发现场，拉开了进军铁道救灾的序幕。大家克服了恶劣交通和南方潮湿的天气带来的困难。全体干部人都住在帐篷里，床板铺在地面上。大部分职工发生了水土不服的现象，在极其困难的环境下，克服万难，顺利完成注浆。其中2号井底位移仅0.2米。为成功排水复产做好了强有力的保证。

2007年春节接到国家安全监督管理局同煤集团煤峪口煤矿井下工作面火灾的通知，煤1井队连夜赶往事发现场。施工期间井队员工冒着零下30度的严寒，破解了穿越采矿区定向的技术难题，成功钻进到着火工作面，历时70多小时顺利注浆灭火。此次救灾得到了同煤集团领导的高度赞赏。地质总局徐水师局长等亲自到现场进行慰问，全体施工人员在精神上受到了极大的鼓舞。

2009年元月，接到国家安全监督管理局峰峰集团九龙煤矿透水事故抢险通知后。集合主要骨干力量迅速到达九龙矿。先后历时4个多月，调动钻机多达6台。此次救灾为大地公司投入人员设备最多的一次。突水点埋深都在1000米以下。通过6台钻机的紧张施工。创造了深度底板突水救灾的奇迹。该矿与同年10月份复矿投产。

2010年1月底接到铁道部通知，美1井队迅速赶往福建龙岩象山隧道事发现场。面对地表沉降以及钻遇串珠状溶洞的复杂地质因素，7个钻孔全部按设计达到指定位置，为加固破损掌子面，以及建立堵水塞提供了基础。该次施工得到了铁道部工管中心领导的大力表彰。

2012年8月，江苏省沛县封新庄铁矿发生巷道冒顶事故，井下矿工经过自救虽成功升井，但巷道突水淹没矿井，救援队接到救援通知立即赶赴现场，经过近一个月的救援钻探，冒顶巷道已基本充填，目前救援治理工作正在进行，预计不久将恢复生产。

......

杜兵建告诉我，他们最怕接到抢险救灾的电话，大多数灾害都是生命攸关，生死只在一线间，每次救灾后他内心都要数天平复。但是，他们即然承担国家抢险救灾任务，这是一份沉甸甸的责任，一份不容推卸的使命，他们必须随时准备出发，哪怕是在睡梦中。

山河作证

第十七章　大地质战略

现在——2012年，已是北京暖意融融的初春，人们脱去了厚重的冬装，一身轻盈地走在百花盛开街旁。中国煤炭地质总局的经济形势如用"盎然春日"来形容倒也是恰如其分。"今非昔比"的经济形势让徐水师局长忙碌着快乐着，这与十年前接任时有着不能同日而语的变化。那时徐水师局长忙的是怎么能让员工开出工资，让钻机轰鸣起来，现在忙是和他的团队研究总局如何长足发展，锻炼企业自身造血机能。他们把眼光放在总局10年、20年后的发展，那时他们中大都光荣退休，他们的理想是向继任者交接有着后劲十足的国有企业。这是一个国有企业管理者的责任。他们会对人生旅途中这一段经历评价说：我没有辜负煤炭地质人信任，我无怨无悔地完成了党赋予我的责任。

徐水师的大地质战略

徐水师和他的团队并没打造经济上的"神话"，甚至可以这样说，他们只是完成行业从计划经济向市场经济的过渡或者叫做转变，他们只是让钻井都能有力地转动起来，让地质队员冬日里有一个属于自己休养的窝，有一份还算厚实的收入。他们还必须随时面对可能出的意外风险，抵挡住10年前大环境带来的那种寒风刺骨的冲击，不能被击溃到连工资都发放不出来的困窘境地。这样的防范意识，我在徐水师2010年年度报告中找到了佐证：

"2009年是进入新世纪以来我国经济发展最为困难的一年，面对严峻复杂的经济形势，总局及所属各单位努力克服金融危机的不利影响，攻坚克难，扎实工作，确保了经济平稳较快发展，创造出了骄人业绩。"

这个骄人业绩就是经济持续增长，能表明这样增长的内容是一组实实在在的数据：

"年实现营业收入75.58亿元，经营收入65.48亿元，同比分别增长41.4%、40.8%；实现利润总额3.02亿元，同比增长58%；上缴国家税金2.29亿元，同比增长46.2%；国有资产保值增值率107.6%，同比提高1.5个百分点；净资产收益率10%，同比提高2.47个百分点，达到了同行业良好以上水平；资产总额较去年年初增加了19.2亿元，同比增长44.1%；去年4月，总局首次跨入了中央企业分规模排序的第三类，并位列该类48家央企收入、利润增长幅度排名中的第18位，此后快速上升，8月到11月已位列第7名。"

3年后，徐水师在2012年度的报告中向我们提供的数据又有了大跨度的变化："全年实现营业收入164.7亿元，同比增长21.9%；实现利润总额10.5亿元，同比增长24.5%；实现经济增加值5.73亿元，同比增长24.3%。去年，有7个经营业绩考核单位实现利润总额超过5000万元。其中，中煤地总公司实现利润总额4.22亿元，同比增长了312.8%；江苏局实现利润总额2.38亿元，同比增加了4700多万元。"

同时徐水师对10年的变化又用了这样一组数据表示："10年来，我们经济发展不断跨越，经济实力显著增强。通过转型发展，积极努力，我们实现了由以前单纯依靠国家事业费到市场创收、企业盈利的转变，增加了资本积累，提升了投资能力，扩大了经济规模，为发展奠定了物质基础。2012年与2002年相比，总局年营业收入由14.9亿元提高到164.7亿元，增长了11倍，年均增长27.1%；年利润总额由3827万元提高到10.5亿元，增长了27.4倍，年均增长39.3%；上缴税金由5233万元提高到6.95亿元，增长了13.3倍，年均增长29.5%；资产总额由31.3亿元提高到134.7亿元，增长4.3倍，年均增长15.7%。特别是2008年以来，我们积极应对国际和国内复杂的经济形势，变压力为动力，化挑战为机遇，坚定不移地推进了总局的改革发展。近5年总局累计实现营业收入523.4亿元，是前个5年的4倍；累计实现利润总额29.5亿元，是前个5年的11.4倍；累计上缴税金19.1亿元，是前个5年的5.7倍。从2010年起，我局实现利润总额超过了国家地勘费拨款，并开始上缴国有资本收益。"

这不是一组枯燥的数据，它让我们惊喜地看到，近10年来中国煤炭地质总局走出经营低谷，审时度势，高速地发展着自己，他们已不再依靠国家给项目、拨经费，把自己推向市场，在大市场的海洋里游刃自如，并且保持着快速发展，这就是央企对国家的贡献，对人民负责任。在骄人的数字背后，煤炭地质人付出了外人不知的艰辛、困惑、屈辱，他们用自己的行为践行了"顾客就是上帝，质量就是生命"的企业经营理念。

10年前徐水师把他在煤航局的改革经验带进了煤炭地质总局，那时还有人担心他用企业的管理方式来管理拥有十多个厅局的总局，会把一个系统带到深渊里。徐水师没有更多解释，他思考着怎样把数万人的队伍带出低谷，这是他的使命，也是不容推卸责任。10年后他领导的总局有了上上下下认可的结论。利润，一个以经济效益为中心实体追求的目标。每年都成几何数字的增长，这就是他要的结果。水文局党委书记刘军说："煤炭地质单位即使再出现上世纪八十年代末九十年代初那样的经济低谷，也不会让勘探队员进入下岗风潮。"这就是结果。功过是非，自有后人评说。

10年前驻在西安的煤炭航测遥感局有了风生水起的发展，让处于低潮的煤炭地质人刮目相看了。异军突起的发展使全国27个厅局级地质局也为之振奋。徐水师领导的煤炭测绘遥感团队的经验浮出水面，这个不善多言的领导者不仅让所属数千职工不为五斗粮犯愁，甚至还把总局所辖二级单位鼓捣上了市。在资本运作还是大多数煤炭地质人的遥想时，煤航人却快步迈入资本运作新领域。不管这样的运作成功与否，至少给煤炭地质人带来一股清新的风。这风没有停止在三秦地界，而在整个煤炭地质人中产生了久久不肯平息的反响。

煤航局的经验被高度关注了。

煤航局的经验能否用到总局呢？

时任中国煤炭地质总局局长的张世奎形容煤炭地质形势"四面楚歌"，但是他相信煤炭地质形势不可能永远处于低谷，反弹会带有一股巨大的力量，他对此充满信心。我们看他的脚步几乎走遍各省区局，甚至走到了大部分的勘探队部，与其说是考察不如说带给他们更多的鼓励、信心。"牛奶会有的，面包也会有的"。

张世奎行程的脚步停留在了西安，他去看煤航局的印刷车间、制图车间，他眼前呈现出火热的场面与整个煤炭地质行业形势大相径庭，而此时煤航的专业队伍也是四处出击，成为一支远近闻名的劲旅。在煤炭地质队伍为生存而厮杀中，煤航人主业没有退步，反面有了长劲。那个偏僻小路旁的红楼里彻夜亮着灯光，一群人在忙碌着，这让他看到煤航人在整个煤炭地质系统里闪烁出的希望光芒。要知道煤航人的竞争对手是挂着"国"字头的遥测队伍。显然，煤航人没有被对手扳倒。他肯定了煤航人集体智慧、努力、拼搏，他更懂得领导者的领导路线一定是正确的，有可圈可点的计谋与对策。有一位伟人就这样告诫我们："正确路线确定之后，干部就是决定的因素"。张世奎局长在与徐水师的交谈中，寻找这位刚刚40多岁的领导者的决定因素。那段时间，张世奎超负荷的工作已经在他肌体里种下病灶的种子，他时常感到头疼，吃点药压下去。他肩上的担子太沉重，12万煤炭地质人队伍的吃饭问题是他每天必须面对的现实，他需要有人和他一起承担压力。从西安回来，他心里就有数了。更让他兴奋的是，徐水师把煤航鼓捣上了市，这在当年是了不起的大手笔。因为那时几乎所有的企事业都面临改革的巨大压力。徐水师这个不善多言的局长给煤炭地质改革带来一股清新的风。

时代呼唤有头脑的领导者，漂亮的脸蛋换不来大米，长篇大论的报告换不来经济效益。陕西省省长程安东也看中了徐水师，有意把徐水师调进省府办公厅。对徐水师来说，这当然有着前程似锦的仕途。程省长求贤若渴，已经着手让组织部门履行相关手序。

张世奎局长不干了："自家的金凤凰怎么能落在别人家的梧桐树枝上？"

早就上报过调入徐水师进总局领导班子的材料。在陕西省任命之前的2000年某月，总局主管机构"国资委"下达调任命令，任命徐水师为中国煤田地质总局总工程师。这个任命太突然了，让徐水师一下子转不过弯来。煤航资本运作刚刚起步，千头万绪还需要捋顺了。张世奎局长早有这样的心里准备："任命先这样任命了，你还在煤航兼任党委书记、局长，新人带出来你再来总局担负重任。"

徐水师无话可说，党的干部听从组织安排。

90年代初期，那时徐水师还是"小徐"，学得是地质专业，在基层做"专业"如鱼得水，被煤航局局长石玉臣一眼看中，调来当秘书。老石局长性格急，需要一个办事稳当、扎实，有思想，有主见的年轻人来分担他的一些行政事务工作。老石局长果然慧眼识英才，小徐秘书工作有条不紊，老石局长的报告经小徐秘书的手就上升了高度。老石局长是个爱想事的人，有时就把自己的不成熟方案说出来听听他的想法，小徐秘书会非常得体地谈出自己的想法供参考。煤航印刷厂是个老大难单位，属于一直穿着皮围裙磨玻璃、捡铅字的传统工厂。计划经济时代大家都这么干，干好干坏都得给饭吃。进入改革年代，原来的工作模式受到了严峻的挑战，市场经济带来印刷业一派繁荣景象，而煤航印刷厂还在老路上缓慢地前行。老石局长撤换了12任厂长仍不见起色。印刷厂成了老大难单位，他着急呀。一说换厂长，中层干部都晃脑袋，谁也不愿趟这道浑水。老石局长是个有大智慧的领导，在办公会上讨论印刷厂换将议题时，突然提出让小徐秘书担任厂长。党委成员们一脸不解："局长，前12任都没干好，你让小徐秘书去接烂摊子，要把小徐秘书前程担搁了。"

老石局长说出他哲人般的思考："我相信小徐秘书能干好，干不好也有话说，前12任都没干好，小徐秘书也可能干不好。"

大家笑了："姜还是老的辣。"

小徐秘书变成了小徐厂长，上任后他才发现印刷厂有成堆的问题。最头疼的是班子不团结，一挂马车停止在计划经济的门坎内。人的工作是最难做的，可他第一步要做的就是人的工作，人的思想解放了，就会生出无穷的力量。一个印刷专家在"文革"中受过伤害，多任厂长认为他难合作，有的矛盾很深，厂里不能很好地发挥他的作用。徐厂长却发现这是个有主见、有思想的专家，只是性格固执。他与专家交流，倾听他对印刷厂发展的想法。专家激动地说："他们的做法是盲人摸象，我为什么听他们瞎指挥？"徐水师肯定了他对印刷厂的贡献，同时也要他体谅印刷厂的实际情况。徐水师说，自己是学地质的，干印刷纯属外行领导内行，请他这个专家为自己把脉。徐水师的真诚、恳切让老专家很感动。专家提出了许多有建设性的意见都被徐水师接受了。小徐厂长尊重了专家的意见，专家觉得跟这样的厂长干顺心。顺心了，自然会焕发出对工作的热情。

这些被老石局长看在眼里，心想自己没有看错人。

小徐厂长来找老石局长了。他开门见山地说："局长，改革开放了，印刷业发展速度很快，南方出现激光照排印刷，我们还在使用铅字排版，设备成为制约印厂发展的重要因素。"

老石局长问："你有什么好建议？"

小徐厂长说出他的想法："向部里申请。听说部里有专项基金，支持设备改造。"

老石局长说："是个好事，狼多肉少，就那么多有限资金，都在盯着呢，倾盆大雨怎么就会下到咱们这块地角上？"

小徐厂长认真地说："所以才请局长亲自出马，您是部里来的干部，人头熟，大家都尊重您。"

老石局长严肃地说："我可告诉你，咱不能搞歪门斜道那一套。"

小徐厂长早有预案："局长，咱是为国家分忧，为企业发展，没有个人的一丝私利，不能算不走正道。"

老石局长一听，说得在理。也就同意和小徐厂长去部里争取项目。老石局长亲自出面，设备处的同志就很重视，让他们拿出报告。老石局长很高兴，让小徐厂长抓紧提供方案。引进的是世界最先进的海德堡印刷设备和整套激光排版设备，当时许多印刷厂都没听说过。

小徐厂长是那种把什么事都想好再决定的人。知道使用外汇审批非常严格，他们提供的报告也必须尽善尽美。那两个月，他跟老石局长三天两头往北京跑。有一次他上午来京，当天赶回西安盖章，又做同班飞机返回北京，空姐认出他来了："您这是打'飞的'上下班呀。"

小徐厂长终于获得先进印刷设备的购置权。他选出有培养前途的青年去香港、深圳学习设备使用。很快他们就印刷出高规格的地图册，引起国内同行的羡慕。他们与日本合作的大尺寸的世界地质图，被同行一致肯定，还被国家科技部评为"科技进步二等奖。"

航测局印刷技术出名了，成为陕西省外宾参观的保留项目。西方人甚至不相信在中国大西北还会有这样的高科技印刷企业。

印刷厂成为局属效益最好的企业，小徐厂长的工作能力得到上下一致肯定。老石局长到了退休年龄，小徐厂长被越级提拔接了老石局长的班，成为煤田航测遥感局局长兼党委书记。不管是徐厂长还是徐局长，他仍然爱思考，喜欢倾听别人的意见，然后才会拿出自己深思熟虑的方案。

张世奎看中的就是徐水师的工作态度、做事风格。2001年，中国煤田地质总局已于两年前更名为中国煤炭地质总局。张世奎局长在此期间做了两件了不起的大事：一是总局没有在1998年随各省局下放，这年迁进了北京，归中央企业工委领导，并在丰台莲花池附近的小楼办公，领导着12万人的煤炭地质队伍；二是成立于50年前的煤炭地质局作为事业单位被保留下来，归属"国资委"领导，与世界500强的中石油、中石化肩膀一样齐，尽管产值与其比，还是大象与蚂蚁，但在社会上的地位同等重要。有了这两个条件，老局长诚恳地说："水师，你该到总局上班了。你看吧，用不了多久，煤炭地质的春天就会到来。"

徐水师很感动，这是个半生致力于地质事业的专家，在他身上体现着一心为公、全心全意的优秀品德。

徐水师到总局报到，任总工程师后又任副局长兼总工程师，同时还兼任航测遥感局局长、党委书记。徐水师到任不久，果然看到了张世奎局长期待的煤炭地质业萌动出的春意。对于他的到来，还有人担心，徐水师把煤航局当成企业搞。那是只小船好调头，总局是只零件老化的大船，把企业模式引进来，别搁浅触礁了。上级主管领导对这样的议论回答是："谁有本事谁就领着大家一块干。"徐水师不需要对这些议论解释，现在央企中石油、中石化都在走企业化道路，有了一整套成动经验，前车后辙，我们为什么不能紧紧跟随呢？

3

中国煤炭地质总局近60年来也是为国家做出了重要贡献。有文件显示，50年来，煤炭地质人共完成钻探进尺8000多万米，相当于钻透了一万多座珠穆朗玛峰，探明煤炭资源量13000多亿吨，占全国已查明资源储量的90%以上，其中可供建井利用的精查储量2000多亿吨，占全国已探明精查储量的90%以上。相继发现了榆神府、平朔、两淮、准格尔等100多个大型、特大型煤田。近年实施国土资源大调查、矿产资源补偿费等国家地质项目100多项，在东部等煤炭紧缺地区提交煤炭资源储量300多亿吨，采用新的地质理论和勘查技术，在云南昭通、山东梁山等多个地区发现了大型煤田和煤产地。煤炭地质工作的丰硕成果，为我国煤炭工业建设和经济发展提供了资源保障，使我国煤炭工业走在了世界前列。

为国家提供了煤炭资源保障，这是使命，这是责任，他必须紧紧牢记。主业依然是中国煤炭地质总局需要坚守的，没有主业，你对国家还有什么意义？在张世奎局长的支持下，他三天两头跑基层搞调研，掌握第一手资料，思考煤炭地质业的长足发展，煤炭地质业的腾飞。

老局长终于没有挺住疾病的困扰病倒了。2004年正月十五，徐水师和爱人回老家陕北探望父母，接到北京电话，让他马上返京。上级主管部门找徐水师谈话，内容是老局长身体出了问题，不能再履行组织赋予他的责任，这个责任就传承到了他的肩上，希望他不辜负数万煤炭地质人重托，副局长代行局长的职务，在老局长治疗期间，主持全局工作。这个突发而至的任命，让他从第7副局长一跃成为第一副局长，几个月后又去掉了"代"字，担任总局局长，2006年又兼党委书记。

他感到这担子从没有过的沉重。

徐水师去看望老局长，希望从前辈那里得到讨教。张世奎，这个敬岗爱业的老专家，承受了煤地系统最艰难时期的压力。从1997年起，煤炭行业出现严重的亏损，鸡西矿务局所属煤矿甚至连续46个月没有开支，大同矿务局提出的口号是"人人230，共同渡难关"，230元要养活一家子人呢。没有争辩的理由，局长和工人一律平等，只有共渡难关了。总局办公室副主任赵彦雄，1999年大学毕业分配到勘探地质局做秘书，第一个月工资是2730大毛，到了两千年时形势略有起色，工资才长到一千多元。与煤田相依存的煤炭地质业面临同样的命运，皮都没了，毛还能存在吗？中央财政拨款只够三分之一煤炭地质人的生活保障，而且中央规定确保离退人员的生活，僧多粥少，根本无法保障大多数人吃饭问题。张世奎体量国家的困难，他也能理解煤炭地质单位转行时基层的困难。体量归体量，还必须面对现实，接受并积极面对国家体制改革。不改革肯定不行，国家没有提出也不可能提出实施方案。国家层面上提出的改革指出的是战略方向，那就是减轻背负的包袱，国家不能背负沉重包袱快步前进。

张世奎较早地提出煤炭地质单位发展"二次创业"的总体战略，"大地质、大市场、大科技、大经营"的煤炭地质经济发展战略和"两轮齐驱，纵横拓展，自我积累，滚动发展"的煤炭地质工作改革与发展"十六字"工作指导方针，这些站在时代高度的方略对徐水师有重要领引作用，他先是在传承，而后才是发展。

现在徐水师面对的最大问题是主业缺失，国家没有了计划内的项目，由总局领导的二级单位水文局、勘探一局、遥感局都是"野战部队"，没有固定的生活地盘，不在煤炭系统下放地方计划之内，他们是国家几十年培养起来的煤炭地质技术的主要力量，但是他们困难重重，只靠第三产业无以维系最基础的物资保障，中央财政下拨的资金也是杯水之薪。而地方拒绝接收的江苏、浙江、湖北、广东、广西都是煤炭资源馈乏的省区，几乎没有主业支持，必须靠第三产业支撑，青海虽有资源，却因为地理环境而主业同样没有作为。问题成堆，人均年收入只有7千元，总局机关平均年工资也不到两万元，远远低于当地事业单位的平均年薪。而这一年几个省局几万人创造的利润还不够开支的。一些单位退休金还一而再、再而三地拖欠，许多地质队还住在贫民窟一样简易房里，成为驻地城镇条件最差的单位。上访的人数呈增长态势。

徐水师倾听上访的意见，他不认为上访是无理取闹。他们都是在煤炭地质干了大半辈子的老员工，对待遇提出自己的诉求，对基层领导班子不作为提出检举，这没什么不对的。一枝一叶总关情，做为领导者不管在什么情况下都有义务给予解决。

解决的前题是要有银两，而银两要自已到市场里去挣。他把煤航局企业化管理的思想传递到所属单位，他重温伟人"黑猫白猫理论"给了各级领导，不抓老鼠的猫要它何用？

他决定亲自带队到基层调研。

调研的结果让他忧心忡忡。

他没有想到基层的问题比上访反映的还要严重得多。而且他发现一个共同点，经济效益上不去的省区，除了原来家底薄，没有资源外，大都是领导班子不团结，人浮于事。有的省区地勘局上万人一年净收入只有五六十万元，有的省区地勘局甚至连这点可怜利润都没有。经过总局班子成员讨论，大家意见是一致的：先给他们整顿时机，还没有转机的，重新选拔那些有能力的人上来。徐水师和他的团队协调一致，对广西、湖北、青海的领导班子重新调整，业绩都有大幅度提升。

2008年2月1日，国务院副总理曾培炎（右）亲切接见荣获"李四光地质科学奖"的徐水师局长（左）

4

大地质战略已成为徐水师和他的团队的共识。中国煤田地质实行了属地化管理，中国煤田地质的问题并没有很好解决，而竞争更为惨烈。原为自家兄弟，属地后就成了竞争对手。留在总局的煤炭地质队伍与下放到地方的煤炭地质队伍相比劣势非常明显。各省区煤炭地质工程先紧着自己的队伍挑选，骨头硬啃不动的才放给其它地勘队。总局所属勘探队的主业受到的挑战是明显的，无奈的。6个省区、3个专业煤炭地质局如何突出重围，是摆在徐水师和他的团队面前必须去寻找的缺口。几年的实践，已经让他们看到离开煤炭地质主业的第三产业方兴未艾，江苏、浙江利用地缘优势转产成功，出现篷勃发展的态势，而更多的省区和专业局优势、更高远的前景仍然是煤炭地质业。属于地下工程的都能如鱼得水，煤炭地质业、冶金地质业、石油地质业都是同宗同族兄弟，只不过是寻找内容不同而已，并且在大系统内享有陆地上最有战斗力的"野战军队"。

知己知彼，方能百战百胜。徐水师践行大地质战略，得到团队的共识。这是总结，这是高度，这是给予所属煤炭地质生产单位提出的共同追寻的方向。

青海局局长郭晋宁对此有更深的深会。青海的资源不能说是馈乏的，自然环境的影响使开采的脚步慢了下来，缺乏的是对资源的勘探和了解。资源可以提升经济的繁荣，当地政府当然明白这个道理。他们有心勘探却拿不出巨额资金来。青海局勘探队伍是省区内唯一从事煤炭地质专业单位，郭晋宁发现这是个大好商机。他找到徐水师汇报他的"借鸡下蛋"想法，从总局借一部分线，自筹一部分钱，与地方合资开发。青海局的报告清晰地表明，只要与"地质"有关系的项目都在他们思考的范畴内。多方投资，利润共赢，风险则由青海地质局承担，地方政府也给予积极支持。总局批准了他们的计划。

青海总体的地质工作程度较低，但因其独特的地质构造条件吸引了国内外众多科学家的兴趣。近年来，他们分别以各自的专业兴趣对青藏高原开展了多学科的调查，取得了丰硕的成果，使青藏高原地质勘探研究进入一个崭新的历史时期。青海煤炭地质局也找到自己的定位。

机遇把正在木里施工的105队推到了发现可燃冰的大门口。105队长年在木里地区开展地质工作，他们积累了大量的基础地质资料，掌握了全区的地层沉积和构造规律，同时培养了一批具有一定专业水平的各类技术人员。木里地区气压低、缺氧、气候恶劣，高原冻土及沼泽草甸发育，加之这个地区构造复杂，地层岩性多变，天寒地冻，空气稀薄，风雪交加，呵气成冰。由于勘探施工难度大，后勤保障困难，大多外省地勘队都未能完成任务失败离去。

青海局曾两进两出木里：上世纪六七十年代，第一次进驻木里进行煤炭地质勘查，发现了木里煤田，提交煤炭资源量30多亿吨，占青海省煤炭资源储量的66.7%；21世纪初，再驻木里，开展煤田深部、边缘等煤炭地质勘查，进行聚煤规律、煤层气研究，为陆域天然气水合物的发现提供了理论依据。

2004年初，105队在木里煤田聚乎更矿区一井田进行首勘区勘查。历史在这里转了弯。在施工33号孔钻深至 65.19米时，孔内有强烈的不明气体涌出，由于气体涌出量很大，造成钻孔施工困难。很快，气体在井口可以点燃。适逢副局长、总工刘天绩在此检查工作，在听取了项目负责人及钻机施工人员的情况汇报后，要求项目组采集气体进行分析测试。由于是在井口采集气体，气体中混入了空气，但气体的成分中甲烷仍然达到了38.07%，乙烷1.31%，丙烷、丁烷0.05%，可燃气体总成分占39.43%。

这是我国首个在陆域发现的天然气水合物的气体，俗称可燃冰。这种神奇的矿藏在高压、低温条件下呈固体状态，遇火即可燃烧。发现可燃冰有了开创性的重要意义：撩开了青海高原的神秘面纱，使我国成为世界上第一个在中低纬度冰土区发现天然气水合物的国家。

大地质战略开扩人们眼界，也让中国煤田地质总局经济效益一路走高。

没有地域、项目制约，只要是钻头向地下伸去的工程都是煤炭地质人的主业。所以强调主业，是因为煤炭地质队伍经过几十年培育，已经成为地质勘探领域里不可或缺的专业队伍，不能因为大环境的不如意而打散了，打散了国家需要时再组建就难了。为国家保存队伍，必须多地出击，不成为国家财政的负担。这一思想被煤炭地质人接受了，被煤炭地质人贯彻了。

主业，依旧主导着未来

江苏二队的历史就是江苏煤炭地质局的历史，这样说一点不过分。当年的二队从山东枣庄开赴苏北地区时，江苏只有一支队伍在苏北战天斗地，之后随着勘探形势需要组建了数支勘探队，而骨干则多由二队派出，奠定了二队在江苏煤炭地质勘探史上的历史地位。

1

"文革"初起，许世友将军坐镇南京，他不相信江苏这么大一块土地上会没有煤，相邻的山东枣庄、安徽淮南都有煤，而且是富含储量的大煤田。领袖这时也有指示传下来，形成了煤勘队伍一路直下南方。许将军是响应领袖号召坚定不移的执行者。在他的要求下，正在陶庄施工的枣陶勘探队也就是今天的江苏二队，拔钻奔赴苏北，在徐州安下了营盘，并从这里出发，向苏南挺进。苏南虽是鱼米之乡，地下却是寡淡得很，费劲数年，得出虽存煤却是鸡窝煤的结论。鸡窝煤不具备开采价值，只好放弃。齐集苏北的各路找煤大军也就各奔东西了。枣陶队留在了苏北，成为了江苏煤田地质勘探局二队。这是二队的简史。辉煌已成昨日黄花。本世纪初，杨震前任队长邱增果调任江苏局长。邱增果为二队留下雀起名声，有了在中国煤炭地质总局让人眼睛发亮的业绩。杨镇知道二队队长这把椅子不好坐。做好了是继承，做砸了就是能力问题了。

二队是全国行业标兵单位，形成了以传统的资源勘查和基础工程施工及工业产品生产加工为主要经济构架的地勘单位。经过数年发展，经济规模、经营质量都有了很大提升，在走出地勘市场低谷后，为总局总结了许多成功经验。先进单位压力也大。老局长张世奎来了，搞了个座谈会。谈论二队下一步怎么干。杨镇讲了20多分钟，老局长没插一言地听了20分钟。杨震说，二队是煤炭地质勘探队伍中先进，我感到肩上压力很大。保持荣誉，还要创造新的成绩，才能无愧华东地质标兵，才能打造华东知名品牌，才能保持"铁军"的荣誉。在全局未来发展格局中，有勇气、有义务在煤炭地质勘探领域担当大任，为全局经济实现跨跃式发展做出成绩。

老局长听了直点头，他要的就是这样的表态："是个很有思想的年轻人。"

　　提出口号容易，做出很难，二队面临地勘业的困难依旧存在，并没有实质性的改变。找米下锅是地勘业现在以及今后日子面临的难题。江苏局给他们的定位就是打造一支煤炭地质勘探的铁军。铁军是个响亮的口号，同样没有项目。巧妇难为无米之炊。千人队伍看你杨震怎么带？传统的地域比如微山湖勘探施工，只能消化部分人员和机械。维持生计不是二队风格，也不是杨震做事风格。他必须带领二队寻找机会。他们多路出击，搜寻地勘项目。二队与淮北煤田地质局三队有交往，希望给些关怀。三队给了，不过都是难干的钻孔，地质条件很复杂，为破碎岩石层，又是高度深孔，一般延深到1700米处，而且价格也过低。技术人员认为这样的项目还是放弃得好。原因很简单，费力不挣钱。杨震坚定地把这个项目接手下来。他的理由也很简单：一是满足二队的施工量，二是对队伍也是个锻炼，未来比这更复杂的地质条件还会相遇。回应了淮南三队后，二队热火朝天地着眼施工前的技术准备。

　　淮南三队见二队答应的这么快，甚至没有讨价还价，心里有点发毛了。这个项目给过其它的勘探队，就是因为施工难度大而放弃了。二队不会不知道这个项目的难度。签定协议过后如同大潮褪去，没了声音。他们就想来江苏二队看个究竟。进了队部见到的是一支正在积极准备整装待发的队伍，心里悬着石头才落了地。

　　李处长不解地问："你们怎么不提条件呢？"

　　杨震回答说："搞地质的人都知道施工条件复杂。我们提出的条件无非是增加费用。在我们还没有进入施工，就提出一大堆困难肯定不是好的合作开端。"

　　李处长笑问："你就不问问那几个勘探队不愿接活的原因。"

　　杨震说出他的想法："地质条件复杂，大多数勘探队才不愿接手，二队才有机会捞到这块肥肉。"

　　李队长心有所思："以为你们不去了呢，一定要来看看。"

杨震认真地说："签定了合同，不管亏盈都应该全力以赴地完成，这是我们的责任。"

江苏二队很快在淮南打出了好名声，他们施工的井孔都达到施工方要求，有些项目数据指标甚至超过了施工方的标准。施工中遇到了采空区，这样的钻孔条件很复杂，一般勘探队都会避让三舍，稍有偏差，就会成为废孔。二队没有回避，技术人员准备了一份份预案，保证了工程进度和质量。杨震告诉我："虽然工期上去了，心里却是吊着桶，担心干砸了，没有效益不说，还丢掉了信用。"

2009年10月1日验收时，甲方指定让杨震去参加。杨震不知等待他的是什么结果。到了淮南现场才知道，淮南矿务局是把验收和文明现场会一块开了。李处长开场白这样说道："陷落柱采空区施工水平达到国际先进水平。你们进来淮南最晚，干的最快、效果也是最好的。这个项目别的队都说干不了推辞了，二队没讲任何条件按时入场，并且打出这样高水平的钻孔，我要祝贺你们。"

江苏二队在淮南站住了脚，这一站就是数年。

2

扩张，是杨震上任后和领导团队一直思考的课题，向西部突进，向西北拓展，着力推进煤炭地质勘查的"两个转型"：资源勘查由煤田地质向非煤炭地质和金属矿种勘探转型；地质服务由盐井施工向冻结钻施工及矿井水防治和矿山安全生产服务转型。

2007年的四五月间，国家在深圳召开的百家地质队会议上，杨震被总局选为代表参加了会议。听取了一些典型报告，激起了他内心的苦苦思考。他意识到这样不可多得的会议，对他领导的二队来说就是发掘的金矿。他把会议上发的花名册一遍遍地翻读，利用会议间隙与之交流，收获了与兄弟省区地勘队的广泛联系。新疆地矿八大队队长刘勇成了杨震的朋友，打开了杨震和他领导的二队向西部扩张的通道。刘勇又把地矿九大队李景仁队长介绍了给他。

因为大家成了朋友，因为二队要开辟新的地勘市场，李景仁邀请杨镇："来西部吧，上两台机械。"

其实新疆地矿队的队长并不相信杨震队伍的"红旗"能在新疆飘多久，因为那些内陆来的许多勘探队信誓旦旦踏进边疆之后，很快被恶劣条件吓倒，悄然无声地败退回去。江苏二队进疆，九大队人同样不相信他们能干好，不当逃兵。他们以观望的态度看江苏二队什么时候以怎样的方式离开。但是九大队领导很快发现江苏二队人马与其它队伍不同。他们对自己要求很严，领导者把管理伸进每一个工作环节。无论你何时去现场见到都是那样整齐、干净。如果你留意，他们的帐篷里会有笑声、歌声。这就是士气，有了这样的队伍，什么困难能吓倒他们呢？

看法是慢慢地改变的。杨震第一次进疆时，九大队领导并没有人出面接待。杨震再度进疆时，九大队副队长亲自来接他："上次你来时怠慢你了。你不知道，山东有个勘探队，来时也谈得好好的，做出承诺，等他们干起来时，根本就不是那么回事，老实说，对你们能不能干好心里也没底数。看了一年，我们知道看走眼了。二队无论施工质量还是人员素质都是一流的。"

年底，9大队在江苏二队工区召开现场会，江苏二队钻井被评为"安全、优质、高效钻井"，还给他们颁发了奖金。

杨震心存温暖，他要感谢他的团队创出二队"铁军"的牌子。九大队看法的转变，是江苏二队做出了让人信服的成就。九大队真诚地邀请江苏二队多增加钻井数量："象你们这样勘探队的人员素质，来多少我们安排多少。"

江苏二队打开了向西部发展的通道。到了2008年，江苏二队在高原的钻井增加到了10台。2009年，9大队压缩其它勘探队项目，要求江苏二队增加到了13台钻井，相当全队的一半钻机。尽管后来九大队地勘项目再度减少，也要压缩其它勘探队的施工量，保持江苏二队13台钻机数量不变。

向西走，江苏二队走出一片红彤彤的鲜亮世界来。他们的经济效益也有了显著提高。

3

杨震是个有理想但不是一个守望理想的人，他的骨子里浸透着不服输的因子。他干过10年桩基经理一职，那10年则是他成长迅速最快的人生旅途。他的市场意识很强，他会化腐朽为神奇，会把不可能变成可能，把亏损项目做出效益。邱增果局长看中的就是杨震不服输的性格。江苏局在江苏没有地盘，江苏也没有资源，所有的资源都必须在江苏以外地界去寻找，这不是杨震所能改变得了的。这样的劣势让杨震和他的团队有了危机感。逆水行舟，不进则退。退不是他的做事风格。他要改变的是让这支曾有"铁军"之称的勘探队走出去，寻找属于本队未来的生存空间。上级考虑过勘探队的经济压力，但干出成绩还要靠自己。他说，勘探队是打工仔，打工仔每年还要上交血汗钱。不管愿意不愿意你都必须每年上交300万元，这是历史造成的，对历史你不能去埋怨，你只能传承。

矿权，是一个做了许多年打工仔的勘探队在发展中必然要做出的战略思考。谁都明白，拥有矿权是那些借住它省的中央地质队立足之本，能确保煤炭地质勘探市场出现风吹草动时不至于大起大落。二队没有矿权，江苏局也没有矿权。二队在寻找突破口。他们在全局最先投入矿权运作，并且大胆尝试矿权变股权的合作方式，构建探采一体化的新型地勘产业链，在2012年已经实现了矿业经济的突破，为二队经济的可持续发展夯实了基础。

杨震在接受记者采访时这样说道："在矿业开发上实现突破，是破解二队发展瓶颈的关键所在，更是实现持续发展、'长富久安'的必然选择。总局把加快推进地质勘探一体化方向发展作为'十二五'时期的一项发展战略，邱局长也要求我们加快矿权运作，着力推进朱寨、王楼等煤炭矿权的开发经营，为探索推进地质勘查向探采一体化发展积累了经验。"

二队成功地运作了几个矿权，取得了较好的经济收益。但是，杨震却认为二队在矿业开发和矿权经营方面面临着相当严峻的挑战。一方面政策因素制约，在省内开办煤矿的可能性几乎为零；另一方面是自身原因，主要表现在现有矿权规模不大，且都属非紧俏源的煤矿权，而且所持有矿权多数涉及他方资金投入，在矿权处置和转让过程中涉及到的非主观因素较多，加之在矿权开发和利用方面思想保守，致使走探采一体化战略设想还未能达到预期。

"但是"，杨震话锋一转："当前和今后一段时间内工作的重中之重，仍就是矿权问题。一方面继续矿权登记，实施走出去战略，到省外、国外去登记矿权；另一方面充分利用一切可利用的条件，加快现有矿权的经营运作力度，按照'依矿权、搞联营、促发展'的战略部署，密切关注地方产业政策的变化，在非煤矿权方面寻求突破。"

借用2012年4月，总局在江苏二队成立60年贺电中的一段内容表明我们对江苏二队的期盼：

"我们有理由坚信：勤劳智慧的二队人，一定能够用自己的双手开创更加美好的明天，衷心地祝愿江苏二队在新的形势下，抓住机遇、发挥优势、开拓进取，铸就功勋地勘铁军新的辉煌。"

我们坚信在总局提出的大地质战略中，二队仍会领引地质勘探的潮流。

煤炭地质是他们生存之根本，也是发展之根本。

正在崛起的第三产业

这个在徐州郊区并不宏伟，确切地说还有些简陋的工厂，因为生产饲料而出了名。他们仅花了10多年时间就进入国内一流的饲料生产高科技企业，林化成的名字也因此登上省市劳模的榜册。关于林化成的介绍中有这样一段文字映入我们的眼帘：

"江苏煤炭地质局最年轻的处级干部。他用务实的工作作风、过人的胆识和魄力，创造性的企业管理方法、高涨的工作热情，创造了不平凡的经营业绩，出色地完成局经营目标任务。用局领导的话说，林化成是我局不可多得的年轻企业家，他带领的企业完成的经济指标占整个江苏局经济总收入的四分之一强，不仅解决了一百多名职工的生活问题，而且取得了可观的经济效益和社会效益，为江苏煤炭地质局的发展做出了突出贡献。"

百余字就把一个38岁的年轻人的业绩展现在我们面前，让我们有更多的好奇去了解林化成如何"化腐朽为神奇"，使一个濒危倒闭的小作坊式工厂的经济效益年年提升，从最初的连年亏损8万元以上，10年间增长到年产值12.5亿元。

2012年秋初，总局宣传部于文罡主任陪我来到"徐州长江生物科技公司"采访林化成。这是个个头不高，微胖，一脸憨厚的年轻人，我无论如何不能把苏北年产值10亿以上的企业与这个看起来并不精灵的人联系起来。但是，就是眼前这个年轻人在煤炭地质业陷落低谷时，成为这个小厂的负责人，用他并不高大的身躯擎起一片蓝天，践行着"大市场"战略，并且在他入主厂长位置的第二年就让所有关注工厂命运人，对这个并不会夸夸其谈的年轻人刮目相看了。

1

徐州长江生物科技公司的前身是江苏局物测队办的饲料添加剂厂，1993年创办添加剂厂时目的并不明确的。那时煤田地质业勘探项目没有了，大多数员工都待业在家。上级要求各勘探队"两条腿走路"，不管走哪条路，有一条是明确的，就是你无权无故解散你的队伍。物测队里有相当一批人是野外电法人员，没有了地勘项目，这些人还要安置。他们知道浙江局办了个饲料加工厂效益不错，觉得苏北养鸭养鹅的多，兴许办个饲料加工厂是一条突出重围的路。派人去浙江局学习，回来后就办了这个厂。看花容易绣花难。看似简单的生产流程，到了苏北很快出现了水土不服，亏损成了每年财务报表中最打眼的数字。厂长换了三五任，没谁能改变现状。工厂每个月只能开工生产两三天，月工资也不会超过200元。人闲着慌，就会节外生枝，外面有活计，也就乐不思蜀，有人干脆就不来上班了。

林化成是奔着留在徐州城里工作来添加剂厂报到的，怎么想也比留在偏僻县城工作条件好。进了厂门往里走，是500米宽的狭条状空场，蒿草茂盛，莺飞蝶舞，他往里站了站，草尖没过了脖了。在半岗坡上有两排平房，好像是70年代的建筑，破破烂烂。给他的第一印象是，工厂"破落的一点生气都没有"。

"我们都没事做，你们来这儿干嘛？"一个等待办理退休的老职工并没有抬头，坐在一条缺了腿的木凳上悠闲地抽着烟，烟雾熏燎他的眼睛。

"我、我是分配来的。"林化成不知如何回答这样的冷漠表情。

"只怕是笑着进来，咧着嘴出去呢。"老职工仍就没有抬头，一口接一口地抽着烟。

很快林化成就求证了老职工话中的含义。工厂已是风雨飘摇，因为产品单一，生产任务少，每天只能等待用户上门，工人大多时间都是无聊地等待。老厂长身体不好退了出去，半年换了3任厂长。后任厂长也没能扭转乾坤，继续亏损，这不是他的问题，因为从建厂到现在已经连续3年亏损，仅林化成来的这年就亏损了10多万。和林化成同时报到的4个技术员走掉了3个。他没有走，他在想工厂的问题在哪里？这么一想，想出了林化成与时任厂长的矛盾。他坚持认为，一列火车前行，驱动力是火车头，火车头在原地徘徊，火车如何能前行？厂长管不了自己的职工，他们是第一代地勘队员的子女。老子打下的江山，儿子理应享受胜利果实。干不好是你厂长的罪过，凭什么管我？但他可以管新来的林化成。林化成有那么多不入流的想法被认定是不服从"天朝"。队上领导来了，把林化成叫到院外马路旁，话语轻绵却坚定："你要绝对服从厂长指挥，你在厂里就是技术员，没任命任何职务。"

林化成当然知道队领导这番话的内涵，就是让他保持沉默，亏损不是他的责任。林化成却无法沉默，那段日子他更多关注饲料厂家的生产、销售模式以及行业前景，看得多了，多家成功饲养添加企业的共性熟烂于心。

工厂的继续亏损让新任物测队长徐小连下决心停止企业下滑。他与现任厂长有了这样一段谈话：

"你觉得你能干下去吗？"

"账上一分多余钱都没有，货拉到淮北也收不回钱，干也行，你要投钱。"

"投多少？"

"20万就行。"

"哪有那么多钱？"

"没钱让我怎么干？"

"队上真拿不出这么多钱。"

"我不干了，爱找谁干就找谁干。"

"那你厂长别干了，回队上等待分配。"

徐小连与厂长谈得极不愉快，坐在屋里生闷气。他看见林化成走过来，心头一动，叫住了他： "小林，工厂情况你也看到了，再不改变生产、销售模式，就会彻底垮掉了。你能干吗？"

林化成想了想说："实在没人干，我就干。"

徐小连在林化成坚定的表情上看到了希望，他因而力排众议，选林化成任厂长。事实证明了他的眼光。就是这个名不见经传的年轻人让连年亏损的饲料添加剂工厂第二年就停止了亏损，第三年就有了盈利，10年后成为江苏知名饲料生产科技公司。因此，我们应该感谢徐小连慧眼识能人的决定。他的决定不仅仅造就了一个人成长，一个企业的成长，也给一个弱小企业的发展提供了可贵的成功经验。

团队的力量，能移山填海

2

　　林化成上任了。他翻翻账本，那上面的数字少得有些扎眼，不够今天有钱人的一桌饭钱。队上表态也是明确的，一切靠自己，没有枪没有炮，只有自己造。他脑袋有点发懵，但很快从困顿中站出来。他向队长表态他能干，就是能干好的意思。回头看看，后面没有退路，退路就是和前任一样等待退休。退休离你还有半生的时间，他现在要做的就是寻找突破口。他的理性思考占居了上峰。他眼下要做的是打开销售通路，这是企业发展的生命线，也是摆脱困境的唯一选择。销售人员却告诉他此路不通："别再放货了，那么多家货款收不上来呢。"

　　林化成眼前一亮："欠账要回来，不就有流动资金了吗？"

　　林化成让销售人员去要账，他自己也去要账。不给钱就退货！这招灵，退有6万多元的货回厂，他又找同学帮助卖掉了。就靠这笔货款支撑到年底。账上仍旧没有钱。有工人找上门来问："钱哪去了？"

林化成告诉他："都贡献社会了。"

就是这一年，工厂仍然亏损8万多元。徐队长却看到林化成主持"朝政"后的变化，至少比上年少亏损2万多元，账面还有3万元周转，更为重要的是打通几条销售通道。他对林化成的能力给予了肯定。

徐队长还是没钱，林化成也不好张口借钱。徐队长清楚饲料添加剂厂必须投资，否则林成化没办法运作了。他让林化成以向局领导汇报的名义借款。沈敖祥局长详细询问工厂情况和市场走势，林化成就把他掌握的情况一一汇报了。沈敖祥突然昂起头盯着林化成眼睛："你要多少钱？"

林化成想了想说："20万。"

"干嘛用？"

"买一台饲料混合机，现在的规模做不到扩大再生产。"

"下一步有什么想法？"

"现在产品不适合市场需要，我要调整产品结构。有了好产品，销路不是问题。"

沈局长心头一振，他喜欢有思想、有主见的年轻人："小林，我同意借给你20万元，到年底这钱可是要还上的。"

林化成回到了厂里，才知道队上领导正酝酿把工厂卖出去。卖了三次也没卖出去，买家对工厂未来没有信心。卖不出去还要留下经营。

局里的20万元拨下来了。局里挤出这20万元该有多难！很快，沈敖祥局长电话也跟了过来："徐小连，我可告诉你，你他娘一分钱也不允许截留，都给小林。"

沈局长都骂了娘，徐小连哪里敢截留？20万都给了林化成。他叮嘱林化成："小林，这钱你可别给局长赔光了，局长可是担着责任、顶着风险呢。"

林化成心里有数。随着国家对养殖的重视，饲料行业发展高潮会迅速到来。但是，产品的单一、同质化制约了发展。从建厂到现在唯一产品添加剂用的1%预混类，面对的客户也只是饲料生产厂家，还是端着别人的盘子吃饭。由于原料及配方来自上游厂商，不仅成本高、价格贵，而且下游客户面窄、量小，要想扩大市场占有率具有很大的局限性。针对这一现状，林化成亲自下市场进行调研，自己动手研制新配方，自主开发新产品，先后开发了5%系列猪、鸡、鸭、牛、羊等系列预混料、淡水水产添加剂、猪用5%高蛋白系列浓缩料和4%系列高档饲料共计30余种产品。

扭亏为盈是林化成的既定目标。在市场开发和营销队伍建设上，他创新地运用市场"切割"技巧，倡导营销队伍的"亮剑"精神，着力打造"鑫长江"、"强物"品牌，力求以产品的优势打动客户，以公司的发展战略引导客户，以高尚的企业文化感染客户。他将公司产品进行有效定位，及时了解和分析原料和畜禽产品的市场行情和走势，抢抓市场上转瞬即逝的机会，产品市场占有率逐年扩大，公司经营业绩年年攀升。他注重产品质量，加大技术研发投入，更新生产设备，改进生产工艺，扩大产能规模，提高全员生产效率。

林化成的成功就是团队的成功。这样的成功让局里欣喜，物测队也给添加剂厂增加投入。他接手的第二年，这个只有十几个人的小厂扭亏为盈，产值翻了一番。很快，企业销售业绩就以45%以上速度增加，经营业务也逐年拓宽。一组数据表明了添加剂厂效益的明显变化：

1998年，产值72万元；

1999年，产值130万元；

2000年，产值200万元；

2001年，产值500万元；

2002年，产值1000万元。

跨跃式的发展使这个濒临关门的小厂有了活路，笑容映上职工们的脸上，他们对林化成这个毛头小伙儿的信任与日俱增，"小将"与

"老兵"齐心协力已让这个曾是杂草丛生的企业出现勃勃生机来。

林化成让一个濒临倒闭的小厂有了生机，而且日益透出活力来。这让一些人不舒服，不利于他的议论在悄悄地蔓延。"千万产值是他吹出来的，一个中专生哪里会有这么大能量，还不是局里扶持他！"

林化成内心是苦闷的，这样的流言不能不对他造成沉重的负担。一段时间他在检讨自己的行为。是继续前行，还是停下来一站二看二通过？江苏局领导对林化成表示了义无反顾地支持，大会小会多次提到林化成，不能让旧有体制扼杀了青年人才的成长。刚刚成立的总局团委坚挺江苏局推优育人的做法。他们在下发的文件中明确提出："对年青的榜样，必须旗帜鲜明地给予支持，共青团要充分发挥育人功能，为党的事业提供优秀的青年人才，这是我们的责任和义务。在煤炭地质改革发展的过程中，就是要发挥青年主力军和突击队作用。"当年，林化成被选入中国煤炭地质总局的"青年岗位能手"、"优秀青年标兵"、"中央企业青年岗位能手"、"中央企业杰出青年岗位能手"名单，这是公开的支持，林化成心里很温暖，流言也不攻自破。

3

2008年，邱增果副局长来到添加剂厂调研。这个小厂透出了的潜在的力量感染着他。他与林化成交谈，听听他对工厂未来发展的意见。林化成告诉邱局长，他发现了徐州地区饲料原料市场存在巨大商机。邱增果让他说说，林化成就把自己所思所想向邱局长作了回报。林化成说，这里种植的玉米很丰富，就地取材，扩大生产规模，可以减少不菲的运输成本，还可以与国内多家著名饲料添加剂厂商合作，成立徐州长江生物科技公司，为徐州周边100多家饲料厂提供原料，拓展竞争空间和提升综合能力。现在的工厂根本不能容纳他的构想，必须有更大的厂房。

邱增果副局长问："困难呢？"

林化成老实地回答："资金仍旧困扰我。"

"看好地方了吗？"

"看上了一块地儿，有40亩。向队领导汇报过，感到风险大，不能操作。资金也只够买20亩地，太小了。"

邱增果坚持支持林化成这个扩建项目。他向沈敖祥局长做了汇报，并建议局里把饲料厂收回局里直管，成为局属二级企业。

林化成说到这里，告诉我："应该这样说，没有局领导慧眼看到饲料厂发展前景，就不可能有今天徐州长江生物科技有限公司的未来。沈敖祥自始至终都支持、关注饲料厂成长，每一点进步都会让他高兴。每次我去局里借款，只要是有利厂里发展，他都批给厂里流动资金。他还在局属会上说，全局就小林守信用，借款一点不差地还上。他求真务实，对饲料厂的成长功不可没。在建新厂址时，他就有些保守了，只给20亩的资金。相比之下，邱增果局长更有开拓精神，改革步子力度大些。他对我说，小林，你不要瞻前顾后，认准了目标就要放开手脚。没有做不到的事儿，只有想不到的事儿。这话对我启发很大。"

4

"长江生物"位于淮海经济区，这里的原料优势是许多知名饲料企业所没有的。林化成还意识到中国农村、农业、农民随着的商品意识的觉醒，养殖也会迅速崛起，尤其江浙地区水域发达，家禽养殖会上一个台阶。他还去分析餐桌饮食结构的变化，尤其农村餐桌上的变化，他们也会和城市一样，每天早餐有鸡蛋、牛奶，这样的发展会很快到来。这个产业还会延长它的产业链条，饲料加工业产品需求量会成比例增长，规模饲料企业也会迅速增长。他不是跟风，他要做行业的领跑者。

"长江生物"新厂区在徐州经济开发区开工建设和配合饲料生产线的上马后，很快驶入高速发展的快车道，企业规模和效益得到快速增长，综合经济实力明显增强。林化成又主持开发了畜禽、水产系列配合饲料，其中2009年研制的肉种配合饲料在淮海经济区市场占有量位居第一，受到国内知名养殖集团和广大养殖户的青睐，并成为公司的拳头产品。目前公司产品已达4个大类、133个品种，销往全国5个省、20个市，建立了稳定的销售网络。2010年底，公司原料贸易额突破2亿元，原料贸易已成为除饲料生产销售外，公司对外创收的另一大支柱。2010年底，公司销售收入更是达到5.36亿元。5年间，公司累计实现销售收入17.5亿元，利润总额达到2563万元，创造了巨大的经济效益，徐州长江生物科技有限公司也在行业中名声鹊起。2010年，该公司被徐州市政府列为徐州市农业产业化龙头企业；2011年，其主导产品"鑫长江"饲料被评为江苏名牌产品。这一年，公司成功与广西桂柳集团牵手，在丰县成立长江桂柳合资公司。这是林化成在推动企业间优势互补、强强联合，实现公司低成本扩张的又一杰作。

"志在千里"4个遒劲有力的大字悬挂在林化成的办公室里，他非常喜欢这几个字，并将此作为自己的不断努力、不断进取的座右铭。目前，公司已将"以高科技含量、高附加值、高市场占有率的绿色环保的饲料产品为支柱，努力实现集"饲料生产、良种繁育、畜禽养殖与深加工"为一体的产业链，打造中国著名农业产业化龙头企业，开创一片属于"长江生物"的蔚蓝天空。

适者生存的丛林法则

刘建国参予了147队转产的过程。147队曾是全国煤田地质勘探队伍中有名的功勋队，1956年在呼伦贝尔湖畔扎赉诺尔成立，几十年南征北战，所向披靡，无坚不摧，所到之处无不是矿城崛起、经济繁荣，赢得了数不清的赞许和荣誉，曾被煤炭工业部授予"煤炭工业地质勘查功勋单位"的光荣称号。进入上世纪90年代，煤炭地勘业进入由计划经济向市场经济的"转轨"。147队如同一只落在平原的老虎，难以发挥自己的能力。国家计划经济内容项目没有了一件，其它可以施工项目工作量也大大缩水。勘探任务由饱满时上12台钻机还不够，到现在削减为"零"，一刀切下去200多人下岗。这200多人都是地勘骨干，属于正当年龄。虽都知道这些人用十几年培养出来实属不易，要是"放了羊"，再想聚到一块几乎不可能。虽然心疼得心头流血，那也得切下去，就连刚分来的大学生也难逃此劫。悲观情绪弥漫到了全队每一个角落，队上号召大家各奔东西寻找生存之道，他们为了生计开商店、搞经营，也找机械加工的活儿，还在永城县租了60亩地养驼鸟。这些星火般的利润难以支撑147队这个风雨飘摇中的大厦。

队上领导不会甘心束手就擒，他们在全国四处跑，调研一些科技含量高的项目，大专院校、中介机构都认识他们了。1996年，徐州市科研所建议他们上稀土项目。稀土为何物，他们很模糊。但是，这个建议点燃了他们希望之火。

1

稀土，是18世纪末被发现而得名的，因当时认为其稀缺珍贵，又具有氧化物难溶于水的"土性"，故称其为稀土。后经发现，从地壳重量百分比含量（克拉克值）来看，稀土比铜、铅、锌、银等常见金属元素还要高；其性质更不像土，而是一组性质十分活泼的金属，但"稀土"这一奇特名称依然沿用至今。

从人类于1794年发现第一个稀土元素钇开始，到1972年发现稀土元素钷，历经178年，才算找全了自然界中的17种稀土元素。由于工业提纯和冶炼技术的发展，除元素钷以外，均能获得高纯度的稀土氧化物和稀土金属。

从19世纪末，应用稀土制造汽灯纱罩、打火石和弧光灯碳棒等初级应用产品，到如今将稀土产品广泛应用于彩电荧光屏、三基色节能灯、绿色高能充电电池、汽车尾气净化催化剂、电脑驱动器、核磁共振成像仪、固体激光器、光纤通讯和磁悬浮列车等高科技领域，稀土应用已由从初级阶段步入了高级阶段，成为人们生活与生产不可或缺的矿产资源。

中国、俄罗斯、美国、澳大利亚是世界上四大稀土拥有国，中国名列第一位，而中国的稀土大部分在内蒙。

内蒙是147队的发祥地，有着广泛的人脉关系，这对于他们上稀土冶炼的项目是一个有利的条件。他们就有些心潮澎湃了。刘建国先是被派出去做调研组长，考察冶炼厂。冶炼的投资并不大，增加了调研人员的信心。回来向领导汇报说，稀土冶炼企业不多，发展前景可观。随着科技发展，需求量一定会越来越大。

相当一部分人有看法，钻井的搞冶炼，这隔行隔的有几道山。而且上项目，局里是质疑的，这可不是开商店，办不下去撂挑子走人，损失不会太大。怎么说也是工业项目，一旦失败上百万资金掉在水里都没声儿，谁负责？队长说，我负责，你们也负责。147队领导者认准了稀土的冶炼是朝阳产业。

一定要上稀土冶炼项目，横看竖看都比打水井、压饼干、开酒店有前景，有科技内容，科技有着无以伦比的前途。

这时147队饼干厂、工艺美术厂很快又下马了。这两个厂形成不了规模、不能批量生产，干了两三年，连职工温饱都解决不了，其它投资也是前景暗淡。正在谈判的快餐盒项目已经确定投资260万，生产的产品供给铁路，铁老大的生意怎么会让外人来做？很快他们就自产自销，把铁路快餐盒市场给垄断了。

刘建国那时还是队长、书记手下的大员，他力挺上稀土冶炼项目让队上领导下了决心。与其四处碰壁，不会就此搏一回，也许能搏出"万紫千红"的春光来。

他们给这个厂起个好听的名字叫"金石"，刘建国被任命为厂长。刘建国这个厂长不好当，一切都要从头开始。他不是专家，但是他可以请专家。刘建国再度到包头稀土研究院表明办稀土冶炼厂的意愿时，专家告诉他冶炼稀土专业性强，用户也相对固定，你冶炼技术不过关，产品就算废了。任何创新都有风险，天上不会掉馅饼。他和请来的冶炼专家落脚徐州，稀土冶炼工程上马了。

"稀土冶炼行业很窄，人们还没认识到17个元素产品被广泛用于高科技产业，汽车马达、电池、唱片、手机储存卡芯片都必须用稀土，行业窄，用途广，我是看好它的。"

1996年12月18日，一个寒风凛冽的日子，刘建国带领17人在原147运输队的简陋车库前，点燃了一串庆贺的鞭炮，挂起了"徐州金石特种材料厂"的招牌。刘建国和他的团队又拿出当年"打增援"的劲头来，仅靠1台电解炉，在熔炼车间干了半个月，很快炼出第一炉稀土产品50公斤。有了产品还要去找下游用户，这貌似豆腐干似的"黑宝贝"，寄托了147队人的创业梦想。离元旦没几天了，刘建国不想停下来等待新年钟声的敲响。把产品装进蛇皮袋、扛在肩膀上，带领两位同伴踏上了稀土推销之路。

他们选准了山西太原。当年，太原是中国稀土磁性材料生产基地。使用稀土的科技机构好几家。转悠了好几天，却无一家相关单位愿意搭理他们。

太原的天气格外寒冷，冻得里外透心凉。再次来到一家稀土科研单位时，豁出去的刘建国想出了一个"主意"：一定要说服门卫，闯进大楼找领导！于是，3个人密切配合，一个说某领导答应见他们，一个阻止门卫电话联系，另一个人则背起蛇皮袋往里闯……

待见到这家单位领导时，自然少不了一顿训斥，就在被轰出门的时候，刘建国急中生智大声嚷道："我们不要钱，你们先试用，质量过关再合作！"

这样的推销招数，终于打动了女领导的恻隐之心，答应刘建国留下蛇皮袋，待小试产品之后再说。

元旦将至，所有的单位都放了假，刘建国和他的同伴还不能走，他们要等待几家下游用户的回馈意见。等待是漫长的，这年的雪也格外的大，哪儿都去不了，只能缩在招待所里，从窗内看街道上行人匆匆的脚步。

看了三天街景画。节后上班一大早，他们就早早赶到了科研所。

科研所负责人态度非常坚决："你们的产品不合格，试验时引爆了。"

刘建国脑袋发懵："这怎么可能？"

他把电话打给专家，专家第一反应是试验设备出了问题，产品绝对不会出问题。冶炼厂负责生产技术的是从内蒙请来的专家，有过几十年冶炼稀土工作经验，全国一些冶炼厂的师傅还是他的徒弟呢。

"不可能，一定是你的设备出了问题"。刘建国转述专家的意见。

科研所听他这么一说，很负责任的进行第二次试验，证明了专家意见是对的，果然是试验设备出了问题。再次试验的结果让他们大吃一惊："这是你们厂炼的？"

刘建国点头说："是"。

"纯度比我们现在用的原料高，你们的产品我们要了。"

很快，军工企业也有意见反馈给了他，试验的结果与科研所一致。这说明147队稀土冶炼厂生产的稀土成品完全符合要求。

太原这里打开了销路，而且第一年产值就达460万元，虽然利润很少，但是市场认可给了他们希望，让他们看到了美好的未来。1998年产值达到600万元，1999年达到800万元。增长速度不快，却在努力地增长着。

有增长就有希望。

2

很快撼动全球的"金融风暴"来了，用户纷纷倒闭，吨位价格也大量缩水。刘建国和他的团队却认为，这正是他们的巨大商机。他们有着相对固定用户。一些用户怕他们也关门，放出询问的讯号。147队的回答坚决而肯定：忠诚供应商是一个生产企业的道德低线，不管市场发生怎样的变化，只要用户有需求，我们就会克服困难保证生产。

147队不但没有停产，而且更新了设备。冶炼耗电量很大，他们又把变压设备从3千安培增加了一倍。

147队的作法赢得了用户的信任，在一些冶炼厂因为价格过低亏损情况下停止生产，147队却一天也没停止生产，保障供应，上游原料供应商也为147队履行合同的做法而大加赞赏。

金融危急停止了，稀土需求量果然大增，给147队带来了发展的大好时机。原料供应商、下游用户对147队在极度困难时的表现心存感激，主动签署合同，使147队再度扩大生产规模，产值出现了连年翻番。

完全市场化的稀土行业门坎，刘建国迈进来就从未轻松过，他从厂长到队长，不仅仅是职务升迁，也是承担着一种责任。由于稀土特殊的原子结构和物理化学性质，每隔三五年就会发现一项新用途。而在全球每诞生4项新技术中，就有一项与稀土产品有关。刘建国和他的团队知道，大浪淘沙，只有留下的才是成功者。开放的市场不会给你同情的眼泪，劣者淘汰能者胜。随着新技术的到来，对产品要求也会越来越严格，这同样适用于稀土冶炼行业，他们必须时时保持着这样的觉悟。

从一台电解炉扩大到十多台电解炉，从年产几百万元产值到数亿元产值，从创业初始无一名技术人员，到如今成功地培育出130多名技术骨干，产量也由原年产500吨调整为年产1000吨。

2007年10月，金石源稀土材料厂赢得了中国质量认证中心CQC"三合一"认证证书。队长刘建国和他的搭档党委书记张力军脸上露出的笑容轻松而惬意。

2008年7月，147队在获得商务部批准的稀土产品出口配额的同时，又将铁合金出口经营许可证捏在手中，由此驶入一日千里、势不可挡的快速道，不仅年均产能增加两位数，且年均利税、人均收入也获得同步增长。

2009年11月，147队进一步放大企业规模效应，在另一个"稀土之乡"建立了"赣州金石源新材料有限公司"。分公司用联营方式破壳而出，标志着147队稀土产业链不仅向下游延伸，更看好上游产地的地缘优势和无限商机，同时快速推进与稀土行业"重量级"企业的战略合作。扩产计划第一步形成30台电解炉、年产1200吨稀土金属的生产规模；第二步形成60台电解炉、年产2400吨稀土金属的生产规模；第三步，力争在"十二五"末形成100台电解炉、年产4000吨稀土金属的生产规模。不仅要在江西这方中国的"稀土大本营"，打响"金石品牌"，还要借势而上，加快融入国家区域产业集群的铿锵步履。

3

邓小平当年曾用"中东有石油，中国有稀土"这一句话，兴旺了被称为"全球工业维生素"的中国稀土业。正是中国用36.4%的储量，承载了全球90%以上的稀土供应，让稀土产品成为他国无法替代的"中国印迹"。但是，从1990年到2005年，中国出口稀土均价下降64%，出口量却增长近10倍，令国人扼腕叹息的是产能过剩、资源浪费、环境污染和竞争无度。与此同时，美国却封存了所有的稀土矿区，日本也悄然开始了"海底计划"，从上世纪60年代开始的资源储备竞争，进入新世纪之后更加变本加厉。

2010年，中国政府采取稀土的"急刹车"政策，强力整合稀土分离类企业。从2009年的169家，进一步整合至25家。那些产能规模小、技术装备差的企业，或者接受同行兼并、或者停产倒闭……这给了147队人加快发展的机会，摆脱了无序竞争的桎梏，提供了借势而上的良性发展轨道。147队将准确把握国内外稀土市场形势，为更好更快地拓展全球市场，将着力提高重稀土金属的生产能力，逐步增加"高、精、尖"的镝铁合金产能，逐步减低金属钕、镨钕金属等常规产品的生产规模。"做精大地质、做强大工业、培育大企业、实现大发展"的创业思路，使147队人走上了一条阳光明媚的稀土创业之路。

　　2011年，147队定位于向科技创新要效益、进一步打造市场核心竞争力。他们加大科技投入，与科研院所建立合作机制，大力提升自身产品研发及工艺革新能力；逐步整合国内产品开发和市场销售力量，在国际市场上开疆拓土、稳扎稳打。加大稀有金属研发能力的同时，更要做好稀有金属国际贸易这篇新文章。在用足、用好商务部出口配额的前提下，他们还将利用"金石品牌"的优势及企业影响力，积极参与国家大力倡导的稀土企业兼并重组，以借船出海、乘胜前进。他们将全面整合市场销售力量，成立市场化、国际化的经营公司，开拓与推动稀土产品进军全球市场。

　　现在，我们行走在占地60余亩地的厂区，沿着绿色成荫的大道，我们看到由配料、熔炼、制粉、成型、烧结、分检生产线形成一个巨大的生产网络。一流的设备厂房、一流的精细化管理，清新、洁净和现代化的气息扑面而来。哪里还有破平房时代艰苦奋斗的痕迹？从随处可见的责任人标识中，你会看到了147人，正用一张企业管理大网，一张用忠诚、责任和爱心织就的通过有效运营企业管理、有效运营三项标准化管理体系的管理大网。由国家权威部门授予的"质量信得过单位"、"重合同守信用企业"的殊荣，使徐州金石彭源稀土材料厂得以在国家举重拳整治兼并稀土行业的当口，出口配额连年递增，稀土产品远销多个国家和地区。就连生性挑剔、打交道多年的日韩商人，也不得不叹服其张力十足的市场核心竞争力呢！

　　2011年，国家对稀土行业进行整顿，对那些乱挖乱采，破坏资源企业坚决关停。对冶炼不合格企业给予关闭。147队在整改中被保存下来，成立了金元材料厂、金元磁材厂，向集约式企业跨进，成为中国煤炭地质总局重点发展的高科技企业。147队的主业不再是地勘，而是稀土冶炼。他们开始有了对外兼并的需求，成为稀土深加工、研发基地，还上了"江苏省12·5行动纲要"，产值在全国业内前10名。

2012年4月，国家工信部主管的中国稀土工业协会宣告成立，147队荣任常务理事。至此，147队地质人以特有的智慧与胆略、胸襟与才干，跻身国内外颇具影响力的知名企业。

在整合中跨跃高度

2009年3月，"国资委"正式批复中化地质矿业总局成建制无偿划转到中国煤炭地质总局管理，为总局二级单位。看到这则消息的发展部主任罗伟笑了，经过多年的磨合、协调，终于告一段落，向徐水师局长提出的总局未来发展"大地质，大市场"战略跨出了很有份量的一大步。

1

中化地质矿山总局与中国煤炭总局同属中央地质事业单位，主业相同，专业相近，管理方式趋同，工作方法相似，曾经同住燃化工业部屋檐下，上世纪五六十年代同属燃化部管辖，后随燃化部一起被撤销。七十年代两个单位重组，同归煤炭部，在北京东郊建立各自的地质局，并且共用一份办公楼房图纸，这就有了血脉相连的业务联系。数年前，煤炭部再次被撤消，两个总局则被各自的婆婆领走，中化地质矿山总局划到了化工部，而中煤地质总局则成为行业管理机构。在国家利益的前题下平衡地发展，共同打造中国民族工业的未来，业务几乎没有交叉。中煤炭地质总局一心钻研煤炭地质的勘探，而中化地矿总局更多的是找用以生产农肥的钾、磷矿藏，业务发展没有交叉，用一位老地质工作者的话说："老死不再相往来"。

煤地总局实现快速发展，10年十大步，成绩有了吸引人眼球的成就。随着国家体制的改革，地质分类的界限打破了，形成你中有我，我中有你，徐水师的"大地质"战略已显示出它的无限能力来。所属地质局主动出击，他们的眼光不仅仅盯在煤炭地质业，而且伸进了冶

　　成建制接收中化地质矿山总局作为二级单位管理，迈开了横向整合中央地勘单位的第一步

金、化工的地勘业，煤炭地质队伍可以去找石膏、铀，哪里有工程哪里就会有这支队伍，市场经济的飞跃发展，行业垄断被打破，中煤地质的扩大最为迅速。他们不再是条旱龙，他们在地质业的大海中可以自由地游弋。2007年，已经有数支地勘队开进到了国外地质大市场里。

2

　　徐水师局长提出"大地质"的概念是重塑中煤地质的未来。这一构想变成跨行业的行动，我们看到中煤地质在煤炭地质主业之外，开辟了多个产业链，如稀土冶炼、饲养加工、建筑材料，形成一个大集团经营模式。中化地质同中煤地质一样都是国家事业单位，有财政拨款、有固定的业务范围。在经历了国企改革的风风雨雨，矿山总局则被边缘化了。这支同样成立于上世纪50年代的地质勘探队伍，成了中国化工集团下属昊华集团的二级企业。他们也在苦苦寻找属于自己的生存空间，开创独有的进入大市场的方式，挣扎着摆脱市场不利的因素，努力在地质业扎深根须。

两个总局整合的机缘来自于在一次国资委召开的会议上。煤炭地质总局局长徐水师与中国化工集团总经理任建新坐在一起，曾有过面熟，都是央属企事业，总会有低头不见抬头见的时候，相互问候，原来还是同乡。同乡的话题就多起来。

"你们发展得越来越大，你们大地质的概念是什么？"

"不仅把队伍放在煤炭地质领域，只要是市场需要，我们都会走进去"。

"你们的队伍现在还是单一的，怎样扩大你的市场？"

"在有条件的情况下，我们会培养不同领域的专业人员。"

任建新总经理半开玩笑地问徐水师："徐局长，我这有一支现成的队伍，你要不要？"

徐水师眼睛亮起来："你是说中化地质矿山总局？"

对方点点头："对"。

徐水师连说："要，要啊。说起来我们原来还是一家，五六十年代同属燃化部地质行业，为国家做出了突出贡献。"

实现煤炭地质大市场战略意图就是缺少不同领域的队伍。任建新总经理一句半真半假的玩笑让他认了真："你说话可算数，我这就回去安排。"

那几天会议内容，徐水师并没有记住多少，他的思考还在中化地质划入后的产业衔接上。人事的机构调整、资产的盘点、业务的整合这是个大工程，会后就此谈判多次。

中间却因为中化地质上层人事机构变动使谈判搁浅了。

"'国资委'支持中煤地质的重组战略，符合'国资委'关于中央地质勘查单位重组整合的基本思路，有利于总局在推进中央管理的地勘单位产业布局与结构调整中处于有利地位，更好地发挥地质勘查行业排头兵作用；有利于加强地质勘查队伍建设，优化资源配置，提高矿产资源勘查技术水平和国际竞争能力，提高总局的规模经济效应，实现可持续发展……中化地质划转到中煤地质管理符合国家的政策要求和加强地质工作的需要。"

徐水师对此的解释说，"国资委"提出的推进国有资本调整和国有企业重组意见，对"国资委"管理的中央地勘单位，按照协商自愿的原则，鼓励其加强联合，进行重组整合，保留事业单位性质，实施集团化经营，继续为国家献计献策，做好服务。

有了这么多有利条件，在"国资委"的撮合下，2008年7月谈判再一次启动。总局发展部主任罗伟说："接收小组由侯建慎副局长牵头与上层对接。都是中央企事业，资产也是国家的，这样的谈判就不具有商业谈判的性质。只是谈判操作过程中的具体事项。整建制转轨简单多了。"

中化地质员工对划归中煤地质有不少人疑虑，考虑最多的是会不会改变了他们原来的优势。侯建慎副局长不失时机地拿出了中煤地质的意见：

"中化地质作为二级单位，保留成建制格局不变；保持地质矿山与有关部委、与行业间的工作渠道不变；中央财政给予地质矿山的拨款仍由地质矿山统筹使用；已经享受到的政策原则上相互给予支持，不互相攀比。"

这种编制不变，业务属性不变，与国家相关部委沟通渠道不变的条件，被大家戏称"香港模式"。

对中化地质整合是中煤地质战略布局中的一部分。罗伟认为："中煤地质之所以有这么大的魄力敢对接中化地质，是因为中煤地质经历过改革阵痛后，又经过10年的发展，已经成了'不死鸟'，活跃在地勘行业。国家看中这支勘探队伍，所以至今还有财政事业费拨款支持发展。现在，中煤地质能经得起地质市场上的风风雨雨，经济高潮时我们会好些，经济形势下滑时地勘业依然比较稳定。我们的地勘队伍，随时可以整装出发到某一地区、某一领域去作业。即便地质勘探市场再一次出现低谷，不会对中煤地质造成重创。"

整合，体现了"大地质"战略的优势，也把中煤地质推向一个新高度。

大市场没有国界

你要了解一个人，你一定要把他当成一本书来细细品读。他就是一本敞开的厚厚的书：清亮，好读，不晦暗。你会注意到，在他所有理想中没有成为"将军"的印迹，更多的时候，愿意像别人一样上班下班，把自己的事做好，就是把门前雪扫干净。不同的是，他关注本职工作以外的世界：比如经济低潮，他会分析造成低谷的原因，忧国忧民的愁思出现在话语中；比如劳动者用他们坚强的力量为"地主"带来巨大经济效益时，他思考劳动者为什么没有得到相应报酬。他走上局长岗位时，这些千思与万虑让他有了倏然开朗的律动。他不会拒绝能给他所领导的这个经济体带来繁荣的任何项目，只是他的目光伸向这个项目更远的地方。这个人就是王真奉。

1

2009年，王真奉从水文地质局局长调任中国煤炭地质工程总公司总经理，这时，总公司已由总局管理变成独立市场运作的经营单位。在此之前，总公司是一套班子两块牌子。第一任董事长由张世奎局长兼任。成立总公司的意图是使煤田地质向"大战略，大市场"挺进，或者说是带着所属专业局领跑。随着市场形势的变化，总公司做出战略调整，以适市大地质战略的需要。王真奉成了总局领导者的最佳人选。他们选调王真奉"入京"是经过慎重考虑的：王真奉有过多年基层工作经验，选调前担任水文地质局局长、局党委书记多年，有思想，懂市场，带领一支水文地质专业队伍开出一片鲜亮的市场来。

王真奉调任后，最先思考的是打造一支团队，这个团队应该是专业素质高、有市场意识的团队。总公司提出了以经济效益为中心，运用总局强大推手作后盾，快速进入市场。这是形势使然。王真奉意识到，现在的大市场已非昨日的大市场，只要吃苦就有所作为，能吃苦、能战斗只是其中的一部分，还必须有很强的专业素质和技能。

上任后，他抓的第一件事是职员的学习，使学习成为员工的述求。他把学习戏称为"富脑袋"。学习是经验的又一种积累，更多的人从别人那里得到智慧，那是叩开市场大门的菩提树。总公司请进了行业专家来讲课，这样的课程班子成员也要听，与时俱进，领导不能做门外汉，是领导者也是专家，这样的学习总结出心得也是必要的。在一个大的工程招标前，他们请来专家讲招标知识，流程普及；需要申请专利技术前，他们请来专利局专家上课，了解专利申报过程需要提供的文件，如何捍卫自己的权力等，以便开阔员工们的眼界。对那些有培养前途的员工还不惜重金送出去学习国外的观念、思想、法律以备急时所需。他们培养人才很快在跌荡起伏的煤炭地质行业显现出来了，有一年，他们在柴达木拿到了国家的天然气项目。他们的员工还把触角伸到异国他乡。那里环境是陌生的，甚至一草一木都是陌生

总局与澳洲首都矿业公司、中冶投资澳洲公司合作项目签约仪式

的，但是他们用自己的能力、真诚得到信誉，那里的人握着来访者的手说，欢迎你们来开发，这让他们感到亲切。

2

总局走上10年发展的快车道。总局领导说，你们的速度太快了，需要慢半拍以适应突发的变故。王真奉说，火车在行进中，慢不下来了。王真奉和他的团队发展增速，在于他们的目的盯在地勘主业上，他们理解的主业不再是煤炭地质勘探，而是所有的地质勘探这样的大市场，也不仅仅是一寸一寸地追求进尺，而是进尺的外延被扩到了风险投资取得的自有或合资勘探权，给自己打工成为矿权的拥有者。

创新，永远站在大市场的最前沿。创新需要思考，也需要胆识。中国煤炭地质总局同样有过10年的低谷，可谓峥嵘岁月。现在，虽然是工程总公司鼎盛时期，必须有忧患意识，这种忧患意识让王真奉的目光追随行业前沿甚至更大的市场领域，只要那里能架起钻机。一个好的思考被接受需要一个过程。他把这个过程当成对一个团队人马技能的历练，以使这个过程更为稳健和成熟。当水文局长时他就常常夜半出走，到某省一个经济专家那里聆听教诲，或参加某省招标会称之"击水"或在摇动山响的钻井附近徜徉。他在乎别人的评价，更在乎自己行为给这个经济实体带来的结果。他不愿意自己的决定是个败笔，因为他还有个职责是国有资产的守护者。

3

管理创新也是新的课题，总公司把2010年定为管理年，两年后，发现还有管理不到位的漏洞，不回避，敢揭短，必须使管理上一个台阶。这时王真奉表现出他的强势一面，他不会顾及每个人的感受，也不会用官场的"油滑"来处理管理中的林林总总。但是人情琐事也会天天来找他的麻烦，不管你有多忙都必须处理。这是任何一个行政管理者都不能回避的矛盾，王真奉也不例外。往往这时他就会表现出他的柔性的一面，尤其基层人员反映的问题，他会认真听取，给予明确答复。比如前几天一大早，一个地勘工人的妻子早早把他拦在家门口，一把鼻涕一把泪地讲述家里困境。女人反映的问题单位没有补助政策，因为要开会，他只说一定想办法，又觉这有搪塞之嫌，会后给女人发信息补充说，他记住了她家里的变故，一定在班子会上做为特例研究并给她答复。女人父亲是个老干部，见了信息很邀动说："这样的领导不多了。"

4

走出去，是大地质战略的体现。走出去是艰难的，走出去也许会遭遇失败，不走出去必然失败，他要做的是走出去时规避"走麦城"，知识、经验在走出去的过程中尤其显得重要，努力提高、积累，将会立于不败之地。他还会高薪聘请或调入专家人才，用以打磨走出去的团队。他要求技术团队、商务团队不可孤芳自赏，也不能自以为是，经常站在高处看自己走过的脚印。看清楚，再走出去，才能更好地完成总公司的既定目标。

他们设计了4个板块，其中有矿权运作。矿权开发是主打板块，以大地质战略的延伸为主要手段，矿权就有着厚重的意义。10年低谷，他们吃亏在没有"地盘"上，把矿井设计好了，自己又成了吉普赛人了，他们要建立自己的基地，基地就是矿权，矿权是养人生息，进可攻，退可守，立于不败之地。王真奉告诉我他站在澳大利亚空旷的大草原上的感受。那年，因美国人引起的世界金融风暴无情地摧毁了西方人的优势生活，连无忧无虑的大袋鼠也困惑地眨着眼睛，那些昨天还兴高彩烈地在荒原上架线竖井探矿的人们，竟在一夜间拨钻而起，卷起帐蓬离开了。这时候他来了，是那些深埋的矿藏引导他来了。低潮投资，这是谁的经济定律他不记得了。他看到眼前所展现的萧条场景，倏然间他看到萧条背影里的巨大商机，正排山倒海般地向他眼前推来。他让人找到那些丢失矿权的商家商定合作或者购买。那些垂头丧气的拓荒者心头猛跳，眼睛发亮："现在还有这样傻瓜的人？"

这个很"傻瓜的人"，看到徐徐升腾起经济复苏的炊烟。他不会计较别人用怎样的眼神看他，只有最后笑的那个人才是成功者。他在那次"圈矿"的风险投资中，一下子砸下上亿元人民币，也把两千平方公里的范围探矿权划进自己的篮子里。他的决定获得了令人惊愕的经济效益。

王真奉满怀信心地告诉我，他们现在有30多个矿权，一万多平方公里，可以开采100年，这些矿权里有的是独有矿权，有的是占有股份。还告诉你我一个利好消息，上周他们参加了有90多家参与竞标的国家18个页岩气项目，中标两个。

总公司走出被动的地质市场运行，得于王真奉和他的团队的智慧以及对总局大地质、大市场战略的深层次的思考，他用哲人的眼光站在高处指挥他的团队前行，奔跑出属于团队的春色来。

他们把目光投向正在开发的亚洲市场、美洲市场、欧洲市场，常常让一干人马在那里开展了数月商务谈判，而他坐镇北京，时时听取汇报，做出最有力度的决定。他说，人的思维方式决定一个国企的前程。一个随时可以组建起来的施工队伍是走出去的必备条件，他有这样的优势，他也敢拍着胸脯表态，给他一个月时间就可以使他们有这样的优势，可以随时把十几支勘探队拉到国外投入施工。这样的谈判法码只有煤炭地质人才敢理直气壮地喊出来。投资勘探风险和利益共存，出现空探次数也不能避免。有得有失，这要看机会或者说概率，也要对地质构造有一个技术上的评测，决策者在其中发挥了重要作用。

5

王真奉说他感谢那10年艰难的时光，或许就是那样的磨砺帮他完成对"经济学科"的皈依，甚至帮他确定了一个现代国企领导人的思想高度。这10年，他从地勘队走出来担当副局长、党委书记、局长，他去探寻地勘业的每个曾经隐秘的角落，并且成功地运用了经济学理论来指导他们的经济行为，也不时地去沟通散落在各个层面的学者、专家，从他们那里得到不同凡响或者与内心截然相反的态度或意见。他在这些意见中穿梭，自然听到不同的回响，他把这些意见放在一起理出成品，用以指导四千人队伍的生存发展。

"芝麻"最先在新疆打开了洞门，给他领导的水文局一袋袋真金白银，才使这四千人马度过风霜雪雨，才能向更高目标进发。2003年以后，随着国家经济好转地勘业也开始崛起。煤田地质人不再满足温饱，他们要大干快上获得更大的经济效益。此时，他被调京主持煤炭地质工程总公司，这是个比水文局更大的展示能力的舞台。但是当这个担子挑在肩上时，他感到了责任无比的沉重。他不能不用更多时间来投入工作，8小时那是法定工作时间，他会用10小时、12小时甚至更长时间忘我工作。这样工作强度让同事担心："周末不工作，让脑袋停下思考也是必要的。"家人不满："你身体垮了，这个家也一块垮了。"他点头称"是"，之后依然如顾。因为他曾向总局局长徐水师表过态度，他会让上级看到他和他领导的团队一年一个台阶或者数个台阶快步发展。

这是承诺，也是职责。

我去总公司采访这天，王真奉脸上春风荡漾，因为在一周前，总公司参加全国19个区域页岩气的开发招标，52家中国大老佬级公司榜上有名。开标时，王真奉和他的顾问们来了。环顾四看，中纪委监督席摆在明显位置，他相信竞标有高度的透明，他相信这是一次真正意义上的实力角逐。所有竞标者都在等待宣布结果。结果出来了，全国知名企业中石油、中石化榜上无名，而中煤工程总公司竟然一家独领两块区域，竞标者先是惊讶而后不能不对中煤总公司信服。中煤工程总公司靠实力说话，这个实力不全是钱厚腰粗，更多考察应是技术层面上的实力。

中煤工程总公司很快被关注了。湖南风景区张家界市政府不但关注了，而且派出市委四大班子高级别访问团来京要见王真奉。此前他们研究了中煤工程总公司的全部资料，包括王真奉的个人资料，而后才顶风冒雪来到北京。湖南人明人不做暗事的那种火辣辣的情怀坦露出来了："王总，不谈原则，只说合作。你们需要什么条件，先开出单子来。"

这让王真奉很惊异："大大小小的谈判不下上百次，大都是你来我往，为合作争取更大利益，如此谈判还是第一次。"

他被张家界市人民政府的真诚所打动，他对我说："不仅要合作，还不能让老实人吃亏。"

6

风雨过后，已见彩虹。王真奉和他的团队要打造的是一流的勘探队伍，当地质勘探挂上"国军"旗帜时，他们就感到自己身上的责任无比的沉重。"国军"是业界对国家地质勘探队的戏称，对他们来说，他们的所有行为都应该是一流的，因为他们拥有"榜样"的责任。现如今，我们看王真奉带领的"国军"在国内、国外地质市场都显出匆忙的身影。同时，我们还会看到，用不了多久，这支"国军"会站在大地质市场上给予我们以胜利者的微笑。

尾　声

　　现在，已是2012年深冬，我却意外地发现柳树泛绿，严冬之后又一个百花争艳的春日将很快到来，我决定歇笔，并选择中国煤炭地质总局局长徐水师一段讲话结束全文：

　　50多年来，中国煤炭地质人为国家也是做出重要贡献的。有文件显示，50多年来，煤炭地质人共完成钻探进尺8000多万米，相当于钻透了一万多座珠穆朗玛峰，探明煤炭资源量13000多亿吨，占全国已查明资源储量的90%以上，其中可供建井利用的精查储量2000多亿吨，占全国已探明精查储量的90%以上。相继发现了榆神府、平朔、两淮、准格尔等100多个大型、特大型煤田。近年实施国土资源大调查、矿产资源补偿费等国家地质项目100多项，在东部等煤炭紧缺地区提交煤炭资源储量300多亿吨，采用新的地质理论和勘查技术，在云南昭通、山东梁山等多个地区发现了大型煤田和煤产地。煤炭地质工作的丰硕成果，为我国煤炭工业建设和经济发展提供了资源保障，使我国煤炭工业走在了世界前列。

　　此时无声胜有声，所有的华丽语言在数字面前都是黯然失色的。

2011年8月——2012年岁末

后　记

　　完成本书的采访回到北京时，已是2012年的初夏，北京城的大街小巷被绿色涂染，杨柳依依，和风徐徐，这是北京一年四季中最怡人的日子。翻开厚厚的三大本采访笔记，那些朴实的煤炭地质队员的身影浮现在眼前。我被他们的事迹感动，我被他们的精神感染，我将很快投入写作。我要告诉亲爱的读者，有这么一个群体，他们工作在荒无人烟的旷野，跋山涉水，与大山为伴，与寂寞同行，在艰苦的环境中发现了一个个大煤田。因为有了他们，才会有炼钢高炉喷溅出的钢花，才会有城市黑夜里的光明、冬日里的温暖。是他们奠定了能源安全的基础，是他们给予了共和国无私的贡献。60年一甲子，岁月如歌，煤炭地质人用他们的青春和生命谱写了一曲曲感天动地的篇章！

　　石油系统巨大的辉煌让人仰视，而同为能源系统的煤炭行业被人为地忽略了。其实，煤炭业的兴衰才是一个国家经济发展与滞后的晴雨表，至今在我国一次性能源消耗中仍旧占据70%的比重。

　　在写作过程中，得到中国煤炭地质总局领导的大力支持，徐水师局长拨冗接受我的采访，郭守光副书记多次召集有关人员会审这本书稿，宣传部于文罡部长自始至终地协调我的采访行程，并提供了至关重要的采访线索，组织与局所属单位以及煤炭地质队伍初始地——鸡西的108队、七台河的204队的老一辈地质队员座谈，确定了写作走向，同时两阅本书，对被采访人记忆中的错误给予更正并对部分章节提出建设性的意见。总局老干处、档案馆、水文局、一局、煤航局、青海局、江苏局、浙江局、中煤地质工程总公司等领导接受我的采访，并提供了大量资料，这些资料是我写作的源泉，给予创作上的灵感，有些文字就来自这些内容，同时参阅了煤田地质战线老地质队员的珍贵回忆资料，这些内容都对我有极大的启示，刁吉海先生给与我思想高度的提携，陈家忠先生、黄雷先生对本书文字提出真挚的意见。我还要特别感谢全国政协常委、中国作协副主席、著名作家陈建功，中国报告文学学会原副会长兼秘书长、著名作家傅溪鹏，中国散文学会原副会长兼秘书长、著名作家王宗仁在百忙之中对本书精彩点评，为拙著增添了许多光彩。应该说没有这些人的帮助、这些文字的领引，完成这本书是很困难的，因采访人数和采用资料众多，恕不能一一载录，让我对所有给予我帮助的人表示诚挚的谢意！当这本书即将付梓之际，我想告诉给读者，当我们尽情地享受煤炭带来的工业文明时，一定不要忘记这些可亲、可爱的煤炭地质人的辛劳付出。他们值得我们的讴歌与赞美。

作者

山河作证

图书在版编目（CIP）数据

山河作证 / 刘书良著 . －北京：中国文联出版社，2013.3
ISBN 978－7－5059－8105－8

Ⅰ . ①山… Ⅱ . ①刘… Ⅲ . ①报告文学－中国－当代
Ⅳ . ① I25

中国版本图书馆 CIP 数据核字 (2013) 第 044820 号

书　　名	山河作证	
作　　者	刘书良	
出　　版	中国文联出版社	
发　　行	中国文联出版社 发行部　(010－65389150)	
地　　址	北京农展馆南里 10 号 (100125)	
经　　销	全国新华书店	
责任编辑	苏　晶	
印　　刷	廊坊市安次区码头镇长岭印刷厂	
开　　本	710×1000　1/16	
印　　张	26.75	
插　　页	2 页	
版　　次	2013 年 3 月第 1 版第 1 次印刷	
书　　号	ISBN 978－7－5059－8105－8	
定　　价	56.00 元	

您若想详细了解我社的出版物
请登陆我们出版社的网站 http://www.cflacp.com